혈의 누 외

오늘의 한국문학 4

혈의 누 외

인쇄 2012년 2월 10일
발행 2012년 2월 15일

지 은 이_이인직
펴 낸 이_한봉숙
펴 낸 곳_푸른사상

등록 제2-2876호
주소   서울시 중구 초동 42번지 아시아미디어타워 502호
대표전화   02) 2268-8706-7 / 팩시밀리   02) 2268-8708
메일   prun21c@yahoo.co.kr / prun21c@hanmail.net
홈페이지   www.prun21c.com
ISBN 978-89-5640-891-0
ISBN 978-89-5640-834-7 (세트)

ⓒ 2012, 푸른사상

정가 13,000원

♣ 이 책의 전부 또는 일부 내용을 재사용하려면 사전에 저작권자와
  푸른사상사의 서면에 의한 동의를 받아야 합니다.
e-CIP 홈페이지(http://www.nl.go.kr/cip.php)에서 이용하실 수 있습니다.
(CIP제어번호 : CIP2012000328)

혈의 누 외

이인직 소설선

푸른사상
PRUNSASANG

〈오늘의 한국문학〉을 펴내며

한국의 근대문학이 한 세기를 넘어섰다. 개화의 이상과 환상, 식민지배하의 삶의 질곡, 전쟁과 분단, 민주화의 출범과 군부독재의 출현, 그리고 신업화와 세계화를 지향하는 오늘에 이르기까지의 한국의 근현대사는 인류의 한 세기가 감당할 수 있는 역사적 사건의 많은 유형들을 그대로 담고 있다.

지난 한 세기 동안의 우리의 문학은 이러한 격변의 세월들과 밀접한 관련을 맺고 있다. 문학은 한 개인의 삶의 실존적 기록이면서 동시에 그 사회의 모습을 여러 형태로 반영하고 있으며, 우리는 따라서 한국 근현대사의 좌절과 희망을 정면으로 끌어안은 이들 작품들에게서 개인의 삶과 사회의 관계에 대한 새로운 인식, 문학과 사회의 독자성과 상호성에 대한 의미 있는 현상들과 만나게 된다. 그리하여 이제는 근대문학 한 세기의 축적 앞에서 그동안의 문학적 유산을 다시 검토하고 앞으로 우리가 참여하지 않으면 안 될 문학적 전통을 창조적으로 계승하기 위한 독서와 비평의 담론들을 마련해야 할 때이다.

모든 역사가 새롭게 해석되는 현재의 관점이듯 문학 텍스트 역시 새롭게 해석되는 오늘의 의미이다. 따라서 〈오늘의 한국문학〉은 과거에 무수히 간행되었던 한국문학에 대한 정리와 평가의 방식을 새롭게, 그리고 비판적으로 받아들여야 할 것이다.

따라서 우리는 이 전집에서 무엇보다도 새로운 작가와 텍스트들의 발굴에 주력하였다. 아울러 본 전집이 채택한 작가 작품들의 선정과 배열방식은 과거의 우리문학에 대한 관습적 이해와 독서방식에 대한 반성과 함께 신선한 해석적 관점들을 제공해 줄 것이다. 특히 서사문학의 본령인 중장편소설들에 주목하여 이 작품들에 대한 오늘의 의미와 당대적 가치를 되묻고자 하였다. 교양으로서의 한국문학, 혹은 연구대상으로서의 한국문학 모두에게 유용하게 활용될 수 있을 것이다. 총 50~60권의 분량으로 1차(1906~1930년대)와 2차(1930~1970년대), 3차(1970~2000년대)로 나누어 출간할 예정이다.

〈오늘의 한국문학〉 편집위원 서종택 안남일 윤애경 박형서

차례

일러두기

1. 본 도서에 수록된 소설의 원텍스트는 아래와 같다.
   - 「혈의 누」:『만세보』, 1906. 7. 22~10. 10.
   - 「모란봉」:『매일신보』, 1913. 2. 5~6. 3.
   - 「은세계」: 동문사, 1908. 11.
   - 「빈선랑의 일미인」:『매일신보』, 1912. 3. 1.
2. 원문을 기본으로 하되 띄어쓰기 등은 현대 맞춤법을 기준으로 하였다.
3. 더 이상 사용하지 않는 옛글이나 외래어 등의 경우 현대어로 바꾸었다.
4. 원문에 사용된 문장부호를 그대로 사용하되, 생각이나 강조 등을 의미하는 ( )는 ' '로, 대화문 등을 의미하는 「 」는 " "로, 편지글이나 노래 등은 인용문으로 처리하였다.
5. 편집위원이 용어풀이가 필요하다고 판단한 경우 책 뒤에 설명을 붙여놓았다.

혈血의 누淚

일청전쟁의 총소리는 평양 일경[1]이 떠나가는 듯하더니, 그 총소리가 그치매 사람의 자취는 끊어지고 산과 들에 비린 티끌뿐이라.

평양성외 모란봉에 떨어지는 저녁볕은 뉘엿뉘엿 넘어가는데, 저 햇빛을 붙들어 매고 싶은 마음에 붙들어 매지는 못하고 숨이 턱에 닿은 듯이 갈팡질팡하는 한 부인이 나이 삼십이 될락 말락 하고, 얼굴은 분을 따고 넣은 듯이 흰 얼굴이나 인정 없이 뜨겁게 내리쪼이는 가을볕에 얼굴이 익어서 선앵둣빛이 되고, 걸음걸이는 허둥지둥하는데 옷은 흘러내려서 젖가슴이 다 드러나고 치맛자락은 땅에 질질 끌려서 걸음을 걷는 대로 치마가 밟히니, 그 부인은 아무리 급한 걸음걸이를 하더라도 멀리 가지도 못하고 허둥거리기만 한다.

남이 그 모양을 볼 지경이면 저렇게 어여쁜 젊은 여편네가 술 먹고 행길에 나와서 주정한다 할 터이나, 그 부인은 술 먹었다 하는 말은 고사하고 미쳤다, 지랄한다 하더라도 그따위 소리는 귀에 들리지 아니할 만하더라.

무슨 소회[2]가 그리 대단한지 그 부인더러 물을 지경이면 대답할 여가도 없이 옥련이를 부르면서 돌아다니더라.

"옥련아, 옥련아, 옥련아, 옥련아, 죽었느냐 살았느냐. 죽었거든 죽은 얼굴이라도 한번 다시 만나보자. 옥련아 옥련아, 살았거든 어미 애를 그만 쓰이고 어서 바삐 내 눈에 보이게 하여라. 옥련아, 총에 맞아 죽었느냐, 창에 찔려 죽었느냐, 사람에게 밟혀 죽었느냐. 어리고 고운 살에 가시가 박힌 것을 보아도 어미 된 이내 마음에 내 살이 지겹게 아프던 내 마음이라. 오늘 아침에 집에서 떠나올 때에 옥련이가 내 앞에 서서 아장아장 걸어 다니면서, '어머니 어서 갑시다' 하던 옥련이가 어디로 갔느냐."

하면서 옥련이를 찾으려고 골몰한 정신에, 옥련이보다 열 갑절 스무 갑절 더 소중하게 생각하는 사람을 잃고도 모르고 옥련이만 부르며 다니다가 목이 쉬고 기운이 탈진하여 산비탈 잔디풀 위에 털썩 주저앉았다가 혼잣말로,

"옥련 아버지는 옥련이 찾으려고 저 건너 산 밑으로 가더니 어디까지 갔누."

하며 옥련이를 찾던 마음이 홀지[3]에 변하여 옥련 아버지를 기다린다.

기다리는 사람은 아니 오고, 인간 사정은 조금도 모르는 석양은 제 빛 다 가지고 저 갈 데로 가니 산빛은 점점 먹장[4]을 갈아 붓는 듯이 검어지고 대동강 물소리는 그윽한데, 전쟁에 죽은 더운 송장 새 귀신들이 어두운 빛을 타서 낱낱이 일어나는 듯 내 앞에 모여드는 듯하니, 규중에서 생장한 부인의 마음이라, 무서운 마음에 간이 녹는 듯하여 숨도 크게 쉬지 못하고 앉았는데, 홀연히 언덕 밑에서 사람의 소리가 들리거늘, 그 부인이 가만히 들은즉 길 잃고 사람 잃고 애쓰는 소리라.

"에그, 깜깜하여라. 이리 가도 길이 없고 저리 가도 길이 없으니 어디로 가면 길을 찾을까. 나는 사나이라 다리 힘도 좋고 겁도 없는 사람이언마는 이러한 산비탈에서 이 밤을 새고 사람을 찾아다니려 하면 이 고생이 이렇게 대단하거든, 겁도 많고 다녀보지 못하던 여편네가 이 밤에 나를 찾아다니느라고 오죽 고생이 될까."

하는 소리를 듣고 부인의 마음에 난리 중에 피란 가다가 부부가 서로 잃고 서로 종적을 모르니 살아생이별을 한 듯하더니 하늘이 도와서 다시 만나본다 하여 반가운 마음에 소리를 질렀더라.

"여보, 나 여기 있소. 날 찾아다니느라고 얼마나 애를 쓰셨소."

하면서 급한 걸음으로 언덕 밑으로 향하여 내려가다가 비탈에 넘어저 구르니, 언덕 밑에서 올라오던 남자가 달려들어서 그 부인을 붙들어 일으키니, 그 부인이 정신을 차려 본즉 북두갈고리 같은 농군의 험한 손이 내 손에 닿으니 별안간에 선뜩한 마음에 소름이 끼치면서 가슴이 덜컥 내려앉고 겁결[5]에 목소리가 나오지 못한다.

그 남자도 또한 난리 중에 제 계집 찾아다니는 사람인데, 그 계집인즉 피란 갈 때에 팔 승[6] 무명을 강풀 한 됫박이나 먹였던지 장작같이 풀 센 치마를 입고 나간 터이요, 또 그 계집은 호미자루, 절굿공이, 다듬잇방망이, 그러한 세군은[7] 일로 자라난 농군의 계집이라, 그 남자가 언덕에서 소리 하고 내려오는 계집이 제 계집으로 알고 붙들었는데, 그 언덕에서 부르던 부인의 손은 명주같이 부드럽고 옷은 십이 승 아랫질 세모시 치마가 이슬에 눅었는데, 그 농군은 제 평생에 그 옷 입은 그런 손길은 만져보기는 고사하고 처다보지도 못하던 위인이더라.

부인은 자기 남편이 아닌 줄 깨닫고 사나이도 제 계집 아닌 줄 알았더라. 부인은 겁이 나서 간이 서늘하고 남자는 선녀를 만난 듯하여 흥김, 겁김에 가슴이 두근거리면서 숨소리는 크고 목소리는 아니 나온다.

그 부인의 마음에, 아까는 호랑이도 무섭고 귀신도 무섭더니, 지금은 호랑이나 와서 나를 잡아먹든지 귀신이나 와서 저놈을 잡아가든지 그런 뜻밖의 일을 기다리나, 호랑이도 아니 오고 귀신도 아니 오고, 눈에 보이는 것은 말 못 하는 하늘의 별뿐이요, 이 산중에는 죄 없고 힘없는 이내 몸과 저 몹쓸 놈과 단 두 사람뿐이라.

사람이 겁이 나다가 오래되면 악이 나는 법이라. 겁이 날 때는 숨도 크게 못 쉬다가 악이 나면 반벙어리 같은 사람도 말이 물 퍼붓듯 나오는 일도 있는지라.

(부인) "여보, 웬 사람이오. 여보, 대답 좀 하오. 여보, 남을 붙들고 떨기는 왜 그리 떠오. 여보, 벙어리요 도적놈이오? 도적놈이거든 내 몸의 옷이나 벗어줄 터이니 다 가져가오."

그 남자가 못생긴 마음에 어기뚱한[8] 생각이 나서, 말 한마디 엄두가 아니 나던 위인이 불같은 욕심에 말문이 함부로 열렸더라.

(남자) "여보, 웬 여편네가 이 밤중에 여기 와서 있소? 아마 시집살이 마다고 도망하는 여편네지. 도망꾼이라도 붙들어다가 데리고 살면 계집 없느니보다 날 터이니 데리고 갈 일이로구. 데리고 가기는 나중 일이어니와…… 내가 어젯밤 꿈에 이 산중에서 장가를 들었더니 꿈도 신통히 맞힌다."

하면서 무지막지한 놈의 행위라 불측한[9] 소리가 점점 심하니, 그 부인이 죽어서 이 욕을 아니 보리라 하는 마음뿐이나, 어느 틈에 죽을 겨를도 없는지라.

사람이 생목숨을 버리는 것은 사람이 제일 서러워하는 일인데, 죽으려 하여도 죽지도 못하는 그 부인 생각은 어떻다 형용할 수 없는 터이라.

빌어보면 좋을까 생각하여 이리 빌고 저리 빌고 각색[10]으로 빌어보니 그놈의 귀에 비는 소리가 쓸데없고 하릴없는 지경이라. 언덕 위에서 웬 사람이 소리를 지르는데 무슨 소린지는 모르나 부인은 그 소리를 듣고 죽었던 부모가 살아온 듯이 기쁜 마음에 마주 소리를 질렀더라.

　(부인) "사람 좀 살려주오!"

하는 소리가 아무리 부인의 목소리라도 죽을힘을 다 들어서 지르는 밤소리라 산골이 울리니 언덕 위의 사람이 또 소리를 지른다. 언덕 위와 언덕 밑이 두 간 길이쯤 되나 지척을 불변하는 칠야[11]에 서로 모양도 못 보고 또 서로 말도 못 알아듣는 터이라. 언덕 위의 사람이 총 한 방을 놓으니 밤중의 총소리라, 산이 울리면서 사람이 모여드는데 일본 보초병들이더라. 누구는 겁이 많고 누구는 겁이 없다 하는 말도 알 수 없는 말이라. 세상에 죄 있는 사람같이 겁 많은 사람은 없고, 죄 없는 사람같이 다기[12] 있는 것은 없다. 부인은 총소리에도 겁이 없고 도리어 욕을 면한 것만 천행으로 여기는데, 그 남자는 제가 불측한 마음으로 불측한 일을 바라던 차이라, 총소리를 듣고 저를 죽이러 온 사람으로 알고 달아난다. 밝은 날 같으면 달아날 생의[13]도 못 하였을 터이나, 깜깜한 밤이라 옆으로 비켜서기만 하여도 알 수 없는 고로 종적 없이 달아났더라. 보초병이 부인을 잡아서 앞세우고 가는데 서로 말은 못 하고 벙어리가 소를 몰고 가는 듯하다. 계엄중戒嚴中 총소리라 평양성 근처에 있던 헌병이 낱낱이 모여들어서 총 놓은 군사와 부인을 데리고 헌병부로 향하여 가니, 그 부인은 어딘지 모르고 가나 성도 보이고 문도 보이는데, 정신을 차려 본즉 평양성 북문이라.

　밤은 깊어 사람의 자취도 없고 사면에서 닭은 홰를 치며 울고 개는 여염집 평대문[14] 개구녁으로 주둥이만 내놓고 짖는다. 닭소리, 개소리에 부인의 발이 땅에 떨어지지 못하여 걸음을 멈추고 섰는데, 오장이 녹는 듯하고 눈물이 앞을 가린다. 개는 영물이라 밤사람을 알아보고 반가워 뛰어나오다가 헌병이 칼을 빼어 개를 치려 하니 개가 쫓겨 들어가며 짖으나 사람도 말을 통치 못하거든 더구나 짐승이야…….

(부인) "개야, 너 혼자 집을 지키고 있구나. 우리가 피란 갈 때에 너를 부엌에 가두고 나왔더니 어디로 나왔느냐. 너와 같이 집에 있었다면 이러한 일이 생기지 아니하였을 것을 살 곳 찾아가느라고 죽을 길 고생길로 들어갔다. 나는 살아와서 너를 다시 본다마는 서방님도 아니 계시다, 너를 귀애하던 옥련이도 없다. 내가 너와 같이 다리 힘이 좋으면 방방곡곡을 찾아다닐 터이나, 다리 힘도 없고 세상에 만만하고 불쌍한 것은 여편네라 겁나는 것 많아서 못 다니겠다. 닭도 주인 없는 집에서 혼자 울고, 개도 주인 없는 집에서 혼자 짖는구나. 개야, 이리 나오거라. 나는 어디로 잡혀가는지 내 발로 걸어가나 내 마음으로 가는 것은 아니다."

헌병이 소리를 질러 가기를 재촉하니 부인이 하릴없이 헌병부로 잡혀가는데 개는 멍멍 짖으며 따라오니, 그 개 짖고 나오던 집은 부인의 집이더라.

그날은 평양성에서 싸움 결말나던 날이요, 성중의 사람이 진저리 내던 청인이 그림자도 없이 다 쫓겨 나가던 날이요, 철환은 공중에서 우박 쏟아지듯 하고 총소리는 평양성 근처가 다 두려빠지고[15] 사람 하나도 아니 남을 듯하던 날이요, 평양 사람이 일병 들어온다는 소문을 듣고 일병은 어떠한지, 임진난리에 평양 싸움 이야기하며 별 공론이 다 나고 별 염려 다 하던 그 일병이 장마 통에 검은 구름 떠들어오듯 성내·성외에 빈틈없이 들어와 박히던 날이라.

본래 평양성중 사는 사람들이 청인의 작폐[16]에 견디지 못하여 산골로 피란 간 사람이 많더니, 산중에서는 청인 군사를 만나면 호랑이 본 것 같고 원수 만난 것 같다. 어찌하여 그렇게 감정이 사나우냐 할 지경이면, 청인의 군사가 산에 가서 젊은 부녀를 보면 겁탈하고, 돈이 있으면 뺏어 가고, 제게 쓸데없는 물건이라도 놀부의 심사같이 작란하니[17],

산에 피란 간 사람은 난리를 한층 더 겪는다. 그러므로 산에 피란 갔던 사람이 평양성으로 도로 피란 온 사람도 많이 있었더라.

그 부인은 평양성 북문 안에 사는데 며칠 전에 산에 피란 갔다가 산에도 있을 수 없고, 촌에 사는 일갓집으로 피란 갔다가 단칸방에서 주인과 손과 여덟 식구가 이틀 밤을 앉아 새우고 하릴없이 평양성 내로 도로 온 지가 불과 수일 전이라. 그때 마음에 다시는 죽어도 피란 가지 아니한다 하였더니, 오늘 새벽부터 총소리는 천지를 뒤집어놓고 사면 산꼭대기 들 가운데에 불비가 쏟아지니 밝기를 기다려서 피란길을 떠났는데, 아무것도 가진 것 없고 젊은 내외와 어린 딸 옥련이와 단 세 식구 피란이라.

성중에는 울음 천지요, 성 밖에는 송장 천지요, 산에는 피란꾼 천지라. 어미가 자식 부르는 소리, 서방이 계집 부르는 소리, 계집이 서방 부르는 소리, 이렇게 사람 찾는 소리뿐이라. 어린아이를 내버리고 저 혼자 달아나는 사람도 있고, 두 내외 손을 맞붙들고 마주 찾는 사람도 있더니, 석양판[18]에는 그 사람이 다 어디로 가고 없던지 보이지 아니하고, 모란봉 아래서 옥련이 부르고 다니는 부인 하나만 남아 있더라.

그 부인의 남편 되는 사람은 나이 스물아홉 살인데, 평양서 돈 잘 쓰기로 이름 있던 김관일이라. 피란길 인해[19] 중에 서로 잃고 서로 찾다가 김관일은 저의 집으로 혼자 돌아와서 그날 밤에 빈집에 혼자 있다가 밤중에 개가 하도 몹시 짖거늘 일어나서 대문을 열고 보려 하다가 겁이 나서 열지는 못하고 문틈으로 내다보기도 하였으나 벌써 헌병이 그 부인을 앞세우고 가니, 김관일은 그 부인이 헌병에게 붙들려 가는 줄은 생각 밖이요, 그 부인은 그 남편이 집에 있기는 또한 꿈도 아니 꾸었더라.

김씨는 혼자 빈집에 있어서 밤새도록 잠들지 못하고 별생각이 다 난다. 북문 밖 넓은 들에 철환 맞아 죽은 송장과 죽으려고 숨넘어가는 반송장들은 제각각 제 나라를 위하여 전장에 나와서 죽은 장수와 군사들이라. 죽어도 제 직분이어니와, 엎드러지고 곱드러져서 봄바람에 떨어진 꽃과 같이 간 곳마다 발에 밟히고 눈에 걸리는 피란꾼들은 나라의 운수런가, 제 팔자 기박하여 평양 백성 되었던가. 땅도 조선 땅이요, 사람도 조선 사람이라. 고래 싸움에 새우 등 터지듯이, 우리나라 사람들이 남의 나라 싸움에 이렇게 참혹한 일을 당하는가. 우리 마누라는 대문 밖에 한 걸음 나가보지 못하던 사람이요, 내 딸은 일곱 살 된 어린아이라 어디서 밟혀 죽었는가. 슬프다. 저러한 송장들은 피가 시내 되어 대동강에 흘러들어 여울목 치는 소리 무심히 듣지 말지어다. 평양 백성의 원통하고 설운 소리가 아닌가. 무죄히 죄를 받는 것도 우리나라 사람이요, 무죄히 목숨을 지키지 못하는 것도 우리나라 사람이라. 이것은 하늘이 지으신 일이런가, 사람이 지은 일이런가. 아마도 사람의 일은 사람이 짓는 것이다. 우리나라 사람이 제 몸만 위하고 제 욕심만 채우려 하고, 남은 죽든지 살든지, 나라가 망하든지 흥하든지 제 벼슬만 잘하여 제 살만 찌우면 제일로 아는 사람들이라.

평안도 백성은 염라대왕이 둘이라. 하나는 황천에 있고, 하나는 평양 선화당[20]에 앉았는 감사이라. 황천에 있는 염라대왕은 나이 많고 병들어서 세상이 귀치 않게 된 사람을 잡아가거니와, 평양 선화당에 있는 감사는 몸 성하고 재물 있는 사람은 낱낱이 잡아가니, 인간 염라대왕으로 집집에 터주까지 겸한 겸관이 되었는지, 고사를 잘 지내면 탈이 없고 못 지내면 온 집안에 동토[21]가 나서 다 죽을 지경이라. 제 손으로 벌어놓은 제 재물을 마음 놓고 먹지 못하고 천생 타고난 제 목숨을 남에게 매어놓고 있는 우리나라 백성들을 불쌍하다 하겠거든, 더구나 남의 나라 사람이 와서 싸움을 하느니 지랄을 하느니, 그러한 서슬에 우리는 패가[22]하고 사람 죽는 것이 다 우리나라 강하지 못한 탓이라.

오냐, 죽은 사람은 하릴없다. 살아 있는 사람들이나 이후에 이러한 일을 또 당하지 아니하게 하는 것이 제일이다. 제 정신 제가 차려서 우리나라도 남의 나라와 같이 밝은 세상 되고 강한 나라 되어 백성 된 우리들이 목숨도 보전하고 재물도 보전하고, 각도 선화당과 각도 동헌[23] 위에 아귀 귀신 같은 산 염라대왕과 산 터주도 못 오게 하고, 범 같고 곰 같은 타국 사람들이 우리나라에 와서 감히 싸움할 생각도 아니 하도록 한 후이라야 사람도 사람인 듯싶고 살아도 산 듯싶고, 재물 있어도 제 재물인 듯하리로다.

처량하다, 이 밤이여. 평양 배성은 어디 가서 시생 중에 들었으며, 아귀 같은 염라대왕은 어느 구석에 박혔으며, 우리 처자는 어떻게 되었는고. 우리 내외 금실이 유명히 좋던 사람이요, 옥련이를 남다르게 귀애하던 자정[24]이라. 그러하나 세상에 뜻이 있는 남자 되어 처자만 구구히 생각하면 나라의 큰일을 못 하는지라. 나는 이 길로 천하 각국을 다니면서 남의 나라 구경도 하고 내 공부 잘한 후에 내 나라 사업을 하리라 하고 밝기를 기다려서 평양을 떠나가니, 그 발길 가는 데는 만리 타국이라.

그 부인은 일본군 헌병부로 잡혀갔으나, 규중에서 생장한 부인이 그러한 난리 중에 그러한 풍파를 겪었다 하는 말을 듣는 자 누가 불쌍타 하지 아니하리오. 통변[25]이 말을 전하는 대로 헌병장이 고개를 기울이고 불쌍하다 가엾다 하더니, 그 밤에는 군중에서 보호하고 그 이튿날 제 집으로 돌려보내니, 부인은 하룻밤 동안에 세상 풍파를 다 지내고 본집으로 돌아왔더라.

아침 날 서늘한 기운에 빈집같이 쓸쓸한 것은 없는데 그 부인이 그 집에 들어와 보더니 처창한[26] 마음이 새로이 나서 이 집구석에서 나 혼자 살아 무엇 하리 하면서 마루 끝에 털썩 걸어앉더니[27] 정신없이 모로 쓰러졌다.

어젯날 피란 갈 때에 급하고 겁나는 마음에 밥도 먹지 아니하고 나섰다가 하룻날 하룻밤에 고생한 일은 인간에 나 하나뿐인가 싶은 마음에 배가 고픈지 다리가 아픈지 모르고 지냈더니, 내 집으로 돌아오니 남편도 소식 없고 옥련이도 간곳없고, 엉성한 네 기둥과 적적한 마루 위에 덧문 척척 닫힌 방을 보고, 이 몸이 앉은 채로 쓰러져 없었으면 좋으련마는, 그렇지 아니하면 무슨 경황에 내 손으로 저 방문을 열고 내 발로 저 방으로 들어갈까 하는 혼잣말을 다 마치지 못하고 정신을 잃었더라.

평시절 같으면 이웃 사람도 오락가락하고 방물장수, 떡장수도 들락날락할 터인데, 그때는 평양성중에 살던 사람들이 이번 불소리에 다 달아나고 있는 것은 일본 군사뿐이라. 그 군사들이 까마귀 떼 다니듯이 하며 이집 저집 함부로 들어간다.

본래 전시국제공법戰時國際公法[28]에, 전장에서 피란 가고 사람 없는 집은 집도 점령하고 물건도 점령하는 법이라. 그런고로 군사들이 빈 집을 보면 일삼아 들어간다.

김씨 집에 들어와서 보는 군사들은 마루 끝에 부인이 누웠는 것을 보고 도로 나갈 뿐이라. 아마도 부인을 구하여 줄 사람은 없었더라. 만일 엄동설한에 하루 동안을 마루에 누웠으면 얼어 죽었을 터이나, 다행히 일기가 더운 때라, 종일 정신없이 마루에 누웠으나 관계치 아니하였더라.

밤이 되매 비로소 정신이 나기 시작하는데, 꿈 깨고 잠 깨이듯 별안간에 정신이 난 것이 아니라 모란봉에 안개 걷히듯 차차 정신이 난다. 처음에 눈을 떠서 보니 하늘에는 별이 총총하고, 다시 눈을 둘러보니 우중충한 집에 나 혼자 누웠으니 이곳은 어디며 이 집은 뉘 집인지, 나는 어찌하여 여기 와서 누웠는지 곡절을 모른다.

차차 본즉 내 집이요, 차차 생각한즉 여기 와서 걸터앉았던 생각도 나고, 어젯밤에 일본 헌병부로 가던 생각도 나고, 총소리에 사람 모여 들던 생각도 나고, 도적놈에게 욕을 볼 뻔하던 생각이 나면서 새로이 소름이 끼친다.

정신이 번쩍 나고 없던 기운이 번쩍 나서 벌떡 일어앉았으니, 새로 남편 생각과 옥련이 생각만 난다.

안방에는 옥련이가 자는 듯하고, 사랑방에는 남편이 있는 듯하다. 옥련이를 부르면 나올 듯하고, 남편을 부르면 대답을 할 것 같다. 어젯날 지낸 일은 정녕 꿈이라, 내가 악몽을 꾸었지, 지금은 깨었으니 옥련이를 불러보리라 하고 안방으로 고개를 두르고 옥련아, 옥련아, 옥련아, 부르다가 소름이 죽죽 끼치고 소리가 점점 움츠러진다. 일어서서 안방 문 앞으로 가니, 다리가 덜덜 떨리고 가슴이 두근두근한다. 방문을 왈칵 잡아당기니 방 속에서 벼락 치는 소리가 나며 부인은 외마디 소리를 지르고 주저앉았더라.

어제 아침에 이 방에서 피란 갈 때에는 방 가운데 아무것도 늘어놓은 것 없었더니, 오늘 아침에 김관일이가 외국에 가려고 결심하고 나갈 때에 무엇을 찾느라고 다락 속 벽장 속에 있는 세간을 낱낱이 내놓고 궤문도 열어놓고, 농문도 열어놓고, 궤짝 위에 농짝도 놓고 농짝 위에 궤짝도 얹었는데, 단정히 놓인 것도 있지마는 곧 내려질 듯한 것도 있었더라. 방문은 무슨 정신에 닫고 갔던지, 방 안의 벽장문, 다락문은 열린 채로 두었더라.

강아지만 한 큰 쥐가 다락에서 나와서 방 안에서 제 세상같이 있다가, 방문 여는 소리를 듣고 궤 위에서 방바닥으로 내려 뛰는데, 그 궤가 안동[29]하여 떨어지니, 그 궤는 옥련의 궤라 조개껍질도 들고, 서양철[30]

조각도 들고 방울도 들고 유리병도 들었으니, 그 궤가 떨어질 때는 소리가 조용치는 못하겠으나 부인이 겁결에 들은즉 벼락 치는 소리같이 들렸더라.

부인이 정신을 차려서 당성냥을 찾으려고 방 안으로 들어가니, 발에 걸리고 몸에 부딪히는 것이 무엇인지 무서운 마음에 도로 나와서 마루 끝에 앉았더라. 이 밤이 초저녁인지 밤중인지 샐녘[31]인지 모르고 날 새기만 기다리는데, 부인의 마음에는 이 밤이 샐 때가 되었거니 하고 동편 하늘만 바라보고 있더라.

두 날개 탁탁 치며 '꼬끼요' 우는 소리는 첫닭이 분명한데 이 밤새우기는 참 어렵도다. 그렇게 적적한 집에 그 부인이 혼자 있어서 하루, 이틀, 열흘, 보름을 지낼수록 경황없고 처량한 마음이 조금도 감하지 아니한다. 감하지 아니할 뿐 아니라 날이 갈수록 심란한 마음이 깊어가더라. 그러면 무슨 까닭으로 세상에 살아 있는고. 한 가지 일을 기다리고 죽기를 참고 있었더라.

피란 갔던 이튿날 방 안에 세간이 늘어놓인 것을 보고 남편이 왔던 자취를 알고 부인의 마음에는 남편이 옥련이와 나를 찾아다니다가 찾지 못하고 집에 돌아와서 보고 또 찾으러 간 줄로 알고, 그 남편이 방향 없이 나서서 오죽 고생을 할까 싶은 마음에 가엾으면서 위로는 되더니, 그날 해가 지고 저무니 남편이 돌아올까 기다리는 마음에 대문을 닫지 아니하고 앉아 밤을 새웠더라. 그 이튿날 또 다음날을, 날마다 밤마다 때마다 기다리는데 사람의 소리가 들리면 뛰어나가 보고, 개가 짖으면 쫓아가서 본다.

고대하던 마음은 진하고 단망[32]하는 마음이 생긴다. 어느 곳에서 사람이 많이 죽었다 하는 소문이 있으면 남편이 거기서 죽은 듯하고, 어느 곳에서는 어린아이 죽었다는 말이 들리면 내 딸 옥련이가 거기서 죽은 듯하다.

남편이 살아오거니 하고 고대할 때는 마음을 붙일 곳이 있어서 살아 있었거니와, 죽어서 못 오거니 하고 단망하니 잠시도 이 세상에 있기가 싫다.

부인이 죽기로 결심하고 대동강 물에 빠져 죽을 차로 밤 되기를 기다려 강가로 향하여 가니, 그때는 구월 보름이라 하늘은 씻은 듯하고 달은 초롱같다. 은가루를 뿌린 듯한 백사장에 인적은 끊어지고 백구[33]는 잠들었다. 부인이 탄식하여 가로되,

"달아 물어보자, 너는 널리 부리로다.
낭군이 소식 없고 옥련은 간곳없다.
이 세상에 있으면 집 찾아왔으련만
일거[34] 무소식하니 북망객[35] 됨이로다.
이 몸이 혼자 살면 일평생 근심이요,
이 몸이 죽었으면 이 근심 모르리라.
십오 년 부부 정과 일곱 해 모녀 정이
어느 때 있었던지 지금은 꿈같도다.
꿈같은 이내 평생 오늘날뿐이로다.
푸르고 깊은 물은 갈 길이 저기로다."

이러한 탄식을 마치매 치마를 걷어잡고 이를 악물고 두 눈을 딱 감으면서 물에 뛰어내리니, 그 물은 대동강이요, 그 사람은 김관일의 부인이라. 물 아래 뱃나들이에 한 거룻배가 비꼈는데, 그 배 속에서 사공 하나와 평양성 내에 사는 고장팔이라 하는 사람과 단둘이 달밤에 밤윷[36]을 노는데, 그 사공과 고가는 각 어미 자식이나 성정은 어찌 그리 똑같

던지, 사공이 고가를 닮았는지, 고가가 사공을 닮았는지, 벌어먹는 길만 다르나 일만 없으면 두 놈이 함께 붙어 지낸다.

무엇을 하느라고 같이 붙어 지내는고. 둘 중에 하나만 돈이 있으면 서로 꾸어주며 투전을 하고, 둘이 다 돈이 없으면 담배 내기 밤윷이라도 아니 놀고는 못 견딘다. 하루 밥을 굶어라 하면 어렵게 여기지 아니하나 하루 노름을 하지 말라 하면 병이 날 듯한 놈들이라. 그 밤에도 고가가 그 사공을 찾아가서 단둘이 밤윷을 놀다가 물 위에서 이상한 소리가 들리나 윷에 미쳐서 정신을 모르다가, 물 위에서 웬 사람이 떠내려오다가 배에 걸려서 허덕거리는 것을 보고 급히 뛰어내려서 건진즉 한 부인이라. 본래 부인이 높은 언덕에서 뛰어내렸다면 물이 깊고 얕고 간에 살기가 어려웠을 터이나, 모래톱에서 물로 뛰어 들어가니 그 물이 한두 자 깊이가 될락 말락 한 물이라, 물이 낮아 죽지 아니하였으나 부인은 죽을 마음으로 빠진 고로 얕은 물이라도 죽을 작정만 하고 드러누우니 얼른 죽지는 아니하고 물에 떠서 내려가다가 배에 있던 사람에게 구원한 것이 되었더라.

화약 연기는 구름에 비 묻어 다니듯이 평양의 총소리가 의주로 올라가더니 백마산에는 철환 비가 오고 압록강에는 송장으로 다리를 놓는다.

평양은 난리 평정이 되고 의주는 새로 난리를 만났으니, 가령 화재 만난 집에서 안방에는 불을 잡았으나 건넌방에는 불이 붙는 격이라. 안방이나 건넌방이나 집은 한집이언마는 안방 식구는 제 방에만 불 꺼지면 다행으로 안다. 의주서는 피비 오는데 평양성중에는 차차 웃음소리가 난다. 피란 가서 어느 구석에 숨어 있던 사람들이 차차 모여들어서 성중에는 옛 모양이 돌아온다.

집집의 걸어 닫혔던 대문도 열리고, 골목골목에 사람의 자취가 없던 곳도 사람이 오락가락하고, 개 짖고 연기 나는 모양이 세상은 평화 된 듯하나, 북문 안의 김관일의 집에는 대문이 닫힌 대로 있고 그 집 문간엔 사람이 와서 찾는 자도 없었더라. 하루는 어떠한 노인이 부담말[37] 타고 오다가 김씨 집 앞에서 말에서 내리더니, 김씨 집 대문을 흔들어본즉 문이 걸리지 아니하였거늘 안으로 들어가더니 나와서 이웃집에 말을 묻는다.

(노인) "여보, 말 좀 물어봅시다. 저 집이 김관일, 김초시 집이오?"

(이웃 사람) "네, 그 집이오, 그 집에 아무도 없나 보오."

(노인) "나는 김관일의 장인 되는 사람인데, 내 사위는 만나보았으나 내 딸과 외손녀는 피란 갔다가 집 찾아왔는지 아니 왔는지 몰라서 내가 여기까지 온 길이러니, 지금 그 집에 들어가서 본즉 아무도 없기로 궁금하여 묻는 말이오."

(이웃 사람) "우리도 피란 갔다가 돌아온 지가 며칠 되지 아니하였으니 이웃집 일이라도 자세히 모르겠소."

노인이 하릴없이 다시 김씨 집에 들어가서 자세히 살펴보니 사람은 난리를 만나 도망하고 세간은 도적을 맞아서 빈 농짝만 남았는데, 벽에 언문 글씨가 있으니, 그 글씨는 김관일 부인의 필적인데, 대동강 물에 빠져 죽으려고 나가던 날의 세상 영결[38]하는 말이라.

노인이 그 필적을 보고 놀랍고 슬픈 마음을 진정치 못하였더라.

그 노인은 본래 평양성 내에서 살던 최주사라 하는 사람인데 이름은 항래라. 십 년 전에 부산으로 이사하여 크게 장사하는데, 그때 나이 오십이라. 재산은 유여하나[39] 아들이 없어서 양자하였더니 양자는 합의치 못하고, 소생은 딸 하나 있으나 그 딸은 편애할 뿐 아니라 그 딸을 기를 때에 최주사는 애쓰고 마음 상하면서 길러낸 딸이요, 눈살 맞고 자라난 딸인데, 그 딸인즉 김관일의 부인이라.

최씨가 그 딸 기를 때의 일을 말하자 하면 소진의 혀[40]를 두셋씩 이어놓고 삼사월 긴긴 해를 몇씩 포개놓을지라도 다 말할 수 없는 일이더라. 그 부인의 이름은 춘애라. 일곱 살에 그 모친이 돌아가고 계모에게 길렸는데, 그 계모는 부인 범절에는 사사이 칭찬 듣는 사람이나 한 가지 결점이 있으니, 그 흠절은 전실 소생 춘애에게 몹시 구는 것이라. 세간 그릇 하나라도 전실 부인이 쓰던 것이면 무당 불러서 불살라버리든지 깨뜨려버리든지 하여야 속이 시원하여지는 성정이라. 그러한 계모의 성정에 사르지도 못하고 깨뜨리지도 못할 것은 전실 소생 춘애라. 최씨가 그 딸을 옥같이 사랑하고 금같이 귀애하나 그 후취 부인 보는 때는 조금도 귀애하는 모양을 보이면 춘애는 그 계모에게 음해를 받을 터이라. 그런고로 최주사가 그 딸을 칭찬하고 싶은 때도 그 계모 보는 데는 꾸짖고 미워하는 상을 보이는 일도 많다.

그러면 최주사가 그 후취 부인에게 쥐여지내느냐 할 지경이면 그렇지도 아니하다.

그 후취 부인은 죽어 백골 된 전실에게 투기하는 마음 한 가지만 아니면 아무 흠절이 없으니, 그러한 부인은 쇠사슬로 신을 삼아 신고 그 신이 날이 나도록 조선 팔도를 다 돌아다니더라도 그만한 아내는 얻기가 어렵다 하는 집안 공론이라. 최씨가 후취 부인과 금실도 좋고 전취 소생 춘애도 사랑하니, 춘애를 위하여주려 하면 후실 부인의 뜻을 맞추어주는 일이 상책이라. 춘애가 어려서부터 총명하고 눈치 빠르기로는 어린아이로 볼 수가 없다. 계모에게 따르기를 생모같이 따르면서 혼자 앉으면 눈물을 씻고 죽은 어머니를 생각하더라. 춘애가 그러한 고생을 하고 자라나서 김관일의 부인이 되었는데, 최씨는 그 딸을 출가한 딸로 여기지 아니하고 젖 먹이는 딸과 같이 안다.

평양의 난리 소문이 다른 사람 듣기에는 이웃집에 초상났다는 소문과 같이 심상히[41] 들리나, 부산 사는 최항래 최주사의 귀에는 소름이 끼치도록 놀랍고 심려되더니, 하루는 그 사위 김관일이가 부산 최씨 집에 와서 난리 겪은 말도 하고, 외국으로 공부하러 가고자 하는 목적을 말하니, 최씨가 학비를 주어서 외국에 가게 하고, 최씨는 그 딸과 외손녀의 생사를 자세히 알고자 하여 평양에 왔더니, 그 딸이 대동강 물에 빠져 죽을 차로 벽상[42]에 그 회포를 쓴 것을 보니, 그 딸 기를 때의 불쌍하던 마음이 새로이 나서, 일곱 살에 저의 어머니 죽을 때에 죽은 어미의 뺨을 대이고 울던 모양도 눈에 선하고, 계모의 눈살을 맞아서 조접이 들던[43] 모양도 눈에 선하고, 내가 부산 갈 때에 부녀가 다시 만나보지 못하는 듯이 낙루하며 작별하던 모양도 눈에 선한 중에 해는 점점 지고 빈집에 쓸쓸한 기운은 날이 저물수록 형용하기 어렵더라.

최씨가 데리고 온 하인을 부르는데 근력 없는 목소리로,

"이애 막동아, 부담 떼서 안마루에 갖다 놓아라."

(막동) "말은 어디 갖다 매오리까?"

(최씨) "마방집[44]에 갖다 매어라."

(막동) "소인은 어디서 자오리까?"

(최씨) "마방집에 가서 밥이나 사서 먹고 이 집 행랑방에서 자거라."

(막동) "나리께서도 무엇을 좀 사다가 잡숫고 주무시면 좋겠습니다."

(최씨) "나는 술이나 먹겠다. 부담에 달았던 술 한 병 떼어 오고 찬합만 끌러놓아라. 혼자 이 방에 앉아 술이나 먹다가 밤새거든 새벽길 떠나서 도로 부산으로 가자. 난리가 무엇인가 하였더니 당하여보니 인간에 지독한 일은 난리로구나. 내 혈육은 딸 하나 외손녀 하나뿐이러니 와서 보니 이 모양이로구나. 막동아, 너같이 무식한 놈더러 쓸데없는 말 같지마는 이후에는 자손 보존하고 싶은 생각 있거든 나라를 위하여라. 우리나라가 강하였더면 이 난리가 아니 났을 것이다. 세상 고생 다 시키고 길러낸 내 딸자식 나 젊고 무병하건마는 난리에 죽었구

나. 역질, 홍역 다 시키고 잔주접[45] 다 떨어놓은 외손녀도 난리 중에 죽
었구나."

　(막동) "나라는 양반님네가 다 망하여놓으셨지요. 상놈들은 양반이
죽이면 죽었고, 때리면 맞았고, 재물이 있으면 양반에게 빼앗겼고, 계
집이 어여쁘면 양반에게 빼앗겼으니, 소인 같은 상놈들은 제 재물 제
계집 제 목숨 하나를 위할 수가 없이 양반에게 매였으니, 나라 위할 힘
이 있습니까. 입 한번을 잘못 벌려도 죽일 놈이니 살릴 놈이니, 오금을
끊어라 귀양을 보내라 하는 양반님 서슬에 상놈이 무슨 사람값에 갔습
니까? 난리가 나도 양반의 탓이올시다. 일청전쟁도 민영춘이란 양반이
청인을 불러왔답니다. 나리께서 난리 때문에 따님 아씨도 돌아가시고
손녀 아기도 죽었으니 그 원통한 귀신들이 민영춘이라는 양반을 잡아
갈 것이올시다."

하면서 말이 이어 나오니, 본래 그 하인은 주제넘다고 최씨 마음에 불
합하나, 이번 난리 중 험한 길에 사람이 똑똑하다고 데리고 나섰더니
이러한 심란 중에 주제넘고 버릇없는 소리를 함부로 하니 참 난리 난
세상이라. 난리 중에 꾸짖을 수도 없고 근심 중에 무슨 소리든지 듣기
도 싫은 고로 돈을 내주며 하는 말이,

　"막동아 너도 나가서 술이나 싫도록 먹어라."

　홧김에 먹고 보자 하니 막동이는 밖으로 나가고, 최씨는 혼자 술병을
대하여 팔자 한탄하다가 술 한 잔 먹고, 세상 원망하다가 술 한 잔 먹
고, 딸 생각이 나도 술 한 잔 먹고, 외손녀 생각이 나도 술 한 잔 먹고,
술이 얼근하게 취하더니 이 생각 저 생각 없이 술만 먹다가 갓 쓴 채로
목침 베고 드러누웠더니 잠이 들면서 꿈을 꾸었더라. 모란봉 아래서 딸
과 외손녀를 데리고 피란을 가다가 노략질꾼 도적을 만나서 곤란을 무
수히 겪다가 딸이 도적을 피하여 가느라고 높은 언덕에서 떨어져 죽는

것을 보고 최씨가 도적놈을 원망하여 도적놈을 때려죽이려고 지팡이를 들고 도적을 때리니, 도적놈이 달려들어 최씨를 마주 때리거늘, 최씨가 넘어져서 일어나려고 애를 쓰는데 도적놈이 최씨를 깔고 앉아서 멱살을 쥐고 칼을 빼니 최씨가 숨을 쉴 수가 없어 일어나려고 애를 쓰니 최씨가 분명 가위를 눌린 것이다.

곁에서 사람이 최씨를 흔들며 '아버지 여기를 어찌 오셨소, 아버지, 아버지' 하는 소리에 깜짝 놀라 깨치니 남가일몽이라. 눈을 떠서 자세히 본즉 대동강 물에 빠져 죽으려고 벽상에 회포를 써서 붙였던 딸이 살아온지라, 기쁜 마음에 정신이 번쩍 나서 생각한즉 이것도 꿈이 아닌가 의심난다.

(최씨) "이애, 네가 죽으려고 벽상에 유언을 써서 놓은 것이 있더니 어찌 살아왔느냐. 아까 꿈을 꾸니 네가 언덕에서 떨어져 죽었더니 지금 너를 보니 이것이 꿈이냐, 그것이 꿈이냐? 이것이 꿈이어든 이 꿈을 이대로 깨지 말고 십 년 이십 년이라도 이대로 지냈으면 그 아니 좋겠느냐." 하는 말이 최씨 생각에는 그 딸 만나보는 것이 정녕 꿈같고 그 딸이 참 살아온 사기[46]는 자세히 모른다.

원래 최씨 부인이 물에 빠져 떠내려갈 때에 뱃사공과 고장팔에게 구한 바 되었는데, 장팔의 모와 장팔의 처가 그 부인을 교군[47]에 태워서 저희 집으로 뫼시고 가서 수일을 극진히 구원하였다가, 그 부인이 차차 완인[48]이 되매 그날 밤들기를 기다려서 부인이 장팔의 모를 데리고 집에 돌아온 길이라. 장팔의 모는 길가에서 무엇을 사가지고 들어온다 하고 뒤떨어졌는데, 그 부인은 발씨 익은 내 집이라 앞서서 들어온즉 안마루에 부담 상자도 있고 안방에는 불이 켜서 밝은지라. 이전 마음 같으면 부인이 그 방문을 감히 열지 못하였을 터이나 별 풍상 다 지내고 지금은 겁나는 것도 없고 무서운 것도 없는지라, 내 집 내 방에 누가 와서 들어앉았는가 생각하면서 서슴지 아니하고 방문을 열어보니 웬 사람이 자다가 가위를 눌려서 애를 쓰는 모양인데, 자세히 본즉 자기의 부친이라. 부인이 그때에 부친을 만나니 반가운 마음에 아무 말도 아니 하고 나오느니 울음뿐이라.

뒤떨어졌던 고장팔의 모가 들이달아 오면서 덩달아 운다.

"에그, 나리 마님이 이 난리 중 여기 오셨네. 알 수 없는 것은 세상일 이올시다. 나리께서 부산으로 이사 가실 때에 할미는 늙은 것이라 살아서 다시 나리께 뵙지 못하겠다 하였더니 늙은것은 살았다가 또 뵈옵는데 어린 옥련애기와 젊으신 서방님은 어디 가서 돌아가셨는지 나리 오신 것을 못 만나뵈네."

하는 말은 속에서 솟아나오는 인정이라. 그 노파가 그 인정이 있을 만도 한 사람이라.

고장팔의 모가 본래 최씨 집 종인데 삼십 전부터 드난[49]은 아니 하나 최씨의 덕으로 살다가, 최씨가 이사 갈 때에 장팔의 모는 상전을 따라가고자 하나 장팔이가 노름꾼으로 최씨의 눈 밖에 난 놈이라 최씨를 따라가지 못하고 끈 떨어진 뒤웅박같이 평양에 있었더니, 이번에는 노름 덕으로 대동강 배 속에서 밤잠 아니 자고 있다가 최씨 부인을 구하여 살렸으니, 장팔이 지금은 노름하는 칭찬도 들을 만하게 되었더라.

최씨 부인이 그 부친에게 남편 김씨가 외국으로 유학하러 갔다는 말을 듣고 만 리의 이별은 섭섭하나 난리 중에 목숨을 보전한 것만 천행으로 여겨서, 부친의 말하는 입을 쳐다보면서 눈에는 눈물이 가득하나 얼굴에는 기쁜 빛을 띠었더라.

(최주사) "이애 김집아, 네 집은 외무주장[50]하니 여기서 고단하여 살 수 없을 것이니 나를 따라 부산으로 내려가서 내 집에 같이 있으면 좋지 아니하겠느냐."

(딸) "내가 물에 빠져 죽으려 하기는 가장이 죽은 줄로 생각하고 나 혼자 세상에 살아 있기가 싫은 고로 대동강에 빠졌더니, 사람에게 건진 바 되어 살아 있다가 가장이 살아서 외국에 유학하러 갔다는 소식을 들었으니 나는 이 집을 지키고 있다가 몇 해 후가 되든지 이 집에서 다시 가장의 얼굴을 만나보겠으니, 아버지께서는 딸 생각 말으시고 딸 대신 사위의 공부나 잘 하도록 학비나 잘 대어주시기를 바랍나이다. 나는 이 집에서 장팔의 어미를 데리고 박토[51] 마지기에서 도지 섬 받는 것 가지고 먹고 있겠소. 그러나 옥련이가 있었더면 위로가 되었을 걸, 허구한 세월을 어찌 기다리나."

하는 소리에 최주사가 흥격[52]이 마히나 다시한 시람이 오래 있을 수 없는 고로 수일 후에 부산으로 내려가고 최씨 부인은 장팔의 어미를 데리고 있으니, 행랑에는 늙은 과부요 안방에는 젊은 생과부가 있어서 김씨를 오기만 기다리고 세월 가기만 기다린다. 밤에는 밤이 길고 낮에는 낮이 긴데 그 밤과 그 낮을 모아 달 되고 해 되니, 천하에 어려운 것은 사람 기다리는 것이라. 부인의 생각에는 인간의 고생이 나 하나뿐인 줄로 알고 있건마는, 그보다 더 고생하는 사람이 또 있으니, 그것은 부인의 딸 옥련이라.

당초에 옥련이가 피란 갈 때에 모란봉 아래서 부모의 간 곳 모르고 어머니를 부르면서 발을 동동 구르다가 난데없는 철환 한 개가 넘어오더니 옥련의 왼편 다리에 박혀 넘어져서 그날 밤을 그 산에서 목숨이 붙어 있었더니, 그 이튿날 일본 적십자 간호수가 보고 야전병원野戰病院으로 실어 보내니 군의軍醫가 본즉 중상은 아니라. 철환이 다리를 뚫고 나갔는데 군의 말이, '만일 청인의 철환을 맞았으면 철환에 독한 약이 섞인지라 맞은 후에 하룻밤을 지냈으면 독기가 몸에 많이 퍼졌을 터이나, 옥련이가 맞은 철환은 일인의 철환이라 치료하기 대단히 쉽다' 하더니, 과연 삼 주일이 못 되어서 완연히 평일과 같은지라. 그러나 옥련이는 갈 곳이 없는 아이라, 병원에서 옥련의 집을 물은즉 평양 북문 안이라 하니 병원에서 옥련이가 나이 어리고 또한 정경을 불쌍케 여겨서 통사[53]를 안동하여 옥련의 집에 가서 보라 한즉, 그때는 옥련의 모친이 대동강 물에 빠져 죽으려고 벽상에 그 사정 써서 붙이고 간 후이라, 통변이 그 글을 보고 옥련을 불쌍히 여겨서 도로 데리고 야전병원으로 가니, 군의 정상井上 소좌가 옥련의 정경을 불쌍히 여기고 옥련의 자품[54]을 기이하게 여겨 통변을 세우고 옥련의 뜻을 묻는다.

(군의) "이애, 너의 아버지와 어머니가 어디로 간지 모르냐?"

(옥) "……."

(군의) "그러면 네가 내 집에 가서 있으면 내가 너를 학교에 보내어 공부하도록 하여줄 것이니, 네가 공부를 잘하고 있으면 내가 아무쪼록 너의 나라에 탐지하여 너의 부모가 살았거든 너의 집으로 곧 보내주마."

(옥) "우리 아버지, 어머니가 살아 있는 줄을 알고 나를 도로 우리 집에 보내줄 것 같으면 아무 데라도 가고 아무것을 시키더라도 하겠소."

(의) "그러면 오늘이라도 인천으로 보내서 어용선[55]을 타고 일본으로 가게 할 것이니, 내 집은 일본 대판[56]이라. 내 집에 가면 우리 마누라가 있는데, 아들도 없고 딸도 없으니 너를 보면 대단히 귀애할 것이니 너의 어머니로 알고 가서 있거라."

하면서 귀국하는 병상병病傷兵에게 부탁하여 일본 대판으로 보내니, 옥련이가 교군 바탕[57]을 타고 인천까지 가서 인천서 유선을 타니, 등 뒤에는 부모 소식이 묘연하고 눈앞에는 타국 산천이 생소하다.

만일 용렬한 아이가 일곱 살에 난리 피란을 가다가 부모를 잃었으면 어미 아비만 생각하고, 낯선 사람이 무슨 말을 물으면 눈물이 비죽비죽하고 주접이 덕적덕적하고 묻는 말을 대답도 시원히 못 할 터이나, 옥련이는 어디 그러한 영리하고 숙성한 아이가 있었던지 혼자 있을 때는 부모를 보고 싶은 마음에 죽을 듯하나 사람을 대할 때는 어찌 그리 천연하던지, 부모 생각하는 기색이 조금도 없더라. 옥련의 얼굴은 옥을 깎아서 연지분으로 단장한 것 같다.

옥련의 부모가 옥련 이름 지을 때에 옥련의 모양과 같이 아름다운 이름을 짓고자 하여 내외 공론이 무수하였더라. 옥같이 희다 하여 옥이라고 부르는 사람은 옥련이 모친이요, 연꽃같이 번화하다 하여 연화라고 부르는 사람은 옥련의 부친이라.

그 아이 이름 짓던 날은 의논이 부산하다가 구화[58] 담판되듯 옥 자, 련 자를 합하여 옥련이라고 지은 이름이리. 부모 된 사람이 제 자식 귀애하는 마음에 혹 시꺼먼 괴석 같은 것도 옥같이 보는 일도 있고, 누렁퉁이나 호박꽃같이 생긴 것도 연꽃같이 보이는 일도 있기는 있지마는, 옥련이 같은 아이는 옥련의 부모의 눈에만 그렇게 아름다운 것이 아니라 어떠한 사람이든지 칭찬 아니 하는 사람이 없고, 또 자식 없는 사람이 보면 뺏어 갈 것같이 탐을 내서 하는 말에, 옥련이를 잡아가서 내 딸이 될 것 같으면 벌써 집어 갔겠다 하는 사람이 무수하였더라.

그러하던 옥련이가 부모를 잃고 만리타국으로 혼자 가니, 배 안에 들어 있는 사람들은 소일 조로 옥련의 곁에 모여들어서 말 묻는 사람도 있고, 조선말을 하지 못하는 사람들은 행중에서 과자를 내주니, 어린아이가 너무 괴롭고 성이 가실 만하련마는 옥련이는 천연할 뿐이라.

만리창해에 살같이 빠른 배가 인천서 떠난 지 나흘 만에 대판에 다다르니, 대판에서 내릴 선객들은 각기 제 행장을 수습하여 삼판[59]에 내려가느라고 분요[60]하나 옥련이는 행장도 없고 몸 하나뿐이라 혼자 가만히 앉았으니, 어린 소견에도 별생각이 다 난다.

'남은 제 집 찾아가건마는 나는 뉘 집으로 가는 길인고. 남들은 일이 있어서 대판에 오는 길이거니와 나 혼자 일없이 타국에 가는 사람이라. 편지 한 장을 품에 끼고 가는 집이 뉘 집인고. 이 편지 볼 사람은 어떠한 사람이며, 이내 몸 위하여줄 사람은 어떠한 사람인가. 딸을 삼거든 딸 노릇 하고, 종을 삼거든 종노릇하고, 고생을 시키거든 고생도 참을 것이요, 공부를 시키거든 일시라도 놀지 않고 공부만 하여 볼까.'

이런 생각 저런 생각, 생각만 하느라고 시름없이 앉았더니, 평양서부터 동행하던 병정이 옥련이를 부르는데 말을 서로 알아듣지 못하는 고로 눈치로 알아듣고 따라 내려가니, 그 병대는 평양 싸움에 오른편 다리에 총을 맞고 옥련이와 같이 야전병원에서 치료하던 사람인데, 철환이 신경맥을 상한 고로 치료한 후에 그 다리가 불인하여 몽둥이에 의지하여 겨우 걸어 다니는지라. 그 병대는 앞에 서서 내려가는데, 옥련이가 뒤에 서서 보다가 하는 말이, 나도 다리에 총 맞았던 사람이라. 내가 만일 저 모양이 되었더라면 자결하여 죽는 것이 편하지 살아서 쓸데 있나, 하는 소리를 옥련의 말 알아듣는 사람이 없으니, 그런 말은 못 듣는 것이 좋건마는, 좋은 마디는 그뿐이라. 옥련이가 제일 답답한 것은 서로 말 모르는 것이라. 벙어리 심부름하듯 옥련이가 병정 손짓하는 대로만 따라간다.

옥련의 눈에는 모두 처음 보는 것이라. 항구에는 배 돛대가 삼 대 들어서듯 하고, 저잣거리에는 이 층, 삼 층 집이 구름 속에 들어간 듯하고, 지네같이 기어가는 기차는 입으로 연기를 확확 뿜으면서 배는 천동지동하듯 구르며 풍우같이 달아난다. 넓고 곧은길에 갔다 왔다 하는 인력거 바퀴 소리에 정신이 없는데, 병정이 인력거 둘을 불러서 저도 타고 옥련이도 태우니 그 인력거들이 살같이 가는지라. 옥련이가 길에서 아장아장 걸을 때에는 인해 중에 넘어질까 조심되어 아무 생각이 없더니, 인력거 위에 올라앉으매 새로이 생각만 난다.

'인력거야, 천천히 가고지고. 이 길만 다 가면 남의 집에 들어가서 밥도 얻어먹고 옷도 얻어 입고, 마음도 불안하고 몸도 불편할 터이로구나. 인력거야, 어서 바삐 가고지고. 궁금하고 알고자 하는 일은 어서 바삐 눈으로 보아야 시원하다. 가품 좋고 인정 있는 사람인지, 집안에서 찬 기운 나고 사람에게서 독기가 똑똑 떨어지는 집이나 아닌지. 내 운수가 좋으려면 그 집 인심이 좋으련마는 조실부모하고 만리타국에 유리[61]하는 내 운수에⋯⋯.'

그러한 생각에 눈물이 비 오듯 하며 흑흑 느끼며 우는데 인력거는 벌써 정상 군의 집 앞에 와서 내려놓는데, 옥련이가 인력거 그치는 것을 보고 이것이 정상 군의 집인가 짐작하고 조심되는 마음에 작은 몸이 너욱 작아진 듯하다.

슬픈 생각도 한가한 때를 타서 나는 것이라. 눈물이 뚝 그치고 아니 나온다. 옥련이가 눈을 이리 씻고 저리 씻고 부산히 씻는 중에 앞에 섰던 인력거꾼이 무슨 소리를 지르매 계집종이 나와서 문간방에 꿇어앉아서 공손히 말을 물으니 병정이 두어 말 하매 종이 안으로 들어가더니 다시 나와서 병정더러 들어오라 하니, 병정이 옥련이를 데리고 정상 군의 집안으로 들어갔다.

병정은 정상 부인을 대하여 군의 소식을 전하고 옥련의 사기를 말하고 전지戰地의 소경력을 이야기하는데, 옥련이는 정상 부인의 눈치만 본다.

부인의 나인 삼십이 될락 말락 하니 옥련의 모친과 정동갑이나 아닌지, 연기[62]는 옥련의 모친과 그렇게 같으나 생긴 모양은 옥련의 모친과 반대만 되었다. 옥련의 모친은 눈에 애교가 있더라. 정상 부인은 눈에 살기만 들었더라. 옥련의 모친은 얼굴이 희고 도화색을 띠었더니 정상 부인의 얼굴이 희기는 하나 청기가 돈다. 얌전도 하고 쌀쌀도 한데, 군

의의 편지를 받아 보면서 옥련이를 흘끔흘끔 보다가 병정더러 무슨 말
도 하는 것은 옥련의 마음에는 모두 내 말 하거니 하고 단정히 앉았는
데 병정은 할 말 다 하였는지 작별하고 나가고, 옥련이만 정상 군의의
집에 혼자 떨어져 있으니 옥련이가 새로이 생소하고 비편한[63] 마음뿐
이라.

(정상 부인) "이애 설자야, 나는 딸 하나 났다."

(설자) "아씨께서 자녀 간에 없이 고적하게 지내시더니 따님이 생겼
으니 얼마나 좋으십니까. 그러나 오늘 낳으신 아기가 대단히 숙성하오
이다."

(정) "설자야, 네가 옥련이를 말도 가르치고 언문[假名]도 잘 가르쳐주
어라. 말을 알아듣거든 하루바삐 학교에 보내겠다."

(설자) "내가 작은아씨를 가르칠 자격이 되면 이 댁에 와서 종노릇을
하고 있겠습니까."

(정) "너더러 어려운 것을 가르쳐주라 하는 것이 아니다. 심상소학교[64]
일 년급 독본이나 가르쳐주라는 말이다. 네 동생같이 알고 잘 가르쳐다
오. 말을 능통히 알기 전에는 집에서 네가 교사 노릇 하여라. 선생 겸
종 겸 어렵겠다. 월급이나 많이 받으려무나."

(설자) "월급은 더 바라지 아니하거니와 연희장演戱場 구경이나 자주
시켜주시면 좋겠습니다."

(정) "설자야, 우리 옥련이 데리고 잡점에 가서 옥련에게 맞는 부인
양복이나 사서 가지고 목욕집에 가서 목욕이나 시키고 조선 복색을 벗
기고 양복이나 입혀보자."

정상 부인은 옥련이를 그렇게 귀애하나 말 못 알아듣는 옥련이는 정
상 부인의 쓸쓸한 모양에 축기[65]가 되어 고역 치르듯 따라다닌다.

말 못 하는 개도 사람이 귀애하는 것을 알거든, 하물며 사람이야. 아

무리 어린아이기로 저를 사랑하는 눈치를 모를 리가 없는 고로 수일이 못 되어 옥련이가 옹그리고 자던 잠이 다리를 쭉 뻗고 잔다.

정상 부인이 갈수록 옥련이를 귀애하고 옥련이는 날이 갈수록 정상 부인에게 따른다.

옥련의 총명 재질은 조선 역사에는 그러한 여자가 있다고 전한 일은 없으니, 조선 여편네는 안방구석에 가두고 아무것도 가르치지 아니하였은즉, 옥련이 같은 총명이 있더라도 세상에서 몰랐든지, 이렇든지 저렇든지 옥련이는 조선 여편네에게는 비할 곳 없더라.

옥련의 재질은 누가 듣든지 거짓말이라 하고 참말로는 듣지 아니한다. 일본 간 지 반 년도 못 되어 일본말을 어찌 그렇게 잘히던지, 정상 군의 집에 와서 보는 사람들이 옥련이를 일본 아이로 보고 조선 아이로는 보지를 아니한다. 정상 부인이 옥련이를 가르치며 저 아이가 조선 아이인데 조선서 온 지가 반년밖에 아니 된다 하는 말은 옥련이를 자랑코자 하여 하는 말이나, 듣는 사람은 정상 부인의 농담으로 듣다가 설자에게 자세한 말을 듣고 혀를 홰홰 내두르면서 칭찬하는 소리에 옥련이도 흥이 날 만하겠더라.

호외號外, 호외, 호외라고 소리를 지르며 대판 저자 큰길로 달음박질하여 돌아다니는 사람들이 둘씩 셋씩 지나가니 옥련이가 학교에 갔다 오는 길에 문을 열고 들어오면서,

“여보, 어머니 저것이 무슨 소리요?”

(부인) “네가 온갖 것을 다 알아듣더니 호외는 모르는구나. 그러나 무슨 큰일이 있는지 한 장 사 보자. 이애 설자야, 호외 한 장 사 오너라.”

(설자) “네, 지금 가서 사 오겠습니다.”

하면서 급히 나가니 옥련이가 달음박질하여 따라 나가면서, 이애 설자야, 그 호외를 내가 사 오겠으니 돈을 이리 달라 하니, 설자가 웃으면서

하는 말이 누구든지 먼저 가는 사람이 호외를 산다 하고 달아나니 설자는 다리가 길고 옥련이는 다리가 짧은지라, 설자가 먼저 가서 호외 한 장을 사 가지고 오는 것을 옥련이가 붙들고 호외를 달라 하여 기어이 빼앗아 가지고 와서 하는 말이,

"어머니, 이 호외를 보고 나 좀 가르쳐주오."

정상 부인이 웃으며 받아 보니『대판매일신문』호외라. 한 줄쯤 보고 깜짝 놀라더니 서너 줄쯤 보고 에그 소리를 하면서 호외를 던지고 아무 소리 없이 눈물이 비 오듯 한다.

(옥련) "어머니, 어찌하여 호외를 보고 울으시오. 어머니, 어머니……."

부인은 대답 없이 눈물만 흘리니, 옥련이가 설자를 부르면서 눈에 눈물이 가랑가랑하니, 설자는 방문 밖에 앉았다가 부인의 낙루하는 것은 못 보고 옥련의 눈만 보고 하는 말이,

"작은아씨가 울기는 왜 울어. 갓 낳은 어린아이와 같이."

(옥) "설자야, 사람 조롱 말고 들어와서 호외 좀 보고 가르쳐다고. 어머니께서 호외를 보고 울으시니 호외에 무슨 말이 있는지 왜 울으시는지 자세히 보아라. 어서, 어서!"

(설) "아씨, 호외에 무슨 일이 있습니까? 아씨께서만 보셨으면 좀 보겠습니다."

설자가 호외를 들고 보다가 쌍긋 웃더니 그 아래는 자세히 보지 아니하고 하는 말이,

"아씨, 이것 좀 보십시오. 요동반도가 함락이 되었습니다. 아씨, 우리 일본은 싸움할 적마다 이기니 좋지 아니하옵니까. 에그, 우리나라 군사가 이렇게 많이 죽었나. 아씨, 이를 어찌하나. 우리 댁 영감께서 돌아가셨네. 만국공법萬國公法[66]에, 전시에서 적십자기赤十字旗 세운 데는

위태치 아니하다더니 영감께서는 군의시언마는 돌아가셨으니 웬일이오니까.”

(옥) “무엇, 아버지가 돌아가셨어?”

옥련이는 소리쳐 울고 부인은 소리 없이 눈물만 떨어지고 설자는 부인을 쳐다보며 비죽비죽 우니 온 집안이 울음빛이라.

호외 한 장이 온 집안의 화기를 끊어버렸더라. 정상 군의는 인간의 다시 오지 못하는 길을 가고, 정상 부인은 찬 베개 빈방에서 적적히 세월을 보내더라.

조선 풍속 같으면 청상과부가 시집가지 아니하는 것을 가장 잘난 일로 알고 일평생을 근심 중으로 지내니, 그러한 도덕성의 죄가 되는 악한 풍속은 문명한 나라에는 없는 고로, 젊어서 과부가 되면 시집가는 것은 천하만국에 부끄러운 일이 아니라. 정상 부인이 어진 남편을 얻어 시집을 간다.

(부인) “이애 옥련아, 내가 젊은 터에 평생을 혼자 살 수 없고 시집을 가려 하는데 너를 거두어줄 사람이 없으니 그것이 불쌍한 일이로구나……”

옥련의 마음에는 정상 부인이 시집가는 곳에 부인을 따라가고 싶으나 부인이 데리고 가지 아니할 말을 하니, 옥련이는 새로이 평양성 밖 모란봉 아래서 부모를 잃고 발을 구르며 울던 때 마음이 별안간에 다시 난다. 옥련이가 부인의 무릎 위에 푹 엎디며 목이 메어 하는 말이,

“어머니, 어머니가 가시면 나는 누구를 믿고 사나.”

(부인) “오냐, 나는 죽은 셈만 치려무나.”

(옥련) “어머니 죽으면 나도 같이 죽지.”

그 소리 한마디에 부인 가슴이 답답하여 무슨 생각을 하고 있더라. 그때 부인이 중매더러 말하기를, 내 한 몸뿐이라 하였는데, 남편 될 사

람도 그리 알고 있으니 이제 새로이 딸 하나 있다 하기도 어렵고, 옥련이가 따르는 모양을 보니 차마 떼치기도 어려운 마음이 생긴다.

(부인) "이애 옥련아, 울지 말아라. 내가 시집가지 아니하면 그만이로구나. 내가 이 집에서, 네 공부나 시키고 있다가 십 년 후에는 내가 네게 의지하겠으니 공부나 잘하여라."

(옥) "어머니가 참 시집 아니 가고 집에 있어서 날 공부시켜 주시겠소?"

(부인) "오냐, 염려 말아라. 어린아이더러 거짓말하겠느냐."

옥련이가 그 말을 듣고 기쁜 마음을 이기지 못하여 부인의 무릎 위에 앉아서 뺨을 대고 어리광을 하더라.

그 후로부터 옥련이가 부인에게 따르는 마음이 더욱 간절하여 학교에 가면 집에 돌아오고 싶은 마음만 있다가 하학 시간이 되면 달음박질하여 집에 와서 부인에게 안겨서 어리광만 한다. 그 어리광이 며칠 못 되어 눈치꾸러기[67]가 된다.

부인이 처음에는 옥련이의 어리광을 잘 받더니, 무슨 까닭인지 옥련이가 어리광을 피우면 핀잔을 주고 찬 기운이 돈다. 날이 갈수록 옥련이가 고생길로 들고 근심 중으로 지낸다.

본래 부인이 시집가려 할 때에 옥련의 사정이 불쌍하여 중지하였으나 젊은 부인이 공방[68]에서 고적한 마음이 있을 때마다 옥련이가 미운 마음이 생긴다. 어디서 얻어 온 자식 말고 제 속으로 나온 자식일지라도 귀치 아니한 생각이 날로 더하는 모양이다.

옥련이가 부인에게 귀염 받을 때에는 문밖에 나가기를 싫어하더니, 부인에게 미움받기 시작하더니 문밖에 나가며 들어오기를 싫어하더라.

부인이 옥련이를 귀애할 때에는 옥련이가 어디 가서 늦게 오면 문에 의지하여 기다리더니, 옥련이를 미워하는 마음이 생기더니 옥련이가

오는 것을 보면,

"에그, 저 원수의 것이 무슨 연분이 있어서 내 집에 왔나!"
하면서 눈살을 아드득 찌푸리더라.

옥련이가 앉아도 그 눈살 밑, 서도 그 눈살 밑, 밥을 먹어도 그 눈살 밑, 잠을 자도 그 눈살 밑, 눈살 밑에서 자라나는 옥련이가 눈치만 늘고 눈물만 흔하더라. 하루가 삼추[69] 같은 그 세월이 삼 년이 되었는데, 옥련이는 심상소학교 입학한 지 사 년이라. 옥련의 졸업식을 당하여 학교에서 옥련이가 우등생이 된 고로 사람마다 칭찬하는 소리가 옥련의 귀에는 조금도 기뻐 들리지 아니한다. 기뻐 들리지 아니할 뿐 아니라 귀가 아프고 듣기 싫더라.

듣기 싫은 중에 더구나 듣기 싫은 소리가 있으니 무슨 소리런가.

"저 아이는 정상 군의의 양녀지. 군의는 요동반도 함락될 때에 죽었다지. 그 부인은 그 양녀 옥련이를 불쌍히 여겨서 시집도 아니 가고 있다지. 에그, 갸륵한 부인일세. 저 철없는 옥련이가 그 은혜를 다 알는지. 알기는 무엇을 알아. 남의 자식이라는 것이 쓸데없나니 참 갸륵한 일일세. 정상 부인이 남의 자식을 길러 공부를 시키려고 젊은 터에 시집을 아니 가고 있으니 드문 일이지."

졸업식에 모인 사람들이 옥련이 재조 있는 것을 추다가 옥련의 의모 되는 부인의 칭찬을 시작하더니, 받고차기[70]로 말이 끊어지지 아니하니, 옥련이는 그 소리를 들을 적마다 남모르는 설움이 생기더라.

옥련이가 집에 돌아와서 문 열고 들어오면서,

"어머니, 나는 졸업장 맡았소."

(부인) "이제는 공부 다 하였으니 어미를 먹여 살려라. 공부를 네가 한 듯하나 내가 시키지 아니하였으면 공부가 다 무엇이냐. 네가 조선서 자랐으면 곧 공부하는 구경도 못 하였을 것이다. 네 운수 좋으려고 일

청전쟁이 난 것이다. 네 운수 좋았으나 내 운수만 글렀다. 너 하나 공부 시키려고 허구한 세월에 이 고생을 하고 있다."

부인이 덕색[71]의 말이 퍼부어 나오니 옥련이가 고개를 숙이고 가만히 생각한즉, 겨우 소학교 졸업한 계집아이가 제 힘으로는 정상 부인을 공양할 수도 없고, 정상 부인의 힘을 또 입으면서 공부하기도 싫고 한 가지 생각만 난다. 이 세상을 얼른 버려 정상 부인의 눈에 보이지 말고 하루바삐 황천에 가서 난리 중에 죽은 부모를 만나리라 결심하고 천연한 모양으로 부인에게 좋은 말로 대답하고, 그날 밤에 물에 빠져 죽을 차로 대판 항구에로 나가다가 항구에 사람이 많은 고로 사람 없는 곳을 찾아간다.

으스름달밤은 가깝게 있는 사람을 알아볼 만한데, 이리 가도 사람이 있고 저리로 가도 사람이라. 옥련이가 동으로 가다가 돌쳐서서[72] 서으로 향하다가 도로 돌쳐서서 머뭇머뭇하는 모양이 대단히 수상한지라.

등 뒤에서 웬 사람이 '이애 이애' 부르는데, 돌아다본즉 순검이라. 옥련이가 소스라쳐 놀라 얼른 대답을 못 하니 순검이 더욱 의심이 나서 앞에 와 서서 말을 묻는다. 옥련이가 대답할 말이 없어서 억지로 꾸며 대답하되, 권공장勸工場[73]에 무엇을 사러 나왔다가 집을 잃고 찾아다닌다 하니, 순검이 다시 의심 없이 옥련의 집 통수를 묻더니 옥련이를 데리고 옥련이 집에 와서 정상 부인에게 옥련이가 집 잃었던 사기를 말하니, 부인이 순검에게 사례하여 작별하고 옥련이를 방으로 불러 앉히고 말을 묻는다.

(부인) "이애, 네가 무슨 일이 있어서 이 밤중에 항구에 나갔더냐. 미친 사람이 아니거든 동으로 가려다 서으로 가다 남으로 북으로 온 대판을 헤매더라 하니 무엇 하러 나갔더냐. 너 같은 딸 두었다가 망신하기 쉽겠다. 신문거리만 되겠다."

그러한 꾸지람을 눈이 빠지도록 듣고 있으나 옥련이는 한 번 정한 마음이 있는 고로 설움이 더할 것도 없고 내일 밤 되기만 기다린다.

그날 밤에 부인은 과부 설움으로 잠이 들지 못하여 누웠다가 일어나서 껐던 불을 다시 켜고 소설 한 권을 보다가 그 책을 놓고 우두커니 앉아서 무슨 생각을 하는 모양이라.

윗목에서 상직잠[74] 자던 노파가 벌떡 일어나더니 하는 말이,

"아씨, 왜 주무시다가 일어나셨습니까?"

(부인) "팔자 사납고 근심 많은 사람이 잠이 잘 오나."

(노파) "아씨께서 팔자 한탄하실 것이 무엇 있습니까. 지금도 좋은 도리를 하시면 좋아질 것이올시다. 이때끼지 혼자 고생하신 것도 작은아씨 하나를 위하여 그리하신 것이 아니오니까?"

(부인) "글쎄 말일세. 남의 자식을 위하여 이 고생을 하고 있는 것이 내가 병신이지."

(노파) "그러하거든 작은아씨가 아씨를 고마운 줄이나 알면 좋지마는, 고마워하기는 고사하고 아씨 보면 곁눈질만 살살 하고 아씨를 진저리를 내는 모양이올시다."

(부인) "글쎄 말일세. 내가 저 하나를 위하여 가려 하던 시집도 아니 가고 삼 년, 사 년을 이 고생을 하고 있으니 아무리 어린것일지라도 나를 고마운 줄 알 터인데 고것 그리 발칙하게 구네그려. 오늘 밤 일로 말하더라도 이상한 일이 아닌가. 어린것이 이 밤중에 무엇 하러 항구에를 나갔단 말인가. 물에나 빠져 죽으려고 갔던지 모르겠지마는, 내가 제게 무엇을 그리 몹시 굴어서 제가 설운 마음이 있어 죽으려 하였단 말인가. 아무리 생각하여도 모를 일일세. 만일 죽고 보면 세상 사람들은 내가 구박이나 한 줄로 알겠지. 그런 못된 것이 있나."

(노) "죽기는 무엇을 죽어요. 죽을 터이면 남 못 보는 곳에 가서 죽지.

이리 가다가 저리 가다가 대판 바닥을 다 다니다가 순검의 눈에 띄겠습니까. 아씨의 몹쓸 이름만 드러낼 마음으로 그러한 것이올시다. 아씨께서는 고생만 하시고 댁에 계셔도 쓸데없습니다. 아씨께서 가시려면 진작 가셔야지, 한 나이라도 젊으셨을 때에 가셔야 합니다. 할미는 나이 오십이 되고 머리가 희뜩희뜩하여 생각하면 어느 틈에 나이를 이렇게 먹었던지 세월같이 무정하고 덧없는 것은 없습니다.”

(부) “남도 저렇게 늙었으니 낸들 아니 늙고 평생에 이 모양으로만 있겠나. 어디든지 내 몸 하나 가서 고생 아니 할 곳이 있으면 내일이라도 가고 모레라도 가겠다.”

부인과 노파는 옥련이가 잠이 든 줄 알고 하는 말인지, 잠이 들었든지 아니 들었든지 말을 듣든지 말든지 관계없이 하는 말인지, 부인이 옥련이를 버리고 시집가기로 결심하고 하는 말이라.

옥련이는 그날 밤에 물에 빠져 죽으러 나갔다가 죽지도 못하고 순검에게 붙들려 들어와서 정상 부인 앞에서 잠을 자는데, 소리를 삼키고 눈물을 흘리다가 정신이 혼혼하여[75] 잠이 잠깐 들었는데 일몽을 얻었더라.

옥련이가 죽으려고 평양 대동강으로 찾아 나가는데 걸음이 걸리지 아니하여 대동강이 보이면서 갈 수가 없어서 애를 무수히 쓰는데 홀연히 등 뒤에서 ‘옥련아 옥련아’ 부르는 소리가 들리거늘 돌아다보니 옥련의 어머니라. 별로 반가운 줄도 모르고 하는 말이, ‘어머니는 어디로 가시오. 나는 오늘 물에 빠져 죽으러 나왔소’ 하니, 옥련의 모친이 하는 말이 ‘이애 죽지 말아라, 너의 아버지께서 너 보고 싶다 하는 편지를 하셨더라.’ 하는 말끝을 마치지 못하여, 정상 부인의 앞에서 노파가 자다가 일어나면서,

“아씨 왜 주무시다가 일어났습니까?”

하는 소리에 옥련이가 잠이 깨었는데, 그 잠이 다시 들어서 그 꿈을 이어 꾸었으면 좋겠다 하는 생각을 하나 정상 부인과 노파가 받고차기로 옥련이 말만 하니, 정신이 번쩍 나고 잠이 다 달아나서 그 꿈을 이어 보지 못할지라.

불빛을 등지고 드러누웠는데, 귀에 들리나니 가슴 아픈 소리라. 노파는 부인의 마음 좋도록만 말하니, 부인은 하룻밤 내에 노파와 어찌 그리 정이 들었던지, 노파더러 하는 말이,

"여보게, 내가 어디로 가든지 자네는 데리고 갈 터이니 그리 알고 있으라."

하니 노파의 대답이,

"아씨께서 가실 것은 무엇 있습니까. 서방님이 이 댁에로 오시지요. 아씨는 시댁 간다 하지 말고 서방님이 장가오신다 합시오. 아씨께서 재물도 있고 이러한 좋은 집도 있으니, 서방님 되시는 이가 재물은 있든지 없든지 마음만 착하시면 좋겠습니다. 작은아씨는 어디로 쫓아 보내시면 그만이지요. 할미는 죽기 전에 아씨만 모시고 있겠으니 구박이나 맙시오."

부인이 할미더러 포도주 한 병을 가져오라 하면서 하는 말이,

"자네 말을 들으니 내 속이 시원하고 내 근심이 다 어디로 가는지 모르겠네. 내가 아무리 무정한들 자네 구박이야 하겠나. 술이나 먹고 잠이나 자세."

하더니 포도주 한 병을 둘이 다 따라 먹고 드러눕더니 부인과 노파가 잠이 깊이 드는 모양이더라. 자명종은 새로 세 시를 땅땅 치는데 노파의 코 고는 소리는 반자[76]를 울린다. 옥련이가 일어나서 한참을 가만히 앉아서 노파의 드러누운 것을 흘겨보며 하는 말이,

"이 몹쓸 늙은 여우야, 사람을 몇이나 잡아먹고 이때까지 살았느냐.

나는 너 보기 싫어 급히 죽겠다. 너는 저 모양으로 백 년만 더 살아라."
하더니 다시 머리 들어 정상 부인을 보며 하는 말이,

"내 몸을 낳은 사람은 평양 아버지 평양 어머니요, 내 몸을 살려서 기른 사람은 정상 아버지와 대판 어머니라. 내 팔자 기박하여 난리 중에 부모 잃고, 내 운수 불길하여 전쟁 중에 정상 아버지가 돌아가니, 어리고 약한 이내 몸이 만리타국에서 대판 어머니만 믿고 살았소. 내 몸이 어머니의 그러한 은혜를 입었는데, 내 몸을 인연하여 어머니 근심되고 어머니 고생되면 그것은 옥련의 죄올시다. 옥련이가 살아서는 어머니 은혜를 갚을 수가 없소. 하루바삐, 한시바삐, 바삐 바삐 죽었으면 어머니에게 걱정되지 아니하고 내 근심도 잊어 모르겠소. 어머니, 나는 가오. 부디 근심 말고 지내시오."
하면서 눈물이 비 오듯 하다가 한참 진정하여 일어나더니 문을 열고 나가니 가려는 길은 황천이라.

항구에 다다르니 넓고 깊은 바닷물은 하늘에 닿은 듯한데, 옥련이 가는 곳은 저 길이라. 옥련이가 그 물을 바라보고 하는 말이,

"오냐, 반갑다. 오던 길로 도로 가는구나. 일청전쟁이 일어났을 때에 그 전쟁은 우리 집에서 혼자 당한 듯이 내 부모는 죽은 곳도 모르고, 내 몸에는 총을 맞아 죽게 된 것을 정상 군의 손에 목숨이 도로 살아나서 어용선을 타고 저 바다로 건너왔구나. 오기는 물 위의 길로 왔거니와 가기는 물속 길로 가리로다. 내 몸이 저 물에 빠지거든 이 물에서 썩지 말고 물결, 바람결에 몸이 둥둥 떠서 신호·마관 지나가서 대마도 앞으로 조선 해협 바라보며 살같이 빨리 가서 진남포로 들어가서 대동강 하류에서 역류하여 올라가면 평양 북문 볼 것이니 이 몸이 썩더라도 대동강에서 썩고지고. 물아 부탁하자, 나는 너를 쫓아간다."
하는 소리에 바닷물은 대답하는 듯이 물소리가 솟아 쳐서 천하가 다 물

소리 속에 있는 것 같은지라. 옥련이가 정신이 아뜩하여 푹 고꾸라졌다. 설고 원통한 맺힌 마음에 기색을 하였다가 그 기운이 조금 돌면서 그대로 잠이 들어 또 꿈을 꾸었더라.

뒤에서 '옥련아 옥련아' 부르는 소리만 들리고 사람은 보이지 아니하는데 옥련의 마음에는 옥련의 어머니라. '이애 죽지 말고 다시 한번 만나보자' 하는 소리에 옥련이가 대답하려고 말을 냅뜨려[77] 한즉, 소리가 나오지 아니하여 애를 쓰다가 소리를 버럭 지르면서 옥련이가 정신이 나서 눈을 떠보니 하늘의 별은 총총하고 물소리는 그윽한지라. 기색을 하였던지 잠이 들었던지 정신이 황홀하다. 옥련이가 다시 생각하되, '내가 오늘 밤에 꿈을 두 번이나 꾸었는데, 우리 어머니기 너더리 죽지 말라 하였으니, 우리 어머니가 살아 있는가' 의심이 나서 마음을 진정하여 고쳐 생각한다.

"어머니가 이 세상에 살아 있어서 평생에 내 얼굴 한번 보고자 하는 마음으로 하늘이 감동되고 귀신이 돌아보아 내 꿈에 현몽하니 내가 죽으면 부모에게 불효이라. 고생이 되더라도 참는 것이 옳은 일이요, 근심이 있더라도 잊어버리는 것이 옳은 일이라. 오냐, 일곱 살부터 지금까지 고생으로 살았으니 죽지 말고 살았다가 부모의 얼굴이나 한번 다시 보고 죽으리라."

하고 돌쳐서서 대판으로 다시 들어가니, 그때는 날이 새려 하는 때라, 걸음을 바삐 걸어 정상 군의 집 앞에 가서 들어가지 아니하고 가만히 들은즉 노파의 목소리가 들리는지라.

(노파) "아씨 아씨, 작은아씨가 어디 갔습니까?"

(부인) "응 무엇이야, 나는 한잠에 내처 자고 이제야 깨었네. 옥련이가 어디로 가. 뒷간에 갔는지 불러보게."

(노) "내가 지금 뒷간에 다녀오는 길이올시다. 안으로 걸었던 대문이

열렸으니, 밖으로 나간 것이올시다."

하는 소리에 옥련이가 들어갈 수 없어서 도로 돌쳐서니 갈 곳이 없는지라. 정한 마음 없이 정거장으로 나가니, 그때 일번一番 기차에 떠나려 하는 행인들이 정거장으로 모여드는지라. 옥련의 마음에 동경이나 가고 싶으나 동경까지 갈 기차표 살 돈은 없고 다만 이십 전이 있는지라. 옥련이가 대판만 떠나서 어디든지 가면 남의 집에 봉공奉公[78]하고 있으리라 결심하고 자목[79] 정거장까지 가는 기차표를 사서 일번 기차를 타니, 삼등차에 사람이 너무 많이 들어서 옥련이가 앉을 곳을 얻지 못하고 섰는데 등 뒤에서 웬 서생이 조선말로 혼자 중얼중얼하는 말이,

"웬 계집아이가 남의 앞에 와 섰다."

하는 소리에 옥련이가 돌아다보니 나이 열칠팔 세 되고 얼굴은 볕에 걸어서 익은 복숭아 같고 코는 우뚝 서고 눈은 만판[80] 정신기[81] 있는데, 입기는 양복을 입었으나 양복은 처음 입은 사람같이 서툴러 보이는지라. 옥련이가 돌아다보는 것을 보더니 또 조선말로 혼자 하는 말이,

"그 계집아이 똑똑하다. 재주 있겠다. 우리나라 계집아이 같으면 저러한 것들이 판판이 놀겠지. 여기서는 저런 것들도 모두 공부를 한다 하니 저것은 무엇 하는 계집아이인지."

그러한 소리를 곁의 사람이 아무도 못 알아들으나 옥련의 귀는 알아들을 뿐이 아니라, 대판 온 지 몇 해 만에 고국 말소리를 처음 듣는지라. 반갑기가 측량없으나, 계집아이 마음이라 먼저 말하기도 부끄러운 생각이 있어서 말을 못 하고. 옥련이도 혼자말로 서생의 귀에 들리도록 하는 말이,

"어디 가 좀 앉을 곳이 있어야지, 서서 갈 수가 있나."

하는 소리에, 뒤에 있던 서생이 이상히 여겨서 하는 말이,

"그 아이가 조선 사람인가, 나는 일본 계집아이로 보았더니 조선말

을 하네."

하더니 서슴지 아니하고 말을 묻는다.

　"이애, 네가 조선 사람이 아니냐?"

　(옥련) "네, 조선 사람이오."

　(서) "그러면 몇 살에 와서 몇 해가 되었느냐?"

　(옥) "일곱 살에 와서 지금 열한 살이 되었소."

　(서) "와서 무엇 하였느냐?"

　(옥) "심상소학교에서 공부하고 어제가 졸업식 하던 날이오."

　(서) "너는 나보다 낫구나. 나는 이제 공부하러 미국으로 가려 하는데, 말도 다르고 글도 다른 미국을 가면 글자 한 자 모르고 말 한 마디 모르는 사람이 어찌 고생을 할는지, 너는 일본에 온 지가 사오 년이 되었다 하니 이제는 고생을 다 면하였겠구나. 어린아이가 공부하러 여기까지 왔으니 참 갸륵한 노릇이다."

　(옥련) "당초에 여기 올 때에 공부할 마음으로 왔으면 칭찬을 들어도 부끄럽지 아니하겠으나, 운수불행하여 고생길로 여기까지 왔으니 칭찬을 들어도……."

하면서 목이 메는 소리로 눈에 눈물이 가랑가랑하여 고개를 살짝 수그린다.

　서생이 물끄러미 보고 서로 아무 말이 없는데, 정거장 호각 한 소리에 기차 화통에서 흑운 같은 연기를 훅훅 내뿜으면서 기차가 달아난다.

　옥련의 마음에 자목 정거장에 가면 내려야 할 터인데, 어떠한 집에 가서 어떠한 고생을 할지 앞의 길이 망연한지라.

　옥련이가 가고자 하는 길을 갈 지경이면 자목 가는 동안이 대단히 더딘 듯하련마는, 기차표대로 자목 외에는 더 갈 수 없는 고로 싫어도 내릴 곳이라. 형세 좋게 달아나는 기차의 서슬은 오늘 해 전에 하늘 밑까지 갈 듯한데, 자목 정거장이 멀지 아니하다.

(서생) "이애, 네가 어디까지 가는지 서서 가면 다리가 아파 가겠느냐?"

(옥현) "자목까지 가서 내릴 터이오."

(서) "자목에 아는 사람이 있느냐?"

(옥) "없어요."

(서) "그러면 자목은 왜 가느냐?"

옥련이가 수건으로 눈을 씻고 대답을 아니 하는데, 서생이 말을 더 묻고 싶으나 곁의 사람들이 옥련이와 서생을 유심히 보는지라, 서생이 새로이 시치미를 떼고 창밖으로 머리를 두르고 먼 산을 바라보나 정신은 옥련의 눈물 나는 눈에만 있더라.

빠르던 기차가 차차 천천히 가다가 딱 멈추면서 반동되어 뒤로 물러나니 섰던 옥련이가 넘어지며 손으로 서생의 다리를 짚으니, 공교히 서생 다리의 신경맥을 짚은지라. 그때 서생은 창밖만 보고 앉았다가 입을 딱 벌리면서 깜짝 놀라 돌아다보니 옥련이가 무심중에 일본말로 실례이라 하나, 그 서생은 일본말을 모르는 고로 알아듣지 못하나 외양으로 가엾어 하는 줄로 알고 그 대답은 없이 좋은 얼굴빛으로 딴말을 한다.

(서) "네 오는 곳이 이 정거장이냐?"

하던 차에 장거수[82]가 돌아다니면서 '자목 자목, 자목 자목, 자목 자목' 이라 소리를 지르며 문을 여니, 옥련이는 어린 몸에 일본 풍속에 젖은 아이라 서생에게 향하여 허리를 굽히며 또 일본말로 작별 인사하면서 기차에 내려가니, 구름같이 내려가는 행인 중에 나막신 소리뿐이라. 서생은 정신이 얼떨한데, 옥련이 가는 모양을 보고자 하여 창밖으로 내다보니 사람에 섞이어서 보이지 아니하는지라. 서생이 가방을 들고 옥련이를 쫓아 나가다가 정거장 나가는 어귀에서 만난지라. 옥련이가 이상히 보면서 말없이 나가니 서생도 또한 아무 말 없이 따라 나가더라.

옥련이가 정거장 밖으로 나가더니 갈 바를 알지 못하여 우두커니 섰거늘, 벌어먹기에 눈에 돈 동록[83]이 앉은 인력거꾼은 옥련의 뒤를 따라가며 인력거를 타라 하나 돈 없고 갈 곳 모르는 옥련이는 거들떠보지도 아니하고 섰다.

(서생) "이애, 내가 네게 청할 일이 있다. 나는 일본에 처음으로 오는 사람이라 네게 물어볼 일이 있으니, 주막으로 잠깐 들어갔으면 좋겠으니 네 생각에 어떠하냐."

(옥) "그러면 저기 여인숙旅人宿이 있으니 잠깐 들어가서 할 말을 하시오."

하면서 앞서가니, 자목에 처음 오기는 서생이나 옥련이나 일반이언마는, 옥련이는 자목에 몇 번이나 와서 본 사람과 같이 익달한[84] 모양으로 여인숙으로 들어가더라.

여인숙 하인이 삼층집 제일 높은 방으로 인도하고 내려가니, 서생은 모두 처음 보는 것이라. 정신이 황홀하여 옥련이 만난 것을 다행히 여긴다.

"이애, 내 여기만 와도 이렇듯 답답하니 미국에 가면 오죽하겠느냐. 너는 타국에 와서 오래 있었으니 별 물정 다 알겠구나. 우선 네게 좀 배울 것도 많거니와, 만리타국에서 뜻밖에 만났으니 서로 있는 곳이나 알고 헤지자. 나는 공부하고자 하는 마음으로 부모도 모르게 미국에 갈 차로 나섰더니, 불과 여기를 와서 이렇듯 답답한 생각만 나니 어찌하면 좋을지 모르겠다."

하는 소리에 옥련이는 심상한[85] 고국 사람을 만난 것 같지 아니하고 친부모나 친형제나 만난 것 같다.

모란봉 아래서 발을 구르고 울던 일부터 대판 항구에서 물에 빠져 죽으려던 일까지 낱낱이 말한다.

(서생) "그러면 우리 둘이 미국으로 건너가서 공부나 하고 있다가 너의 부모 소식을 듣거든 네 먼저 고국으로 가게 하여주마."

(옥련) "……."

(서생) "오냐, 학비는 염려 말아라. 우리들이 나라의 백성 되었다가 공부도 못 하고 야만을 면치 못하면 살아서 쓸데 있느냐. 너는 일청전쟁을 너 혼자 당한 듯이 알고 있나 보다마는, 우리나라 사람이 누가 당하지 아니한 일이냐. 제 곳에 아니 나고 제 눈에 못 보았다고 태평성세로 아는 사람들은 밥벌레라. 사람이 밥벌레가 되어 세상을 모르고 지내면 몇 해 후에는 우리나라에서 일청전쟁 같은 난리를 또 당할 것이라. 하루바삐 공부하여 우리나라의 부인 교육은 네가 맡아 문명 길을 열어주어라."

하는 소리에 옥련의 첩첩한 근심이 씻은 듯이 다 없어졌는지라.

그길로 횡빈[86]까지 가서 배를 타니, 태평양 넓은 물에 마름[87]같이 떠서 화살같이 밤낮없이 달아나는 화륜선이 삼 주일 만에 상항[88]에 이르러 닻을 주니 이곳부터 미국이라. 조선서 낮이 되면 미국에는 밤이 되고 미국에서 밤이 되면 조선서는 낮이 되어 주야가 상반되는 별천지라. 산도 설고 물도 설고 사람도 처음 보는 인물이라. 키 크고 코 높고 노랑 머리 흰 살빛에, 그 사람들이 도덕심이 배가 툭 처지도록 들었더라도 옥련의 눈에는 무섭게만 보인다.

서생과 옥련이가 육지에 내려서 갈 바를 알지 못하여 공론이 부산하다.

(서) "이애 옥련아, 네가 영어를 할 줄 아느냐. 조금도 모르느냐. 한마디도…… 그러면 참 딱한 일이로구나. 어디가 어디인지 물어볼 수가 없구나."

사오 층 되는 높은 집은 구름 속 하늘 밑에 닿은 듯한데, 물 끓듯 하는 사람들이 돌아들고 돌아나는 모양은 주막집 같은 곳도 많이 보이나 언어를 통치 못하는 고로 어린 서생들이 어찌하면 좋을지 알지 못하여 옥련이가 지향 없이 사람을 대하여 일어로 무슨 말을 물으니 서생의 마음에는 옥련이가 영어를 조금 알면서 겸사로 모른다 한 줄로 알고 알아듣지도 못하는 소리를 바싹 들어서서 듣는다. 옥련의 키로 둘을 포개 세워도 치어다볼 듯한 키 큰 부인이 얼굴에는 새그물 같은 것을 쓰고 무 밑동같이 깨끗한 어린아이를 앞세우고 지나가다가 옥련의 말하는 소리 듣고 무엇이라 대답하는지, 서생과 옥련의 귀에는 '바바……' 하는 소리 같고 말하는 소리 같지는 아니하지라. ㄱ 부인이 뒤의 프록꼬트[89] 입은 남자를 돌아보면서 또 '바바바……' 하니, 그 남자는 청국말을 하는 양인이라. 청국말로 무슨 말을 하는데, 서생과 옥련의 귀에는 또 '바' 하는 소리 같고 말소리 같지 아니하다.

서생은 옥련이가 그 말을 알아들은 줄로 알고,

(서생) "이에, 그것이 무슨 말이냐?"

(옥) "……."

(서생) "그 남자의 말도 못 알아들었느냐……."

그렇듯 곤란하던 차에 청인 노동자 한패가 지나거늘 서생이 쫓아가서 필담[90]하기를 청하니, 그 노동자 중에는 한문자 아는 사람이 없는지 손으로 눈을 가리더니 그 손을 다시 들어 홰홰 내젓는 모양이 무식하여 글자를 못 알아본다 하는 눈치라.

그때 마침 어떠한 청인이 햇빛에 윤이 질 흐르고 흐르는 비단옷을 입고 마차를 타고 풍우같이 달려가는데, 서생이 그 청인을 가리키며 옥련이더러 하는 말이, '저러한 청인은 무식할 리가 만무하다' 하면서 소리를 버럭 지르니, 마차 탄 사람은 그 소리를 들었으나 차 매고 달아나는 말은 그 소리를 듣고 아니 듣고 간에 네 굽을 모아 달아나는데 서생의 소리가 다시 마차에 들릴 수 없는지라. 마차 탄 청인이 차부[91]더러 마차를 멈추라 하더니 선뜻 뛰어내려서 서생의 앞으로 향하여 오니 서생이 연필을 가지고 무엇을 쓰려하는데, 청인이 옥련이 옷을 본즉 일복이라, 일본 사람으로 알고 옥련에게 향하여 일어로 말을 물으니, 옥련이가 기쁜 마음을 이기지 못하여 청인 앞으로 와서 말대답을 하는데 서생은 연필을 멈추고 섰더라.

원래 그 청인은 일본에 잠시 유람한 사람이라, 일본말을 한두 마디 알아들으나 장황한 수작[92]은 못 하는지라. 옥련이가 첩첩한 말이 나올수록 그 청인의 귀에는 점점 알아들을 수 없고 다만 조선 사람이라 하는 소리만 알아들은지라.

청인이 다시 서생을 향하여 필담으로 대강 사정을 듣고 명함 한 장을 내더니 어떠한 청인에게 부탁하는 말 몇 마디를 써서 주는데, 그 명함을 본즉 청국 개혁당의 유명한 강유위[93]라. 그 명함을 전할 곳은 일어도 잘하는 청인인데, 다년 상항에 있던 사람이라. 그 사람의 주선으로 서생과 옥련이가 미국 화성돈[94]에 가서 청인 학도들과 같이 학교에 들어가서 공부를 하고 있더라.

옥련이가 미국 화성돈에 다섯 해를 있어서 하루도 학교에 아니 가는 날이 없이 다니며 공부를 하는데, 재주 있고 부지런한 사람으로, 그 학교 여학생 중에는 제일 칭찬을 듣는지라.

그때 옥련이가 고등소학교에서 졸업 우등생으로 옥련의 이름과 옥련의 사적이 화성돈 신문에 났는데, 그 신문을 보고 이상히 기뻐하는 사람 하나가 있는데, 어찌 그렇게 기쁘던지 부지중 눈물이 쏟아진다. 기쁜 마음을 이기치 못하여 도리어 의심을 낸다. 의심 중에 혼잣말로 중얼중얼한다.

"조선 사람의 일을 영서로 번역한 것이라 혹 번역이 잘못되었나. 내가 미국에 온 지가 십 년이나 되었으나 영문에 서툴러서 보기를 잘못 보았나?"

그렇게 다심하게 생각하는 사람의 성명은 김관일인데, 그 딸의 이름이 옥련이라. 일청전쟁 났을 때에 그 딸의 사생을 모르고 미국에 왔는데, 그때 화성돈 신문에는 말은 옥련의 학교 성적과, 평양 사람으로 일곱 살에 일본 대판 가서 심상소학교를 졸업하고 그길로 미국 화성돈에 와서 고등소학교에서 졸업하였다 한 간단한 말이라. 김씨가 분명히 자기의 딸이라고는 질언할[95] 수 없으나, 옥련이라 하는 이름과 평양 사람이라는 말과 일곱 살에 집 떠났다 하는 말은 김관일의 마음에 정녕 내 딸이라고 생각 아니 할 수도 없는지라. 김씨가 그 학교에 찾아가니, 그때는 그 학교에서 학도 졸업식 후의 서중휴학[96]이라, 학교에 아무도 없는 고로 물을 곳이 없는지라. 김씨가 옥련을 만나지 못하고 돌아왔더라.

옥련이가 졸업하던 날에 학교 졸업장을 가지고 호텔로 돌아가니, 주인은 치하하면서 옥련의 얼굴빛을 이상히 보더라.

옥련이가 수심이 첩첩한 모양으로 저녁 요리도 먹지 아니하고 서산에 떨어지는 해를 처어다보며 탄식하더라.

그때 마침 밖에 손이 와서 찾는다 하는데, 명함을 받아 보더니 옥련이가 얼굴빛을 천연히 고치고 손을 들어오라 하니, 그 손이 보이를 따라 들어오거늘 옥련이가 선뜻 일어나며 그 사람의 손을 잡아 인사하고 테이블 앞에서 마주 향하여 의자에 걸터앉으니, 그 손은 옥련이와 일본 대판서 동행하던 서생인데 그 이름은 구완서라.

(구) "네 졸업은 감축하다. 허허, 계집의 재조가 사나이보다 나은 것이로구나. 너는 미국 온 지 일 년 만에 영어를 대강 알아듣고 학교에까

지 들어가서 금년에 졸업을 하였는데, 나는 미국 온 지 두 해 만에 중학교에 들어가서 내년에 졸업이라. 네게는 백기를 들고 항복 아니 할 수가 없다."

옥련이가 대답을 하는데, 어려서 일본에서 자라난 사람이라 말을 하여도 일본 말투가 많더라.

"내가 그대의 은혜를 받아서 오늘 이렇게 공부를 하였으니 심히 고맙소."

하니 일본 풍속에 젖은 옥련이는 제 습관으로 말하거니와, 구씨는 조선서 자란 사람이라 조선 풍속으로 옥련이가 아이인 고로 해라를 하다가 생각한즉 저도 또한 아이이라.

(구) "허허허, 우리들이 조선 사람인즉 조선 풍속대로만 수작하자. 우리 처음 볼 때에 네가 나이 어린 고로 내가 해라를 하였더니 지금은 나이 열여섯 살이 되어 저렇게 체대[97]하니 해라 하기가 서먹서먹하구나."

(옥) "조선 풍속대로 말하자 하시면서 아이를 보고 해라 하시기가 서먹서먹하셔요?"

(구) "허허허, 요절할 일도 많다. 나도 지금까지 장가를 아니 든 아이라, 아이는 일반이니 너도 나더러 해라 하는 것이 좋은 일이니 숫접게[98] 너도 나더러 해라 하여라. 그리하면 내가 너더러 해라 하더라도 불안[99]한 마음이 없겠다."

(옥) "그대는 부인이 계신 줄로 알았더니…… 미국에 오실 때 십칠 세라 하셨으니, 조선같이 혼인을 일찍 하는 나라에서 어찌하여 그때까지 장가를 아니 들으셨소."

(구) "너는 나더러 종시 해라 소리를 아니 하니 나도 마주 하오를 할 일이로구, 허허, 허허. 그러나 말대답은 아니 하고 딴소리만 하여서 대

단히 실례하였다. 내가 우리나라에 있을 때에 우리 부모가 내 나이 열두서너 살부터 장가를 들이려 하는 것을 내가 마다하였다. 우리나라 사람들이 조혼하는 것이 옳은 일이 아니라. 나는 언제든지 공부하여 학문 지식이 넉넉한 후에 아내도 학문 있는 사람을 구하여 장가들겠다. 학문도 없고 지식도 없고 입에서 젖내가 모랑모랑 나는 것을 장가들이면 짐승의 자웅같이 아무것도 모르고 음양배합의 낙만 알 것이라. 그런고로 우리나라 사람들이 짐승같이 제 몸이나 알고 제 계집 제 새끼나 알고 나라를 위하기는 고사하고 나라 재물을 도적질하여 먹으려고 눈이 벌겋게 뒤집혀서 돌아다니는 것이 다 어려서 학문을 배우지 못한 연고라. 우리가 이 같은 문명한 세상에 나서 나라에 유익하고 사회에 명예 있는 큰 사업을 하자 하는 목적으로 만리타국에 와서 쇠공이를 갈아 바늘 만드는 성력[100]을 가지고 공부하여 남과 같은 학문과 남과 같은 지식이 나날이 달라가는 이때에 장가를 들어서 색계상에 정신을 허비하면 유지한[101] 대장부가 아니라. 이애 옥련아, 그렇지 아니하냐.”

구씨의 활발한 말 한마디에 옥련의 근심하던 마음이 풀어져서 웃으며,

(옥) “저러한 의논을 들으면 내 속이 시원하오. 혼자 있을 때는 참……”

말을 멈추고 구씨를 쳐어다보는데, 구씨가 옥련의 근심 있는 기색을 언뜻 짐작하였으나 구씨는 본래 활발한 사람이라. 시계를 내어 보더니 선뜻 일어나며 작별 인사하고 저벅저벅 내려가는데, 옥련이는 의구[102]히 의자에 걸어앉아서 먼 산을 보며 잊었던 근심을 다시 한다. 한숨을 쉬고 혼자 신세타령을 하며 옛일도 생각하고 앞일도 걱정하는데 뜻을 정치 못한다.

“어, 세월도 쉽구나. 일본서 미국으로 건너오던 날이 어제 같구나.

내가 일본 대판 있을 때에 심상소학교 졸업하던 날은 하룻밤에 두 번을 죽으려고 하였더니 오늘 또 어떠한 팔자 사나운 일이나 없을는지. 내가 죽기가 싫어서 죽지 아니한 것도 아니요, 공부하고자 하여 이곳에 온 것도 아니라. 대판 항에서 죽기로 결심하고 물에 떨어지려 할 때에 한 되는 마음으로 꿈이 되어 그랬던지, 우리 어머니가 나더러 죽지 말라 하시던 소리가 아무리 꿈일지라도 역력하기가 생시 같은 고로 슬픈 마음을 진정하고 이 목숨이 다시 살아나서 넓은 천지에 붙일 곳이 없는지라. 지향 없이 동경 가는 기차를 타고 가다가 천우신조하여 고국 사람을 만나서 일동일정[103]을 남에게 신세를 지고 오늘까지 있었으니 허구한 세월을 남의 덕만 바랄 수는 없고, 만일 그 신세를 아니 지을 지경이면 하루 한시라도 여비를 어찌 써서 있을 수도 없으니 어찌하여야 좋을는지…… 우리 부모는 세상에 살아 있는지, 부모의 사생도 모르니 혈혈한[104] 이 한 몸이 살아 있은들 무엇 하리오. 차라리 대판서 죽었더면 이 근심을 몰랐을 것인데 어찌하여 살았던가. 사람의 일평생이 이렇듯 근심만 할진대 죽어 모르는 것이 제일이라. 그러나 지금 여기서는 죽으려도 죽을 수도 없구나. 내가 죽으면 구씨는 나를 대단히 그르게 여길 터이라. 구씨의 태산 같은 은혜를 입고 그 은혜를 갚지 못하고 죽으면 남의 은혜를 저버리는 것이라. 어찌하면 좋을꼬."

그렇듯 탄식하고 그 밤을 의자에 앉은 채로 새우다가 정신이 혼혼하여 잠이 들며 꿈을 꾸었더라.

꿈에는 팔월 추석인데, 평양성중에서 일 년 제일가는 명절이라고 와글와글하는 중이라. 아이들은 추석빔으로 새 옷을 입고 떡조각 실과 개를 배가 톡 터지도록 먹고 어깨로 숨을 쉬는 것들이 가로도 뛰고 세로도 뛴다.

어른들은 이 세상이 웬 세상이냐 하도록 술 먹고 주정을 하면서 행길을 쓸어 지나가고, 거문고 줄 양금채[105]는 꾀꼬리 소리 같은 여창시조를 어울려서 이 골목 저 골목, 이 사랑 저 사랑에서 어디든지 그 소리 없는 곳이 없다. 성중이 그렇게 흥치로 지내는데, 옥련이는 꿈에도 흥치가 없고 비창한 마음으로 부모 산소에 다니러간다.

북문 밖에 나가서 모란봉에 올라가니 고려장[106]같이 큰 쌍분이 있는데, 옥련이가 묘 앞으로 가서 앉으며 허리춤에서 능금 두 개를 집어내며 하는 말이,

"여보 어머니, 이렇게 큰 능금 구경하셨소? 내가 미국서 나올 때에 사 가지고 왔소. 한 개는 아버지 드리고 한 개는 어머니 잡수시오."

하면서 묘 앞에 하나씩 놓으니, 홀연히 쌍분은 간 곳 없고 송장 둘이 일어앉아서 그 능금을 먹는데, 본래 살은 다 썩고 뼈만 앙상한 송장이라. 능금을 먹다가 위아랫니가 모짝[107] 빠져서 앞에 떨어지는데, 박씨 말려 늘어놓은 것 같은지라. 옥련이가 무서운 생각이 더럭 나서 소리를 지르다가 가위를 눌렸더라.

그때 날이 새어서 다 밝은 후이라. 이웃 방에 있는 여학생이 일어나서 뒷간으로 내려가는 길에 옥련의 방 앞으로 지나다가 옥련의 가위눌리는 소리를 들었으나 남의 방으로 함부로 들어갈 수는 없고 망단한[108] 마음에 급히 전기초인종電氣超人鐘을 누르니 보이가 오는지라. 여학생이 보이를 보고 옥련의 방을 가리키며, 이 방에서 괴상한 소리가 난다 하니 보이가 옥련의 방문을 여는데 문소리에 옥련이가 잠을 깨어 본즉 남가일몽이라.

무서운 꿈을 깰 때는 시원한 생각이 있더니, 다시 생각하니 비창한 마음을 이기지 못하여 탄식하는 소리가 무심중에 나온다.

"꿈이란 것은 무엇인고. 꿈을 믿어야 옳은가. 믿을 지경이면 어젯밤 꿈은 우리 부모가 다 이 세상에는 아니 계신 꿈이로구나. 꿈을 아니 믿

어야 옳은가. 아니 믿을진대 대판서 꿈을 꾸고 부모가 생존하신 줄로 알고 있던 일이 허사로구나. 꿈이 맞아도 내게는 불행한 일이요, 꿈이 맞히지 아니하여도 내게는 불행한 일이라. 그러나 다시 생각하여보니 꿈은 정녕 허사라. 우리 아버지는 난리 중에 돌아가셨으니, 가령 친척이 있더라도 송장 찾을 수가 없는 터이라. 더구나 사고무친[109]한 우리 집에 목숨이 붙어 살아 있는 것은 그때 일곱 살 먹은 불효의 딸 옥련이뿐이라. 우리 아버지 송장 찾을 사람이 누가 있으리오. 모란봉 저녁볕에 훌훌 날아드는 까마귀가 긴 창자를 물어다가 고목나무 높은 가지에 척척 걸어놓은 것은 전쟁에 죽은 송장의 창자이라. 세상에 어떠한 고마운 사람이 있어서 우리 아버지 송장을 찾아다가 고려장같이 기구[110] 있게 장사를 지낼 수가 있으리오. 우리 어머니는 대동강 물에 빠져 죽으려고 벽상에 영결서를 써서 붙인 것을 평양 야전병원의 통변이 낙루를 하며 그 글을 읽어서 내 귀에 들려주던 일이 어제같이 생각이 나면서, 대판 항에서 꿈을 꾸고 우리 어머니가 혹 살아서 이 세상에 있을까 하는 생각이 다 쓸데없는 생각이라. 우리 어머니는 정녕히 물에 빠져 돌아가신 것이라. 대동강 흐르는 물에 고기밥이 되었을 것이니, 어찌 모란봉에 그처럼 기구 있게 장사를 지냈으리오."

옥련이가 부모 생각은 아주 단념하기로 작정하고 제 신세는 운수 되어가는 대로 두고 보리라 하고 정신을 가다듬어서 공부하던 책을 내어놓고 마음을 붙이니, 이삼 일 지낸 후에는 다시 서책에 착미[111]가 되었더라.

하루는 보이가 신문지 한 장을 가지고 옥련의 방으로 오더니 그 신문을 옥련의 앞에 펼쳐놓고 보이의 손가락이 신문지 광고를 가리킨다.

옥련이가 그 광고를 보다가 깜짝 놀라서 눈물이 펑펑 쏟아지면서 얼굴은 발개지고 웃음 반 눈물 반이라.

옥련이가 좋은 마음에 띄어서 광고를 끝까지 다 보지 못하고 우두커니 앉았다가 또 광고를 본다. 옥련의 마음에 다시 의심이 난다. 일전 꿈에 모란봉에 가서 우리 부모 산소에 갔던 일이 그것이 꿈인가. 오늘 신문지의 광고를 보는 것이 꿈인가. 한 번은 영어로 보고 한 번은 조선말로 보다가 필경은 한문과 조선 언문을 섞어 번역하여 놓고 보더라.

광고

지나간 열사흘날 황색신문 잡보에 한국 여학생 김옥련이가 아무 학교 졸업 우등생이라는 기사가 있기로 그 유하는 호텔을 알고자 하여 이에 광고하오니, 누구시든지 옥련의 유하는 호텔을 이 고백인에게 알려 주시면 상당한 금으로 십유十留(미국 돈 십 원)를 앙정[112]할사.

한국 평안도 평양인 김관일 고백
헌수……

의심 없는 옥련의 부친이 한 광고다.

(옥) "여보 보이, 이 신문을 가지고 날 따라가면 우리 부친이 십유十留의 상금을 줄 것이니 지금으로 갑시다."

(보이) "내가 상금 탈 공은 없으니 상금은 원치 아니하나 귀양貴孃을 배행[113]하여 가서 부녀 서로 만나 기뻐하시는 모양 보았으면 나도 이 호텔에서 몇 해 간 귀양을 뫼시고 있던 정분에 귀양을 따라 기뻐하고자 합니다."

옥련이가 그 말을 듣고 더욱 기뻐하여 보이를 데리고 그 부친 있는 처소를 찾아가니 십 년 풍상에서 서로 환형이 된지라, 서로 보고 서로 알아보지 못할 지경이라. 옥련이가 신문 광고와 명함 한 장을 가지고 그 부친 앞으로 가서 남에게 처음 인사하듯 대단히 서어한[114] 인사를 하다가 서로 분명한 말을 듣더니, 옥련이가 일곱 살에 응석하던 마음이 새로이 나서 부친의 무릎 위에 얼굴을 폭 숙이고 소리 없이 우는데, 김관일의 눈물은 옥련의 머리 뒤에 떨어지고, 옥련의 눈물은 그 부친의 무릎이 젖는다.

(부) "이애 옥련아, 그만 일어나서 너의 어머니 편지나 보아라."

(옥) "응? 어머니 편지라니, 어머니가 살았소."

무슨 변이나 난 듯이 깜짝 놀라는 모양으로 고개를 번쩍 드는데, 그 부친은 제 눈물 씻을 생각은 아니 하고 수건을 가지고 옥련의 눈물을 씻으니, 옥련이가 그리 어려졌던지 부친이 눈물 씻어주는 데 고개를 디밀고 있더라. 김관일이가 가방을 열더니 수지[115] 뭉치를 내어놓고 뒤적뒤적하다가 편지 한 장을 집어주며 하는 말이,

"이애, 이 편지를 자세히 보아라. 이 편지가 제일 먼저 온 편지다."

옥련이가 그 편지를 받아 보니, 옥련이가 그 모친의 글씨를 모르는지라. 가령 옥련이가 정신이 좋으면 그 모친의 얼굴은 생각할는지 모르거니와, 옥련이 일곱 살에 언문도 모를 때에 모친을 떠난지라. 지금 그 편지를 보며 하는 말이,

"나는 우리 어머니 글씨도 모르지. 어머니 글씨가 이렇던가."
하면서 부친의 앞에 펼쳐놓고 본다.

상장[116]

떠나신 지 삼 삭이 못 되었으나 평양에 계시던 일은 전생 일 같삽. 만리타국에서 수토불복[117]이나 되시지 아니하고 기운 평안하오신지 궁금하옵기 측량없삽나이다. 이곳의 지낸 풍상은 말씀하기 신신치[118] 아니

하오나 대강 소식이나 알으시도록 말씀하옵나이다. 옥련이는 어디 가서 죽었는지 다시 소식이 묘연하고, 이곳은 죽기로 결심하여 대동강 물에 빠졌더니 뱃사공과 고장팔에게 건진 바 되어 살았다가 부산서 이곳 친정아버님이 평양에 오셔서 사랑에서 미국 가셨다는 말씀을 전하여주시니, 그 후로부터 마음을 붙여 살아 있삽. 세월이 어서 가서 고국에 돌아오시기만 기다리옵나이다.

그러나 사랑에서는 몇 십 년을 아니 오시더라도 이 세상에 계신 줄을 알고 있사오니 위로가 되오나, 옥련이는 만나보려 하면 황천에 가기 전에는 못 볼 터이오니 그것이 한 되는 일이압. 말씀 무궁하오나 이만 그치옵나이다.

옥련이가 그 편지를 보고 뼈가 녹는 듯하고 몸이 스러지는 듯하여 가만히 앉았다가,

(옥) "아버지, 나는 내일이라도 우리 집으로 보내주시오. 날개가 돋쳤으면 지금이라도 날아가서 우리 어머니 얼굴을 보고 우리 어머니 한을 풀어드리고 싶소."

(부) "네가 고국에 가기가 그리 바쁠 것이 아니라 우선 네가 고생하던 이야기나 어서 좀 하여라. 네가 어떻게 살아났으며 어찌 여기를 왔느냐?"

옥련이가 얼굴빛을 천연히 하고 고쳐 앉더니, 모란봉에서 총 맞고 야전병원으로 가던 일과, 정상 군의의 집에 가던 일과, 대판서 학교에서 졸업하던 일과, 불행한 사기로 대판을 떠나던 일과, 동경 가는 기차를 타고 구완서를 만나서 절처봉생[119]하던 일을 낱낱이 말하고, 그 말을 마치더니 다시 얼굴빛이 변하며 눈물이 도니, 그 눈물은 부모의 정에 관계한 눈물도 아니요, 제 신세 생각하는 눈물도 아니요, 구완서의 은

혜를 생각하는 눈물이라.

(옥) "아버지, 아버지께서 나 같은 불효의 딸을 만나보시고 기쁘신 마음이 있거든 구씨를 찾아보시고 치사의 말씀을 하여주시면 좋겠습니다."

김관일이가 그 말을 듣더니, 그 길로 옥련이를 데리고 구씨의 유하는 처소로 찾아가니, 구씨는 김관일을 만나보매 옥련의 부친을 본 것 같지 아니하고 제 부친이나 만난 듯이 반가운 마음이 있으니, 그 마음은 옥련의 기뻐하는 마음이 내 마음 기쁜 것이나 다름없는 데서 나오는 마음이요, 김씨는 구씨를 보고 내 딸 옥련을 만나본 것이나 다름없이 반가우니, 그 두 사람의 마음이 그러할 일이라. 김씨가 구씨를 대하여 하는 말이 간단한 두 마디뿐이라.

한마디는 옥련이가 신세 지은 치사요, 한마디는 구씨가 고국에 돌아간 뒤에 옥련으로 하여금 구씨의 기취를 받들고[120] 백년가약 맺기를 원하는지라.

구씨는 본래 활발하고 거칠 것 없이 수작하는 사람이라 옥련이를 물끄러미 보더니,

(구) "이애 옥련아, 어, 실체[121]하였구. 남의 집 처녀더러 또 해라 하였구나. 우리가 입으로 조선말은 하더라도 마음에는 서양 문명한 풍속이 젖었으니, 우리는 혼인을 하여도 서양 사람과 같이 부모의 명령을 좇을 것이 아니라, 우리가 서로 부부 될 마음이 있으면 서로 직접 하여 말하는 것이 옳은 일이다. 그러나 우선 말부터 영어로 수작하자. 조선말로 하면 입에 익은 말로 외짝[122]해라 하기 불안하다."

하면서 구씨가 영어로 말을 하는데, 구씨의 학문은 옥련이보다 대단히 높으나 영어는 옥련이가 구씨의 선생 노릇이라도 할 만한 터이라. 그러나 구씨는 서투른 영어로 수작을 하는데, 옥련이는 조선말로 단정히 대

답하더라.

김관일은 딸의 혼인 언론을 하다가 구씨가 서양 풍속으로 직접 언론하자 하는 서슬에 옥련의 혼인 언약에 좌지우지할 권리가 없이 가만히 앉았더라.

옥련이는 아무리 조선 계집아이이나 학문도 있고 개명한 생각도 있고, 동서양으로 다니면서 문견이 높은지라. 서슴지 아니하고 혼인 언론 대답을 하는데, 구씨의 소청이 있으니, 그 소청인즉 옥련이가 구씨와 같이 몇 해든지 공부를 더 힘써 하여 학문이 유여한 후에 고국에 돌아가서 결혼하고, 옥련이는 조선 부인 교육을 맡아하기를 청하는 유지한 말이라. 옥련이기 구씨의 권하는 밀을 듣고 조선 부인 교육할 마음이 간절하여 구씨와 혼인 언약을 맺으니, 구씨의 목적은 공부를 힘써 하여 귀국한 뒤에 우리나라를 독일국같이 연방도를 삼되, 일본과 만주를 한데 합하여 문명한 강국을 만들고자 하는 비사맥[123] 같은 마음이요, 옥련이는 공부를 힘써 하여 귀국한 뒤에 우리나라 부인의 지식을 넓혀서 남자에게 압제받지 말고 남자와 동등 권리를 찾게 하며, 또 부인도 나라에 유익한 백성이 되고 사회상에 명예 있는 사람이 되도록 교육할 마음이라.

세상에 제 목적을 제가 자기[124]하는 것같이 즐거운 일은 다시없는지라. 구완서와 옥련이가 나이 어려서 외국에 간 사람들이라. 조선 사람이 이렇게 야만 되고 이렇게 용렬한 줄을 모르고, 구씨든지 옥련이든지 조선에 돌아오는 날은 조선도 유지한 사람이 많이 있어서 학문 있고 지식 있는 사람의 말을 듣고 이를 찬성하여 구씨도 목적대로 되고 옥련이도 제 목적대로 조선 부인이 일제히 내 교육을 받아서 낱낱이 나와 같은 학문 있는 사람들이 많이 생기려니 생각하고, 일변으로 기쁜 마음을 이기지 못하는 것은 제 나라 형편 모르고 외국에 유학한 소년 학생 의

기에서 나오는 마음이라.

구씨와 옥련이가 그 목적대로 되든지 못 되든지 그것은 후의 일이어니와, 그날은 두 사람의 마음에는 혼인 언약의 좋은 마음은 오히려 둘째가 되니, 옥련이 낙지[125] 이후에는 이러한 즐거운 마음이 처음이라.

김관일은 옥련을 만나보고 구완서를 사윗감으로 정하고, 구씨와 옥련의 목적이 그렇듯 기이한 말을 들으니, 김씨의 좋은 마음도 측량할 수 없는지라.

미국 화성돈의 어떠한 호텔에서는 옥련의 부녀와 구씨가 솔밭같이 늘어앉아서 그렇듯 희희낙락한데, 세상이 고르지 못하여 조선 평양성 북문 안에 게딱지같이 낮은 집에서 삼십 전부터 남편 없고 자녀 간에 혈육 없고 재물 없이 지내는 부인이 있으되, 십 년 풍상에 남보다 많은 것 한 가지가 있으니, 그 많은 것은 근심이라.

그 부인이 남편이 죽고 없느냐 할 지경이면 죽지도 아니한 터이라. 죽고 없는 터이면 단념하고 생각이나 아니 하련마는, 육만 리를 이별하여 망부석이 될 듯한 정경이요, 자녀 간에 혈육이 없는 것은 생산을 못 하였느냐 물을진대 딸 하나를 두고 아들 겸 딸 겸하여 금옥같이 귀애하다가 일곱 살 되던 해에 잃었더라.

눈앞에 참척[126]을 보았느냐 물을진대 그 부인은 말없이 눈물만 흘리더라. 눈앞에 보이는 데서나 죽었으면 한이나 없으련마는, 어디서 죽었는지 알지도 못하니 그것이 한이러라.

마침 까마귀 한 마리가 지붕 위에 내려앉더니 까막까막 깍깍 짖는 소리가 흉측하게 들리거늘, 부인이 감았던 눈을 떠서 장팔 어미를 보며 하는 말이,

"여보게, 저 까마귀 소리 좀 들어보게. 또 무슨 흉한 일이 생기려나 베. 까마귀는 영물이라는데 무슨 일이 또 있을는지 모르겠네. 팔자 기

박한 여편네가 오래 살았다가 험한 일을 더 보지 말고 오늘이라도 죽었으면 좋겠네. 요사이는 미국서 편지도 아니 오고 웬일인고.”

기운 없는 목소리로 설움 없이 탄식하는 모양은 아무가 보든지 좋은 마음은 아니 날 터인데, 늙고 청승스러운 장팔 어미가 부인의 그 모양을 보고 부인이 죽으면 따라 죽을 듯한 마음도 있고 까마귀를 쳐 죽이고 싶은 마음도 생겨서 마당으로 펄펄 뛰어 내려가서 지붕 위를 쳐다보면서 까마귀에게 헛팔매질을 하며 욕을 한다.

“수여, 이 경칠 놈의 까마귀, 포수들은 다 어디로 갔누. 소금장사. 네 어미.”

조선 풍속에 까마귀 보고 히는 욕은 징필 어미가 모르는 것 없이 주워섬기며 소리를 버럭버럭 지르니, 그 까마귀가 펄쩍 날아 공중에 높이 뜨더니 깍깍 짖으며 모란봉으로 향하거늘, 부인의 눈은 까마귀를 따라서 모란봉으로 가고, 노파의 욕하는 소리는 까마귀 소리를 따라간다.

‘우’ 자 쓴 벙거지 쓰고 감장 홀태바지[127] 저고리 입고 가죽 주머니 메고 문밖에 와서 안중문[128]을 기웃기웃하며 ‘편지 받아 들여가오, 편지 받아 들여가오’ 두세 번 소리하는 것은 우편 군사라. 장팔의 어미가 까마귀에게 열이 잔뜩 났던 차에 어떠한 사람인지 자세히 듣지도 아니하고 질부등가리[129] 깨어지는 소리 같은 목소리로 우편 군사에게 까닭 없는 화풀이를 한다.

“웬 사람이 남의 집 안마당을 함부로 들여다보아? 이 댁에는 사랑양반도 아니 계신 댁인데, 웬 젊은 녀석이 양반의 댁 안마당을 들여다보아?”

(우편 군사) “여보, 누구더러 이 녀석 저 녀석 하오. 체전부[130]는 그리 만만한 줄로 아오. 어디 말 좀 하여봅시다. 이리 좀 나오시오. 나는 편지 전하러 온 것 외에는 아무것도 잘못한 것 없소.”

(부) "여보게 할멈, 자네가 누구와 그렇게 싸우나. 우체사령이 편지를 가지고 왔다 하니 미국서 서방님이 편지를 부치셨나베. 어서 받아 들여오게."

(노파) "옳지, 우체사령이로구. 늙은 사람이 눈 어두워서…… 어서 편지나 이리 주오. 아씨께 갖다 드리게."

우체사령이 처음에 노파가 소리를 지를 때는 늙은 사람 망령으로 알고 말을 예사로 하더니, 노파가 잘못한 줄을 깨닫고 말하는 눈치를 보더니 그때는 우체사령이 산 목을 쓰고 대든다.

(우) "이런 제어미…… 내가 체전부 다니다가 이런 꼴은 처음 보았네. 남더러 무슨 턱으로 욕을 하오. 내가 아무리 바빠도 말 좀 물어보고 갈 터이오."

하면서 소리를 버럭버럭 지르고 대들며, 편지 달라 하는 말은 대답도 아니 하니, 평양 사람의 싸움하러 대드는 서슬은 금방 죽어도 몸을 아끼지 아니하는 성정이라. 노파가 까마귀에게 화풀이할 때 같으면 우체사령에게 몸부림을 하고 죽어도 그 화가 풀어지지 아니할 터이나, 미국서 편지 왔다 하는 소리에 그 화가 다 풀어졌더라. 그 화만 풀어질 뿐이 아니라, 우체사령의 떼거리[131]까지 받고 있는데, 부인은 어서 바삐 편지 볼 마음이 있어서 내외하기도 잊었던지 중문간에로 뛰어나가서 노파를 꾸짖고 우체사령을 달래고, 옥련의 묘에 가지고 가려 하던 술과 실과를 내어다 먹인다.

우체사령이 금방 살인할 듯하던 위인이 노파더러 '할머니 할머니' 하며 풀어지는데, 그 집에서 부리던 하인과 같이 친숙하더라.

노파가 편지를 받아서 부인에게 드리니, 부인이 그 편지를 들고 겉봉 쓴 것을 보더니 깜짝 놀라서 의심을 한다.

(노파) "아씨, 무엇을 그리하십니까?"

(부) “응, 가만히 있게.”

(노파) “서방님께서 부치신 편지오니까?”

(부) “아닐세.”

(노) “그러면 부산서 주사 나리께서 하신 편지오니까?”

(부) “아니.”

(노) “에그, 어서 말씀 좀 시원히 하여주십시오.”

(부) “글씨는 처음 보는 글씨일세.”

본래 옥련이가 일곱 살에 부모를 떠났는데, 그때는 언문 한 자 모를 때라. 그 후에 일본 가서 심상소학교 졸업까지 하였으나 조선 언문은 구경도 못 하였더니, 그 후에 구완서와 같이 미국 길 때에 태평양을 건너가는 동안에 구완서가 가르친 언문이라, 옥련의 모친이 어찌 옥련의 글씨를 알아보리오. 부인이 편지를 받아보니 겉면에는,

한국 평안남도 평양부 북문내 김관일 실내[132] 친전[133]

한편에는,

미국 화성돈 ○○○호텔

옥련 상사리[134]

진서[135] 글자는 부인이 한 자도 알아보지 못하고 다만 ‘옥련 상사리’라 한 글자만 알아보았으나, 글씨도 모르는 글씨요, 옥련이라 한 것은 볼수록 의심만 난다.

(부인) “여보게 할멈, 이 편지 가지고 왔던 우체사령이 벌써 갔나? 이 편지가 정녕 우리 집에 오는 것인지 자세히 물어보았더면 좋을 뻔하였네.”

(노파) “왜 거기 쓰이지 아니하였습니까?”

(부인) “한편은 진서요, 한편에는 진서도 있고 언문도 있는데, 진서는 무엇인지 모르겠고, 언문에는 옥련 상사리라 썼으니, 이상한 일도

있네. 세상에 옥련이라 하는 이름이 또 있는지, 옥련이라 하는 이름이
또 있더라도 내게 편지할 만한 사람도 없는데……."

(노파) "그러면 작은아씨의 편지인가 보이다."

(부인) "에그, 꿈같은 소리도 하네. 죽은 옥련이가 내게 편지를 어찌
하여……."

하면서 또 한숨을 쉬더니 얼굴에 처량한 빛이 다시 난다.

(노파) "아씨 아씨, 두 말씀 말고 그 편지를 뜯어보십시오."

부인이 홧김에 편지를 박박 뜯어보니 옥련의 편지라.

모란봉에서 지낸 일부터 미국 화성돈 호텔에서 옥련의 부녀가 상봉
하여 그 모친의 편지 보던 모양까지 그린 듯이 자세히 한 편지라.

그 편지 부쳤던 날은 광무[136] 육년(음력) 칠월 십일일인데, 부인이 그
편지 받아 보던 날은 임인년[137] 음력 팔월 십오일이러라.

아랫권은 그 여학생이 고국에 돌아온 후를 기다리오.

상편종上篇終

모란봉牧丹峰

比小說은 曩年에 江湖愛讀者의 歡迎을 得하던 玉蓮의 事蹟인데 今에 其全篇을 訂正하고 且血淚라 하는 題目의 悲觀에 近함을 嫌避하여 牧丹峰이라 改題하고 下篇을 著述하여 玉蓮의 未路를 알고자 하시던 諸氏─覽을 供하였는데 此牧丹峰이 비록 上·下篇이나 兩篇이 各히 獨立한 性質이 有하여 上篇은 玉蓮의 七歲부터 世間風霜을 閱하던 事實로 組織하였는데 其下篇이 無하여도 無妨하며 下篇은 玉蓮의 十七歲 以後 事蹟을 述한 것인데 其上篇이 無하더라고 또한 無妨한 고로 茲에 其下篇을 揭載하오니 或 上篇을 閱覽코자 하시는 人氏는 京城 中部 鐵物橋 東洋書院에 請求하시압.

열요熱拗하기[1]로 유명한 샹푸란시쓰고[桑倦]의 야소교당 쇠북소리는 세간진루世間塵累가 조금도 없이 맑고 한가하고 고요하고 그윽한데, 여음餘音이 바람을 따라 흩어져 나가다가 수천 미돌[2]數千米突 밖의 나지막

한 산을 은은隱隱히 울리며 스러지고 산 아래 공원公園 속의 가목무림佳
木茂林 푸른빛만 보인다.

천기청명天氣淸明한 일요일에 공원에 산보散步하러 모여드는 신사紳
士와 부인은 한가한 겨를을 타서 한가히 놀러온 사람들이라. 그 사람
모인 공원은 다시 열요장되야 복잡한 사회현상社會現象이 또한 이 가운
데에 보이는데, 유심한 사진가寫眞家가 전 사람의 자취 비밀히 감추인
것[前人踪跡秘密藏]을 후인後人에게 전하려고 사진기계를 가지고 다니면
서 이리저리 둘러보다가, 취미趣味 있는 진상眞狀을 가려서 박히고 박히
는데, 열요한 사람들은 간단間斷[3] 없이 활동活動이라.

드뭇드뭇[4]한 나무 틈에 허연 돌난간[石欄干]이 보이는데 그 돌난간 아
래 돌연못[石池]이 있고, 돌연못 가운데 사자형獅子形 섬이 있고, 사자 등
우에 금부어金鮒魚[5] 거꾸로 서서 수정가루 같은 물을 뿜어 올려서 서늘
한 기운을 드리었는데, 공원의 구경꾼은 못가에 몰려가서 돌난간에 의
지하고 노는 고기를 내려다본다.

인간의 회포 많은 옥련玉蓮이가 또한 그 못 가운데 고기 노는 것을 내
려다보다가 제 그림자를 보고 홀연히 감동되는 일이 있었더라.

'모란봉 밑에서 총을 맞고 누웠던 옥련이가 여기 와서 있는가.

간호수看護手 들것 우에 담겨서 야전병원野戰病院에 들어가던 옥련이
가 여기 와서 있는가.

정상井上 군의軍醫 아버지 손에 재생인再生人되던 옥련이가 여기 와서
있는가.

구완서具完書의 은혜를 입어 화성돈華盛頓[6]에 유학留學하던 옥련이가
여기 와서 있는가.

반갑다. 옥련의 그림자를 옥련이가 보아도 참 반갑다.

나는 물 우에 선 옥련이요, 너는 물 아래 거꾸로 선 옥련이라. 내가

너더러 물어볼 일이 있다.

네가 형체가 있는 물건[有形物]이냐, 형체가 있을진대 네 손 잡고 반겨보자. 네가 형체 없는 물건[無形物]이냐, 형체가 없을진대 내 눈에 보이는 네가 무엇이냐.

이 몸이 이 물가를 떠날진대 네 형체가 소멸하고, 이 몸이 세상을 버릴진대 한恨 많고 사려증思慮症 많던 내 마음도 또한 소멸할 것이니, 영혼불멸靈魂不滅이라 하였으나 알 수 없는 것은 사람의 일이로다.'

옥련이가 그러한 생각을 하는 중에, 옥련아, 옥련아, 부르는 소리를 듣고 돌아보니, 옥련의 옆에 섰던 그 부친과 구완서가 그 아래 정자나무 밑 휴게소休憩所로 향히여 기며 부르는지라, 옥련이가 또한 휴게소로 향하여 가려고 돌아서다가, 그 그림자를 떠나기가 섭섭한 마음이 있는 것같이 다시 돌쳐서 고개를 숙여 내려다보는데, 물고기 한 마리가 물 우에 뜬 마른 나뭇잎을 물려 하다가 사람을 보고 놀란 것 같이 꼬리를 탁 치고 거꾸로 서서 내려가는데, 거울 같은 수면水面이 진탕震蕩하여 옥련의 그림자가 천태만상으로 변하는지라. 옥련이가 애석愛惜한 마음이 있는 것같이 주저주저躊躇躊躇하다가 돌쳐서서 휴게소로 내려가는데, 물 아래에 활동사진같이 황홀하던 옥이의 그림자가 간 곳 없고 상오 열두 시 태양광선太陽光線 아래 이목구비耳目口鼻가 있는지 없는지 모르게 된 난쟁이 같은 그림자가 옥련의 뒤를 따라간다.

그때는 갑진년 가을이라. 김관일金寬一이가 그 딸 옥련이를 다리고 조선에 돌아가는 길인데, 구완서는 서중휴학暑中休學 겨를을 타서 샹푸란시쓰고까지 전별하러 온 터이라.

처음에 김관일의 마음에 옥련이를 몇 해 동안만 공부를 더 시켜서 조선 부인 사회 중에 우등될 만한 학문이 성취된 후에 다리고 가려 하였더니, 일러전쟁日露戰爭이 일어나서, 평양성 중에서 일본 기병騎兵과 노서아露西亞[7] 기병의 접전接戰이 있었다는 신문을 본 후에 옥련이가 십 년 전 일청전쟁 날 때에 허다한 풍상을 지내던 생각이 나서 그 모친을 생각하는 마음이 더욱 간절하여 공부에 마음이 없고 낙심落心한 사람같이 조석으로 먼 산만 바라보고 앉았다가, 그 부친을 보면 고향에 돌아가기를 재촉하거늘, 김관일이가 그 모양을 보고 또한 고향에 돌아갈 마음이 생겼으나, 그러나 그때 옥련이가 사범학교 일년생이라, 추기시험秋期試驗이나 치르고 가는 것이 좋은 줄로 꼬이고 달래다가 추기시험을 치른 후에 떠나가는 터이라.

구완서는 김관일의 강권強勸하는 말을 저버리지 못하야 옥련이와 부부되기로 세 사람이 솟발[8]같이 늘어앉아서 반석같이 굳은 언약을 맺었는데, 김관일의 말은 옥련이가 떠나기 전에 성례하는 것이 가하다 하나, 구완서의 말은 자기가 십 년만 공부를 더하고 조선에 돌아간 후에 결혼하겠다 하는 고로, 필경 구씨의 말을 좇아서 십 년 간에 서로 대년待年[9]하기로 언약이라.

대체 십 년이 되면 옥련의 나이 이십칠 세요, 구완서의 나이 삼십이세라. 구씨와 옥련의 지기志氣[10]가 비록 비범하나 그러나 청춘연기의 연한 창차로 이 이별은 어려운 이별이라.

화성돈에서 작별하기가 피차 섭섭한 마음이 있으므로 구씨가 샹푸란시쓰고까지 왔는데, 샹푸란시쓰고에서 하루 지체하여 공원을 구경하나, 구경에 홍치는 별로 없고 산 빗물 소리가 구씨와 옥련의 이별하는 회포에 들어올 뿐이라.

구씨는 본래 진중한 사람이라, 한 번 정한 마음을 변치 아니하며, 한번한 말을 어기지 아니하는 성질이 있으나, 김관일의 생각에는, 구완서가 아직 젊은 아이라 일시 언약을 믿고 몇만 리를 떠나 있으면 혹 마음이 변치나 아니할까 염려가 되는데, 더구나 십 년 동안에 세상일이 어떻게 변할는지 측량치 못할 일이라, 새로이 궁금증이 나서 다시 구완서의 말을 들어보고자 하여 휴게소로 다리고 가는 터이라.

천지만엽千枝萬葉이 휘어진 정자나무 아래 긴 걸상[長椅子]을 여기저기 늘어놓은 공동휴게소共同休憩所에 오고가는 구경꾼이 드뭇드뭇 걸터앉았는데, 김관일의 일행은 그 중에 조용한 곳을 찾아다니다가 비인 걸상[空椅子]들이 마주 놓인 것을 보고 김씨는 구씨와 마주 걸터앉고, 옥련이는 김씨 옆에 가 앉았더라.

김씨가 옆으로 고개를 돌이켜서, 옥련의 얼굴을 물끄러미 보다가 다시 구씨를 건너다보며,

은혜를 끼친 사람은 너요, 은혜를 받을 사람은 내 딸이라. 내 집 사람들은 네 은혜를 저버리기가 만무하거니와 너는.

하면서 말끝을 마치지 아니하고 빙그레 웃으니, 구씨가 김씨의 말하려는 뜻을 알아들었는지 또 한 번 빙긋 웃는다.

(김) "이애, 구완서야,

사람이 제 자식의 심성정을 남에게 물으면 어리석은 일이나, 그러나 옥련의 일은 네가 나보다 자세히 알 터이라. 대체 어떠하더냐,

잘 가르치면 사람노릇 하겠더냐?"

(구) "지자는 막여부知子莫如父라 하였으니, 옥련의 범절이야 어르신네께서 어련히 알으시겠습니까?"

(김) "막지기자지덕莫知其子之德이라 한 말은 없느냐.

나는 옥련의 선악간善惡間에 모른다.

일곱 살에 부모 슬하에 떠난 자식의 마음을 어찌 알겠느냐?

네가 내 사위되기로 허락한 것으로, 내가 내 자식을 믿는 마음이 생긴다.

그러나 너는 시하侍下[11] 사람이라, 네 마음으로 정한 혼인을 너의 부

모가 혹 허락지 아니 하시면 그때 네 생각은 어떠하겠느냐?"

(구) "우리 부모가 나를 대단히 귀애하시는 터이라, 내가 만일 정당正當치 못한 일을 할 지경이면 부모가 금하시려니와, 정당한 일에는 내말을 많이 좇으시는 터이니 혼인 파약 시키실 리는 만무하니 염려 말으시오."

(김) "그러하겠지.

그러나 부모가 만일 파약을 하라 하실 지경이면 너는 어떻게 조처할 터이냐?"

(구) "지금 옥련이가 조선에 돌아가는 터이니, 우리 부모도 옥련의 범절이 어떠한 소문도 들으실 터이요, 또 사람을 보내서 선을 볼 지경이면 더욱 자세히 알으실 터이니, 부족히 여기실 리가 없으니 파약할 지경에 갈 리가 만무하외다."

(김) "만일 너의 부모께서 옥련이를 합의치 아니하게 여기실 지경이면, 네가 어찌할 터이냐?"

(구) "부모가 잘못하시는 일은 간하다가, 아니 들으실 지경이면 내 마음대로 하지요."

(김) "네 마음대로 하면 어떻게……?"

(구) "자유결혼自由結婚하지요."

(김) "허허허.

네가 미국에 오더니 조선 습관을 버리고 자유결혼을 말하는고나.

오냐, 네 마음이 그러할진대 내가 마음을 놓고 떠나겠다."

하면서 옥련이를 돌아보니, 옥련이는 고개를 수그리고, 손에 들었던 우산대로 땅에 글자를 쓰는데, 무심중에 떠날 이자를 쓰다가 그 부친이 돌아다보는 것을 보고 발로 그 글자를 싹싹 문질러버리고 말없이 앉았더라.

홀연히 나비 한 마리가 힘없이 날아 들어오더니 옥련의 머리에 꽂힌

꽃송이에 내려앉으려다가 다시 펄쩍 날아 높이 뜨는데, 어디서 벗나비 한 마리가 쫓아오더니 싸움을 하는지, 희롱을 하는지 두 나비가 한 뭉치 되어 공중으로 올라가다가 내려가다가, 다시 오르락내리락하는데 난데없는 회오리바람이 땅을 휩쓸어 들어오더니, 휴게소에 늘어앉은 사람 앞으로 세모세를 끼얹는 듯이 먼지를 뒤집어씌우는데, 옥련이는 눈을 뜨지 못하고 애를 쓰다가 눈을 씻고 고개를 들어보니 휴게소 걸상[椅子]에 오백나한전五百羅漢殿 불상 같이 늘어앉았던 사람들이 낱낱이 일어섰는데, 김관일이가 먼지를 툭툭 털고 앞서서 나가면서,

(김) "구완서야,

너 술 먹을 줄 아느냐?

점심때 되었으니 요릿집에로 가자. 옥련아, 너는 조선 음식은 모르지, 사주일四週日만 지내면 조선 음식을 먹어 보겠구나."

옥련이가 일어서서 몸의 먼지를 활활 털며,

(옥) "내가 어렸을 때 일이라도 조선 음식 먹던 생각이 많이 납니다."

(김) "네가 일곱 살까지 너의 어머니 젖이나 먹었지, 음식은 무슨 음식, 허허허.

구완서야, 자네가 참 애썼겠다.

젖꼭지 떨어진 지 며칠이 못된 남의 자식을 다리고 미국까지 와서 저렇게 길러내고, 저만치 가르쳐주었으니, 참 애썼겠다."

하면서 기쁜 마음에 눈물이 도는 것은 옥련이를 사랑하는 자정[12]에서 솟아나는 눈물이라.

오후 다섯 시까지 공원에서 산보散步하다가, 유숙留宿하던 호텔로 돌아가는데, 세 사람이 한 호텔로 들어가나, 세 사람의 침소는 각각이라. 그날 밤에 옥련이가 서양 소설을 보다가 모르는 글자가 있어서 영어자전英語字典을 들고 글자를 찾다가 싫증이 나서 책을 던지고 침대 우에

드러누우며 눈을 살짝 감는다.

잠이 와서 눈을 감는 것이 아니라, 생각을 하느라고 눈을 감었더라.

눈을 뜨고 있을 때는 방 속에 있는 물건만 보이더니, 눈을 감고 누웠으니 이 방에 있지 아니한 구완서의 모양이 눈에 어려 보이다가 다시 눈을 떠서 본즉 적적한 빈 방에 전기등電氣藤만 밝았더라.

옥련이가 다시 눈을 감고 소리 없이 탄식이라.

'내가 어머니를 만나보면 그날 그 시에 죽더라도 한恨이 없을 것 같더니, 미국을 떠나며 생각하니, 구완서의 은혜를 갚지 못하고 죽으면 그 한도 풀리지 못할 일이로다.

전일前日의 은인이요, 미래未來의 부부이라. 인연因緣에 인연을 잇고[續], 정의情義에 정의를 더[加]하였도다.

위엄威嚴이 있고도 온화溫和하며, 다정하고도 말없는 것은 구완서가 내게 대對한 태도이라.

동생같이 사랑하며, 내빈來賓같이 공경하며, 자식같이 가르치면서 항상 나[我]를 칭찬하는 말이 옥련이는 그윽[幽]하고, 한가[閑]하고, 곧[貞]고, 고요[靜]한 계집아이라, 조선 부인사회에서 본받을 만한 사람이 되리라 하였는데, 내가 만일 조선에 돌아가서 그러한 위인이 못될 지경이면 무슨 낯으로 구완서를 다시 보리오.'

한참 그러한 생각을 하는 중에, 문 밖에서 문을 똑똑 두드리는 소리가 나더니 구완서가 들어온다.

옥련이가 구완서에게 무슨 잘못한 일이나 있는 것같이 깜짝 놀라며 얼굴이 빨개지고 가슴이 두군두군하는데 옥련의 생각에도 무슨 까닭으로 그러한지 모르는 터이라.

옥련이가 침대寢臺에 내려서 구씨를 인도하야 테불13 앞 교의[椅子]에 앉게 하고, 옥련이는 그 맞은편 교의에 걸터앉으며 손으로 초인종超人

鐘을 꼭 눌러서 보이를 부르더니 가피차[14]와 부란데[15]와 과자를 갖추어 놓는다.

　(구) "이애, 옥련아.

　허허허,

　또 실수하였구.

　남의 집 처녀더러 이애,

　허허허,

　오냐, 입에 익은 말로 아직 수수하게 그대로 지내자.

　내가 네게 한문 가르치던 선생이요, 언문 가르치던 선생이요, 조선말 복습復習시키던 선생이라. 네가 나더러 선생님 신생님 부르는 터이요, 나는 너를 손아랫누이 같이 알고 지냈더니, 재작년 칠월에 나는 너의 아버지 권고 하시는 말을 듣고, 너는 너의 아버지 명령命令을 들어서 우리가 혼인 언약을 맺었는데, 그 후로부터 네가 나를 보면 부끄러운 마음으로 있는 모양이요, 체면 차리는 기색도 있어서 종적이 점점 서어하였[16]졌으니, 도리어 어색한 일이라. 나는 그 마음 저 마음 없이 이전같이 허물없고 다정한 동무로 알고 있다.

　이애 옥련아, 그렇지 아니 하냐,

　허허허."

　구씨가 그렇게 쇄락洒落한[17] 기상으로 유쾌愉快하게 말하는 모양이 옥련이를 처음 만나던 날부터 지금 떠나는 날까지 조금도 다른 것이 없는지라. 옥련이가 새로이 즐거운 마음에 깊은 정이 더욱 솟아나서 웃음빛을 띤 눈에 눈물일 가랑가랑 돈다.

　(구) "너와 한담閑談하기는 오늘 뿐이라. 너더러 할 말이 무궁무진하더니, 무슨 말을 하려 하였던지 생각이 아니 나는구나. 오냐, 별말하여 무엇할꼬, 작별이란 것은 별말하여 무엇할꼬. 작별이란 것은 잘가거라,

잘있거라 하면 두 사람의 말이 다한 것이라.

내일來日은, 네가 태평양太平洋배를 탈 터이니 작별은 내일 태평양 해안海岸에서 하자."

하면서 선뜻 일어나서 문을 열고 나아가니 방 안이 다시 적적하고, 벽상에 걸린 자명종 시침時針 돌아가는 소리만 때깍때깍 나는데, 전기등 아래 혼자 초연悄然히 앉은 옥련의 낙심한 경상이라.

길고 기인 가을밤에 외기러기 한 소리 높았는데, 정情 많고 한恨 많은 옥련이가 잠 못 이루어 혼자 탄식이라.

'밤아, 새지를 말아라. 밝은 날은 구완서와 이별이라. 육만 리를 떠나가서 십 년이나 될 터이다.

세월아, 차라리 어서 가거라. 삼천육백 일만 지나가면 구완서가 다시 조선에 돌아간다더라.

내가 한 되는 일이 많으나, 제일 한 되는 일은 남자男子 되지 못한 것이라.

내가 만일 남자가 되었더라면, 구완서와 서로 체면도 아니 차릴 것이요, 남의 이목耳目도 아니 가릴 것이라. 하루 열 번을 보고 싶으면 열 번을 상종하고, 주야 같이 있고 싶으면 거처居處를 같이 할 터인데, 불행히 남녀가 유별하므로 지척이 천리같이 떠나 있고, 모처럼 만나보더라도 텁텁한 회포를 흉중胸中에 쌓아두고 말 못하니, 그 아니 애닯지 아니한가!

세상 사람의 부부간 깊은 정리情理는 어떠한 것인지, 나 같은 미가녀未嫁女[18]의 알 수 없는 일이나, 대체 부부간 정의情誼[19]는 남녀 간 치정痴情으로 생긴 정이거니와, 나는 구완서에게 의리義理로 생긴 정리요, 교분交分으로 생긴 정이요, 품행品行을 서로 알고, 인격人格을 서로 알고, 심지心地가 서로 같은 것으로 부지중不知中에 정이 들고, 부지중에 정이 깊었으니 유별한 남녀 간의 높고 조촐한 정이라, 그렇게 정든 사람을 떼쳐 놓고 혼자 가는 내 마음이야…….'

평양은 하나이나 옥련이는 둘이라.

하나는 김옥련이요, 하나는 장옥련이라.

김옥련의 집은 평양 북문 안이요, 장옥련의 집은 평양 남문 밖이라.

김옥련이는 열일곱 살이요, 장옥련은 열여섯 살인데, 얼굴은 김옥련이 더 어여쁜지, 장옥련이가 어여쁜지, 만일 인물 조사하는 시험관이 있어서 비교를 붙일 지경이면 누구를 장원내고 누구를 조사 내기가 썩 어려울 터이라, 공변된 눈을 쌍장원을 냈으면 좋을 만한 미녀자美女子들이라.

아침 안개 희미한데 힘없는 봄바람에 소리 없이 떨어지는 두견화杜鵑花[20] 같은 것은 장옥련의 태도이요, 동각東閣에 눈 쌓이고, 사창紗窓에 달 돋는데 반쯤 핀 매화梅花 같은 것은 김옥련의 태도이라.

조물이 사람을 낼 때에 특별한 사정이 있는 인간에게 특별한 형용을 부여賦與하는 일이 있던지 김옥련, 장옥련은 특별한 자색姿色을 쓰고 난 여자이라.

금을 보면 금이 보배이요, 옥을 보면 옥이 보배라. 김옥련이를 보면 김옥련이가 일색이요, 장옥련이를 보면 장옥련이가 미인이라. 아름다운 외양은, 빛은 같으나 팔자는 같은 일이 조금도 없었더라.

김옥련이는 어렸을 때에 그 부모를 떠나서 고생을 많이 하였는데, 장옥련은 부모 슬하에서 금옥같이 사랑을 받고 자랐더라.

김옥련이는 다시 운수가 틔어서, 그 부친을 만나 귀애함을 받으면서, 또 그 어머니를 만나보려고 태평양을 건너오는데, 장옥련은 액운이 들어서 그 부친에게 미움을 받는 중에, 또 그 어머니를 이별하였더라.

이별을 하였을지라도 그 어머니가 이 세상에나 있었으면 다시 만나

볼 날이 있을까 바랄 터이나, 넓고 넓은 지구상地球上에 몸을 둘 곳이 없다는 유서遺書 한 장을 써서, 그 딸 옥련의 벼개 밑에 넣어놓고 적적한 깊은 밤에 살짝 나간 후에 종적은 끊어지고 소식은 묘연한데, 대동강 물소리 그윽한 밤에 귀곡성이 추추啾啾할[21]뿐이라.

장옥련의 부친은 장치중張致中이라. 형세도 넉넉하고 행세가 얌전한 사람인데, 남이 칭찬을 하는 말에,

"장치중이는 경계 밝은 사람이라."

"인정 있는 사람이라."

"남의 사정 아는 사람이라."

"남에게 속지 아니할 사람이라."

그러한 칭찬을 도처에 듣는 장치중이가, 그 칭찬 듣지 못할 곳은 그 부인 안씨에게뿐이라.

장씨가 본래 그 부인과 금슬琴瑟이 대단히 좋던 터이요, 무남독녀無男獨女 옥련이를 남다르게 귀애하던 터이라.

장옥련이 일곱 살 되었을 때에, 안씨 부인이 병이 들어서 죽느니 사느니 하며 집안에서 떠드는데, 수족같이 부리는 종도 있건마는, 장치중이는 수염에 재티가 부옇게 앉은 줄도 모르고 약을 손수 달여서 부인의 베개 옆에 놓고, 마누라, 마누라 부르는 소리에 부인이 감았던 눈을 치떠서 그 남편을 보다가 때가 주럭주럭 낀 손으로 옥련이를 가리키며,

"내가 죽으면 저것이 어떠한 계모 손에 고생을 할꼬!

내 앞에서 응석만 하던 것이 계모 앞에서 눈살을 맞고 자라노라면 설움도 설움이려니와, 주접[22]이 오죽 들꼬!

너의 아버지께서 지금은 너를 세상에 다시없는 것같이 귀애하셨지마는, 후취 마누라에게 혹하시면 전실 자식이 눈에 보일는지?"

하면서 다시 눈을 감으니, 장옥련이가, 어머니 죽지 마오! 소리를 지르

며 병들어 누운 어머니 가슴에 엎드려 울거늘 장치중이가 옥련이를 안
어다가 자기 무릎 우에 올려 앉히고 머리를 썩썩 쓰다듬으며,

“옥련아, 옥련아, 울지 마라, 울지 마라.

너의 어머니가 저 약을 먹으면 병이 나아서 일어난다.”
하며 옥련이를 달래다가 그 부인을 건너다보며,

“여보 마누라,

아무리 병중에 하는 말이라도 남의 마음을 모르고 하는 말은 자미없
는 말이라. 가령 내가 상처를 하고 후취 장가를 들기로, 후취 마누라에
게 혹하여 옥련이를 몰라볼 지경에 갈 것 같소?

계집은 계집이요, 자식은 자식이지, 아무리 계집에 혹하기로 귀애하
던 자식을 몰라보는 사람이 있단 말이오?

계모가 전실 자식을 미워하는 것은 세상에 혹 있을 듯한 일이나, 그
아비 되는 사람이야 어미 없는 자식을 기르다가 후취 장가 든 후에 그
자식이 계모의 손에 고생을 할 지경이면 불쌍히 여길 터이지 그 자식을
몰라보다니,

내가 만일 그런 일을 당하여 옥련이가 계모에게 미움을 받고 고생을
할 지경이면 옥련이를 불쌍히 여길 뿐 아니라, 그런 후취 마누라는 친
정에로 쫓아 보내지.”
하던 장치중이라.

안씨 부인의 병이 쾌히 나은 후에, 두 내외가 옥련이를 앞에 앉히고
웃음빛으로 세월을 보내다가, 웃음 끝에 바람이 들어서 살풍경이 일어
난다.

장씨가 홀연히 평양 기생 농선이를 첩으로 들여앉히더니, 농선의 소
리는 꾀꼬리 소리같이 들리고, 부인의 소리는 염병막 까마귀 소리같이
들리기 시작하는데, 농선이와 정이 깊어 갈수록 부인과 적벽 강산같이

싸움뿐이라.

장옥련이는 그 모친의 역성만 들고, 농선이를 미워한다고 농선에게만 미움을 받을 뿐 아니라, 그 부친의 눈앞에 얼씬을 못할 지경이라.

농선이가 이름을 신선 선자로 지었으나, 마음은 아귀 귀신같이 모진 계집이라, 장치중의 베갯머리에서 밤마다 그 안마누라 흉을 보노라고 닭이 몇 회씩 울도록 잠을 아니 자다가, 새벽잠이 들면 식전을 밤중으로 알고 자는 위인이라.

처음에는 흉을 보아도 볼 만한 흉을 보더니, 나중에는 터무니없는 모함을 한다.

가령, 아니한 도둑질을 하였다 하더라도 형체 있는 물건을 집어다가 감춘 곳 없고, 또 실물[23]한 증거가 분명치 아니하면 애매한 것이 드러날 것이요, 아니한 살인을 하였다 하더라도 남의 손에 죽은 사람 없으면 발명될 일이라. 그러나 인간의 발명치 못할 말은 남녀 간에 비밀한 관계가 있다 하는 말이라.

본래 농선이가 팔난봉된 동생이 있는데, 떠꺼머리 총각이라. 노름 잘하고 사람 잘 치고 싸개통[24]에 위급하면 길 반씩이나 되는 담을 훌훌 뛰어넘어가는 자인데, 남매간에 본 체도 아니 하던 농선이가 새로이 그 동생의 노름밑천을 대어주며 살살 꾀이니, 그 총각은 농선의 지휘대로만 하는 터이라.

어스름 달 깊은 밤에 총각을 장씨집 안 뒷담 밖에 숨겨 두고 농선이가 장치중이를 대하여 눈물을 이리 씻고 저리 씻으며,

"여보 서방님,

내가 서방님께 정이 부족하여 하는 말이 아니라, 내가 이 집에 있으면 안방 아씨께 적악[25]이라. 나는 오날밤이라도 어디로 갈 터이니 나를 생각지 말으시고 아씨의 마음을 돌리시도록 위로하여 드리고, 두 분이

잘 살으시오."

(장씨) "⋯⋯."

(농선) "서방님은 첩을 두고 호강을 하시는데, 아씨는 남편을 내게 뺏기고 팔자에 없는 과부같이 세월을 보내시니 무슨 생각이 아니 나겠소?"

(장) "응, 무슨 생각이라니?"

(농) "무슨 말을 들으시든지 대장부의 활발한 마음으로 너그럽고 용서하는 조처를 하실 터이오?"

(장) "⋯⋯."

(농) "다짐 두시오."

(장) "다짐이라니, 네게 다짐을 둔단 말이냐?"

(농) "왜 내게는 다짐 못 두나?"

(장) "오냐, 무슨 말을 듣든지 아니 들은 세임만 치고 있을 터이니 말을 자세히 하여라."

(농) "서방님이 그 허락을 하시니 말이오. 아씨가 외인 통간²⁶을 하시는 것이 아씨의 허물이 아니라, 서방님이 아씨의 그런 마음이 생기도록 하신 일이니 부디 허물 말고 아씨를 사랑하고 잘 살으시오.

전에 첩 없을 때에 그런 일 있었소?

첩을 버리면 이후에는 그런 일이 있을 리가 만무하지요?"

(장) "네 말하는 눈치가 무슨 일이 정녕 있는 모양이니 자세히 말하여라."

농선이가 말을 할 듯 할 듯하고 아니하는데, 마침 자명종은 밤 열두 시를 땅땅 치는지라.

(농) "내 입으로 차마 말하기 어려우니 나를 따라오시면, 보실 일이 있소. 날마다 이만 때 쯤 되면."

하더니 문을 살짝 열고 나가니, 장씨가 뒤를 따라 나선다.

농선이가 앞에 서서 자최소리 없이 안방 뒷문 밖으로 돌아가다가 깜짝 놀라서, 에그머니! 소리를 나지막하게 지르는데, 담 안 오동나무 아래 웬 떠꺼머리 총각 한 아이가 섰다가 담을 훌쩍 뛰어 넘어간다.

근심 많은 안씨 부인은 마침 잠 못 이루어 담배를 먹고 앉았다가 뒤꼍에 무슨 인기척이 있는 것을 듣고 문을 열고 내다보니 눈에 보이는 것은 없고, 소름이 좍―좍 끼치는데, 겁결에 문을 닫고 생각하니 이상한 인기척이라. 그 이튿날 장씨 입에서 안씨 부인이 실행하였다는 죄목 선고宣告가 나는지라. 부인은 거머리 속같이 뒤집어 보일 수도 없는 일이요, 다만 분하고 설운 마음을 이기지 못하야 어느 날 밤에 그 딸 잠든 새를 타서 가만히 나가서 대동강 물에 빠져죽었는데, 장옥련이가 그 모친을 생각하고 피눈물을 떨어뜨리며 날을 보내니, 그때는 갑진년 팔월이라.

가을 달은 창량蒼凉하고 찬 이슬에 목 맺힌 벌레소리 그윽한데, 장옥련이가 빈 방에서 불을 끄고 혼자 앉았으니 잊으려 하여도 잊을 수 없는 것은 그 어머니 생각이라

아랫목에 누웠는 듯,

옆에 앉았는 듯,

창 밖에서 문을 열고 들어오는 듯하다가, 다시 생각한즉 그 어머니는 의심없이 이 세상을 버린 사람이라.

그러나 그 어머니가 죽는 것을 본 사람도 없고, 죽은 시체도 찾지 못한 고로, 죽은 증거가 없은즉 옥련의 생각에 그 어미가 혹 살았는가, 요행을 바라는 마음도 있는 터이라.

적적한 빈 뜰에 바람에 굴러다니는 나뭇잎 소리를 듣고 사람의 자취인가 의심하는 옥련이가 문을 열고 내다보니 만물이 괴괴한데[27], 대동

강 물소리만 멀리 멀리 들릴 뿐이라.

장옥련이가 지향 없이 마당으로 내려가서 거닐다가, 그 어머니 자취의 기념물記念物을 보고 반겼더라.

어둠침침한 담 아래 반쯤 피어 휘어진 국화 떨기는 어머니 손으로 심은 것이라. 내 손으로 한 번 꺾어볼까 생각하고, 한 걸음 두 걸음 꽃을 향하야 가는데, 초당 앞 기둥 밑에서 싹싹 울던 굿두라미 소리 뚝 그치고 방 속에서 사람의 말소리가 들린다.

그 초당은 그 부친과 농선의 거처하는 방이라. 옥련이가 발을 멈추고 가만히 서서 들은즉, 그 부친과 농선이가 그 어머니의 공론을 하는 말이라.

(부친) "마누라가 어디로 갔는지 종적을 알 수 없지."

(농선) "아씨도 참 박절한[28] 사람이지,

서방님은 저렇게 생각하고 계신데 어찌 차마 떼치고 가누."

(부) "마누라를 보고 싶어서 하는 말이 아니다."

(농) "발명하실[29] 것 무엇 있소? 보고 싶다 하시기로 누가 샘을 할 터이오?"

(부) "발명하는 말이 아니라. 달아난 계집을 보고 싶어 하는 그런 창자 빠진 사람이 있단 말이냐?"

(농) "여보 서방님,

무정한 말씀도 하시오, 여덟 해나 같이 살던 터에 생각이 아니 나면 인정 밖이지요."

(부) "네 말도 그럴 듯한 말이나, 소위 양반의 여편네가 서방질을 하다가 도망질까지 하여……

어떠한 놈을 달고 어디로 갔는지 모르거니와, 내 눈에 뜨일 지경이면 그런 년은 당장에 박살을 하여도 시원치 아니하겠다.

아씨가 다 무엇이냐, 내 귀에 다시 아씨라고 하지 마라. 그런 년더러 아씨라 하면, 화냥질하는 것더러는 무슨 아씨라 할 터이냐?

네— 들어보아라. 그런 괴악한 년이 또 어디 있겠느냐? 과년한 딸을 한 방에다 다리고 있으면서 떠꺼머리 총각 아이놈을 밤마다 상종이 있은 모양이니, 옥련이가 그 눈치를 모를 리가 없을 터이라. 천생 음란한 어미 년은 하릴없거니와, 그 어미를 보고 배우던 옥련이가 어떻게 될 것인지."

(농) "서방님이 아씨를 미운 생각만 하시고, 불쌍한 생각은 아니하시니 답답한 일이오.

지금 아씨의 나이 서른두 살이요, 서방님은 서른셋이나 되셨으니 한 살이 적어도 아씨가 더 젊은 터이라, 과년한 딸 두기는 서방님이나 아씨나 다를 것 무엇 있소? 서방님은 초당에서 젊은 첩을 다리고 깊은 잠에 단꿈을 꾸시는데, 아씨는 삼 년 소박에 적적한 마음을 이기지 못하야 총각 아이에게 정을 붙여 있었으니, 서방님이 농선이를 사랑하는 마음이나 아씨가 총각을 사랑하는 마음이나 정들기는 일반이라. 서로 떨어질 수 없는 정에 일이 탄로가 되었으니 어찌 아니 달아날 수가 있소.

또 옥련의 말을 하시니 말이요, 아이들은 가르치는 대로 기르는 것이라. 그 어머니를 책망할지언정 옥련이를 책망할 수가 있소?

여보, 내가 옥련이가 되었더라도 요조숙녀窈窕淑女되지는 못하겠소?"

옥련이가 창 밖에서 말을 엿듣다가 어찌 기가 막히던지 이를 악물고 발발 떨면서 악이라도 쓰고 싶고, 몸부림이라도 하고 싶고, 초당에 뛰어 들어가서 아버지 눈앞에서 농선의 치마끈에 목이라도 매어 죽고 싶은 마음을 주리 참듯 참으며 생각하니, 애비 앞에서 발악하는 것은 불효한 자식의 일이요, 무식한 사람이 일이라. 하물며 여자의 행위가 차마 그러할 수가 없는지라. 가만히 돌아서서 방에 들어가니, 그 방은 그 어머니 세간 살림하던 안방이라. 그 어머니가 나가신 지가 열흘이 못 되었으나, 옥련의 마음에 그 열흘 동안이 십 년이나 된 듯하다가 다시 생각한즉, 어제 일 같고 지금 일 같고 거짓말같이 정신이 황홀한데, 불을 켜고 방 안을 돌아보니, 눈에 보이는 것이 다 그 어머니 자취뿐인데, 그러한 자취 중에 옥련의 철천지 한 되는 것은 세상을 하직하노라 하고 피눈물을 떨어뜨리며 써 놓은 유서遺書이라. 옥련이가 그 유서를 한 번 다시보고자 하야, 품에 품었던 유서를 내여들고 보다가, 솟아나는 눈물에 가려서 글자가 보이지 아니하는지라, 옥련이가 가슴을 두드리며 혼 짓밀이라.

"우리 아버지같이 착하시던 마음으로 죄 없는 어머니에게 저러한 적악하시는 것은 아무리 생각하야도 아버지 본마음이 아니지.

구미호九尾狐같이 요악한 서모의 말을 구서龜筮같이 믿으시는 것은 아버지 본정신이 아니라.

본마음이 변하고 본정신을 잃으신 아버지를 원망하면 내가 불효이라. 내가 원망을 하려면 차라리 우리 어머니를 원망할 일이라. 어머니가 세상을 버리실 생각이 있거든 나더러 그 말을 하시고 모녀가 같이 죽을 도리를 하실 일이지.

야속하다, 야속하다, 어머니가 야속하다. 어머니 혼자 팔자 좋게 세상을 모르고 지내시고, 믿을 곳 없는 옥련이더러 혼자 이 설움을 받으란 말인가!

서모도 어미의 항렬이니, 서모더러 욕을 하면 내가 괴이한 년이라. 그러나 우리 서모 농선이는 우리 어머니 죽인 원수요, 우리 아버지 정신 빼앗는 불여우요, 철모르는 옥련이까지 누명을 살짝 뒤집어씌우는 악독한 사람이라. 내가 아무리 도리를 차려 말하고자 하더라도 솟아나는 마음에 이만 갈리고 역밖에 나오는 것이 없구나. 오냐, 그만두어라. 내가 이러한 말을 하면 무엇 하며, 이러한 근심은 하여 무엇 하랴. 오늘 밤이라도 대동강 물에 풍덩 빠져 죽었으면 세상만사를 다 잊어버릴 것이라.”

하고 밤중에 뛰어나가 서서 대동강을 찾아가는데, 깊은 밤 모르는 길에 이리저리 쏘다니다가 무인지경으로 가더니, 기운은 없고, 걸음은 걸리지 아니하고, 눈에 헛것만 보인다.

언덕 밑에 거무스름한 가시덤불이 보이는데, 옥련의 눈에는 검은 장삼 입은 중이 웅크리고 앉은 것으로 보이는지라. 옥련이가 무서운 마음에 숨도 크게 못 쉬고 빈 밭 가운데로 피하여 가다가, 외따로 선 수숫대 잎사귀가 바람에 흔들리는 것이 보이는데, 옥련의 눈에는 사람의 형상으로 보이는지라. 키는 크고 몸은 가늘고 한 팔은 도두 붙고 한 팔은 축 처져 붙었는데, 옥련이를 붙들고 두 팔을 휘젓고 쫓아오는 것 같은지라.

옥련이가 밤중에 뛰어 나설 때 마음에는 귀신이 덮치더라도 겁날 것 없고, 호랑이가 달려들더라도 겁날 것 없고, 다만 부랑한 남자의 손에 붙들릴까 겁이 나는 마음뿐이라. 무엇에 겁이 나든지 겁에 띄기는 일반이라. 무엇을 보든지 옥련이가 그 물건을 사람의 형상으로 조직組織하야 생각하고, 내 몸에 침범하려는 형상으로 의심하는 터이라. 옥련이가 죽으려든 생각은 잊어버리고 일심정력이 그 팔병신에게 붙들리지 않을 작정이라. 돌쳐서서 달아나는데 한 걸음 걷고 돌아다보고, 두 걸음 걷고 또 돌아다보고, 걷고 보고, 보고 걷는 중에 몸에 무엇이 탁 부딪치는데 깜짝 놀라 쳐다보니, 쟁반 같이 큰 얼굴에 사모 쓴 사람이라. 옥련이가 소리를 버럭 지르고 폭 주저앉더니 정신없이 하는 소리가, 그 어머니를 찾는 소리라. 청춘의 몸을 강물에 던지러 나가던 옥련이가 목숨은 살았으나 어두운 밤 장승 밑에서 죽은 시체만 못한 병신이 되었는데,

누가 보던지 인물이 일색이요, 옷도 깨끗이 입은 계집아이라, 어느 귀인의 집 작은아씨로 볼 터이나, 그러나 정신이 들락날락하는 미친 계집아이라. 장옥련의 고생하고 미친년은 평양 북문 안에 사는 김옥련의 모친 최씨 부인의 잠 못 자던 밤이라. 이별한 지 십 년 만에 그 남편 김관일과 그 딸 옥련이가 내일은 평양 도착한다는 기별을 보고 별성행차[30]나 들어오는 듯이 부인이 장팔어미를 다리고 음식도 준비하고 또 흥에 뛰어서 이야기하느라고 밤을 꼭 새운 터이라.

그 이튿날은 식전부터 기다리다가 해가 서천西天에 기울어지매 부인이 마루 끝에 서서 문간만 내다보고 섰는 터이라.

미친 장옥련이는 날이 밝은 후에 평양 성내에 들이와시 집집에 들어가며 어머니를 부르다가 쫓겨나가는 터이라. 그러나 잠깐이라도 박대를 아니 받을 운수를 띠었던지 김관일의 집안 중문에로 쑥 들어가며,

"어머니,

옥련이가 어머니 보러 왔소.

대동강 물에 빠져죽는다고 유서를 써서 두고 나가던 우리 어머니가 살아 있네!"

하는 소리에 그 집안이 발끈 뒤집힌다.

새끼 달린 암캐가 안마루 밑에서 앞 뒷다리를 쭉 뻗고 모로 드러누워서 네 마리 새끼를 젖먹이며 잠이 들었다가 장옥련의 소리를 듣고 두 귀를 쫑곳하며 고개를 번쩍 들고 내다보다가 와락 뛰어나오는 서슬에 젖꼭지를 물었던 강아지는 젖꼭지를 문 채로 달려 나오다가 장작윷에 걸치듯이 세 마리는 자빠지고, 한 마리는 엎드려서 뜰아래에 늘비하게 굴렀는데, 어미 개는 새끼가 어떻게 되었든지 돌아다보지도 아니하고 목덜미의 털이 엉크렇게 일어나며, 엉성한 이빨로 옥련이를 물듯이 응응 소리를 하며 달려드는데, 김관일의 부인과 고장팔이 모가 버선 바닥

으로 뛰어 내려가더니 장팔의 모는 짚신짝으로 개를 때리고, 부인은 장옥련이를 붙들고 창황히[31] 날뛰인다.

　반가운 마음은 옥련이를 안고 뒹굴 것같이, 좋은 마음은 옥련이를 붙들고 펄펄 뛸 것 같고, 기쁜 눈물은 쏟아지고, 즐거운 말은 퍼붓는 듯이 나온다.

　(부인) "네가 옥련이냐?

　참 몰라보게 되었구나.

　네가 살았다가 어미를 찾아올 줄 누가 알았으며,

　내가 살았다 네 얼굴을 다시 볼 줄 누가 알았으랴!

　옥련아, 어서 방으로 들어가자.

　너의 아버지께서 어찌하여 뒤에 떨어지셨느냐?"

　(장옥련) "어머니, 어머니.

　이 원수를 어떻게 갚는단 말이오? 어머니가 행실 부정한 일이 있다고 모함하던 서모가 옥련의 모함까지 하는구려.

　아버지는 서모에게 혹하야 어머니를 원수같이 미워하셔서 눈에 띄면 박살을 하겠다 하시고, 옥련이도 죽일 년, 살릴 년 하며 미워하시는 고로 옥련이가 아버지 모르게 도망하야 왔소."

하더니 부인을 쳐다보며 비죽비죽 운다.

　원래 김관일이가 미국 화성돈에서 떠날 때부터 자기 집에 전보를 하였는데, 화성돈과 샹푸란시쓰고에서 한 전보는 영서英書이라. 김관일의 부인이 그 전보를 받아가지고 야소교당耶蘇敎堂에 가서 물어 알았고, 일본 횡빈[32], 대판[33], 하관[34]에서 한 전보는 편가명片假名이라, 일본말 아는 사람에게 물어 알았고, 부산釜山, 인천仁川, 진남포鎭南浦에서 한 전보는 조선 언문이라 남에게 물어볼 것 없이 부인이 알아보았는데, 전후 여덟 번 전보에 진남포 전보가 마지막 전보이라.

진남포 하륙, 구월 초이일, 평양 도달

(김)

부인이 그러한 전보를 받아볼 때에 그 남편의 성자가 쓰인 고로, 그 남편이 그 딸을 다리고 오는 줄로 알았다가, 미친 장옥련의 말을 듣고 생각하니, 옥련의 성이 김가이라, 옥련이가 혼자 오며 전보를 하더라도 김자만 썼을 터이라, 미친 장옥련의 말이 낱낱이 곧이들리는데 그 말이 마디마다 기가 막히는 말이라. 장옥련이를 붙들고 울며,

"이애 옥련아,

세상에 이러한 일도 있단 말이냐!

내 팔자가 기박하고 네 신세도 가련하다.

너의 아버지께서 첩에게 혹하야 처자를 의심하고 미워하신다 하니, 의심할 일은 무엇이며, 미워할 일은 무엇이란 말이냐?

별 풍상 다 지내고 십 년 고생을 참고 있다가 이런 소리 들을 줄 누가 알았단 말이냐!

나는 시앗에게 모함謀陷을 당하더라도 근심될 것 없고, 남편에게 박살撲殺을 당하더라도 겁날 것 없다. 죽으면 그만이지, 근심은 무슨 근심을 하며, 겁은 무슨 겁이 난단 말이냐.

그러나 너도 전정[35]이 만 리 같은 아이가 그런 누명을 듣고 죽기도 원통한 일이요, 살아 있어도 신세는 마친 사람이니, 이러한 화전충화花田衝火[36]가 어디 있단 말이냐.

너의 아버지가 너를 다리고 오시는 줄로 알고 손꼽아 날 보내며 기다리다가, 이런 소식 들을 줄은 천만의외로고나.

오냐, 그만두어라. 죽든지 살든지 오날 너를 만나보니 내 한이 풀리겠다. 옥련아, 방에로 들어가서 서로 고생하던 이야기나 하자?"

하며 장옥련의 손목을 잡아끌며 방에로 들어가기를 재촉하는데, 장옥련이가 장승같이 딱 서서 무엇을 정신없이 물끄럼 보더니 쌍긋쌍긋 웃다가, 비죽비죽 울다가, 절을 꾸벅꾸벅하다가 하늘을 쳐다보며,

"하나님, 하나님, 하나님, 하나님, 하나님 비입니다.

내 앞에 섰는 요년을 벼락을 칩시사. 요년이 옥련의 서모올시다.

요 몹쓸 년이 우리 모녀의 모함하던 년이올시다.

옳지, 옳지, 옳지, 옳지,

하늘에서 벼락불이 내려온다.

내려온다, 내려온다, 내려온다.

우지끈 뚝딱,

조년 벼락 맞았다!"

하며 손가락으로 부인을 가리키며 깔깔 웃는다.

부인이 그 모양을 보더니 소름이 죽죽 끼치는데, 부인의 마음에, 옥련이가 서모에게 설움을 몹시 받고, 그 부친에게도 미움을 많이 받아서 원통한 마음을 이기지 못하야 실성이 된 줄로 알고 불쌍한 생각에 기가 막힐 지경이라. 장옥련이를 얼싸안고,

"이것이 웬일이냐?

네가 어찌하야 이렇게 되었단 말이냐?

옥련아. 정신 좀 차려라.

내가 네 어미다.

네가 죽은 줄 알고 있을 때에는 내 가슴이 이렇게 쓰리고 아프지 아니하더니, 네 모양이 이러한 것을 보니 뼈가 녹는 듯하고 창자가 끊어지는 듯하니, 참척[37]을 보더라도 이렇게 원통치는 아니하겠다. 아비나 어미나 자식 사랑하는 마음은 다를 것 없을 터인데, 너의 아버지께서는 어찌하여 마음이 그러시단 말이냐?

고생 중에 자라던 자식을 보고 불쌍한 생각도 없다더냐?

옥련이를 어찌 미워하며, 옥련이에게 저런 적악을 한다더냐?"

소리를 지르며 목을 놓아 우니 설움 많던 장팔어미가 또한 따라 운다.

개는 노파에게 얻어맞고 마루 밑에 숨었다가 뛰어나오더니 새로이 장옥련이를 보고 짖는데, 옥련이는 춤을 춘다.

웬 아이들이 몰려 들어오기 시작하더니 삽시간에 좁은 마당이 툭 터지도록 들어서서 장옥련의 춤추는 것을 보고 웃음통이 터지며 어찌 몹시 떠들던지 장팔어미가 울음을 그치고,

"구경이 무슨 구경이냐?"

소리를 지르며 아이들을 내쫓으려다기 디부지로 유명한 평양 아이들이 여간 장팔어미의 소리에 겁이 나서 그런 재미있는 구경을 못하고 쫓겨나갈 아이들이 아니라, 장팔어미는 기가 나서 날뛰는데 나가는 아이는 하나도 없고 들어오는 아이뿐이라.

그날은 마침 김관일이가 그 딸 옥련이를 다리고 평양 성내에 도달到達하는 날이라. 음력 구월 초하룻날 진남포에 하륙하였는데, 그 이튿날은 기어이 평양성내에 도달하고 싶으나 짐이 많은 고로 그 짐을 영거[38]하여 가려 하면, 길에서 하루 지체가 더 될 모양이라. 그런 고로 짐은 갯줏집에 맡겨두고 사람만 먼저 떠난 작정으로, 자기 집에 초이일 평양 도달 한다는 전보까지 하고 그날은 이미 저문 고로 진남포 갯줏집에서 자고, 그 이튿날 새벽밥을 시켜 먹고, 두패 교군[39] 두 채를 얻어서 타고 가는데, 그날은 날이 저물더라도 평양성내에로 대어[40] 들어갈 작정이라. 중상을 주는 아래 반드시 용맹한 사람이 있다는 말과 같이, 교군삯 후히 주고 쉬일 참에 막걸리 많이 먹이는 서슬에 교군꾼이 걸음을 썩 빨리 걷는데, 본래 참당나귀 같은 교군이라. 쉬일 참은 되었든지 못 되었든지 술항아리 옆에 도야지 다리 놓인 것만 보면 발목이 시다든지 무

슨 핑계를 하든지 쉬는데, 교군 탄 사람끼리 서로 내다보고 이야기하기 좋도록 두 교군을 나란히 내려놓는지라. 옥련이는 쉬일 때마다 그 부친의 교군을 내다보며,

"아버지,

평양이 얼마나 남았소?

에그, 멀기도 하지.

대관에서 마관[41]보다 더 먼 것 같소. 내가 대관에서 마관까지 갈 때는 머리가 이렇게 아프지 않더니……

아버지, 아버지,

어제 진남포에서 한 전보는 어머니께서 받아보셨겠지요?

오늘은 우리가 집에 들어갈 줄 알고 계시면서 오죽 좋아하실꼬.

아마 문간에 나서서 기다리시지.

아버지, 아버지,

나는 우리 어머니 얼굴을 보아도 모를 터이야.

어머니는 나를 알아보실는지?"

하면서 기쁜 마음을 이기지 못하는 것을 김관일이가 볼 때마다 그 딸을 귀애하는 마음과, 그날 자기 집에 돌아가서 가족을 만나볼 마음에 다만 유쾌한 생각뿐이라.

그렇게 기쁜 마음에 뛰어가는 길이 해가 떨어질 때나 되야서 겨우 평양성 북문에 다다른지라. 관일이가 교군 속에서 내다보며 길을 가리키다가 자기 집 앞에 교군을 내려서 옥련이를 다리고 자기 집으로 들어가는데, 문간에 사람이 어찌 많이 들어섰던지 발 들여놓을 틈이 없고, 안마당에서는 여편네 울음소리도 나고, 노파의 악쓰는 소리도 나고, 아이들 웃음소리도 나거늘, 관일이가 혹 자기 집이 아닌가 의심이 나서 발을 멈추고 자세히 본즉 분명한 자기 집이라. 그러나 근일에 혹 이사를

하였는가 또 의심하야 곁의 사람더러 이 집이 뉘집이냐 묻다가 언뜻 본
즉, 장팔어미가 아이들을 내쫓느라고 소리소리 지르고 돌아다니는지
라. 관일이가 장팔어미를 부르면서 마당에로 들어서는데 장팔의 모가
웬 정신이 그리도 좋던지 관일의 목소리를 듣고 쳐다보니, 비록 복색은
변하였으나 얼굴은 십 년 전에 보던 주인서방님이라. 그러나 그 뒤에
꽃같은 젊은 여편네가 부인양복을 입고 따라 들어오는데 장팔의 모가
아무리 정신이 좋기로 일곱 살에 고향을 떠나서 열입곱 살 된 옥련이를
알아볼 수는 없는 터이라. 장팔의 모가 주인서방님에게 인사할 여가도
없이 쏜살같이 주인아씨에게로 가더니,

　(노파) "어보 아씨, 서방님께서 이디시 님을 다리고 오셨습니나."

　정신없이 울던 부인의 귀에 그런 말은 어찌 그리 잘 들리던지 부인이
울음을 뚝 그치고 노파를 돌아다보며,

　(부인) "응, 서방님이 오셔?

　나를 박살하러 오신 것이지.

　계집까지 데려오셨어.

　나는 서방님 손에 박살을 당하기 싫어. 내가 어디 가서 물에나 빠져
죽지."
하면서 부엌에로 쑥 들어가더니, 부엌 뒷문을 열고 나가는데 김관일이
가 장팔의 모더러, 무슨 말 묻는 동안에 부인은 어디로 갔는지 종적을
모를 지경이라.

　그 후 일주일—週日만에 평양성내 유명한 신사들이 김관일을 위하여
환영회歡迎會를 여는데, 회장會場은 모란봉母丹峰이요, 날은 시골서 이
름 있는 날로 떠드는 구월 구일이라. 구름같은 차일 밑에 앞뒤 휘장 둘
러치고 진수성찬과 갖은 풍악을 베풀어 놓고 김씨 부녀父女가 십 년 간
에 해외풍상海外風霜에 고생한 것을 위로하고, 지금 가속이 서로 만난

것을 경축하는 회인데 회원이 삼백여 명이라.

평양은 조선에서 제일 먼저 개화한 지방이라 하나, 말이 개화이지 그때 평양부내 신사가 연회에 동부인 출석한 사람은 하나도 없고, 다만 김관일이가 그 부인과 그 딸 옥련이를 다리고 온 터이라.

최씨 부인도 남만 못지아니한 완고 부인이나, 그 남편과 그 딸의 권함에 이기지 못하야 따라 나온 터이라. 평생에 남의 집 남자의 그림자만 보아도 피하야 달아나던 여편네가 홀지에 삼백여 명 신사 모인 곳에 와서 앉았으니, 환영받는 흥치[42]는 조금도 없고 부끄러운 마음뿐이라. 감기는 아니 들었으나 기침은 웬 기침이 그리 많으며, 술을 입에 대지도 아니 하였으나 얼굴은 왜 그리 붉으며, 아침에 나설 때는 선선하더니 낮이 되더니 덥기는 왜 그리 더우며, 발은 왜 그리 저리며, 머리는 왜 그리 아프며, 해는 왜 그리 길며, 연회에 온 사람들이 술은 웬 술을 그리 많이 먹던지 권하느니 술이요, 잡느니 술잔이라.

얼굴이 선지 방구리된[43] 사람, 혀 꼬부라진 소리하는 사람, 곤드레만드레하는 사람, 한 말을 또 하고 또 하고 하는 사람들이 김관일의 앞으로만 모여 앉아서 새로운 관일에게 술을 권하는데, 관일의 옆에 앉았는 사람은 부인과 옥련이라. 세 식구가 같이 받는 환영이나, 술잔은 도거리[44]로 관일에게만 들어가는데, 잔 받게 하는 노인도 있고, 잔 받아라 하는 연배 친구도 있고, 잔 받읍시오 하는 버릇없는 개화 소년도 있는데, 김씨는 싸개통에 든 사람같이 술잔을 사양하면 책망이 일어날 듯한 자리에 있어도 여러 사람의 마음을 다 좋도록 좌우로 수작하면서, 먼저 받은 술잔은 땅에 슬쩍슬쩍 엎쳐 버리고 새로 권하는 술잔을 받는데, 술 부어드리는 기생들은 쌍청[45]을 아울러서 권주가를 부르는 서슬에 회원의 흥치는 돋우고 술은 무진장無盡藏같이 나오는데, 최씨 부인은 그 자리 앉은 것이 재판관의 앞에서 심문을 당하는 죄인같이 어서 바삐

이 자리를 면하여 나가고 싶은 마음뿐이라. 보는 사람은 무심히 보더라도 누가 부인의 얼굴을 좀 쳐다보면 부인은 자기 얼굴을 누가 뜯어먹는 듯이 고개를 푹 숙이고 앉았는데, 어떠한 양복 입은 젊은 남자가 술잔을 들어서 부인 앞으로 드리며,

"오늘 이러한 환영회에 오셨다가 술 한 잔 아니 잡수시면 여러 회원이 섭섭하여합니다."

하는 소리에 부인이 깜짝 놀라서 창황 중에 쑥 하는 말로,

"에그, 망측하여라."

소리를 하며 돌아다보니 초이튿날 저녁에 자기 목숨을 구하여 주던 서일순徐一淳이라.

만리창해萬里蒼海 오고가는 화륜선이 서로 피할 겨를 없이 마주 부딪치는 것도 인연因緣이라. 서씨가 김씨집에 무슨 깊은 인연이 있었던지 졸지에 친분이 생기느라고 구월 초이튿날, 평양 북문 안 김관일의 집에서 공교한 소요가 생긴 것이라.

서일순徐一淳의 자는 이문二文이요, 별명은 삼부지三不知요, 행세는 팔체八體라.

삼부지라 하는 것은 세 가지 알 수 없는 일이 있다는 말인데, 한 가지는 서씨의 나이 이십일 세가 되었는데, 장가는 무슨 지조가 있어서 아니 드는지 알 수 없는 일이요, 돈은 썩 잘 쓰는데 재산은 얼마나 가진 사람인지 알 수 없는 일이요, 풍치는 무한히 있는데 평양 기생 하나 상관 아니 하는 것이 알 수 없는 일이라.

팔체라 하는 것은 여덟 가지 잘하는 것이 있는 체한다는 말인데, 글귀나 하는 체, 글씨 줄이나 쓰는 체, 묵화墨畵도 좀 치는 체, 갖은 음률 다 잘하는 체, 말 잘하는 체, 신학문도 좀 있는 체, 의협심義俠心도 있는 체, 개화한 체, 그러한 팔체 중에 입내[46]는 다 낼 뿐 아니라 말은 참 잘

하는 변사辯士이라. 본래 의주義州 사람으로, 삼 년 전에 그 부친이 죽은 후에 경성京城으로 이사하야 사는데, 수일 전에 구경차로 평양에 와서 두류[47]하는 터이라. 얼굴은 관옥冠玉 같고, 눈은 샛별 같고, 입술은 주사朱砂[48]를 바른 것 같고, 키는 크고 작도 아니 한 미남자美男子라. 양복은 몇 벌이나 가졌으며, 조선옷은 몇 벌이나 가지고 다니는지 며칠도리로 복색을 변하는데, 무슨 옷을 입든지 그 사람의 몸에는 그 옷을 입은 것이 맵시가 더 나는 것 같이 보이는 터이라.

그 달 초이튿날은 조타모자鳥打帽子를 쓰고 조선 두루마기 입고, 양혜[49] 신고 북문 밖에 산보하러 나갔다가 돌아오는 길에, 마침 북문 안 김관일의 집에서 무슨 소요가 있는 것을 보고 머리에 쓴 모자를 벗어서 옷가슴에 깊이 넣고 구경꾼 아이들과 섞여 서서 김씨 집 안마당에 들어가서 구경을 하다가, 김관일의 부인이 죽느니 사느니 하며 뒷문으로 나아가는 것을 보고, 서씨가 앞문으로 얼른 가서 부인의 뒤를 밟아 쫓아간즉 부인이 과연 죽을 작정으로 대동강으로 가더니, 물에 빠지려 하는지라. 사람의 목숨이 경각간에 위태할 지경에 체면도 차릴 수가 없이 달려들어 붙든즉 부인이 서리같이 호령을 하거늘, 말 잘하는 서소년이, 어머니, 어머니 하며 빌고 달래고 꼬이는데 상성[50]을 한 듯한 최씨 부인이 마음을 잠깐 돌려서 다시 생각하되, 내가 죽더라도 남편에게 하고싶은 말이나 다하고 죽으려는 마음으로 서씨를 따라서 자기 집에 돌아오니라.

그러한 소요는 평양부 내에서 소문 못 들은 사람이 없는 고로, 김관일의 안면을 모르던 사람일지라도 김관일의 부녀가 귀국한 소문도 듣고, 김씨의 부녀가 십 년 간 풍상 겪던 일까지 호외號外를 돌린 듯이 소리가 널리 나고, 이름이 일시에 드러난지라. 구월 구일 환영회는 누가 발기發起하였든지 김씨를 알고 모르고 간에 구경삼아 온 사람이 많았는데, 그 회에 제일 먼저 출석出席할 듯한 서일순이가 무슨 일이 있어서 왔던지, 김관일의 앞에 평양 돌팔매 들어가듯 술잔이 들어갈 때에, 서씨가 또한 최씨 앞에 와서 술 한 잔을 권하였으나, 최씨 부인은 부끄러운 마음에 취醉하여, 사람을 쳐다보지 못하고 자기 입만 보고 앉았는고로, 서씨가 온 줄을 모르고 있다가 뜻밖에 자기 앞에 술잔이 쑥 들어오는 것을 욕이 본 것같이 놀라 쳐다보니, 허물없고 반가운 사람이라. 부인의 마음에, 저 사람이 아닐러면 내가 벌써 고깃배에 장사를 지냈을 터이라. 목숨이 아까운 것이 아니라, 어질고 착한 편을 원망하고 죽었더면 죽은 혼령이라도 죄를 받을 것이요, 난리 중에 죽었다고 단념한 자식이 살아 있다가 십 년 만에 어미 보러 온 옥련이를 몰라보고 원수 피하듯이 뛰어나가 죽었던들 어미의 한 되는 것은 고사하고 옥련에게 한을 끼치는 것이 또한 내 죄라. 미친년에게 속아서 경솔히 죽으려던 내가 미친년이지 싶은 생각을 하면 아슬아슬한 일이라. 지나간 일은 생각하여 쓸데없고 서씨의 은혜를 갚을 일을 생각하면 우리 세 식구가 태산 같은 빚을 지고 있는 터이라. 동생을 삼는다 하면 빈말뿐이지 참 동생이 되는 것도 아니요, 아들을 삼는다 하면 남더러 욕하는 말이지 은혜 갚는 것이 아니라. 서씨가 내 소원을 좇을 것 같으면 사위를 삼어서 옥련이가 서씨의 어진 아내 노릇을 하고 옥련이가 아들을 낳아서 그 자식이 서씨에게 효자 노릇을 할 지경이면, 우리가 은혜 갚는 사람이 되겠으나, 그러나 이러한 말을 옥련의 귀에는 감히 들여보내지 못할 일이요, 허물없는 남편에게는 말 못할 것은 없으나 말을 하는 대로 귀양만 보낼 터이니 답답한 일이라. 어찌하면 좋을꼬? 생각하는 것은 부인의 혼자 마음이라.

한편에서는 와글와글 지껄이는 연회석宴會席에 벙어리같이 입을 봉하고 앉았던 부인이 서씨를 건너다보며,

"내가 살아서 이런 환영을 받는 것은 서 서방의 덕택이오."

(서) "천만의 말씀이오.

사람의 목숨이 하늘에 달렸으니 도와주신 하나님의 덕택이올시다."

(부인) "사람이 물에 빠져죽는 것을 하나님이 손이 있어서 붙들으셨단 말이오?"

(서) "하나님이 대신 사람의 손으로 붙들었으니, 그것도 하나님이지요. 만일 하늘의 도움이 없으면 붙들려는 사람도 없을 터이오. 있더라도 못 붙들 터이니 어떠하든지 하늘이지요."

부인이 웃음빛을 띤 얼굴로 옥련이를 돌아다보며,

"옥련아, 네 저런 말을 좀 들어보아라. 세상 사람들이 조그마한 일이 잘한 일이 있더라도 자랑을 하든지 공치사를 하든지 그런 사람이 많을 터인데, 서 서방은 자기가 남에게 적선을 하고 공을 하나님께 돌려보내니, 적선하는 마음보다 저런 마음이 더 어려운 일이 아니냐?

이애 옥련아, 우리가 서 서방의 은혜를 어떻게 갚는단 말이냐?"
하며 눈물을 씻으니 옥련이가 또한 눈물을 씻는데, 샛별같은 서일순의 눈 검은 동자는 옥련의 태도가 들어가서 사진을 박였더라.

해는 오후 세 시가 될락말락하였는데, 여기저기 들여온 요리상 우에는 술안주를 닭의 발로 헤쳐 놓은 듯이 흩어졌고, 삼백여 명 회원의 얼굴은 모란봉 단풍이 비치었는데, 회는 파방판51에 늘어지게 노는 판이라. 풍악소리는 연회석宴會席 한편이 떠나가는 것 같고, 춤추는 기생들은 떨어지는 꽃과 날아드는 나비가 봄바람에 나부끼는 것 같은데, 풍류랑風流郎은 풍류랑끼리 몰려가서 멋에 질려서 건들거리며 놀고, 주객은 주객끼리 몰려 앉아서 술 뒤풀이를 하며 지껄이고, 글자나 하는 사람은 글자하는 사람끼리 몰려 앉아서 대해동두점점산大海東頭點點山이 잘 지은 글이니 못 지은 글이니 글 이야기가 일어나고, 행세가 점잖다는 사람은 연회에 출석은 어찌하였던지 김관일의 앉았는 곳은 그 부인과 옥련이가 있는 고로 내근하다[52]고 그 근처에는 가지도 아니하고 혼자 심심하게 앉았다가, 혹 말벗이나 될 사람을 보면 태고청황씨 때 이야기가 나오고, 얼개화꾼은 김관일의 앞으로 모여 앉아서 개화한 체하느라고 각기 신지식을 내어놓는다.

미국은 땅 밑에 있다 하는 사람,

미국은 해가 밤에 돋는다 하는 사람,

서양 사람은 양羊의 자손인 고로 눈이 누르다 하는 사람,

그런 고로 서양西洋이라는 양자가 삼전변에 양羊자라고 더 자세히 아는 체하고, 남의 말 주註 내는 사람.

독일연방 이야기를 줏듣고 미국합중국 역사를 이야기하는 사람

그러한 사람들은 그러한 말일지라도 능히 관일의 앞에서 수작이 어울리는 것 같으나 그 많은 지식도 없는 사람의 귀에는 덕국[53]이라 하면 떡국으로 그릇 듣고, 법국[54]이라 하면 뻑국이로 그릇 들리는 무식한 자도 많이 모였는데, 무식한 소치로 마음이 단정치 못하고 행세가 얌전치 못하다고 평양에서 별명 듣던 축이 김관일의 앞으로 우- 몰려오더니 발도 재고[55] 숫기도 더 좋은 사람은 옥련의 앞에 염치없이 가깝게 들어 앉는데 한 연극장演劇場이 된다.

말 잘하는 체 하노라고 씨빠진 소리하는 사람

잘난 체 하노라고 못난 짓하는 사람

돈 잘 쓰는 자랑하노라고 못된 계집의 솜씨에 삿갓 쓰던 이야기하는 사람

봇짱[56] 큰 자랑하노라고 엿방맹이, 대방질 하던 이야기하는 사람

인기 자랑하노라고 위험한 짓하던 이야기하는 사람

그런 말 저런 말없이 단병첩전短兵捷戰[57] 하듯 내가 상처를 하고 구혼

하는 중이니, 어디 얌전한 색시가 있거든 누구든지 중매 좀 들여 달라
하는 사람

　그러한 사람들은 옥련의 얼굴에 정신이 팔려서 까닭 없이 흥이 나고
주책없이 거드럭거리는데, 한 사람씩 말을 하는 것이 아니라 남의 말은
듣지도 아니하고 각각 제 말만 하느라고 생황笙簧의 구멍마다 소리가
나오듯이 입을 다물고 있는 사람은 하나도 없으니, 듣는 사람은 뉘 말
을 들어야 좋을지 모르는 터이라.

　옥련이는 천성이 단정하고 또 고등교육을 받은 계집아이라, 부랑무식
浮浪無識한 남자의 성질도 모르고, 또 그 말하는 의미도 전혀 모르고, 다
만 연회 끝에 술 취한 사람으로만 알고 앉았다가 갈까마귀 떼같이 지껄
이는 소리가 어찌 그리 듣기 싫던지 머리가 아프고 귀가 솔[58] 지경이라.

　옥련이가 살짝 일어나서 휘장 밖으로 나가니, 가을바람 서늘한 기운
에 새 정신이 나는데, 걸음걸음 거닐다가 사람 없는 나무 밑에 가서 우
뚝 서더니 홀연히 감동되는 일이 있어서 혼잣말로 탄식이라.

　이곳이 옥련이가 총 맞던 곳이런가 이곳이 옥련이가 부모 이별하던
곳이런가!

　이곳에서 십 년 전에 무수한 화패禍敗를 당하였더니, 오늘은 이곳에
서 이런 환영을 받는구나.

　반갑다, 모란봉아, 십 년 풍상에 변치 아니한 것은 네로구나.

　옥련이는 운수불행運數不幸하여 십 년 동안에 출몰사생出沒死生하고
동서양東西洋에 표박漂泊하다가 하나님이 도우시고 귀신이 도와서 고향
에 돌아와서 네 모양을 다시 본다.

　모란봉아, 물어보자. 인생화복人生禍福 네 알거든 내게 말 좀 하여 주
려무나.

　옥련의 지나간 십 년이 그러하니, 이후 십 년은 어떠할지. 각골난망

刻骨難忘의 은인 구완서와 십 년간 이별이라.

어와 가련하다, 옥련의 신세 가련하다. 옥련의 육체肉體는 떠날 리 자를 가지고 있고, 옥련의 정신은 근심 수 자가 맺혀 있으니, 옥련의 일평생은 이별하는 근심으로 지내라는 것인가.

미국 화성돈에서 아버지를 만나보니, 고향에 혼자 있는 어머니가 보고 싶고, 고향에 돌아와서 어머니를 만나보니 다시 구완서를 그리고 못 보는구나!

하며 머리를 들어 북아메리카 화성돈을 바라보니, 화성돈은 육만 리六萬里밖이라. 묘묘한 하늘빛에 눈이 암암할 뿐이요, 다만 보이는 것은 눈앞의 무란봉이라.

홀연히 까마귀가 깍깍 짖는 소리가 나거늘, 옥련이가 머리를 들어 쳐다보니 무지러진 고목 우에 앉은 까마귀 한 마리가 꼬리는 연회장宴會場 차일 친 편에로 향하고 대강이는 옥련에게로 향하야 내려다보며 짖거늘, 옥련이가 풋대추만한 돌 하나를 집어 들고, 까마귀는 펄쩍 날아 석양천에 멀리 떠 날아가고, 돌은 고목 우에는 올라갈 가망도 없이 두어 길 쯤 낮추 떠서 연회장 휘장 친 곳에로 들어가는데, 마침 연회석에서 휘장을 번쩍 들고 쑥 나서는 사람의 머리 우에 뚝 떨어진다.

힘없이 떨어지는 조그마한 돌이라, 다행히 머리가 터지지는 아니하였으나 뼈끝에 돌을 맞은 터이라, 머릿골이 울리면서 눈에 불이 번쩍 나서 고개를 들어 바라보니, 열 아름이 되는 고목 등걸 뒤에서 석전石戰하던 적병敵兵은 다시 보니 경국경성傾國傾城의 여장군女將軍이라.

그 후 수일 만에 남문 안 최여정催汝正의 집에서 주인의 사랑을 혼자 차지하고, 돈을 물쓰듯하고, 주인에게 상전같이 대접받고 있는 서일순이가, 약 없는 병이라서 귀신 모르는 죽음을 할 지경이라.

약이 없는 것은 아니라, 돈으로 사지 못할 약이요, 힘으로 뺏지 못할 약인데 꼭 그 약을 써야 살 터이라.

병은 무슨 병이냐 물을진대, 얼굴에 웃음빛을 띠고 남더러 말 못할 병이라.

사지四肢가 무양無恙한 병이요, 백체百體가 건강健康한 병이라. 그러면 무병한 사람과 다름이 없지마는, 음식을 먹으면 맛이 없이 먹고, 잠이 들면 꿈 많이 꾸는 병이라.

잠만 들면 옥련이를 만나보고, 잠을 깨면 옥련이가 간 곳 없으니, 밤낮 없이 잠만 들면 좋으련마는 생각이 간절할 때는 잠들기가 어려우니 잠 못 자는 심병이라. 달 밝고 서리 찬 가을밤에 귓뚜라미 소리 그윽한데, 때때로 부는 바람, 떨어지는 나뭇잎을 끌어다가 적적한 나그네 창을 툭툭 치는데, 잠 못 들어 번열증 나서 혼자 앓아 담배만 먹다가 혓바늘이 돋아서 담배도 못 먹고 마음을 붙이려고 서상기西廂記[59]를 보다가 화증이 나서 책을 집어던지고 모으로 툭 쓰러지더니, 오 분 동안이 못 되야 다시 벌떡 일어나서 체경體鏡을 앞에다 놓고 들여다본다.

까만 머리에 기름을 함칠하게 발라서 좌우로 떡 갈라붙인 가림자살이 밤톨같이 부었는데, 손으로 꾹꾹 눌러보면 아프기도 하나 아파서 만져보는 것도 아니요, 이리저리 들여다보면 혹부리같이 보기도 싫으나, 반악潘岳의 투귤投橘같이 내 머리에 돌 던지던 사람을 생각하여 아픈 것을 정표로 알고 부은 것을 기념물記念物로 알아서, 보고 보고, 만지고 만지고, 다시 들여다보고 만져보며 정신없이 혼잣말이라.

"고 몹쓸 것이, 남의 살에 이렇게 표를 하야놓고 보이지 아니하니 고런 얄미운 것이 어디 있어?

아무리 생각하여도 심상한 일은 아니라.

연회에 왔던 계집아이가 혼자 살그니 나가서 나무 밑에 섰기는 웬일이며, 내가 나가는 것을 보고 돌은 왜 던져?

오냐, 옥련의 마음도 모를 것 없다. 내 옆에 앉았다가 살며시 나가서 나무 밑에 선 것은 까닭이 있는 것인데, 눈치 없는 이놈이 삼십 분 동안이나 되도록 아니 나갔으니 제 마음도 좀 답답하였을 것이었다.

일은 꼭 그러할 일이야. 내가 휘장 밖에만 나서거든 암호暗號로 던지려고 동골동골하고 반질반질하고 맵시 좋고 조그마한 돌 하나를 들고 일심전력으로 기다리고 있다가, 나를 보고 툭 던지는 그 돌이 넘고처지지도 아니하고 줌압줌 뒤로도 아니 가고 내 정신 모여 있는 머리 우에 떨어졌으니 던지기도 묘하게 던졌거니와, 받기도 썩 잘 받았지.

내가 좀 아픈 것은 관계치 아니하나, 옥련이가 무안할 모양이 있는 것이 가엾어.

영서일점靈犀一點이 가만히 서로 통한다는 옛사람의 글도 있거니와, 사람의 마음이란 것은 서로 통하기가 쉬운 것인즉, 옥련의 마음은 내가 알고, 내 마음이 이렇게 간절한 것은 옥련이가 모를 리가 없으렷다.

옥련이가 내 마음을 알고 나 있는 집을 아는 터에 나를 찾아오지 못하는 것은 부끄러운 태도 많은 계집의 본색이렷다.”
하면서 혓바늘이 돋아서 아니 먹으려던 담배를 다시 먹으려고 담배서랍을 열더니, 녹녹하게 축인 서초 한 대를 뚝 떼어서 은수복 놓은 긴 담뱃대를 집어 들고 막 담으려다가, 창 밖에서 사람의 발자취 소리가 나는 듯 나는 듯한 것을 듣고, 손에 들었던 담배를 서랍에 얼른 집어넣고, 담뱃대는 한편에 슬쩍 치워놓고 방바닥에 펼쳐 놓인 서상기는 책장 옆에서 책장 우로 정제히 놓고, 가방에 넣인 향수를 꺼내더니, 옷깃에도 들어붓고 얼굴에도 바르고 머리 우에도 홀홀 뿌리고, 손수건에도 들어붓더니 향수병은 집어넣고. 금강석 물부리에 여송연 한 개를 끼어 붙여 물고 정제히 앉았는데 창 밖에 인기척이 뚝 끊어지고 아무 소식이 없는지라. 서일순이가 의심이 나서 또 혼잣말이라.

"사람의 발자취 소리런가?

바람에 놀란 나뭇잎이 땅에 굴러다니는 소리런가?

사람인가?

바람인가?

만일 사람이면 정녕 옥련이지!

밤중에 나를 찾아오느라고 나비 잡으려는 걸음같이 가만 가만히 걸어올 사람이야 옥련 이외에 누가 있나? 나를 다시없이 생각하고, 다시없이 부끄러워하는 사람이 나를 찾아오는 걸음걸이라,

내가 그런 것은 용하게 알지.

어찌 생각하면 옥련이가 나를 찾아오기가 썩 어려운 일이라, 나설 리가 만무할 듯하나 꼭 그렇지 아니한 일이 있지.

내게 돌 던지던 마음에 여기를 못 와? 옥련이는 개화한 사람이라 출입을 마음대로 하는 터에 내게를 못 와?

그러나 오날밤에는 아마 옥련이가 아니 들어오고, 도로 갈 리가 있나?

아니, 그것도 또 모르지.

내가 혼자 군소리하는 것을 듣고 누가 있는 줄로 알고 도로 갔나?

대체 오기만 왔으면 그렇게 쉽게 갈 리가 없지.

손님이 온 줄 알고 손 가기를 기다리느라고 어디서 숨은 것이구."
하면서 미닫이를 연다.

미닫이 밖에는 우아래 고리를 걸은 덧문이 있는데, 그 덧문 닫힌 밖에 웬 사람 하나이 섰다가 달아나는 신 소리가 난다.

급히 먹는 밥이 목이 메이듯이, 서씨가 미닫이를 너무 급히 열다가 마가 드느라고 아래를 치면 우가 걸리고, 우를 치면 아래가 걸린데 미닫이 두 짝이 서로 의논을 한 듯이 이 짝을 열려 하야도 그 모양이요,

저 짝을 열려 하야도 그 모양이라. 손으로 미닫이를 치는 소리가 툭탁 툭탁하다가 미닫이가 드윽 열리매 문고리를 벗기며 덧문을 열어젖히고 내다보니, 적적한 밤 밝은 달이 마당에 가득한데, 무너진 담 아래 이슬에 젖인 국화菊花가 바람 없이 흔들리는데 사람은 보이지 아니하고 이웃집 개만 콩콩 짖는다.

서씨 마음에, 옥련이가 왔다가 부끄러워서 못 들어오고 달아난 줄로 알고, 버섯바닥으로 뛰어나가서 까투리를 쫓아가는 장끼의 걸음같이 쫓아가다가, 무너진 담 우에 사람 넘어 다니는 길 난 곳에 썩 올라서니 담 아래는 행길인데, 사람 하나가 담 모퉁이에 숨어 섰다가,

"이문이 어디 가나?"

하며 허허 웃는데, 돌아다보니 주인 최여정이라.

본래 서씨의 말을 엿듣던 사람은 최여정인데, 그 말이 재미가 있어서 엿들은 것이 아니요, 그런 말은 들어두면 기화奇貨[60]로 이용할 일이 있는 고로 엿들은 터이라.

세상에 알기 쉬운 듯하고 알 수 없는 것은 사람의 마음이라. 그러한 비밀장秘密藏을 남에게 샅샅이 드러내 보인 사람은 서일순이요, 본 사람은 최여정이라.

서씨는 낙망落望한 일이 있어 화증이 나는 중에 부끄러운 마음을 이기지 못하여 최씨를 대면도 하기 싫은 생각이 나는데, 자기가 혼자 군소리한 것은 얼뜬 일이나 최씨가 발자취 소리 없이 남의 말을 엿듣는 것은, 하는 짓이 밉살스러운 일이라, 그날 밤 내로 그 집을 떠나고 싶은 생각이 있으나 성을 내고 떠나면 남에게 한 가지 웃음밧탈이 더 될 터이요, 웃는 낯으로 떠나려 하면 주인이 만류할 터이라. 어찌하면 좋을지 생각하느라고 말없이 섰는데. 최씨가 허허 웃으면서 서씨의 손목을 끌고 방으로 들어가자 하니, 서씨가 정신없이 하는 말이,

“망할 놈,

네가 온 줄을 내가 모르고 그리할 듯하냐?

내가 너 들어보라고 한 말이다.”

하며 허허 웃고 방으로 들어가서 두 사람이 마주앉으며, 최씨는 서씨의 얼굴을 쳐다보고 서씨는 최씨의 얼굴을 쳐다보다가, 두 사람의 눈이 마주치며 최씨는 빙긋 웃고 서씨는 홀연히 얼굴이 벌개지며 고개를 책상 옆으로 돌려서 무엇을 찾는 모양 같더니, 금띠 띤 여송연 한 개를 집어서 최씨 앞에 쑥 내밀며,

“옜다, 이것 하나 먹어 보아라.

네가 이런 것을 어디서 구경이나 얻어 하였느냐.”

최씨가 여송연을 받아들고 이리저리 보며,

“주는 것은 고맙다.

그러나 사람을 업신여겨도 분수가 있지.

내가 이런 것을 먹기는 처음이나, 설마 구경이야 못하였겠느냐.”

(서) “주제넘은 놈,

네 행세와 네 교제에 여송연 먹는 친구가 다 있단 말이냐?”

(최) “친구는 있든지 없든지 여송연만 구경하였으면 고만이지.

구월 구일에 구완서의 장인 환영회 할 때에는 여송연 물고 앉은 사람이 적어도 이십 명은 되겠더라.”

서씨가 얼굴빛이 변하며,

“응. 구완서의 장인이 누구란 말인가?”

(최) “김관일이를 몰라?”

(서) “그 딸이 또 있나?”

(최) “아니, 옥련이가 무남독녀지.”

(서) “그러면 구완서의 장인이라니.”

(최) “옥련의 남편이 구완서인 줄 모르나?”

(서) “계집아이가 남편이 있을 수가 있나?”

(최) “말이 계집아이지, 구완서의 부인이야.

그러나 아직 성례만 아니 하였지.”

(서) “응, 별 우스운 소리를 다 들어보겠네. 성례 아니 한 내외가 어디 있단 말인가? 아마 옥련이가 어디 혼인 정한 곳이 있는 것이로구.”

(최) “그렇지. 혼인을 정하기만 하였다고 말하더라도 말이 되고, 또 옥련이는 구완서의 부인이라고 말하더라도 말이 되지.

가령, 옥련이가 죽으면 구완서가 수절할 리는 없으나, 만일 구완서가 죽으면 옥련이가 정녕 수절할 걸.”

(서) “가령, 혼인을 정하였다가 신랑될 사람이 죽었는데 그 정혼한 색시가 수절하는 미친년이 있단 말인가?”

(최) “상전桑田이 벽해碧海[61]가 되더라도 구완서와 옥련의 혼인 언약 맺은 것이 변할 리가 없은즉, 옥련의 마음에는 제 몸이 구가의 집사람이 된 줄로 알고 있는 걸……”

하면서 서씨 얼굴을 흘끗 본다.

서씨는 최씨의 말을 들어볼수록 가슴이 답답증만 생긴다.

구완서와 옥련이의 혼인 언약 맺은 것도 처음 듣는 말이요,

상전이 벽해가 되더라도 그 혼인 파약될 리는 만무하다는 말은 깜짝 놀랄 일이요,

옥련의 마음에는 제 몸이 구씨 집사람이 된 줄로 알고 있다는 말과, 구완서가 지금 죽더라도 옥련이가 수절할 사람이라 하는 말은 기가 막힐 일이라.

옥련의 마음에 그러할진대, 나는 헛애를 쓰는 사람이라고 몹쓸 원수의 년의 계집아이가 얄밉기가 한량없으나, 그러나 그러할수록 생각은

더욱 간절하야 이 몸이 구완서가 되지 못한 것만 한이 된다.

그러한 생각을 하노라고 참선參禪하는 중같이 눈을 감고 가만히 앉았다.

(최) "이문이, 이문이.

곤하거든 자리 펴고 드러누워 자세. 내가 너무 오래 있어서 자네가 잠 밑지겠네."

서씨가 눈을 번쩍 뜨며,

"아직 초저녁인데, 지금부터 자는 사람이 있단 말인가?

더 앉아 무슨 재미있는 말이나 하다 가게."

(최) "나는 이렇게 일찍 자는 사람은 아니지마는, 자네가 아주 곤한 모양이야.

할 말이 있으면 내일은 못하나?"

(서) "내가 눈을 좀 감고 앉았더니, 졸려서 눈을 감은 줄 알았나?

현기증이 잠깐 나서……."

(최) "그 증이 본래 있던가?"

(서) "큰일에 잠 못 자는 증이 생기더니 그 후로부터 현기증이 생겨……."

(최) "잠 못 자는 증이 생겨……

그것 중증일세."

(서) "중증이고 경증이고 겁나는 것은 없지마는, 하루이틀 아니고 밤 보내기가 좀 어렵거든.

어느 친구나 와서 무슨 말이나 할 때는 심심치 아나하나, 밤은 길고 잠은 아니 오는데 혼자 있으면 썩 심심하여. 오날밤에는 자네가 학질 붙들리듯이 내게 잘 붙들렸네.

술이나 사다 먹으며 이야기나 하세."

하더니 행랑에 있는 사람을 불러서 술을 사오라 지휘하고,

(서) "오날밤에는 친구도 있고 술도 있고, 밤 잘 보내겠네."

(최) "사람이 잠을 못 자고 살 수 있나?

그래 조금도 못 잔단 말인가?"

(서) "밤을 꼬박 새지는 아니하나, 속이 조하고 번열증이 나기 시작하면 샛별이 올라올 때까지 잠 못들 때가 많이 있어."

(최) "진작 의원이나 보고 약이나 먹어보지."

(서) "의원, 의원,

의원이 어디 있어야지."

(최) "꿩 잡는 것이 매라고, 병 고치는 것이 의원이지."

(서) "그는 그렇지.

그러나 병도 병 나름이지. 병을 낱낱이 고칠 것 같으면 요수夭壽[62]하는 사람이 없게"

(최) "약이란 것은 병의 집중만 바로하면 쇳소리가 나게 효험이 나는 것이라. 여러 말 할 것 없이 단방單方 약 한 첩 먹어보려나?"

서씨는 고개를 수그리고 잠깐 말없이 앉았다가 고개를 번쩍 들며,

"응, 단방이나 쓴방이나 약만 될 것 같으면 먹지."

(최) "약은 신약神藥이라, 더 말할 것 없지마는 돈이 썩 많이 들어."

서씨가 씽긋 웃으면서,

"돈이 너무 많이 들 것 같으면 나같이 가난한 사람이야 생의[63]할 수 있나?

그러나 꼭 효험만 있을 줄 알면 십만 원까지는 아끼지 아니하지."

최여정이 서일순의 어깨를 탁 치며,

"아따 그놈, 사나이로구나.

보짱 크게 십만 원……

허리에 십만 원을 띠고 학 타고 양주로 올라가려느냐?

오냐, 걱정 마라. 돈이 있으면 두억신이라도 섬길 터이요, 돈이 있으면 하늘에 있는 별도 딸 터이라. 평양성내에 있는 옥련이 하나를 돌려내기가 그리 어렵단 말이냐.”

하며 허허 웃으니, 서일순이가 얼굴이 벌개지고 입이 떡 벌어지며 또한 허허 웃는데, 창 밖에 마루 끝에 술상 내려놓는 소리가 들리거늘, 서씨가 최씨를 보며 손짓을 슬슬하니 최씨 입에서 나오던 긴요한 말이 뚝 끊어졌다.

술상 들여놓는 사람은 최씨 집 행랑에 있는 더부살이 계집이라. 나이 이십사오 세쯤 되고, 키는 자그마하고 얼굴은 둥글고 두 볼은 밤볼지고[64] 눈은 옴팡눈[65]이요, 이마는 숙붓고 살결은 이상히 흰데, 웃는 얼굴은 사랑스러우나 성이 나서 빼쭉할 때는 눈은 암상[66]이 닥지닥지한 계집이라.

술 사러 보낼 때는 해해 웃는 낮으로 대답하고 가던 것이, 술상을 가지고 들어올 때는 암상이 닥지닥지한 눈으로 서씨를 힐끗 보더니, 서씨의 턱밑에 바싹 들어와서 술상을 콕 부딪는 듯이 놓고, 치마꼬리에서 바람이 나도록 획 돌아가는데, 서씨가 눈살을 잠깐 찌푸리다가 다시 천연한[67] 기색으로 그 계집을 부르더니 십 원 지폐 한 장을 건네주며,

세상에 다시없는 큰 행 하나 하여주는 듯이 말을 떠벌이는데, 그 계집은 문 앞에 서서 고개만 돌이키고, 서씨 얼굴이 뚫어지듯 보다가 문을 열고 나가며 혼잣말로,

누가 품삯 팔아먹으려고 이런 심부름을 하나? 팔자 사나운 년이 병신 같은 서방을 얻어 만나서 제 집 한 간 없고. 남의 집 행랑에 들어 있으니 밤중에 누워 자는 년은 일으켜서 술을 사오라든지 별을 따오라든지 시키는 말은 다할 터인데 돈은 왜 해주어?

서방님이 이 댁 사랑에 와서 계신 지가 두 달이나 석 달이나 되도록 내가 밤낮없이 심부름만 하였으나 돈을 바라고 심부름을 한 개딸년 없지.

소문에, 평양성 내에 있는 옥련이를 돌려내려고 돈은 십만 원이나 쓴다 하니 어떤 선녀 같은 계집인구, 내일 좀 찾아가서 보고 그 집에 치하 좀 하고 올 터이야

하는 소리가 방에 들리도록 하더니 말소리가 끊어지고 발자취 소리도 없는데, 방에 있는 최씨와 서씨 또한 말없이 앉았다.

본래 그 계집의 별명은 하늘밥도적인데, 그 별명 지은 뜻은, 가령 하나님이 밥상을 받았더라도 앙큼한 마음에 훔쳐먹으려 드는 계집이란 말이라.

그렇게 욕심 많은 계집이 전생의 무슨 연분으로 그런 서방을 얻어 만났던지 얼굴은 검고 누르고, 살은 문둥이같이 푸석 살이 찌고, 미련하기는 곰 같고, 게으르기는 굼벵이 같은데, 낮잠이 들면 하루 종일 자더라도 남이 깨어주기 전에는 잘 일어나지 아니하는 자라.

그런 고로 제 계집 하나 먹여 살릴 힘이 없을 뿐 아니라 제 몸뚱이 하나 먹고 살 재주 없는 위인인데, 그 계집만 없으면 벌써 바가지 차고 물방앗간으로 갔을 것이라. 그 계집은 인물이 어여쁘다 할 수는 없으나, 누가 보든지 면추[68]는 한 계집이라 하는 터인데, 대체 얼굴은 보면 예사사람이나 마음은 예사사람이 아니라.

서일순이가 최씨 집에 와서 있은 후로 새로이 욕심이 늘어서 일심전력으로 서씨 눈에 들려고 애를 쓰는데, 서씨의 마음이 어찌 단단하던지 그 계집이 요약을 부릴수록 밉게 보나, 그러나 주인 최씨 집에 부리는 종이 없고 최씨의 부인이 손수 조석밥을 지어 먹는 고로 사랑에 있는 서씨의 밥상은 행랑에 있는 계집이 들고 다니는 터요, 또 서씨가 물 한 그릇을 떠오라든지 술 한 잔을 사오라든지 하루 종일 허다한 심부름을

다 그 계집이 하여 주되, 시키는 심부름 외에 속이 시원하게 하여주는 일이 허다한지라. 서씨가 종종 돈냥씩이나 주지마는 그 계집의 욕심이 그만 돈을 바라는 것이 아니요, 장가도 아니든 서씨를 잘 호리면 아내는 못되더라도 첩은 될 줄로 알고 있는데, 그 본서방은 조만간에 내버릴 터이나 불쌍한 생각이 있어서 제가 잘 되거든 돈이나 좀 얻어주고 버리려는 작정이라.

그렇게 경영[69]하고 있는 중에, 그날 밤에 술상을 가지고 오다가, 최씨와 서씨가 하는 말소리를 듣고, 혹 제 말이나 들어보려고 문 밖에 서서 들은즉, 마침 십만 원이니 얼마니 하는 돈말이 나며 최씨의 말에, 돈이 있으면 두억신이도 섬기느니 별이라도 따느니 하더니, 그 끝엣말은 평양성내에 있는 옥련이 하나를 돌려내느니, 못 돌려내느니 하는 소리를 듣고, 그 계집이 새암이 나고 암상이 나서 머리 우에 이고 섰던 술상을 암상김에 내려놓은 터이라.

최씨는 한 집안에 있으면서 그러한 사정을 까맣게 모르던 터이라, 그날 밤에 그 계집의 동정動靜을 보고 또 그 말을 들어본즉 무슨 충절이 어떻게 있었던지 서씨에게 원망을 꼭 맺은 것 같은지라. 만일 그 계집의 마음을 가라앉히지 못하면 서씨도 서씨거니와, 평양바닥에서 나까지 망신을 하겠다 싶은 염려가 생겨서 서씨에게 무슨 의논을 하려 한즉, 서씨가 손짓을 하며 말을 못하게 하고 술 한 잔을 가득히 쳐서 최씨에게 권한다.

최씨가 싱긋싱긋 웃으며 술잔을 받아서 얼른 마시고 잔을 서씨에게 돌려보내더니, 술 한 잔을 따라주고 선뜻 일어나서 문을 열고 나가려 하니, 서씨가 최씨의 옷을 붙들고 못 나가게 하거늘, 최씨가 손짓을 하며 붙들지 말라는 눈치를 보이고 슬쩍 뿌리치고 썩 나서더니,

"거 누구냐?"

소리를 한다. 하늘밥도적은 또 무슨 말을 엿들으려는지 창밖에 꼭 붙
어 섰다가 대답도 아니 하고 뒤꼍으로 살짝 돌아간다.

최씨가 방문을 열고 서씨를 들여다보며 가만히 하는 말이,

"두말 말고 빌어라.

귀신도 빌면 듣느니라.

그러나 잘못 빌면 동토[70] 난다."

하더니 문을 톡 닫고 버선발로 가만히 내려가서 발자취 소리 없이 뒤꼍
으로 돌아다가다 솔개가 병아리 찾듯 하늘밥도적을 붙들었더라.

(하늘밥) "에그, 망측하여라.

왜 여기까지 쫓아와서 붙들으셔요?"

(최) "응, 자네런가?

나는 나를 찾아온 사람으로 알고 쫓아왔더니 서 서방님 찾아온 사람
이로구."

(하늘밥) "어떤 빌어먹을 년이 서 서방님을 찾아와요?

남의 유부녀有夫女더러 별 애매한 말씀을 함부로 하시네."

(최) "말은 좀 잘못된 말이야.

그러나 아무도 없는 터에 무슨 말을 하였기로 관계있나?

뺨을 맞더라도 할 말은 다하지,

왜 창 밖에 가만히 섰다가 나를 보더니 뒤꼍으로 도망을 하여?

내가 없었더면 사랑에 들어와서 서 서방님과 재미있게 놀았을 터인
데 참 불안한 일일세.

자, 어서 방으로 들어가게.

나는 술 한 잔만 더 먹고 가겠네."

하며 그 계집의 팔을 끄니,

(하늘밥) "놓고 말씀하셔요.

망측하게 왜 남의 팔을 끄셔요?"

(최) "나 같은 사람이 자네를 끌고 어디로 가든지 의심은 말게.

나는 부처님 같은 마음일세."

(하늘밥) "하하하,

나는 부처님이 무엇인지 몰랐더니 서방님같이 착한 양반이 부처님이로구.

옥련인지 금련인지 돌려내서 서 서방님께 중매 들려는 부처님,

갸륵하신 부처님,

남의 좋은 일 잘하시는 부처님,

젊은 친구를 꾀어서 돈을 십만 원씩이나 쓰이고, 계집 붙여주는 부처님, 부처님이라지 말고 붙여주는 님이라 하였으면 더 좋지.

내가 일부러 평양 일경으로 돌아다니며 홀아비와 과부와 총각과 처녀를 만나는 대로 이 절 부처님 앞에 와서 불공만 잘하면, 불붙여 주시도록 빌라고 일러줄 터이야."

(최) "허허허,

옳지 그럴 일이지,

그러나 남 권할 것 없이 자네 먼저 불공만 잘하야 보게,

어떤 부처님은 후생에 연화세계로 가느니, 극락세계로 가느니 그런 믿음성 없는 소리를 하나? 여기서 이 부처님은 거짓말 한마디 아니할 터이니 두말 말고 이 부처님께 불공만 잘하게. 내일부터 수가 뭉정뭉정 나리.

미력71님이 살찌고 못 찌기는 석수장石手匠이 놈의 솜씨에 달렸다고, 자네 한 몸 수 나고 못 나기는 내 솜씨에 달렸지.

귀신의 귀에 떡소리 한 것같이 하늘밥도적의 귀에 그런 말소리가 들어가면 비위가 버썩 동하야 최씨에게 진정의 말을 다하면 남부끄러운

일도 많을 터이라, 차라리 불언중不言中에 내 설운 사정을 좀 알게 하여 볼까 하는 생각이 나서 고개를 숙이고 훌쩍훌쩍 운다.

(최) "울면 될 일도 아니 되네.

두말 말고 내말만 듣게.

참 별 수가 나리."

(하) "만만한 사람들 놀리느라고 하는 말씀이지. 무슨 수가 그렇게 쉽게 나오?"

최씨가 그 계집의 어깨를 뚝뚝 두드리며,

"치마 입은 호걸豪傑이요,

머리 쪽진 간웅奸雄[72]이라.

아무 때든지 큰 기침 한번 할 터이니 걱정 말게."

하늘밥도적이 호걸이란 말은 알아들었으나 간웅이란 말은 몰라서 궁금증이 나서 아니 나는 성을 내고,

"무식한 년더러 문자를 써서 말하는 것은 사람을 놀림감으로 여기시는 일이라. 무슨 말씀을 하시든지 믿을 수가 있나?"

(최) "참 잘하는 말이로구.

알아듣기 쉬운 말로 속이 시원하도록 얼른 말할 터이니 자세 들어보게. 지금 내 집에 와서 있는 서 서방님은 돈이 자개사리 끓듯하고 얼굴이 관옥 같고 재조가 표일한데[73], 나이 스물한 살 먹은 사람이 소치는 썩 있으나 점잖기는 다시 없는 사람이라. 큰 사업을 할 인재人才로 알았더니 망괘가 드느라고 어떠한 계집아이 하나를 보고 건으로 미칠 지경인데, 그 사람이 오래 살지를 못하든지 재산을 없애고 패가를 하든지 두 가지 중에 한 가지는 면치 못할 터이라. 서 서방님이 패가하는 통에 자네 부자 좀 되어 보게."

(하) "남이 패가하기로 내가 부자될 까닭이 있습니까?"

(최) "응, 그 재물은 갈 곳 없지.

자네 손에로 다 들어갈 터이라. 오늘밤 내로 속이 시원하게 알 일이 있으니 사랑방으로 들어가세."

(하) "……."

(최) "여기서 여러 말 할 것 없이 방에로 들어가세."

(하) "좀 생각하여 보고."

(최) "무엇을 생각하여 보아?"

(하) "서방님 마음을 알 수가 없어서 좀 생각하여 보고 들어간다는 말이올시다."

(최) "좀 생각하여 보면 남의 마음을 알까?"

(하) "글쎄.

암만 생각하여도 알 수는 없고 의심만 점점 더 납니다."

(최) "내가 사람은 변변치 못하나 남에게 의심을 받은 일은 없더니……."

(하) "황송한 말씀이올시다."

(최) "황송인지 청송인지, 그런 거북한 말 하지 말고 의심나는 일이 있거든 말을 하게."

(하) "상년이 양반 앞에서 말을 함부로 하고 죄는 아니 당할는지요."

(최) "이 사람, 밤 다 가네. 긴한 말만 얼른 하고 방에로 들어가세."

(하) "내 입에서 말이 나오면, 서방님 귀에 거슬리는 말이 많이 나올 듯하니 말하기도 썩 어렵습니다."

(최) "그렇게 어려운 말은 두었다가 하고, 방에로 들어가세."

(하) "하하하.

말씀하리라.

무식한 계집이 무엇을 알겠습니까마는, 주인 서방님과 서 서방님과 두 분이 평일에 지내시는 것을 본즉 참 정든 친구라. 주인 서방님이 돈이 없어서 애를 쓰시는 듯하면 돈을 드리고, 빚에 졸려서 걱정이 되는 듯하면 빚을 갚아드리는 사람은 사랑에 계신 서 서방님이라.

그만하여도 이 댁에서는 서 서방님을 은인으로 알 터인데 그 외에도 고맙게 구는 일이 허다하건마는, 주인 서방님은 오히려 다 모르시지요.

서 서방님이 이 댁에 처음 오셨을 때에, 나더러 조용히 하는 말이, 이 댁에서 지내기가 어려운 터에 내가 사랑에서 숙식을 하고 있으니 이 댁 아씨께서 없는 세간에 손 대접을 하시노라고 오죽 애를 쓰시겠나? 내가 주인 서방님께 돈냥씩이나 드리기로 가난한 양반이 돈을 보면 마른 논에 물 잦듯 하는지라, 어찌 그 돈으로 손대접만 할 수가 있나. 아낙에서 무엇이 없어서 아씨께서 애를 쓰시는지 자네는 알 터이니 아는 대로 내게 귀띔만 하여 주게 하시는 고로, 내가 그런 심부름을 하노라고 서 서방님께 돈을 받아서 물건을 사다가 아낙에 드리기로 여러 번이라. 그러나 아씨는 번번이 걱정하시는 말이, 에그, 이 사람. 자네가 또 무슨 말을 한 것일세그려. 사랑에 계신 서 서방님이 안에서 양식이 떨어졌는지, 나무가 없는지 어찌 알고 돈을 들여보내신단 말인가? 그러나 댁 서방님이 알으시면 내가 자네를 시켜서 손님 앞에 가서 우는 소리를 하고 돈을 들여보내도록 한 줄로 알으시고 걱정을 오죽 하시겠나 하시며 주인 서방님 알으실까 염려하는 아씨 마음도 그러할 일이라

무엇을 주어서 싫다는 사람이 어디 있으며, 남의 것을 받고 고마운 줄 모르는 사람이 어디 있겠소.

남에게 무엇을 받을 때에 천진天眞으로 받던지 꿋꿋한 체하고 체머리를 설설 흔들며 사양을 하고 받던지, 뒷손을 버티고 받던지, 눈을 감고 받던지 마음이 물건에 팔리기는 일반이라.

서 서방님이 주인 서방님께 돈을 드리며, 주인 서방님은 입이 떡 벌

어치며 고마우니, 받기가 염치가 없느니, 은혜를 갚을 수가 없느니 하며, 헌말을 거푸거푸 하는 것이, 서 서방님을 위하야 죽을 일이 있으면 울어서 그 은혜를 갚을 듯한 모양이었습니다.

그러나 서 서방님이 나를 시켜서 아낙에로 돈냥이나 들여보내는 것을 주인 서방님이 알으시면 번연히 걱정을 하시니 서방님도 딱한 말씀이지. 아씨께 돈은 갖다드리지 아니하고 손님 대접 잘하라는 말만 하시고, 손님이 돈냥을 들여보내든지, 물종을 사서 들여보내든지 그런 것을 보시면 아씨가 구걸이나 한 것같이 걱정하시는 그 뜻을 내가 알아요.

잣단 신세를 많이 지면 큰 돈 얻어먹을 때 방해될 듯하야 그리하시지요. 내가 아낙에서 듣고 보는 일을 서 서방님에 낱낱이 이야기 하는 눈치를 주인 서방님이 알으시고 그런 말을 전하도록 일부러 걱정을 더 하시지요.

하하하하하,

어떠하던지 이 댁 서방님 내외분은 서 서방님 한 분을 조상같이 위하시고."

(최) "……."

(하) "하하하하.

동생같이 사랑하시는 터에 만일 서 서방님이 이 댁을 떠나가시면 이 댁에서는 어떡합니까, 기어나가는 줄로 알으실걸.

나는 어디서 떠들어온 계집으로, 댁 행랑 한 간을 얻어 들어 있는 사람이라, 서방님이 내게 무슨 깊은 정이 있어서 은인으로 알던 서 서방님의 재물을 내 손에 들어오도록 하여 줄 듯이 말씀하시는 것이 웬일이오니까? 그래 서 서방님을 둘러세고 내게 통정을 하시면 내가 곧이 듣겠소?"

최씨가 그 말을 듣고 입을 딱 벌리고 혀를 홰홰 두르더니 그 계집의

어깨를 탁 치며,

"이 몹쓸 사람.

남의 오장육부를 헤쳐놓고 세상에 광고를 하려나?

바로 말이지, 내가 서 서방을 해롭게 하면 벼락을 맞을 사람이라.

서 서방님이 죽을병이 들었는데 삼신산에 들어가서 불사약을 구할 재주는 자네밖에 없는 터이라.

약값은 십만 원이라도 받을 터이니 딴 욕심 내지 말고 십만 원 약조만 단단히 받고 서왕모의 복숭아 훔쳐내듯 약만 구하야 오게.

자— 두말 말고 방에로 들어가서 오날밤 내로 의논을 정하세."
하더니 최씨는 앞에 서고 하늘밤도적은 뒤에 서서 사랑에로 들어간다.

누우면 잠 못들어 애쓰던 서일순이가 앉아서는 어찌 그리 잘 자던지 팔짱을 잔뜩 끼고 앉은 채로 책상 우에 푹 엎드려서 나비잠[74]에 원앙꿈을 꾸었더라.

꿈에 장가를 드는데 처가는 평양북문이요, 신부는 김관일의 딸 옥련이라. 서일순이가 관복 입고 사모 쓰고 목화 신고 기러기를 안고 신부집 안마당 행보석行步席[75] 우로 걸어 들어가는데 걸음이 걸리지 아니하고 발을 떼어 놓을 수가 없어서 애를 무수히 쓰다가 홀지에 다리가 거분하야지며 걸음이 성큼성큼 걸려서 초례청에로 선뜻 올라설 즈음에, 누가 몸을 잡아 흔들며, 이문이, 이문이 부르는 소리에 깜짝 놀라 눈을 번쩍 떠서 보니, 단간 사랑방에 석유등불 돋워놓고 마주앉은 사람은 주인 최여정과 이 집 행랑살이하는 계집이라. 서일순이가 기지개를 부드득 켜고 일어앉어서 다시 술상을 대하니, 술은 서늘하게 식고 되지 못한 안줏점은 뻣뻣이 굳었는데, 화롯불을 이리저리 휘져서 술을 데이려 하니, 그 불기운에 술이 더울는지 술기운에 재가 더울는지, 술도 맛없이 먹을 모양이라. 서씨가 잠을 깨어서도 꿈을 꾸는지 꿈생각을 하고 있다.

'꿈을 조금만 길게 꾸었더면 초례나 지냈을 걸……

술을 먹더라도 혼인 잔치에 즐거운 술을 먹었을 걸……

꿈만 못한 이 세상에 살아 있는 인생이 가련치 아니한가!'

그런 마음이 나면서 아무 경황이 없이 앉았는데, 최여정이는 보기도 싫은 더부살이 계집을 다리고 들어와서 큰 공이나 이룬 듯이 의기가 양양하여 익살을 피우는데, 경황은 없으나 그 말을 아니 들을 수 없는 사기라.

천지가 뒤집히는 듯한 전쟁을 그치고 구화담판媾和談判을 하더라도 결정決定될 때는 말 한마디 있는 것이라. 서씨의 손끝에서 황금이 펄펄 뛰어나오는 서슬에 최여정의 지혜 주머니[智囊]가 톡톡 떨려 나오고 하늘밤도적의 욕심덩어리가 풀릴 대로 풀렸더라.

그 계집이 서씨와 남매를 맺었는데, 이름은 서숙자徐淑子라 짓고, 그 동생 서일순의 장가 들여 줄 의무를 졌으되, 서일순의 말에, 김관일의 딸 옥련이가 아니면 장가를 아니 든다 하는 어려운 문제라.

그러나 서숙자는 결사대決死隊같이 나서서 기어이 그 일 성공을 할 작정인데, 그 이튿날부터는 서숙자의 수중手中에서 지폐紙幣가 폴폴 날아 나온다.

평양성내에 웬 계집 하나이 있는데, 사람은 알뜰하나 팔자가 기박하야 자식 죽고 서방 죽고 집도 절도 없고, 있는 것은 밥 들어가는 입 하나뿐이라. 나이 오십여 세가 되었는데 의지할 곳이 없어 헌 누더기를 용문산에 안개 두르듯 하고 이리저리 떠돌아다니는지라. 서숙자가 그 소문을 듣고 그 계집을 찾아다니다가 어디서 만났던지 최여정 집 안방으로 다리고 오더니, 새 옷 한 벌을 입히고, 음식을 먹이고, 아지머니, 아지머니 하며 어찌 친절히 구는지, 그 계집의 일평생에 서숙자같이 고마운 사람은 처음 보는 터이라. 너무 고마우면 눈물이 나는지 눈물을 씻으며,

(과부) "에그, 아씨같이 착하신 마음이 또 어디 있을꼬.

내가 팔자가 이렇게 된 후에 구복을 채울 수가 없어서 남의 집에 가서 일도 많이 하여 주고, 얻어먹기도 많이 하였으나, 늘은 것이 밥값을 하느니 못하느니 하며 구박하는 사람만 보았더니, 아씨께서는 나를 처음 보는 터에 새 옷을 주시고 좋은 음식을 이렇게 많이 주시니, 이 음식을 먹고, 이 옷을 입고 아씨 은혜를 갚지 못하면……."

하면서 비죽비죽 운다.

(숙자) "여보, 나더러 아씨란 말은 마오. 내가 아씨 소리 들을 사람은 아니오.

옷 한 벌 드린 것이 무엇이 그리 끔찍한 것이라고 그렇게 치사를 하신단 말이오.

나도 고생을 많이 한 사람이라, 누구든지 고생하는 것을 보면 힘대로 도와주고 싶은 마음이 있으나, 내 코가 석자[吾鼻三尺]라고, 남을 도와줄 힘이 없으니 빈 마음이야 쓸데 있소."

(과부) "이외에 어찌 더 도와주시기를 바라겠습니까?"

(숙자) "저렇게 고생하지 말고 늙은 영감이나 얻어 가시지요."

(과부) "에구, 꿈같은 말씀도 하시오. 요새 세상에 인물 똑똑하고 나이 젊은 계집도 데려가는 사람이 없어서 고생하는 것이 많은데. 나같이 늙은 비렁뱅이를 누가 밥이나 치우려고 데려가오?"

(숙자) "내 말만 들으면, 늙은 영감 하나와 논 두 섬지기가 생기지."

(과부) "아씨가 죽으라시면 죽고, 살라시면 살 터인데, 무슨 말을 아니 듣겠습니까?"

(숙자) "그런 말은 다 농담이니 차차 두고 봅시다.

그러나 어디 가면 별 수 있소? 이 댁에서 심부름이나 하고 주인아씨 수고나 덜어드리면 어떻겠소?"

그 계집이 부웅이 집이나 만난 것같이 알고 달려 붙는데 서숙자가 최씨 부인을 눈짓을 하고 부엌으로 내려가니, 최씨 부인이 따라 나간다.

(숙자) "여보 아씨,

우리 영감 장가들여서 어디로 보낼 터이니 방에 앉았는 마누라를 대접 좀 잘하여 주시오."

(부인) "그 마누라가 자네 영감의 마누라 될 사람인가?"

(숙자) "⋯⋯."

(부인) "자네 영감의 마누라 될 사람을 자네가 어련히 잘 대접할라고⋯⋯."

(숙자) "그는 그러하지요.

그러나 우리 영감을 도망질 시키는 사람은 주인 서방님이오.

만일 우리 영감이 도망질하다가 붙들리면 징역은 주인 서방님과 같이 할걸⋯⋯."

부인이 손을 설설 흔들며,

"이 사람, 가만가만히 말하게."

서숙자가 다시 말없이 상긋 웃으며 문 밖으로 나가는데, 부인이 서숙자 나가는 뒷모양을 보고 또한 싱긋 웃다가 중문간에서 개짖는 소리 나는 것을 듣고 시치미를 떼고 방으로 들어간다.

그 이듬해 음력 삼월 이십일은 서일순의 생일이라고 생일잔치를 차려놓고 집안사람끼리만 모여 먹는다 하면서, 김관일의 내외와 그 딸 옥련이를 청하였더라.

집안 식구라 하는 것을 최여정의 내외와 서숙자인데, 말이 집안 식구이지 서일순에게 형겊붙이도 아니 되는 사람이요, 김관일의 집 세 식구는 말이 남이지 서일순의 마음에, 이후에 김씨 집 혈손 전할 사람은 나라고 자기하는 터이라.

그때 서일순이가 조그마한 집 하나를 새로 지어서 피력하던 날이 그 날인데, 생일이란 말은 빨간 거짓말이요, 실상은 집 지은 낙성식이라.

대체 헛생일을 쉬든지 참 낙성연을 하든지 김관일의 집사람 세 식구를 청하려는 목적이라.

손님 청한 시간은 오후 세 시인데, 시간 잘 지키는 김관일이가 자기 집에서 두 시 삼십 분에 떠나서, 서일순의 집에 다다르니 세 시 오 분 전이라. 서일순이가 마당에 내려서서 김씨 일행을 영접하는데 평일에 개화 잘한 체하기로 유명하던 위인이 김관일과 옥련의 앞에서 조심을 어찌 대단히 하던지, 김관일이가 손을 내밀어도 모르고 어리둥절하다가 왼편 손을 쑥 내미니, 옆에 섰던 옥련이가 쌩긋 웃다가 서일순의 눈과 마주쳐서, 옥련이는 시치미를 떼고 고개를 수그리고, 서씨는 얼굴에 붉은 조수가 올라오는 것 같다.

김씨 뒤에는 최씨 부인이라, 부인이 서일순이를 보고 친자질[76]이나 만나보는 듯이 반겨 인사하는데, 서씨가 홀지에 그렇게 인사가 늘었던지 가장 인사에 익달한 체하고 부인에게 실례되는 줄도 모르고 먼저 손을 쑥 내밀며 성난 게[怒蟹]가 엄지발로 무엇을 집으려는 것같이 부인의 손목을 붙들려는데, 부인은 평생에 남에게 손목 잡혀보지 못하던 사람이라. 서씨가 손을 내미는 것을 보고 비슥비슥 비켜서니 눈치 빠른 옥련이가 그 모양을 보고 어찌 민망하던지 서씨 앞으로 썩 나서며 서슴지 아니하고 서씨의 손을 잡고 다정히 인사한 후에 세 사람이 서를 따라 방으로 들어간다.

그날 그 좌석에는 웬 일가몰이를 하였던지 최여정이가 그 부인 김씨를 다리고 나오더니, 면면히 인사를 마친 후에 일가를 찾는데, 김관일의 부인의 성은 최씨요, 자기 마누라 성은 김씨라, 자기는 김관일의 부인의 일가이오, 자기 마누라는 김관일의 일가라, 피차에 친정 일가를 만났다 하더니, 다시 서숙자를 가리키며 서일순의 일가라 하며 너름 새[77]를 부리는데, 깊은 규중閨中에 들어앉아서 천진天眞으로 세월을 보내던 부인들은 한 동생이나 사촌이나 생긴 듯이 반가운 마음도 나고 파겹[78]도 되고 구경하는 흥치도 생긴다.

그 중에 서숙자는 파겹을 너무 과히 한 것이 걱정이라 올챙이 개구리 되듯 작년 구월까지 남의 행랑 구석에 있던 사람이 어찌 그리 도두 뛰었던지 서일순에게 누님 누님 소리를 들으며, 가장 누이 노릇을 하느라고 서일순이더러, 이문이니 삼문이니 부르면서 명령하기가 일쑤라.

대체, 앙큼한 것은 병통이나 똑똑하기는 그만이요, 당돌한 것은 험절이나 남에게 붙임새는 다시없는 여편네라. 옥련이를 사귀려고 이리저리 끌고 다니며, 대포 연기가 무럭무럭 나는 구련성九連城 함락하던 일 러전쟁 사진 구경도 시키고, 울긋불긋한 새장 속에 길들여 혼자 노는 꾀꼬리도 구경시키다가 안뒤꼍으로 다리고 들어간다.

공작孔雀의 꼬리치레한 듯, 그 집은 안 뒤꼍치레뿐이라. 그 집 전체를 볼진대, 안채가 열 간이요, 사랑채가 다섯 간이요, 행랑채가 세 간이라. 불과 열여덟 간쯤 되는 조그마한 집이나 안 뒤꼍으로 들어와 본즉, 훨쩍 넓은 터에 나무를 심었는데, 기화요초를 어디서 그렇게 모아들였던지 사람이 꽃그늘 속으로 다니게 되었는데, 그때 꽃이 한창이라.

새소리 그윽하고 벌의 노래 은은한데, 휘어진 꽃가지는 옥련의 곱게 빗은 머리털을 붙들고 쥐어뜯어도 얼른 놓지 아니하는지라. 옥련이가 그것을 운치로 알고,

(옥) "에그, 이 꽃나무가 나와 무슨 연분이 있나, 왜 이렇게 붙드누."
하면서 서숙자의 뒤를 따라 꽃가지를 헤치고 꽃밭으로 들어가는데, 하얀 나비 한 마리가 옥련의 앞으로 슬쩍 지나서서 숙자의 머리 우로 훌쩍 넘어가며 나무 그늘 속으로 깊이 들어가는데, 그 앞에 나지막한 반

송盤松과 우뚝우뚝 선 벽오동碧梧桐 가지 틈으로 날아가는 듯한 초당이 보인다.

옥련이가 고향에 온 지가 반년이 넘도록 평양 북문 안 길가의 게딱지 같은 집 속에서 먼지와 연기만 들이마시고 들어앉았다가 공기 좋고 운치 있는 정원庭園에 들어와 본즉, 정신이 깨끗하고 부러운 마음이 있는지라. 서숙자를 따라서 초당 구경을 하러 들어간다.

네 귀 반짝 들린 처마 끝에 풍경소리 댕그랑댕그랑 나는데, 네모반듯한 사간四間집에 두 간은 방이요, 두 간은 마루다. 그 밖에는 조그마한 연못이 있고, 연못가에는 두견화가 만발한데, 석양夕陽이 물 아래 벌건 꽃 그림자를 끌어다가 도배 하얗게 한 초당벽에 반조返照되었는데, 서숙자와 옥련이는 채색구름 속에 앉은 것같이 전신에 은은한 붉은 기운이라.

옥련이가 무심히 하는 말이,

"이런 데 있으면, 세상 생각 다 잊어버리겠네.

이런 조용한 곳에서 공부 좀 하였으면……."

(숙) "참말이오,

그 마음이 있거든 이 초당을 빌려드리도록 주선할 터이니 여기 와서 계시오.

방이 두 간이니 한 간은 빌려드리고, 한 간은 내가 있을 터이오.

공부 잘하시도록 심부름은 잘 하여 드리리다.

나는 이때까지 언문도 못 깨친 사람이니, 공부하시는 틈에라도 좀 가르쳐주오."

(옥) "말이 그렇지

내가 어찌 여기 와 있겠소."

하며 상긋 웃으니 서숙자가 마주 상긋상긋 웃는데, 옥련의 웃음은 천진의 웃음이요, 숙자의 웃음은 의미가 깊은 웃음이라.

손은 오후 세 시에 청하고, 요리料理는 다섯 시 반이나 된 후에 들여오며, 핑계는 옥련이가 꽃구경하고 들어오기를 기다리노라고 지체하였다 하나, 실상은 시간을 보내려고 서숙자가 옥련이를 다리고 나가서 구경을 시킨 것이라.

다섯 시 반에 들여온 교자상을 일곱 시 반이 지나도록 치우지 아니하고 서씨와 최씨가 번갈아 들며 김씨에게 술을 권하되, 술 한 순배를 먹으려면 별 자미있는 잔소리가 많은데 청담淸談도 아니오, 취담醉談도 아니오, 구석 비인 객담으로 다만 십 분·이십 분이라도 지체되어 손님이 얼른 일어나지 못하게만 하는 터이라.

옥련의 모녀는 지리한 시간에 몸이 불편한 기색이 있거늘, 서숙자가 유성기[79]를 들여다가 기계를 틀어놓으니, 김관일의 부인은 유성기는 처음 듣는 터이라, 사람이 요술을 하는지, 귀신이 그 속에 있는지, 이상하다, 신통하다, 자미있다 하면서 시간 가는 줄을 모르고 듣는지라. 부인은 부인끼리 유성기 앞에 모여 앉고, 남자는 남자끼리 술잔 앞에 모여 앉아서 흥이 도도한데, 창 밖에서 웬 사람의 기침소리가 나거늘, 최여정이가 얼른 일어나서 문을 열고 나가본즉, 자기 집 행랑에 들었던 허 첨지라. 최씨가 손짓을 하여 뒤꼍으로 다리고 들어가더니 마주 서서 수군수군한다.

(최) "여보게 이 사람,

벌써 여덟 시나 되었는데 왜 소식이 없나?"

(허) "아직 초저녁이라, 길에 사람이 많이 다니니 어찌할 수가 없습니다."

(최) "부엌 뒤는 실골목이라, 낮에도 사람이 별로 없는데, 밤에 웬 사람이 그리 많단 말인가?"

(허) "밤 들기 전에는 못하겠습니다."

(최) “이 딱한 사람,

오늘이 스무 날이니 미구[80]에 달이 돋을 터인데…….”

(허) “달이 밝더라도 밤만 깊으면 길에 사람이 없지요.”

(최) “밤이 들면 그 속에서 사람이 잘 터이니 위태하여 못 쓰네.”

(허) “그러면 어떻게 합니까?”

(최) “이 못생긴 사람아,

내 말만 들으면 평생에 밥 굶지 아니하고, 늙은 마누라 손에 잘 얻어먹고 살 터인데…….”

(허) “젊은 계집 버리고 늙은 계집의 손에 얻어먹으면 덕 본다 할 것 무엇 있습니까?”

(최) “또 못생긴 소리만 하는구.

먹고 사는 재물이 좋은가? 빌어먹더래도 젊은 계집만 있으면 좋은가?

만일 재물은 있든지 없든지 젊은 계집을 다리고 사는 것이 좋다 할 지경이면 돈 한 푼 아니 줄 터이니 서숙자만 다리고 어디 가서 살게.”

(허) “작년 구월부터 떨어진 계집이 다 제 집에 와서 살겠습니까?”

(최) “자네 계집 노릇을 하고 아니하는 것을 내가 아나?

시키는대로 하지 아니하는 사람은 돈 한 푼 주고 싶지도 아니하고 빌어먹다가 논두덕을 베고 죽더라도 불쌍할 것 없어.

꼴 보기 싫으니 내 눈에 보이지 말고 어디로 가게.”

(허) “잘못하였습니다.

시키는대로 할 터이니 먹고 살도록 도와줍시오.”

(최) “허허허, 사람은 참 진실하여……

저렇게 변치 아니하는 고로 내가 심복으로 알지.

두말 말고 오날밤에 시킨 일만 잘하고 오면, 오날밤 내로 약조한 논문서와 별상급으로 돈 이십 원을 줄 터이니 내일 새벽 떠나서 전라도 무주 무풍으로 들어가 살게. 자네 마누라는 그 논을 가래질 다 시켜놓고 자네 가기만 기다리고 있을 터일세.

자, 어서 가서 맡은 일만 하게.”

허 첨지가 아무 말 없이 주머니를 부스럭부스럭 주무르고 섰거늘,

(최) “압다 이 사람, 왜 아니 가고 우두커니 섰나?”

허 첨지가 혼잣말로,

“당성냥을 주머니에 넣었더니 어디로 갔나?”

하며 입맛을 쩍쩍 다시거늘, 최여정이가 기가 막히는지 허허 웃고 조끼를 만적만적하더니, 성냥 한 갑을 꺼내주고 방으로 들어간다.

꾀 있는 사람의 위태한 일 하는 것은 앞뒤를 헤아리고 하지마는 미련한 허 첨지의 위태한 일 하는 것은 소경이 파밭에 들어가듯 하는데, 서일순의 집에서 나서는 길로 쏜살같이 북문 안에를 향하고 가면서 보뜰 논 두 섬지기와 돈 이십 원에 욕심이 어찌 복받치던지 죽을지 살지 모르고 최여정의 시키는 일만 할 작정으로 김관일 집 뒤 좁은 골목으로 들어서며, 뒤에 사람이 있는지 앞에 사람이 오는지 살펴볼 생각도 없이 김관일의 집 부엌 뒤 처마 밑으로 가더니, 당황 한 개를 그어서 초가집 처마 끝을 그슬리고 섰는데, 썩은 새에 불이 얼른 붙지 아니하거늘, 다시 당황 여남은 개를 포개 쥐고 드윽 그어서 처마 끝에 지르고 도망질을 하는데, 겁이 어찌 나던지 최여정이와 약조한 논문서와 돈은 잊어버리고, 주머니 속에 노자 한 푼 아니 든 생각도 아니 하고 그날 밤 내로 전라도 무주를 대어갈 듯이 일어난다.

그때 김관일이의 주인의 권하는 술을 고사하고 일어서니, 방에 있던 사람이 일제히 마루에 나와서 작별하는데, 마침 동편 하늘에는 스무 날 달이 돋아 올라오느라고 서기瑞氣[81]가 뻗친 듯이 하늘이 불그스름하고,

북문 안에는 화광이 은은한 중에 검은 연기가 묵거치미는데, 북문 안에
불났다! 소리가 나며 한길에 사람이 물밀듯 북으로 달려간다. 김관일이
가 단장으로 화광을 가리키며,

"저것이 우리 집이나 아닌가?"

(최씨 부인) "초저녁잠 많은 장팔어미가 잠자다가 석유등을 걷어차
지나 아니하였나?"

(옥련) "만일 그러면 장팔어멈이 타죽지 아니하였을까?

집은 타더라도 사람이나 상하지 아니하였으면."

(최여정) "별 염려를 다 하십니다.

화광 보이는 곳은 여기서 지척이올시다.

불난 곳에서 댁에 가려면, 거기서도 한참 가겠습니다."

(서일순) "옳지, 여정이가 바루 보았네."

(서숙자) "밤불은 가깝게 보이는 것이올시다.

궁금하니 우리가 여럿이 같이 가서 보았으면……."

(일순) "누님 말이 옳소.

여정이, 우리도 같이 가서 보면 좋겠네."

김관일이가 처음에 화광을 볼 때에 말이 우리 집이나 아닌가 하였으
나, 화광이 어찌 가깝게 보이던지 실상은 자기 집 근처로 의심한 것은
아니러니, 서숙자의 말을 듣고 의심이 버썩 나서 앞에 서서 걸음을 급
히 걷는데, 서일순이와 최여정이는 김씨를 따라 급히 가고, 서숙자는
최 부인과 옥련의 뒤를 따라가는데, 가서 본즉 김씨 집이라.

바싹 마른 봄 일기에 타기 쉬운 초가의 화재라, 좌우로 뻗어나가는데
북문이 불야성不夜城이라. 평양 병참소에서 취군하는[82] 나팔소리가 일
어나며 병정 한 초가 몰려나오더니 물밀듯 모여드는 구경꾼을 불난 집
근처에 얼씬을 못하게 하고 비상선非常線을 늘어놓더니 삽시간에 불을

끄는데 전체가 다 탄 집이 세 집이요, 반쯤 탄 집이 두 집이라.

집을 다 태웠든지 반쯤 태웠든지 화재 만난 사람들이 세간 그릇 낱씩이나 구하였으나, 그 중에 김관일의 집에서는 어릿어릿하는 장팔어미 혼자 집을 보고 있다가 위급한 판에 겨우 몸만 뛰어나간 터이라.

김씨가 그 부인과 옥련을 다리고 비상선 밖에 서서 자기 집을 바라보니 검은 잿더미 우에 더운 증기만 무럭무럭 오르는지라. 세 식구가 모여서서 아무 생각 없이 탄식하는 소리뿐이라. 서일순이가 김씨 앞으로 바싹 다가서더니,

(서) “격정하시면 쓸데 있습니까.

새옹득실塞翁得失같이 화가 복이 될지 모를 일이올시다.”

(김) “사람을 위로하는 말이 그렇지.

유복한 사람이 이런 일이 있을 리가 있나?”

(서) “그러나 오날밤에 댁에 계셨더면, 이런 일이 있더라도 즉시 사람이 정신을 차려서 불을 잡았을는지도 알지 못하고 설령設令 불을 잡지 못하더라도 세간을 꺼내었을 터인데, 공교히 오날 제 집에서 청한 것이 잘못되었으니, 제 마음에는 모두 제 탓인 것 같습니다.”

(김) “그것은 무슨 괴상한 소리요.

화재 볼 수가 집에 있으면 면免한단 말이오.”

(서) “참 활발한 말씀이올시다.

우선 제 집에로 가서서 정돈을 하시는 일이 좋겠습니다.”

(김) “고마운 말이오.

그러나 남에게 폐를 끼치기보다 내가 고생하는 일이 옳은 것이니, 오날밤은 장팔어미를 다리고 장팔의 집에 가서 밤이나 지내고 차차 정신을 차려서 어떻게 하든지 조처하겠소.”

하더니 다시 그 부인을 돌아보며,

“여보 마누라, 옥련이를 다리고 장팔어미를 좀 찾아보오.”

최여정이가 김씨 앞으로 다가서면서,

(최) “장팔의 집으로 가실 생각이 있거든 차라리 내 집에로 오시는 것이 좋겠습니다. 장팔의 집에로 가신다는 말씀은 편한 것을 취하야 그리하시는 일인 듯하나 장팔의 집은 방 한 간, 부엌 한 간, 툇마루 한 간, 합이 삼간 집인데, 가령 장팔의 식구는 어디로 보내고 아직 그 집을 쓰신다 하더라도 당장에 용신할 수가 없습니다.”

서일순이가 최여정이를 돌아다보며,

(서) “장팔의 집이 어디인가?”

(최) “어제 우리가 꽃구경하러 나섰을 때에, 자네가 어느 신모퉁이에 앉아서 쉬던 곳이 있지?”

(서) “…….”

(최) “그 앞에 까치집 지은 돌배나무 하나 섰지?”

(서) “…….”

(최) “그 밑에 다 찌그러져가는 삼간초가가 장팔의 집이야.”

서숙자가 그 말을 듣더니 옥련의 앞으로 바싹 다가서서 손목을 붙들며,

(숙) “에그, 그런 집에 어찌 가서 계시겠소?

나와 같이 가서 아까 구경하시던 초당에 있읍시다.”

최씨 부인은 그런 소리를 듣다가 말없이 눈물을 씻는데, 김씨가 그 부인의 모양을 보더니 선웃음을 허허 웃으며,

“오막살이집 하나 불붙였기로 설마 못 살라구.

그러나 우리 세 식구가 빈 몸만 남은 사람이라, 오늘밤에 어디로 가든지 남에게 폐를 아니 끼칠 수가 없으니 어디로 가든지 갑시다.

밤새도록 여기 섰을 수가 있소?

어디든지 남의 집은 일반이니 마누라 마음에는 뉘 집으로 가면 좋겠소? 나 한 몸 같으면 어느 친구의 집으로 가든지 내 생각나는 대로 할 터이나 온 집안 식구를 다 끌고 가는 터에 서로 의논이오."

최씨 부인은 어디로 가고 아니 가는 생각은 아니하고, 불탄 것이 아까운 마음뿐이라.

몸 담아 있을 집도 재가 되고,

몸 가릴 옷가지도 재가 되고,

손때 묻은 세간그릇도 재가 되고,

우선 오늘밤에 어디로 가든지 몸에 깔고 덮고 할 금침 하나 없고,

자고 일어나면 낫살 먹은 나는 어떠하든지. 나 젊은 옥련이가 세수를 하고 얼굴은 입고 있는 치마폭에 씻을는지, 머리는 손가락으로 쓰다듬을는지, 먹고 살 걱정보다 눈앞에 아쉬운 것이 한두 가지가 아니라. 남편은 범연한[83] 남자의 마음이라, 세세한 사정을 다 모를 터이요, 옥련이는 아이들이라 아무 물정을 모를 터이나, 일일이 걱정되는 사람은 나뿐이라. 고 그런 생각하느라고 불탄 곳만 바라보고 섰다가 그 남편이 두세 번 묻는 말에,

(부인) "생각하여 하시구려.

나더러 물으시면 내가 무엇을 알겠소?"

(김) "좀 억지의 일같지마는 장팔의 집으로 가는 것이 여편네들에게 편할 터이니 그리로 갑시다."

(부) "장팔의 집은 방이 하나뿐인데 그 집으로 가자는 말씀은 알 수가 없소."

(김) "오늘 낮전에 어느 친구의 집에 갔더니 그 친구의 말에, 자기 집 행랑이 비었는데 심부름이나 잘할 사람을 얻어두었으면 좋겠다 하니 장팔의 식구는 그 집 행랑으로 보내고 우리는 아직 장팔의 집에 들어

있다가 논마지기나 팔아서 집 구처[84]를 하지."

(서일순) "여러 번 말씀 여쭙기도 버릇없는 일 같습니다마는 여쭈어 볼 말씀 한마디가 있습니다.

아까 뫼시고 술잔이나 먹을 때는 저 같은 철모르는 아이들이 어른 앞에 버릇없는 일이 많이 있어서 괘씸하게 여기신 일이 있는 것 같습니다."

(김) "허허허,

저런 말은 아름다운 일이나 좀 고루한 말이로구.

고루하다면 내 말이 실례가 되는 말이나 고루한 것은 고루하다는 것이 친한 본의야.

사회상 교제라 하는 것은 범위가 넓어서 창졸[85]에 다 말할 수 없으나, 대체 학문가學問家는 학문을 많이 좇아 놀며, 유지자有志者는 유지자를 많이 사귀며 도덕가道德家는 도덕가끼리 더욱 서로 사랑하는 것인데, 그 중에 연치[86]는 교계[87]가 없는 것이라. 그러나 장유유서長幼有序라 하는 것은 또한 아름다운 일이라. 나이 많은 사람을 대접하는 것은 좋지마는 제 나이 많다고 자랑만 하고 나자세만 하고 자기보다 나이 적은 사람을 보면 어른노릇을 하려고 슬슬 피하여가는 사람은 친구 없는 야만野蠻이야, 허허허.

서 서방 같은 재조에, 지금부터라도 신학문을 배우면 불과 몇 해 안에 우리 앙우仰友[88]가 될 터이라.

나는 나이 삼십이나 되야서 외국에 가서 공부를 하였으니 삼십에 시작한 공부가 그리 지질한가, 나는 서 서방이 내 앙우되기를 바라는 사람이니, 만일 내 앙우가 되면 미거한 친구로 알 터이지.

그러나 내가 서 서방보다 나이 좀 많은 터이니 나는 서 서방더러 허게 하고, 서 서방은 나를 대접하여 주는 것은 습관상習慣上에 그러할 일이나 같이 술잔 먹고 담배 먹는 것이 버릇없는 것이 아니야.

그러나 지금 자네가 홀연히 버릇이니 무엇이니 하는 말은 어찌 하는 말인지…….”

(서) “네, 좋은 말씀을 많이 하여주시니 감사한 일이올시다.

아까 여쭌 말씀은 다른 말씀이 아니라, 오늘 이런 회록回祿[89]을 당하신 터에 제 집으로 뫼시고 가려 하는데, 제 집으로 아니 가시고 장팔의 집으로 가신다 하시니, 저를 장팔이만치도 못 알아주시는 것 같아서 한 말씀이올시다.”

(김) “허허허,

내가 자네께 폐되는 것을 생각하여서 아니 가려한 것이지 무슨 딴 생각이 있을 것이 있나?

그러면 염치는 없지마는 자네 집으로 가서 폐를 시켜보세.

여보 마누라,

이애 옥련아, 서 서방 집에 가서 미련으로 대고 폐를 끼쳐보자.”

(서) “폐는 제게 폐가 되는 것이 아니라, 제가 염치없이 구청할 일이 많습니다.

제가 본집은 서울인데, 평양 차서 무슨 실업實業 경영하는 일이 있어서 우선 집 하나를 지어놓고, 그 집에 누구를 들이든지 시량柴糧[90]이나 대어주고 집 수호守護나 시키고, 제가 평양 와서 있을 때에 식주인 노릇이나 잘하여 줄 사람을 구하는 중이올시다마는, 그런 버릇없는 구청은 할 수 없으나 저는 경향[91]으로 왔다갔다하는 사람이니, 몇 해 동안이든지 그 집에 계셔주시면 제게는 그런 다행한 일이 없습니다.”

(김) “자네 구청이야 무엇이든지 내 힘대로 하다뿐이겠나.

자, 이왕 갈 바에야 어서 가세.”

그 소리 한마디에 서일순의 기뻐하는 것은 고사하고 서숙자가 옥련

의 손목을 붙들고 방글방글 웃으며,

"나는 오늘밤부터 좋은 동무가 생겼네. 동무라 하지 말고 동생이라 하였으면 더 좋겠지마는, 김 서방댁 작은아씨같이 학문 있는 여학생이 나같이 무식한 사람의 동생 노릇을 하라면 치사하게 여길걸.

하하하,

여보게 이문이, 자네께 허락받을 일 한 가지가 있네."

(이문) "무슨 말인지 그리 바쁠 것 무엇 있소? 손님 뫼시고 어서 집에 가서 말합시다."

(숙자) "가기도 바쁘려니와 내 말은 더 바쁜 걸."

(문) "응, 무슨 말이 그리 바쁘단 말이오?"

(숙) "김 서방댁 작은아씨는 공부하기를 좋아하는 터이니 조용한 초당에 있게 하고, 나는 그 앞에서 심부름이나 하면서 그 여가에 공부나 좀 얻어하겠네."

(문) "허허허,

누구든지 공부한다는 말에는 내가 찬성하는 마음이니, 초당을 드리다뿐이겠소.

그러나 누님같이 무식한 어른이야 이제 공부가 무슨 공부요, 남 공부하는 옆에 있으면 방해만 되지."

(숙) "에그, 저 몹쓸 것 보게.

누이를 망신을 시키네.

내가 그렇게 무식한가?

자네도 큰소리 말게. 영어공부하고 싶어서 애를 쓰더니 좋은 선생님을 만났으니 공부 잘하고 남의 무식 타박은 천천히 하게.

제가 영어 배울 마음이 있어서 내가 배우려는 것을 방망이 드는 말이지.

왜 둘은 못 가르치나?

여보 김 서방댁 작은아씨, 이문이가 영어를 가르쳐달라거든 가르쳐주지 마오,

그것 밉쌀스러."

(문) "나는 초당 선생님 아니라도 사랑에 선생님을 뫼시고 있는 터이니 아쉬울 것 없소."

하더니 다시 김관일을 돌아다보며,

(문) "지금 할 말씀은 아니올시다마는, 차차 틈 있는 대로 영어 좀 가르쳐주셨으면 좋겠습니다.

저 놀부의 마음 같은 누이 하나이 있는데 따님께 저를 영어 가르쳐주지 말라고 당부를 하니, 누이가 공부를 더 잘할지 제가 잘할지 내기 좀 하겠습니다."

(김) "허허허,

그런 내기를 하면 매씨께 질걸.

내가 옥련이보다 미국에 먼저 가서 훨씬 나아……

나는 발음發音이 잘되지 못하여……

대체 연구력研究力은 여자가 남자만 못하나, 기억력記憶力은 여자가 남자만 못지아니한데, 어학은 혀가 부드러운 것이 제일이라. 여자가 남자보다 말을 잘 배워.

옥련이는 어려서 배운 말이라 서양사람의 발음과 별로 다를 것 없어.

문법을 배우려면 내게 배우는 것이 날걸,

허허허."

(숙자) "이문이가 초당선생님께는 아니 배울 듯이 큰소리를 하더니 필경 배우러 올 모양이로구,

여보 김 서방댁 작은아씨, 이문이가 책을 들고 초당에 오거든 문 닫아걸고 들이지 맙시다,

하하하.”

웃으면서 옥련의 손을 잡고 가기를 재촉하는데, 김관일이가 서숙자의 동정을 본즉, 대체 교육 없는 부인이라 단정한 태도는 없으나 그러나 인정 있고 싹싹하고 자미있는 여편네라. 옥련이가 참 좋은 동무를 만났다 싶은 마음이 있었더라.

화재를 보고 심란하야 못 견딜 듯하던 최씨 부인은, 서일순의 친절한 모양과 서숙자의 다정多情한 것을 보고 마음에 위로가 되어 서씨 집으로 따라가면서, 친척의 집에 나가는 것같이 허물없는 마음이 생긴다.

그날 밤에 서씨 집에 가서 거처를 정돈하는데, 안방에는 최씨 부인이 장팔어미를 다리고 있게 하고, 건넌방에는 서숙지의 세긴그릇을 넣고 잠그고, 초당에는 옥련이와 서숙자가 같이 있게 하고, 사랑은 조그마한 방이 둘이라. 하나는 김관일이가 거처하고, 하나는 서일순이가 거처하고, 행랑에는 심부름이나 할 사람을 얻어 들였는데, 최여정의 심복사람이라. 그런 경륜배포는 다 최여정과 서숙자의 기이奇異한 꾀에서 나온 것이라.

김관일이는 화재 본 후에 여건 세음평이 펴인다 할 것이 아니라 큰 수가 난 터이라.

말이 서씨 집을 빌어들었지. 실상은 까치집에 비둘기 들어있듯 김씨가 자기 집같이 들어 있고, 서일순은 식객食客같이 붙여 있는 터이라. 김씨는 옛날 평양서윤平壤庶尹이 내행[92]을 다리고 도임[93]이나 한 것 같고, 서씨는 이방吏房이 원의 관항[94] 돈이나 맡아가지고 진배[95]하듯 정성을 다하야 거행하는 터이라.

그렇게 날이 가고 달이 지날수록 김씨 부부의 마음에는 서씨를 자비심慈悲心 있는 부처님같이 알고 항상 서씨 은혜를 갚을 도리만 생각한다.

대체 돈이 무엇인지 서일순이가 돈으로 김씨 부부의 마음을 사고 정신을 빼앗았으나, 돈으로 살 수 없는 것은 옥련이 마음이요, 돈으로 빼앗을 수 없는 것은 옥련의 정신이라.

만일 옥련의 입으로 구완서의 혼인을 파약하겠다는 말 한마디만 있을 지경이면, 그 어머니는 옥련의 등을 똑똑 두드리며, 에그 내 딸이야 하고 옥련이를 기특히 여길만치 되었고, 김관일이는 말로 칭찬할 리는 없지마는, 에그 나 모르겠다, 제 마음이 그러한 것을 내가 어찌한단 말이냐, 하고 드러누을만치 된 터이라.

그러나 옥련이는 철석같은 마음이 죽어도 썩지 아니할 마음이라. 육도삼략六韜三略[96] 같은 계교 속에 빠져서 철통같은 서씨 집과 돈 가운데 들어앉아서 서일순이와 형제같이 친하야 허물없이 지낼 뿐 아니라, 그 초당에 있은지 일 년 동안에 서일순이가 영어를 배운다 하고 밤이나 낮이나 들어오면, 두 시간, 세 시간씩 앉았다가 나가는데, 옥련이는 날이 갈수록 친절하면서 공경하는 태도가 점점 더한지라. 그런 고로 서씨가 옥련의 앞에 가면 엄한 스승 앞에 앉은 듯이 조심하는 터이라.

서일순이가 옥련의 뜻이 개결한[97] 것을 볼수록 옥련이를 사모하는 마음이 더욱 간절하고, 옥련의 절개가 높은 것을 알수록 옥련이와 부부 되려는 희망希望이 더욱 깊은지라.

몸은 어디 있든지 마음은 초당에 가서 있는데, 다시 생각한즉, 적적한 방에 혼자 있는 서일순이라.

때로 갑갑증이 나서 뜰아래 내려가서 거닐다가 초당을 바라보니 초당은 지척이라.

그윽한 꽃이 피어, 초당 앞에 은은히 비치는 것을 보면 그 꽃이 영화 빛을 띤 것 같고, 한가한 나비가 초당 앞에서 철철 날아다니는 것을 보면, 그 나비는 영화의 꿈을 꾼 것 같이 알고 부러워하는 서일순이라.

여순旅順을 봉색封塞하고 이백고산二伯高山 치러 들어가는 장수같이 용맹을 내어서 옥련의 강한 마음을 항복 받아볼까 생각하는 서일순이라.

그러한 용맹으로 초당에 들어가서 결사대決死隊같이 옥련이와 싸워 볼 작정인데, 그 싸움 문제는 혼인 언약을 맺자하는 참 어려운 문제요 큰 싸움이라. 그 문제를 가지고 그 싸움을 하려고 그 용맹을 내어서 초당으로 가다가, 초당 앞에 딱 다다르니 나던 용맹이 움츠러져서 주저주저하고 발이 뒤로 돌아서다가, 앞으로 돌아서다가, 마침 옥련이가 미닫이를 열고나서는 것을 딱 마주치더니 꽃가지에 마음 없이 앉았는 나비를 잡으러 간다.

서숙자가 또한 미닫이를 열고 나오다가 서일순의 모양을 보고,

(숙) "이문이, 거기서 무엇하나?"

(문) "누님 주려고 나비 잡소."

그 소리에 나비는 날아가고, 이문의 눈은 나비 그림자를 바라보고 섰는데, 서숙자가 하하 웃으면서,

(숙) "참 어린아이로구."

(문) "내가 어린아이란 말이오?"

(숙) "나비 잡으러 다니는 것이 어린아이가 아니란 말인가?"

(문) "나비를 잡아서 내가 가지려는 것이 아니라, 어린 누님을 달래려고……."

(숙) "어린 누님이란 말은 참 요절할[98] 말이로구. 그러나 그런 철없는 아이들은 장가도 들일 수가 없어."

(문) "왜 못 들어?"

(숙) "처가에 가서 나비나 잡으러 다니면 남부끄럽지 아니한가?"

(문) "허허허,

나비도 나와 같은 부생浮生[99]이라, 붙들고 물어볼 일이 있더니 나를 의심하야 달아나는구려."

(숙) "자네 말은 들으면 맛있고, 지취 있고 이치 깊숙하여 나 같이 무식한 사람은 알아듣기 어렵네.

그러나 이리 올라오게, 오늘 우리가 결정할 말이 있네."

고군약졸孤軍弱卒이 강적強敵을 보고 감히 싸홈할 마음이 없다가 구원병救援兵의 나팔소리를 들으면 다시 용맹이 나듯 서일순이가 서숙자의 말 한마디에 새로 용맹이 나서 초당으로 올라가니, 서숙자와 옥련이가 서일순이를 인도하야 방으로 들어가더니 세 사람이 솔밭같이 늘어앉았는데, 숙자는 서일순이를 건너다보고, 일순이는 숙자를 건너다보며 서로 말을 먼저 내기가 어려워하는 모양이라.

옥련이가 머리를 들어, 두 사람의 얼굴을 잠깐 쳐다보고 다시 고개를 수그리는데, 무엇에 놀란 사람같이 가슴이 두근두근하며 심회[100]가 좋지 못하야 말없이 무엇을 생각한다.

내가 좋지 아니한 일이 있을 때마다 가슴이 두근두근하며 심회가 사납더니 오늘 무슨 일이 있으려나?

그런 마음이 생기면서 홀연히 미국 샹푸란시쓰고에서 구완서와 공원 구경하던 생각이 나는 중에, 서숙자가 작은아씨 부르는 소리에 깜짝 놀라며 가슴이 다시 두근두근한다.

(옥) "에그, 형님도 망령이오.

의형제를 맺자 하기도 형님이 먼저 말한 것이요, 내가 형님 소리를 아니 한다고 노엽단 말도 형님이 하신 터이라.

지금 형님이 나더러 작은아씨라 하시니 동생은 떼어버렸소?"
하며 상긋 웃는다.

(숙) "참 잘못하였네.

동생에게 책망 들어 싸지.

여보 아우님."

(옥) "아우면 아우 대접을 할 일이지, 여보는 무엇이오."

(숙) "또 잘못하였네,

오날은 사죄할 일만 생기네.

여보게 아우님,

아우님이 나를 누구로 아는지 나는 아우님을 내 동생 이문의 아내될 사람으로 여기고 있는 터이니, 아우님은 나를 시누이로 알기를 바라네.

내가 오날 아우님께 처음 말이 아니오. 아우님의 어머니께는 날마다 말씀하는 일이지마는, 아우님을 좀 책망할 말이 있어.

여보게 아우님,

아우님이 구완서의 은혜를 많이 받았다 하나, 은혜도 경중이 있는 것이라. 아우님의 어머니는 서일순의 손에 목숨이 살아나신 일이 있고, 아우님은 구완서의 은혜를 입은 일이 있으니 부모의 목숨을 구하여 드린 서일순의 은혜가 중한가, 아우님을 공부시켜 준 구완서의 은혜가 중한가 생각하여 볼 일이라. 또 구완서의 사주四柱받은 일도 없고, 다만 말 한마디 약조로 십 년간 대년待年한다 하니 삼십처녀三十處女가 어디 있단 말인가?

여보게 아우님, 오날 우리 세 사람이 서로 속에 있는 말을 다하세.

나는 서일순의 친남매가 아니오 의로 맺은 남매이라. 그러나 세상 사람의 친남매 간 정의가 우리 남매의 정의만 못한 사람도 많이 있는 터이라. 나는 서일순의 덕과 행실이 세상에 드문 사람으로 여기는 고로 깊이 심복된 누이라. 내 말을 들어보게, 어지신 아우님아.

지금 세상에서 서일순이 같은 사람을 혹 보았나? 나는 그런 사람 못 보았네. 천한 사람들이 재물 욕심에 눈이 뒤집혀 날뛰지마는, 서일순이는 재물 아까운 줄 모르고 불쌍한 사람을 구제하니, 그런 갸륵한 사람이 어디 있단 말인가?

가난 구제는 나라에서도 할 수 없는 일이라는 말도 있거니와, 참 말이 났으니 말이지, 가난한 사람은 이루 도와줄 수가 없는 것이지마는, 서일순이는 남을 먹여 살리느라고 제 재물을 다 없애는 사람이니, 내 생각에는 요순보다 착한 사람은 서일순이로 아네.

사람이 입은 비뚤어졌더라도 말은 바로 할 것이라는 말도 있으니 말일세. 우리가 다 서일순의 덕으로 사는 사람이 아닌가?

가령 서일순이가 아우님의 어머니를 살려준 은혜는 없다 치세.

아우님 댁에 불나던 날 생각을 못하나? 에그 참, 그날 일을 생각하면 그런 망창한[101] 일이 어디 있겠나.

오막살이 초가는 까만 잿더미가 되었는데, 갈 곳이 없어서 탄식하는 아우님 댁 세 식구가 길가에서 밤을 보내면서, 아우님의 어머니는 돌아서서 눈물 씻던 모양을 생각하면.”

하면서 서숙자가 새로이 눈물을 씻으니 옥련이가 마주 눈물을 씻는다.

(숙자) “지나간 일을 말할 까닭이 없지마는, 서일순의 마음 착한 말을 하노라고 그런 말이 나오네.

여간 보조를 하든지, 여간 구제를 한 것 같으며 예사로 알 터이나, 우리들이 다 집도 없던 사람인데 서일순이가 어떻게 대접 하던가

그래 우리가 서일순의 은혜를 몰라야 옳단 말인가?

내가 오날 처음 하는 말도 아니지마는, 서일순이가 통혼하는 것을 아우님의 입으로 못하겠다는 말이 나올 터인가?

서일순이가 품행이 부정하든지 마음이 불량하든지 마음에 맞지 아니한 곳이 있거든 말을 하게.

나이 스물세 살이 되도록 장가도 아니 들고 어진 아내를 구하는데, 화류장에 놀러가는 일도 없이 책상 앞에서 세월을 보내니 그런 갸륵한 사람이 어디 있나?

자,

나는 중매쟁이라, 내 말보다 장자의 말이 제일이니, 오늘 이 자리에서 둘이 결말을 지어 말하게.

여보게 이문이, 자네가 직접으로 말을 하게."

하더니 서일순이와 옥련이를 조르는데, 옥련이는 말없이 고개를 수그리고 앉았다.

서숙자가 문을 열고 나가더니 구원병救援兵 청하듯이 옥련의 모친을 다리고 들어오는데, 옥련이가 가만히 생각하니, 그날은 무슨 끝이 나는 날이라. 가슴은 타는 듯하고, 오장은 녹는 듯한데 무슨 말로 대답을 하면 좋을지 생각이 아득하며 나오나니 눈물뿐이라.

최씨 부인이 옥련의 앞에 바싹 들어앉으며 옥련의 손을 붙들고,

(부인) "옥련아,

어머니 보니 반갑지?"

하면서 옥련의 얼굴을 물끄러미 본다. 옥련이가 눈물을 씻고 고개를 들더니,

(옥) "날마다 때마다 보는 어머니를 보고 새로이 반가울 일이야 무엇 있소?"

(부인) "저승길로 가던 어머니가 이 세상에 다시 와서 있으니 반갑지 아니하단 말이냐?"

하더니 다시 서일순이를 돌아다보며,

(부) "여보 서 서방,

내가 서 서방의 은혜를 갚지 못하고 죽으면 어찌한단 말이오?"

(서) "은혜는 무슨 은혜란 말씀이오니까?"

(부) "한두 가지가 아니거든 어찌 다 말할 수 있소?

그러한 은혜를 갚고 죽어야 내가 눈을 감고 죽지.

눈은 감든지 못 감든지 그 은혜를 못 갚으면 내가 죽어서 사람으로 환생은 못할 터이야.”

(서) “허허허,

남의 은혜를 못 갚으면, 죽어서 사람 환생을 못하는 법이오니까?”

(부) “서 서방의 태산 같은 은혜를 내가 손톱만치도 못 갚았으니 어디 사람 노릇을 하였소?

일평생에 사람의 마음을 가지고 사람 노릇을 하여야 죽어서 사람으로 환생하지.

일평생에 짐승 같은 마음으로 남의 은혜도 모르고 의리도 모르고 사람 노릇을 못하면, 죽어 환생을 하더라도 짐승이나 되었지 사람이야 될 수 있소. 사람의 정신으로 살다가 죽으면 사람이 될 것이요,

짐승 같은 마음으로 살다 죽으면 짐승이 될 터이라.

내가 남의 손에 목숨이 살아나서, 남의 손에 얻어먹고 살면서 갚지를 못하니 개 같고 도야지 같은 신세라.

이 놈이 이 세상을 버린 후에는 내 영혼靈魂이 개나 도야지의 탈을 쓰고 세상에 생겨나서 전생에 염치없고 의리 모르던 죄를 받을 터이라. 내가 어젯밤에 베개에 누워서 그런 생각을 하다가, 겁이 나서 가위를 눌리었소.”

하더니 다시 옥련이를 돌아다보며,

(부) “이애 옥련아,

내가 갚지 못하는 서 서방의 은혜를 너더러 갚아달라 할 수도 없는 일이지마는, 갚을 수만 있거든 갚아다오. 만일 서 서방이 나더러 죽어라 하면 죽을 터이요, 종노릇을 하여라 하면 종노릇을 할 터이나, 죽으란 말도 없고, 종노릇 하라는 말도 없으니 은혜 갚을 데가 없구나.

너더러는 혹 버선이나 좀 기워달라는 말이 있더냐?

나와 너의 아버지는 나이 많은 사람이라고 서 서방이 도리어 우리 심부름까지 하여 주니 불안하여 못 살겠다. 죽어서 도야지로 환생을 하더라도 진작 죽기나 하였으면 서 서방의 돈이나 덜 없어지지.”
하면서 눈물을 씻는다.

서일순이는 말참례[102] 아니할 듯이 시치미 뚝 떼고 앉았고 서숙자는 포수가 총에 재약하듯[103] 입에 말이 가득 들어서 터져 나올 듯이 콧방울이 발룽발룽하며 입이 반쯤 벌어졌는데, 그 중에 옥련이는 얼굴빛이 변하여 고개를 수그린다.

마침 옥련이가 말을 냅뜨는데, 숙자가 또한 말 시작을 하다가 두 사람의 말소리가 일시에 마주치니 옥련이가 말을 그친다.

(숙자) “내 말은 저물도록 하야도 먼저 하던 말과 다를 것이 없으니 아우님이 먼저 말을 하게.”

(부) “먼저 하던 말이라니,

아까 무슨 말한 것이 있소?

자미있는 말이거든 나도 좀 들어봅시다.”

(숙) “아지머니 앞에서 그런 말을 하다가 꾸지람 듣게요.”

(부) “꾸지람하는 사람은 없더라도 상없는 말은 아니 하는 것이 옳지.”

(숙) “여긴 상없는[104] 말할 사람은 없습니다마는, 아지머니 앞에서 발설하기가 썩 어려운 말이올시다.”

(부) “상없는 말만 아니면 내 앞에서 말하기 어려울 것 무엇 있소?”

(숙) “걱정을 듣더라도 말씀을 하오리까?

(부) “무슨 자미있는 말을 저렇게 뜸을 들이누?”

(숙) “아지머니,

내 청 하나 들어주시렵니까?”

(부) “아저씨, 아저씨 하며 길짐을 지운다[105]더니, 아지머니, 아지머

니하며 무슨 청을 하려누?"

(숙) "누가 따님과 통혼을 하여달라는 사람이 있는데, 아지머니 허락을 받으려는 말씀이올시다."

(부) "과년한 딸 둔 사람에게 혼인 언론 하는 것이 청이란 말이오?"

(숙) "지조 있고 덕 있고 학문 있는 따님을 두고 그와 같은 사윗감을 구하시는 터에, 지금 통혼하는 신랑감은 재주도 없고 덕도 없고 학문도 없는 용렬한 아이라. 그런 변변치 못한 신랑감으로 통혼을 하다가 아지머니가 듣고 펄쩍 뛰시면 그런 황송한 일이 있습니까?"

(부) "말은 바로 하지.

옥련의 부친이 옥련의 혼인을 정하였다 하시나, 그 신랑감은 미국 화성돈에서 유학하는 서생인데, 십 년간 대년待年한다 하니 그런 오활한[106] 일이 어디 있겠소.

지금 옥련이가 열아홉 살인데 대년할 기약이 여덟 해가 남았으니 제 명이 짧으면 시집도 못 가고 처녀로 죽을 터이요, 내 명이 짧으면 사위도 못 보고 죽을 터이니, 나는 그 혼처를 기다리고 있을 수는 없소.

여편네 마음대로 되는 것은 아니나, 내가 요사이에 날마다 옥련 아버지더러 그 혼처 파약하자고 조르는 터이나 옥련 아버지 말은, 내 입으로 발설한 것을 내 말로 파약할 수는 없다 하니 그런 딱한 말이 있소? 사랑에서 결말을 짓지 아니하면 누가 한단 말이오? 지금 세상에서 자유결혼自由結婚인지 무엇인지 우리 자라날 때는 들어보지도 못하던 말이 있습니다마는, 내 사윗감은 내 눈에 들고 내 마음에 드는 사람이 아니면 옥련이를 시집보내고 싶은 생각은 없소. 여보, 조카님은 우리 집 일을 대강 아는 터이니 말이지, 우리 모녀간 정경[107]이 어떠하던 터이오.

가령 옥련이 마음에는 미국 있을 때에 정한 혼처가 제 마음에 든다 칩시다. 그러나 어미 마음에 들지 아니할 지경이면 어찌 그 어미 마음을 거스르고 제 마음대로만 하겠다고 고집 부릴 수가 있소?

지금 우리 사정이 그러한 터인데, 먼저 정한 혼처를 파약하더라도 여기서 합당한 혼처가 나선 이후 사이라. 내가 조카님을 믿는 터이니 중매를 잘 들어주오."

(숙) "신랑 재목이 너무 미거하여 차마 말할 수가 없는걸."

(부) "영웅호걸英雄豪傑도 구하지 아니하고 학사박사學士博士도 구하지 아니하고, 한 눈이 멀었더라도 마음이 착하야 하나님께 죄를 짓지 말고 사람에게 적덕積德[108]을 많이 하여 후생에 복 받을 사람을 구하여 사위삼기가 소원이니, 내 소원대로 그런 사람을 얻어주오."

(숙) "마음은 착하지마는, 아직 철이 아니 났어요."

(부) "누구란 말이오?"

(숙) "여기 앉은 서일순이올시다."

부인이 그 말을 듣더니 희색이 만면하야 숙자의 손목을 턱 붙들며,

(부) "여보 참말이오?

내가 무슨 복력에 그러한 사위를 본단 말이오?

내가 상전같이 쳐다보고 구세주救世主같이 우러러보던 서 서방이 내 사위가 된단 말이오.

그래 조카님 마음에서 나온 말이오? 서 서방 마음이 그러하오?

(숙) "……."

(부) "이애 옥련아,

이제는 내가 죽어도 마음을 놓고 죽고, 눈을 감고 죽고, 은혜를 갚지 못하여 애쓰던 한을 풀고 죽겠다.

네가 일평생에 한결같은 마음으로 서 서방의 뜻을 받아서 너도 또한 서 서방과 같은 어진 사람이 되기를 바란다. 옥련아, 옥련아, 고개를 좀 들고 무슨 말 좀 하여라."

옥련이가 그 말을 듣고 가만히 생각하니, 그 어머니가 창졸에 하는 말이 아니라 서숙자와 무수히 의논한 말이요, 그 아버지까지 속 허락이 된 것 같은지라. 어머니 마음은 그러할 듯한 일이나, 야속한 것은 아버지 마음이라. 만일 내 입으로 결정하는 말이 없으면, 필경 혼인을 결정하고 사주까지 받을 모양이라. 아무리 말하기 난처하더라도 입 다물고 있을 수는 없는 일이라.

(옥) "어머니,

어머니께서 나 같은 불효의 딸 하나를 두셨다가 저렇게 애를 쓰시니, 나는 부모에게 애물이요, 하나님께 죄짓는 사람이올시다.

그러나 나는 속 답답한 벙어리같이 가슴에 쌓인 말을 할 수도 없고 아니할 수도 없으니 이를 어찌하나?

(부) "속 답답한 일이 무엇이란 말이냐? 하고 싶은 말이 있거든 속이 시원하도록 말을 다 하여라."

(옥) "어머니께서 알아들으시기 어려운 말도 있을 터인데."

(부) "네가 공부한 자랑을 하느라고 문자를 써서 말을 할 터이냐?

그러나 조선 여편네는 문자를 써서 말하면 주제넘다고 흉보느니라."

(옥) "흉은 보든지 말든지 나 하는 일이 윤리倫理에 어그러지지 아니한 것을 말하려면, 문자마디나 나올는지도 모르겠소."

(부) "오냐,

어떻게 말하든지 어서 말 좀 하여라. 여기 있는 사람들이 네 입만 쳐다보고 앉았다.

네 말 한마디만 떨어지면 오날이라도 혼수 흥정하러 어디로 사람을 보낼 터이요, 또 구완서에게 편지도 부칠 터이다."

옥련이가 그 말을 듣고 눈을 힐끗 흘겨서 그 모친을 보며,

(옥) "집도 없이 남의 집에 있는 사람이 혼수 흥정할 돈은 누가 등대

等對하고 있소?

온 집안이 통을 들고 내 허락 나기만 기다리고 있었소?

구완서에게는 무슨 편지를 부친단 말씀이오?

파혼한다는 편지오니까?

그 편지를 아버지께서 쓰십니까

옥련의 손으로 씁니까?

차라리 옥련이가 그 편지를 쓰고 사람 노릇을 못하는 일이 옳지. 아버지께서는 그 편지를 못 쓰셔요.

만일 구완서가 그 편지를 볼진대, 말없이 편지를 쭉쭉 찢어서 수지통에 탁 들어뜨리고 평생에 사람에 대하야 그린 말을 못하는 사람이 있더라도 구완서는 싱긋 웃고 대답도 아니 할 사람이라.

그렇게 너그럽고 크고 점잖은 사람에게 그 편지를 누가 한단 말이오?

여보 어머니, 나도 사람이지.

시집을 갈 터이면 제 서방이 어디 가고 없는 동안에 도망질하는 년같이 가만히 갈지언정 인형을 쓰고 있는 사람으로 그 편지는 못 쓰겠소.

어머니 생각에는 딸을 서일순 씨에게로 시집을 보내면 은혜를 갚는 줄로 알으시오?

은혜는 은혜요, 혼인은 혼인이라. 가령 혼인을 하더라도 태산 같은 은혜는 남아 있는 것이니, 혼인 언론을 하려거든 숫접게[109] 혼인 말만 할 일이지, 은혜 갚는단 말은 왜 하시오?

만일 내가 서일순 씨에게로 시집가서 봉제사奉祭祀[110]도 잘 못하고, 접빈객接賓客도 잘 못하고, 가도家道도 잘 못 세우고, 서일순 씨의 속만 푹푹 썩일 지경이면, 어머니께서는 서일순 씨에게 은혜를 갚았다고 큰소리하실 것이 무엇이오?

남자는 장가들고 여자는 시집가는 것이 각기 자기행복自己幸福을 위하는 일이지, 누가 아내를 위하여 장가드는 사람이 있으며, 남편을 위하여 시집가는 사람이 있으리까?

남편된 사람이 아내를 사랑하는 것도 자기가정自己家庭의 즐거운 마음에서 나온 것이요, 아내된 사람이 남편을 사랑하는 것도 가정의 즐거운 마음에서 나는 것이니, 그것은 사람이 각기 행복을 구하는 분자分子의 단합團合이 완전할 뿐이라. 이런 말을 어머니께서 알아들으실는지 모르겠습니다마는, 실상 알아듣기 어려운 말도 아니올시다.

어머니가 서일순 씨로 사위를 삼으시면 은혜는 갚지 못하고 사위 덕은 많이 보시리다.

그 은혜 갚을 생각은 없고, 그 덕을 볼 생각은 있거든 나더러 서일순 씨에게로 시집가라고 말씀하시오.”

(부) “어미의 마음을 몰라도 분수가 있지, 내가 덕을 보려고 그리느냐?”

(옥) “어머니 마음을 모르는 것이 아니라, 자세히 아는 고로 말이오.”

(부) “아는 년이 입에서 말이 그렇게 나온단 말이냐?”

(옥) “오날은 내가 하고 싶은 말을 다할 터이니, 내 말을 다 들어보고 말씀하시오.”

(부) “오냐, 무슨 말이든지 감추어 두지 말고 마음에 있는 대로 말하여라.”

(옥) “지금 내 신명[111]이 어찌될지 모르는 터에 하고 싶은 말을 아니할 리가 있소?

어머니가 서일순 씨의 은혜를 갚으려고 딸을 시집보내시려는 것같이 말씀을 하시며, 자식된 내 마음에 부모의 은인恩人을 저버릴 수가 없는 터이라.

그러나 은인은 여럿이요, 내 몸은 하나이라. 여자의 한 몸이 여러 군

데로 시집갈 수는 없으니 불가불 경중輕重을 가릴 수밖에 없소.”

부인이 그 말을 듣더니 무슨 경사이나 난 듯이 빙긋빙긋 웃으면서,

(부) “옳지, 그렇지.

학문이 무엇인지 몰랐더니 학문이 있으면 저런 지각이 나는 것이로 구나. 은혜의 경중을 가리다 뿐이겠느냐. 구완서도 은인이지마는, 구완 서의 은혜는 그 물가物價 비싼 미국에서 너를 십 년이나 공부를 시켰으 니 돈이 오죽 많이 들었겠느냐? 우리가 화재 본 후에 이 집에 와 있은 지가 일 년이나 되었는데, 서 서방이 우리 집안 식구를 먹여 살렸으니 그 돈도 적지 아니하나, 돈 쓴 것으로 말하면 구완서가 더 썼을 터이라. 그러나 돈으로 바꾸지 못할 것은 사람의 목숨이라. 재작년 구월 초이튿 날 내가 죽을 사람이 서 서방의 손에 살아났으니 네 어미 살린 은인이 라. 그 은혜보다 더 중요한 은혜가 어디 있느냐.”

(옥) “그러면 어머니 목숨을 구하여 드린 은인에게로 시집을 가야 옳 겠습니까?”

(부) “그렇다 뿐이겠느냐?”

옥련이가 이를 악물고 앉았다가, 서숙자를 힐끗 쳐다보더니, 다시 서 일순이를 집어 삼킬 듯이 흘겨보고 고개를 수그리는데, 부인과 서숙자 와 서일순이가 옥련의 얼굴에 곁눈질만 한다.

부인이 옥련의 말 나오기만 기다리다가 각갑증이 나서 불쾌한 말로,

“자식이 효도를 하면 받고, 아니하면 못 받지, 엎질러 절 받기로 억 지로 시킬 수는 없는 일이야.

나는 부모에게 효성이 없던 사람이라, 제가 못하던 일을 자식더러 하 라고……."

(옥) “엎질러 받는 절도 절은 절이니, 어머니 목숨을 구해 드린 사람 에게로 시집가리다.

그러나 시집은 마음으로만 갈 수는 없는 것이니, 남편될 사람이 옥련에게 장가들겠다는 허락이 있어야 하겠소."

그 말 한마디가 뚝 떨어지매 서일순이 입이 떡 벌어지며,

(서) "내 허락은 다시 말할 것 없소.

아까 내 앞에서 혼인 말이 먼저 난 터인데 허락 여부가 있소?

당장 사주四柱라도 쓰지요."

하면서 벼루집을 찾느라고 앞뒤로 휘휘 돌아보다가, 너무 급히 서두르는 모양이 창피할 듯한 생각이 나서 정신없이 궐련 물부리를 손에 들고 찾는다.

옥련이가 천연한 기색으로 서일순이를 쳐다보며,

(옥) "참 가엾은 일이올시다.

무슨 말로 사죄를 하면 좋을지 모르겠습니다."

(서) "천만의 말이오.

내게 가엾단 말할 일이 무엇이며 사죄할 일이 무엇 있소."

(옥) "서일순 씨의 은혜를 갚지 못하고 서일순 씨의 아름다운 뜻을 좇지 못하고, 옥련이는 의리義理없는 사람이라. 용서하여 주시기만 바라옵니다.

그러나 옥련이가 서일순 씨의 은혜를 잊을 리는 만무하오. 몸으로는 못 갚더라도 마음으로 갚을 터이라.

생전에 갚을 기회가 없으면 죽어서 결초보은結草報恩이라도 할 터이니 그리 알으시고 용서하여 주시오. 나는 미구未久[112]에 부모 슬하膝下를 떠나서 시집가는 사람이라. 이 초당에서 밤낮없이 같이 있던 서숙자 씨도 섭섭하고, 조석으로 만나서 학리學理도 토론討論하고, 사회현상社會現象도 이야기하던 서일순 씨도 이별이라, 섭섭한 마음이 무한량 없습니다."

부인이 그 말을 듣다가 깜짝 놀라서 서일순이가 말하려는 것을 멈추게 하고,

(부) "이애,

너 하는 말을 내가 알아들을 수가 없다. 아까 하던 말과 지금 하는 말이 다른 것은 웬 일이냐?

사람이 한 입으로 두 말을 한단 말이냐? 지금 하던 말은 무슨 말인지……

미친년이 아니거든, 그것이 다 무슨 소리냐?"

(옥) "장옥련이가 미쳤는데, 김옥련이는 아니 미친 줄 알으시오.

부모가 야속하면 미칠 수밖에 수가 있소?"

(부) "응석을 하더라도 그렇게 말하는 법은 없느니라.

네 부모의 자정慈情이 어떠한지 몰라서 저런 소리를 하느냐?

네 혼인 말을 하더라도 부모의 마음대로 이리 하여라, 저리 하여라 명령命令한 것도 아니요, 내게 네게 의논성 있게 한 말인데 남의 은혜 경중을 가리느니 마느니 하기도 네 입에서 나온 말이요, 어미 목숨을 구하여 주던 은인에게로 시집을 가겠다 한 것도 네 입에서 나온 말이요, 남편될 사람의 허락을 듣고 가겠다 한 것도 네가 한 말이 아니냐?

네 말이 그러한 고로 서 서방이 정중鄭重한 허락을 할 뿐 아니라, 당장에 사주라도 쓰겠다 하였는데 홀지에 네 마음이 변하였는지 횡설수설하는 말이 나오니, 학문 있는 여자는 그러하며, 명예 있는 사람은 그러하며, 개화한 출신은 그렇게 무신한가?

이애,

나는 계집아이로 있을 때에 부모가 혼인 말이 냅뜨면 부끄러운 마음에 그 앞에 있지도 못하고 피하여 나갔다.

만일 그 혼처가 좋으니 마니 한 소리를 할 지경이면 큰 변이 나는 줄

로 알고 무슨 야단이 났을는지 모를 것이다.

네 부모가 네게 어떻게 야속히 굴어서 네가 미칠 지경이야?"

(옥) "내가 아까 한 말을 변할 리가 만무하나, 아직 남편될 사람의 허락을 못 얻었으니 그 허락 날 때까지만 참아주시오.

그 허락만 나면 오늘 내로 가오리다."

(부) "아까 서 서방 하던 말은 못 들었느냐?"

(옥) "아니오, 장팔의 허락을 맡아야 하겠소."

부인이 깜짝 놀라며,

(부) "응, 고장팔의 허락이라니?"

(옥) "어머니께서 고장팔의 은혜를 잊으셨습니까?

밤은 깊어 사람의 자취는 끊어진 대동강 물에 풍덩 빠져 둥둥 떠내려가는 어머니를 건져서 희생시키던 고장팔의 은혜가 더 중합니까,

허연 대낮에 구경꾼이 물 끓듯 하는 도회지에서 나 죽겠다 외치고 나가는 어머니를 쫓아가서 붙들던 서일순 씨의 은혜가 더 중합니까?

고장팔이는 가난한 상놈이요, 서일순 씨는 재물 많은 양반이라, 가난한 상놈의 은혜는 커도 잊어버리고, 부자 양반의 은혜는 적어도 아니 갚을 수 없단 말씀이오니까?

고장팔이는 불쌍한 인생이라. 작년 가을에 계집 죽고 삼간초가 팔아먹고 냉면冷麪집에 가서 중놈이 절을 하고 있다 하니, 남의 신세를 갚더라도 불쌍한 사람에게 먼저 갚을 것이라.

내가 은혜 갚을 마음으로 고장팔의 계집이 될 지경이면, 구완서가 그 말 듣는 그날로 내가 고맙다는 편지를 할 사람이라. 내가 장팔의 계집이 되러 가는 날은, 내 손으로 구완서에게 혼인 파약하는 편지를 써도 부끄러운 마음이 없겠소.

만일 다른 사람에게로 시집을 가라 하실진대 미국 대통령의 부인이

되더라도 나는 못 가겠소.

나는 미가녀未嫁女라, 구완서를 위하야 절개 지킬 의리는 없고, 다만 믿을 신자를 지키는 터이라. 만일 구완서가 먼저 파약을 할 지경이면 내 속이 쓰리더라도 어디든지 시집을 가려니와, 내가 파약은 못 하겠소.

고장팔이는 거지 된 위인이라 내 몸을 희생犧牲 삼아서 거지를 도와주면 덕의 상에 가한 일이니, 구완서에게 믿을 신자를 지키지 못한 죄를 짓더라도 덕의 상에 가한 일은 하겠소.

어머니

어찌하리까? 고장팔의 집으로 가라 하시면 지금이라도 가겠소.

어머니, 어머니,

왜 아무 말씀 아니 하십니까?

장팔이도 고맙거니와 장팔어미는 더 고맙습니다.

십 년 동안에 어머니를 뫼시고 고생을 그렇게 한 생각을 하면, 어머니 목숨을 구하여 드린 장팔이보다 더 고맙소.

장팔어미가 없었더면 목숨 살아난 어머니가 차라리 돌아간 신세만 못한 고생을 하고 계실 터이라.

에그,

그 외꼬부라지듯한 늙은이가…… 어머니,

내 말이 진정말이오. 내가 장팔의 계집이 되야서 똥오줌을 받아내게 돼 장팔어미를 내 손으로 공양할 지경이면, 참부모의 은혜를 갚은 듯한 생각이 있겠소.

말이 난 김에 얼른 결단합시다.

어머니 마음에 좋으실 것 같으면, 내가 이 자리에서 구완서에게 혼인 파약하자는 편지를 쓰겠소.

일은 크고 작은 것을 교계하는 것이라, 덕의 상에 큰일은 조고만한 신용관계를 돌아볼 수가 없는 것이오."

그 말이 마치고 한참 동안이 되도록 세 사람이 입을 봉한 듯이 방안이 적적한, 서일순의 눈은 얼음에 자빠진 쇠눈깔같이 창밖의 모란봉을 바라보고 앉았는데, 그 큰 눈에 보이지 아니하고 조고마한 옥련이가 오똑 앉아서 주사를 문 듯한 입술을 방긋방긋 하는 대로 아프고 쓰린 소리만 나오던 그 모양만 눈에 선할 뿐이라.

인천항仁川港 저녁 빛에 흑운黑雲 같은 검은 연기를 토하며 살같이 들어오는 화륜선 화통 열어놓는 소리에 인천상업계仁川商業界의 졸음을 깨뜨리는 어물전에 꼴뜨기 장사가 먼저 날뛰듯이, 밥장사나 하고 방세나 받아먹는 여인숙旅人宿 반도[番蹈]들이 잔판棧板의 배를 타고 정박碇泊한 화륜선에 들어가서 손님 마중을 하는데, 돈푼이나 잘 쓸 듯한 일등실一等室 손님 앞으로 몰려가서 여인숙에 갈 손님을 찾는다.

키 크고 코 높은 서양 사람들은 모양도 끗끗 밋밋하거니와 행동거지行動擧止도 또한 활발하야 여인숙旅人宿으로 가는 사람은 여인숙 반도의 안내案內를 따라서고, 경인선京仁線 기차 타려는 사람은 화륜선 보이에게 짐만 내어맡기고 잔판棧板으로 내려간다.

그렇게 깨끗 밋밋하고 활발한 사람들 다니는 틈에 웬 양복 입은 남자와 조선복색한 부인인 어릿어릿하고 서서 내려가고 싶으나 무엇이 못 미더운 일이 있어서 못 내려가든지 어찌하면 좋을지 몰라서 서로 쳐다보면 얼뜬 소리만 한다.

(부인) "우리 짐은 보이가 들고 가더니 어디 두었나?"

(남자) "글쎄."

(부) "저기 놓인 것이 우리 짐이로구나.

남의 짐에 섞어놓았으니 짐이 바뀌지나 아니할까?"

(남) "짐에 내 명찰을 끼었으니 염려 없지요."

(부) “글쎄. 나도 명함은 끼었지마는, 누가 그 명함을 빼버리고 제 명함을 끼우면 어찌하오?”

(남) “화륜선에서 그런 일 없다 하지.”

(부) “우리 짐은 우리가 들고 내려가면 좋을 듯하오.”

(남) “짐이 조고마하면 둘이 들고 내려가지마는, 저 짐을 우리가 어찌 들고 내려가겠소?

염려 없소. 내가 화륜선은 처음 타지마는, 화륜선 타 본 사람에게 이야기는 많이 들어서 아오.”

(부) “서방님은 이야기나 들으셨으나 나는 말도 못 들었소.”

그런 싱거운 소리를 하고 서 있는 사람은 화륜선도 처음 타고 서울도 처음 가는 시골 사람인데, 그 옆에 서 있는 사람은 인천상등여관仁川上等旅館 반도들이라. 각각 일등실 손을 안내하여 내려가는데, 어느 반도 하나는 조선말을 조금 알아듣는 고로 그 말을 자미있게 듣다가 앞으로 썩 들어서며,

(반도) “당신 야도야[113]에 갔소?”

(부인) “야도야가 무엇이오?”

(반) “바부 사먹고 자무 잣소?”

(부인) “바부 사먹고 자무 잣소가 무엇인가?”

(남자) “밥 사먹고 잠잔다는 말인가 보오.”

(반) “좋소, 좋소. 당신 많이 알아 있소.”

(부) “주막으로 가자는 말이오?”

(남) “조선 주막과는 다르지.”

(반) “좋소, 좋소. 당신 많이 알아 있소.”

마침 그러할 즈음에 화륜선 보이가 배에 있던 손을 내려가라 재촉하는데, 그 남자와 부인이 여인숙 반도를 따라 내려간다.

그때는 일러전쟁 계엄중戒嚴中이라. 철령鐵嶺[114] 큰 싸움은 승부勝負가 판단치 못하고 함경북도咸鏡北道에는 노서아 정탐偵探이 출몰하고 파라적함대巴羅的艦隊는 동양을 향하야 나오는 때라.

여인숙旅人宿에서 생활상生活上 상업商業으로 비록 손을 많이 맞아들이나, 그러나 수상한 사람을 보면 극히 조심하는 터이라.

여관에서 사흘을 묵으며, 낮이면 인천항으로 돌아다니며 구경하는 조선사람들이 썩 수상하다고 여관 주인에게 의심을 받는 사람은 양복 입은 남자와 조선복색한 부인이라.

처음에는 동부인하여[115] 다니는 줄 알았더니 부부夫婦도 아니요 색친구를 다리고 다니는 사람으로 알았더니 그렇지도 아니한 모양이라.

여관의 방을 둘을 쓰는데, 낮에는 한 방에 모여 있고 밤에 잘 때가 되면 각 방에서 자는 터이라.

여관 주인과 하인들이 그 손님 수상하다 하는 것은 두 가지 일이라.

한 가지는 둘이 모여 앉으면 비밀한 수작뿐인데, 여관 하인이 조선말을 모르니 조심할 까닭이 없지마는, 사람만 보면 하던 말을 그친다.

한 가지 일은, 돈 쓰는 모양이 노름판에서 얻은 돈을 개평 쓰듯 아까운 줄을 모르고 쓰는 것이라.

어디로 보든지 종적이 수상한데, 의심 많은 여관 주인의 생각에는 노서아 정탐으로 다니는 사람인 줄로 알고, 조심하는 도리에 감추어두지 못할 일이라고 행인의 숙박계宿泊屆 책을 들고 헌병대에 가서 보고한즉, 조선말 잘하는 헌병 하나이 여관에 가서 조사를 한다.

그 양복 입은 남자와 조선복색한 부인은 약기가 참새 굴레를 씌일 듯하고 꾀는 비상히 많은 사람이라. 화륜선에서 내릴 때는 첫 출입에 좀 어리둥절하였으나 며칠 동안이라도 차차 이력이 나서, 헌병에게 조사를 받는다. 만일 사실대로 말을 아니 하고 어물어물하다가는 큰일을 당할 줄 알고 조금도 감추지 아니하고 사사이 실토實吐로 말을 하는데, 그 남자는 최여정이요, 부인은 서숙자라. 그 친구 서일순의 중대 들 일로 나선 길인데 깊은 비밀한 일은 감추고 말은 아니 하나 옥련의 일을 낱낱이 말하며, 옥련이의 먼저 정하였던 혼처를 반간하러 다니는 말까지 다 하는지라. 헌병이 그 말을 듣다가 어찌 자미있고 우습던지 몇 번을 거푸거푸 묻다가 허허 웃으며 나가는데, 그날 오후에 서숙자는 경인선 기차를 타고 경성으로 향하여 가고, 최여정은 인천서 묵다가 며칠 후에 미국으로 가는데 돌아올 기약은 석 달 후이라.

서숙자는 남대문 정거장에서 기차 내리는 길로 인력거 타고 삼청동 서부령 집을 찾아가는데, 댁호가 서부령 집이지 실상 그 과부 집이라. 서부령은 삼 년 전에 황천객이 되었는데, 죽을 때에 그 집에 남아있는 것은 남에게 진 빚과 쪽박에 밥 담아 놓은 것 같은 아이들 오 남매와 사십여 세 된 과부 구씨라. 아이들은 열다섯 먹은 맏딸, 열세 살 먹은 둘째 딸, 열 살 먹은 아들, 일곱 살 먹은 넷째 딸, 다섯 살 먹은 막내아들이라.

세상에 자식도 없는 과부를 불쌍하다 하지마는 구 과부는 자식 많은 것이 더 불쌍한 신세라. 철모르는 아이들이, 어머니 배고파하는 소리를 들을 때는 부인의 마음에 저 불쌍한 것들이 왜 생겨났누 싶은 생각뿐이라.

이전에 남부럽지 않게 살 때는 찾아오는 사람도 많더니, 먹을 것 없고 남편 죽은 후에는 일가친척이 문 앞으로 지나면서 들여다보는 사람이 없고, 다만 그 친정오라버니 되는 구즉산이 와서 보나, 구즉산은 올 때마다 빈손으로 아니 오고 다만 지전 몇 장이라고 가지고 오는 고로 또한 자주 오지는 못하는지라. 대체 돈 얻어 보기도 어렵거니와 사람 얻어 보기도 쉽지 못한데, 서숙자가 그 집 사정을 자세히 알고 간 터이라. 서부령과 일가도 아니지마는 억지로 촌수도 끌어대고, 얼굴도 못 본 터이나 정분 있게 지내던 체하고, 항렬은 어떻게 댄 항렬인지 부인더러 아지머니, 아지머니 하며 반갑게 인사하고, 아이들더러 내가 네 형이니 누이니 하며 귀애하는데, 부인은 참 반겨하고 아이들은 따르는지라.

세상 사람이 남에게 속으면 해를 본다 하지마는, 구 과부는 속을수록 이利를 보고, 아이들도 속을수록 이利한 터이라.

서숙자가 봉투지 한 장을 손에 들고,

(숙자) "아지머니,

요 사이 어찌 시내시오?

변변치 못한 것이나 정으로 드리는 것이니."

하면서 부인 앞에 놓으니, 부인이 봉투지를 받아본즉 지전 백 원이 그 속에 들었는지라.

(부인) "에그, 웬 돈을 이렇게 많이 주신다 말이오?

받기도 염치가 없소.

내가 우리 영감 돌아가신 후에 백 원 돈을 구경하기가 처음이오.

내 친정오라버니가 이 동네 사는데 형세가 어렵지 않지마는, 일가친척 간에 뜯기는 곳이 허다하고, 또 그 아들이 미국 가서 공부하는데 학비를 대어주느라고 애를 쓰는 터에 내 집까지 보부족하야[116] 줄 여가가 있을 수가 있소? 그러나 내 오라버니가 우애가 있는 사람이라, 며칠 동안에 한 번씩 나와서 보는데, 누이를 보고 싶어 오는 것도 아니요, 생질을 보고 싶어 오는 것도 아니라. 저 어린것들이 굶어죽지나 아니 하였나 염려되는 마음으로, 다만 쌀 한 말 값이라도 갖다 주러 오는 것이라.

오라버니가 쌀 한 말 값을 얻어주는 것을 받을 때도 고맙기도 하거니와, 내가 염치없는 사람이다 싶은 생각이 있었는데, 처음 오시는 손님이 돈을 이렇게 많이 주시니 받기는 받소마는 무슨 말로 치사를 하며, 이 은혜를 어떻게 갚는단 말이오?"

(숙) 에그,

천만의 말씀을 다 하십니다.

고마운 것은 무엇이며, 염치없는 것을 무엇이오. 서가의 집을 서가가 모르는 체를 하면 누가 안단 말이오? 내가 도와드리는 것은 당연한 일이거니와, 아지머니 친정오라버니께서 도와드리는 것은 의외의 일이올시다.

에그, 아지머니 친정오라버니 되시는 양반은 참 무던도 하시지. 출가외인出嫁外人이라, 남의 집을 어찌 그렇게 도와주어?

심덕이 그렇게 착하시면 필경 복을 받으시지요.

연세는 얼마나 되시고. 아드님을 몇이나 두셨습니까?

(부) "나[117]는 오십이요, 아들은 하나뿐인데, 딸도 없는 외아들을 세상에 다시없는 것같이 귀애하더니, 자식이 공부할 욕심으로 제 부모에게 의논도 없이 미국을 도망한 지가 칠팔 년이나 되었는데, 우리 오라버니 내외는 하루가 삼추[118]같이 기다리나 그 자식이 공부에 미쳐서 지금도 팔 년이나 지난 후에 집에 돌아온다 하니, 우리 오라버니 내외는 그 아들을 보고 싶어서 미칠 지경이나, 그 자식이 제 부모의 말을 들어야지."

(숙) "나이 아직 어립니까?"

(부) "어린 것이 무엇이오? 이십사오 세나 되었는데요?"

(숙) "그러면 그 부모 되시는 이는 며느님만 기다리고 계십니까?"

(부) "그런 말을 하려면 책 한 권을 지어도 남을 터인데."

(숙) "남의 집 일을 알려는 것은 아니올시다. 다른 말씀하시오?"

(부) "아니오.

남에게 말 못할 일도 아니오. 또 남에게 말 못할 일이 있기로 조카님에게야 말 못할 것 무엇 있소."

(숙) "내가 서울 오기는 집 하나를 사러 왔는데, 제일 살기 좋은 곳이 어디요?"

(부) "서울 와서 사실 마음이 있소?"

(숙) "우리 집은 평양인데, 평양도 살 만한 곳이나 겨울이 되면 추위도 대단하고, 또 범사가 겨울같이 살기 좋을 수가 있습니까?

평생소원이 서울 와서 살아보고 싶으나 결단성이 없어서 못 왔더니, 올해 내로는 기어이 이사를 하고 싶은 마음이 있어서 온 터이나, 아는 일가는 다만 서부령 아저씨 한 분뿐이러니, 아저씨께서도 아니 계신 터에 누구를 의지하고 이사를 하면 좋을는지 몰라서 아지머니께 의논하러 온 터이오.

염치없는 말이지마는, 아지머니께서 잘 보아주시면 아무 걱정 없겠소."

(부) "그것 참 반가운 말이오.

그러나 내가 아무것도 모르는 여편네가 보아 드릴 일이 무엇 있겠소.

내 친정오라버니 되는 구즉산더러 부탁하면 집을 사든지 세간을 장만하든지 남에게 속지 아니할 만하니 부탁하여 드리리다."

(숙) "그렇게 하여주시면 작히[119] 좋겠습니까?

그러면 오늘이라도 내가 구즉산 나리를 가서 뵙고 말씀을 하겠습니다."

(부) "그리 급할 것 무엇 있소? 만일 급하실 것 같으면 우리 돌놈이를 보내서 구즉산을 청하여 오리다.

이애 돌놈아, 구즉산 댁에 가서 아저씨 좀 옵시사고 여쭈어라.

아까 평양 누님이 네 신 견양내었지. 심부름 잘하여야 신을 얻어 신는다."

하는 소리를 듣고 흥이 나서 뛰어나가는 것은 열 살먹은 아이라.

신 얻어 신을 욕심으로 달음박질을 어떻게 잘하였던지 삽시간에 구즉산 집 사랑에 가서 구즉산을 찾는데, 마침 구즉산이 안방에 들어가서 점심을 먹는지라. 돌놈이 쏜살같이 안마당으로 들어가서 신도 아니 벗고 마루 우로 올라가더니, 천둥에 개 뛰어들 듯 안방으로 와락 뛰어 들어가며,

(돌놈) "아저씨!

어머니가 나더러 구즉산 댁에 급히 가서 아저씨 여쭈어 오래요."

하더니 뒤도 아니 돌아보고 달아나는지라. 구즉산이 점심상을 앞에 놓고 수저는 아직 들지도 아니하고, 막 술 한 잔을 따르다가 그 부인을 돌아다보며,

(구) "돌놈의 집에 무슨 일이 있는 게로구. 내가 잠깐 가서 보고 올 터이니, 이 밥상 저리 치워 놓아두오."

하면서 잔을 따른 술만 훌쩍 마시고 사랑으로 나가서더니, 입었던 두루마기도 아니 갈아입고 탕건 쓴 우에 갓만 들어 얹고 급히 서부령 집에 가서 본즉, 아무 일도 없고 다만 돌놈이가 마당에 서서 그 모친더러 심부름하였으니 어서 신 사달라고 조르는 소리뿐이라. 구즉산이 마루 끝에 선 돌놈의 모친을 쳐다보며,

(구) "내가 저놈에게 속았구나.

오냐, 아무 일도 없으면 다행이지.

그러나 내가 점심상을 받고 앉았다가 무슨 급한 일로 있어서 부르는 줄로 알고 밥도 아니 먹고 나왔으니, 도로 가서 점심이나 먹고 다시 오겠다."

하며 돌아서니,

(구 과부) "가시지 말고 이리 올라오시오. 점심을 아직 아니 잡수셨거든 술 사 드리리다."

(구) "술?

네가 무슨 돈이 있어서 술을 사와?"

(과) "돈은 있든지 없든지 술만 사올 터이니, 방에로 들어가십시다."

(구) "어 ─ 이것

술것 사오려는 것이로구.

연기원이 순력을 치루듯이, 네 형세에 주객을 양을 태우려다가 뽕이 빠진단 말씀이오."

(과) "사람을 그렇게 업신여긴단 말이오? 아무리 가난하기로 오라버니께 술 한번 사드리고 뽕이 빠진단 말씀이오."

(구) "큰소리는 한다마는, 저녁밥거리 쌀 판 돈으로 술 사오면 밥 굶지.

오냐, 술 사준다는 말이 고마우니 오늘은 술 잔뜩 먹고, 너 밥 굶는 것 좀 보고 가겠다."

하며 안방에 들어가다가 서숙자를 보고 발을 멈춘다.

(과) "내외하는 손님이 있으면, 오라버니께 들어갑시다 할 리가 있소?

사돈은 사돈이나, 내외 아니 하는 사돈이니 들어가서 인사나 하시오.

돌놈의 일가인데, 돌놈에게는 누님뻘 되는 손님이오."

구즉산이 그 소리를 듣고 머뭇머뭇하다가 방에 들어서는 데, 키가 과히 큰 키는 아니나 몸에 살이 어찌 쪘던지 지게문이 부듯한 듯하고, '얼굴은 풍후하고[120] 수염은 센 털이 약간 섞인 채수염[121]이라. 아랫목에 깐 요 우에 털썩 앉더니 수염을 썩썩 쓰다듬으며 눈에 웃음빛을 띠고 덕기[122] 있는 말만 하는데, 누가 보든지 밉지 않게 볼 사람이라.

(구) "오늘 돌놈에게 속았더니 돌놈 어미에게 또 속나보다."

(과) "내게 속는 것이 무엇이오?"

(구) "술을 사준다더니 술 사러 보내는 눈치를 못 보겠으니 아마 또 속지."

(과) "속으시기로 탕패[123]될 것 무엇 있소?

손님 인사나 하시오. 저 손님은 평양 살으시는 돌놈 아버지가 평양 출

주하여 있을 때에 친한 일가라. 지금 서울로 이사할 생각이 있어서 나를
찾아왔으나, 내가 들어앉은 여편네가 되어서 무엇을 알 수가 있소?

오라버니께서 나 대신 저 댁의 일을 좀 보아주셨으면 좋겠소.”

(구) “평양 살으시면 부내[124]에 계십니까, 촌에 살으십니까?”

(숙) “제 성명은 서숙자요, 집은 평양성 내에 있습니다.”

(구) “내 누이더러 보아 달라시는 일은 무슨 일이오?”

(숙) “서울은 아는 사람이 하나도 없는 고로 일가댁에로 찾아온 길인
데, 무슨 일을 지목하야 보아줍시사 한 것은 없으나, 매사를 부모같이
믿고 의거할 마음으로 온 터이올시다.”

(구) “처음 뵈옵는 터에 물을 말은 이니오마는, 서울로 이사를 하시년
지내시는 범절은…….”

(숙) “넉넉지는 못하나 추숫섬이나 하여다가 먹고 살만합니다.”

(구) “그러면 서울 집만 하나 사면 되겠소구려?”

(숙) “네.

집 살 돈까지 제일은행에 맡겼습니다.”

(구) “식구는 몇이나 되고, 집은 몇 간이나 되는 집을 살 터이오?”

(숙) “식구는 혼자 사는 사람인데, 지금까지 친정 동생에게 의지하며
있다가, 마음에 맞지 못한 일이 있는 고로 집을 사서 따로 살려고 나온
터이올시다.

나는 어디로 가서 살든지, 부리는 하인 하나만 두고 단 두 식구가 적
적히 세월을 보낼 터인 고로, 일가댁 근처에 와서 있으면 좋을 듯한 생
각이 있어서 서부령 댁 아지머니를 찾아왔습니다.

내 마음에는 간살 넉넉한 집 하나를 사서, 이 댁 아지머니는 안채에
들으시고, 나는 사랑채에 들어 있으면 피차에 고적하기도 덜할 듯하나,
아지머니 생각은 어떠할른지 몰라서 차마 말은 못하였습니다.

만일 그렇게 지낼 터이면, 내가 돈은 없는 사람이나 먹고 남는 추숫섬은 있으니, 아지머니댁 양식은 걱정 아니 되도록 보조하야 드리겠습니다. 내가 이 세상에 살아 있을 때에 먹고 입고 지내면 그만이지, 내가 그것을 푼푼이 모아두었다가 죽을 때에 저승으로 가지고 가겠습니까?

구즉산 영감께는 오늘 처음 뵈옵는 터이나 내 친외삼촌같이 알고 뵈오니, 영감께서도 남같이 알으시지 말고, 저 아지머니 딸로 알고 매사를 잘 보아주시기를 바랍니다.”

구즉산은 본래 의기[125]가 있는 사람이라, 서숙자의 말을 듣고 무슨 생각을 하는지 한참 동안을 가만히 앉았다가, 허리를 썩 펴고 고개를 들어서 서숙자의 얼굴을 쳐다보며,

(구) “말씀을 들으니 대강 정경을 알겠소. 내 힘대로 보아드리리다.

간살 넉넉한 집을 사서 내 누이와 안팎채에 나누어 들면 좋겠다 하시는 말은 내 마음에도 좋을 듯하오.

내 누이 마음에도 좋아할 것 같으면 집값은 반씩 내는 일이 옳으니, 무슨 돈으로 먼저 사든지 이 집을 팔아서 반을 내어놓았다가 돈이 부족할 터이면 내가 채우리다.

또 내 누이 집 양식까지 대어주신다는 말씀은 고마운 일이나, 그러나 내가 거절拒絶할 일이오.

내가 살아 있는데, 남의 손에 얻어먹고 살아서 쓰겠소?

내 자식 놈이 칠팔 년 전부터 외국 가서 유학留學하는데, 그 놈이 가기는 혼자 갔으나, 학비學費는 두 사람의 학비를 대어 보내느라고 힘이 대단히 쓰이더니 재작년 가을부터는 하나의 학비는 아니 보내는 터이라. 그것이 얼마 되는 것 아니지마는 내게 당하야서는 짐이 겁분하거든.

허허허,

어떠하든지 설마 과부된 누이와 아비 없는 생질을 모르는 체하고 홀

로 살으시는 서숙자 씨에게 얻어먹고 살게 하겠소?

　일가 간에 의좋고 고적지 아니하게 지내기만 바라오.

　그러나 평양 살으신다 하니 물어볼 일이 있소.

　평양성 내에 옥련이라 하는 여학생이 있단 말을 혹 들었소?”

　서숙자가 쌩긋 웃으며 무슨 말을 하려 하던 차에 마침 지게문이 펄썩 열리며 돌놈의 맏누이 갑순이가 술상을 들고 들어오는 것을 보고,

　(숙) “에그,

　말씀 대답을 하려 하였더니, 저렇게 다 자란 처녀 귀에 옥련의 이야기를 하였다가 일갓집 색시 하나 버리게.”

하며 말을 아니 한다.

　구즉산이 그 말을 듣고 마음이 선뜩하며 가슴이 두근두근하는데, 궁금증이 나서 말을 재쳐 묻고 싶으나, 너무 급히 물으면 서숙자가 이상히 여길까 염려도 되고, 또 갑순의 뒤에 들리기 부지러운 말이면 갑순이가 나간 후에 말을 묻는 것이 좋을 듯한 생각이 들어서 시치미를 뚝 떼고,

　(구) “점심을 먹고 왔던들 낭패할 뻔하였고나.

　술 사러 보내는 눈치도 못 보았는데 웬 안주를 저렇게 떡벌어지게 잘 차렸단 말이냐?

　옳지, 이제 알겠다.

　행랑것이 들락날락하고. 갑순이가 왔다갔다하더니 무엇을 미리 사놓고 돌놈이를 보낸 것이로구나.

　내일은 밥상 받기 전에 돌놈이를 보내어라.

　어, 이것 무슨 수 난 일이 있는 것이로구.

　내 술상만 들어오는 줄 알았더니 집안 식구의 국수상…….

　어느 틈에 잘 차렸구나!”

하면서 옥련의 말은 묻지 아니 할 듯이 딴소리만 하며 자기 손으로 술을 따라 먹다가 갑순이를 치어다보며,

(구) "국수는 불으면 맛이 없느니라.

너희들이 상을 외면하고 앉았으니 손님이 잡수시겠느냐?"

그렇게 재촉하는 것은 점심이 얼른 끝이 나면 갑순이도 나가고 아이들이 다 나갈 터이라. 조용히 앉아서 서숙자의 속을 뽑아보려는 경영이라.

여러 아이들은 모처럼 숙육熟肉[126]점도 있고 전유화煎油花[127] · 전웃점 놓인 국수상을 대하더니 흥부의 자식 밥먹듯이 잠시 동안에 그릇마다 비어 놓는데, 갑순이가 할 설거지까지 다 하여 놓은 듯이 어느 아이는 초지령[128] 종자까지 들이마시더니 기러기 떼같이 몰려나가고 갑순이 혼자 방에 앉았거늘, 구즉산이 주전자에 남은 술을 잔에 따르고 비인 주전자를 집어 갑순에게 주며,

(구) "갑순아, 술 한 주전자만 더 데어 오고 너도 밖에 나가 있거라.

아이들이 어른의 이야기하는 옆에 우두커니 앉았지 아니하느니라."

갑순이가 술 한 주전자를 얼른 데어다 놓고 문 밖으로 나아간다.

구즉산이 서숙자에게 옥련의 말을 곧 묻고 싶으나, 아무쪼록 얼기 없이 냅뜰 마음으로 술 한 잔 따르더니,

(구) "이애 돌놈 엄마,

너 술 한 잔 먹고 손님께도 한잔 따라 드려라.

벌써부터 한잔 권하고 싶으나 아이들 보는데 아니 권하려고 참았다.

술은 혼자 먹으면 참맛이 없는 것이라. 이왕 술을 사서 주는 바에 맛이 있게 먹도록 하야 주어야지.

자, 어서 받아먹어라."

(과) "에그, 오라버니도 망령이오.

내가 밀밭에도 못 지나가는 사람이 술을 어찌 먹겠소?

돌놈 아버지 살았을 때에 우리더러 욕하던 말을 못 생각하시오?”

(구) “…….”

(과) “무엇은 무엇이야?

오라버니와 나와 한 아비 자식이 아니라 하였지.”

(구) “허허허, 상없는 소리를 하는구나.

네가 술을 조금 먹었더면 네 남편에게 그런 욕을 아니 먹었지.

네가 못 먹는다고 손님께도 아니 권하느냐?”

(과) “에그, 내가 참 잊었소구려.

술 못 먹는 사람은 남에게 권할 줄도 모른다 히디니…….

그러나, 오라버니께서 이 술이 웬 술인지나 알고 잡수시오?

손님이 돈을 내어서 술도 사오고 점심상도 차린 것이오.

그뿐 아니라 내가 돈을 백 원이나 받고 아이들의 옷감도 받은 것이 많으니 그런 고마운 일이 어디 있소?

항렬은 내가 조카가 되나 나는 내 동생같이 여기니, 오라버니께서도 동생같이 알으시오.

여보 조카님,

조카님도 우리 오라버니를 친동생같이 알고 지내시기를 바라오.”

(숙자) “말씀을 하시니 말씀이올시다.

나를 갑순의 친형으로 알으시고 생질녀같이 알아주시면, 나는 친외 삼촌으로 알고 의지하여 살겠습니다.”

(구) “나는 술을 먹으면서 웬 술인지 모르고 먹었더니 손님이 술을 사 오셨다 하니, 내가 손님 대접을 할 터인데 손님이 술을 사오신단 말이 되나 말이냐?

술도 술이어니와, 네가 돈을 백 원이나 받았다 하니 손님이 무슨 까닭으로 돈을 주시며, 너는 무슨 턱으로 돈을 받았느냐?"

(숙자) "변변치 못한 돈냥간의 말씀은 하실 것이 아니올시다.

나는 아지머니를 일가 어른으로 알지 아니하고 우리 어머니 같이 아는 터이니, 어머니의 친정은 내 외가이 아니오니까.

그러나 나를 그렇게 알아주실는지 말씀마다 손님이라 하시니 마음에 섭섭하고 야속합니다."

(구) "허허허,

좋은 말씀이로구.

사해지내四海之內가 다 동포라 하니, 형제라 하면 좋을 터인데, 외삼촌 노릇을 하라 하니 세상 사람이 외가를 대단히 알아야지,

허허허."

(숙) "갑순의 형으로 알아주실 것 같으면 말씀을 그렇게 하실 리가 있습니까?"

(구) "허허허,

다정한 말이로구.

나도 평생에 의리를 중하게 여기는 사람이라. 한 번 마음을 하락하면 평생에 변하지 아니하지.

그러나 시집간 생질녀를 부르려면 그 남편의 성으로 부르는데……."

(숙자) "남편이 있으면 남편의 성으로 부르시는 것이 좋을 터이나, 혼자 사는 터이니 서숙자라 불러줍시오."

(구) "이애 돌놈 엄마,

내가 서숙자의 외삼촌이 될 터이면 네가 먼저 서숙자의 어머니 행세를 하여야지."

(과) "오라버니는 너무 염치도 없소.

갑순이라도 시집을 가면 이름을 아니 부르실 터인데, 나이 삼십이 가

까운 생질녀더러 서숙자라 부르실 수야 있소?"

(구) "나는 서가를 보면 만만하더라. 서숙자라 불러야 생질 같지, 김숙자라 하든지 박숙자라 하든지 달리 부르면 촌수가 멀어지는 것 같구나.

허허허,

실없는 말로 할 것이 아니라 이름을 부르고 해라를 하든지 말을 수수하게 하고 지내든지 마음이 제일이라.

친형제가 불목한 사람도 있고,

도원결의桃園結義한 의형제도 한날한시에 죽으려는 마음이 있었으니, 우리가 숙질의를 믿거든 도원결의하던 사람의 마음만은 못하더라도 친숙질같이만 알았으면 좋겠다.

자, 그 말은 더 할 것 없다.

평양 이야기나 좀 들어보자.

아까 말하다가 그쳤지마는, 평양의 옥련이라 하는 여학생은 칭찬하는 사람도 많이 있고 헐어 말하는 사람도 있으니 뉘 말이 옳은지 아는 대로 이야기 좀 하여라."

서숙자가 상긋상긋 웃으며,

(숙) "옥련의 이야기를 하려면, 내 집안의 흉이 드러나는 걸."

(구) "이상한 말이로구.

옥련의 이야기를 하려면 내 집안 흉이 드러나다니."

(숙) "그러한 일이 있습니다.

긴한 말은 아니니 천천히 들으시지요. 내가 서울 와서 살면, 아저씨 뫼시고 시골 이야기는 많이 하겠습니다. 그러나 옥련의 이야기는 어른 앞에서 말씀하기 좀 어려운 일이 있어요. 아저씨께서 그런 계집아이 말씀은 들어 무엇 하십니까?"

구즉산이 그 말을 듣고 생각한즉, 옥련이는 정녕 온전치 못한 계집아

이라 갑갑증이 나서,

(구) "내가 옥련의 말을 물어볼 일이 있어서 물었는데, 그렇게 말하기 어려워할 것이 무엇이란 말이냐.

참 외삼촌으로 알 터이면, 그보다 더한 말을 묻더라도 얼른 대답할 터인데."

(숙) "그렇게 미안히 여기실 줄 알았으면 벌써 말씀하였지요.

내가 옥련의 말하기를 어려워하는 것이 아니라, 내 동생 서일순이가 옥련에게 빠져서 패가할 지경에 간 이야기를 하려면 책 한 권을 지어도 말이 남을 터이올시다.

내가 서울로 이사하려는 것도 서일순의 몸 망하는 것을 내 눈으로 보기가 싫어서 평양을 떠나려는 것이올시다.

옥련의 이야기를 좀 들어 보시렵니까? 인물이 일색이요, 재조가 표일한 중에 동양으로 다니며 본 것도 많고, 들은 것도 많고, 실지 공부로 보통교육도 받고 고등교육까지 받은 계집아이라. 이름 어찌 널리 났던지 평양바닥의 오입하는 소년들은 아홉 용이 여의주如意珠 다투듯이 옥련이 하나를 엿보는데, 그 요악한 옥련이가 가장 높은 절개나 있는 듯이 방탕한 사람은 사람으로 여기지 아니하고 항상 하는 말이, 자기 미국 있을 때에 혼인 정한 곳이 있는데, 십 년간이나 서로 언약을 지키고 있을 터이라, 하는고로. 누가 옥련이를 칭찬 아니 하는 사람이 없던 터이라, 서일순이를 삿갓 띄울 줄을 누가 꿈이나 꾸었겠소.

옥련의 부친되는 김관일이도 고이한 놈이요, 김관일의 마누라도 요악한 여편네이지. 딸을 팔아먹기로 그렇게 팔아먹는 사람이 어디 있으며, 남의 집 젊은 아이의 돈을 받아먹기로 그렇게 몹시 받아먹는 사람이 어디 있겠습니까. 이야기는 차차 하려니와, 옥련의 사진 좀 보시렵니까."

하더니 행장 속에서 사진 한 장을 내어놓으니, 구즉산의 눈과 구 과부의 눈동자가 사진에로 몰렸는데, 그 사진은 서일순의 집 초당 앞에서 세 사람이 같이 박인 사진이라.

교의들을 놓고 여편네들이 나란히 걸터앉았는데 왼편에는 서숙자요, 오른편에는 옥련이요, 옥련의 뒤에 선 것은 서일순인데, 초당 앞 꽃나무 밑에서 박인 사진이라.

그 사진 박일 때에 옥련이는 천진의 마음으로 서숙자의 권하는 마음을 어기지 못하야 박인 것이나, 구즉산의 눈에는 옥련의 행실 부정한 증거물같이 보는 터이라.

(구) "오,

그렇단 말이었다.

이애 돌놈아,

너 우리 집에 가서 너의 아지머니더러 미국서 온 사진 달라 하야서 가지고 얼른 오너라.

그러나 조놈이 오날 심부름을 하고 심부름 값으로 신을 얻어 신을 터이라지? 나는 아이들 심부름 삯은 아니 주고 심부름 잘못하는 놈의 종아리는 잘 때린다."

돌놈이는 그날 흥이 난 끝이라 쏜살같이 다녀오더니, 사진을 들고 방으로 뛰어 들어오며,

(돌놈) "평양누님,

요 어여쁜 사진하나 구경하려오.

이 사진이 즉산댁 새아지머니 될 사람의 사진이오."

(숙) "이리 다고,

구경 좀 하자."

(돌) "즉산댁 영감님과 둘이 박은 사진도 있고, 새아지머니 될 사람

혼자 박은 사진도 있소. 호콩[129]을 많이 사와야 이 사진 구경하오.”

(숙) “호콩이 어떤 콩이냐? 내 사 줄 터이니 어서 사진 내어놓아라.”

돌놈이는 과부의 자식으로 응석만 받고 자라는 아이라.

서숙자 앞에 웬 사진 한 장 놓인 것을 보고 펄썩 주저앉더니 손가락으로 서숙자의 사진을 가리키며,

“요것은 평양누님,

요것은 즉산댁 새아지머니 될 사람이요, 새아지머니 등 뒤에 꼭 붙어선 놈이 웬 놈이야.

머리 깎은 중녀석이 즉산댁 새아지머니 등 뒤에 섰네,

하하하.”

웃으면서 구즉산 집에서 가져온 사진을 던지고 문 밖으로 튀여나간다.

그 사진은 구즉산의 아들 구완서가 미국에서 보낸 사진인데, 구완서의 사진도 십여 장이요, 옥련의 사진도 필찰 장이라.

서숙자가 장성한 옥련의 모양은 보았으나, 어린 옥련의 모양은 못본 터이라. 옥련의 열한 살부터 열입곱 살까지 미국에 있을 때에 연년이 박인 사진인데, 옥련이는 그 사진을 보존保存하야 둔 것이 하나도 없으나, 구완서는 그 사진을 낱낱이 보존하여 두었다가, 옥련이가 고향에 돌아간 뒤에 구완서가 그 사진을 자기 본집에 보낸 것이라.

구즉산의 이름은 구연식인데, 즉산은 그 직함이라. 차함[130]하던 옛 시절에 원차함을 얻어하고 큰 공명으로 아는 완고라.

구완서는 구연식의 아들인데, 아비는 완고이요, 아들은 개화 극정도에 이른 사람이라.

대체 구연식이 같은 완고가 구완서같이 개화한 아들의 말을 듣는 것은 마음에 좋아서 듣는 것이 아니라, 삼대독자 귀애하는 자정에 응석 받듯이 듣는 터이라. 서울서 배고픈 양반 중에 과년한 딸을 두고 구혼

하는 사람들이, 구연식이가 재산도 있고 아들도 두었다는 소문을 듣고 구즉산 집으로 중매를 보내서 혼인 언론 하는 사람도 많이 있는데, 그 언론하는 중에 구즉산이 양혼[131]으로 알고 얼른 허락하고 싶은 곳도 혹 있으나, 그 아들이 몇만 리 밖에 있어서 돌아올 기약은 묘연한 중에, 수 년 전에 그 아들의 편지를 본즉 옥련이와 혼인 언약을 맺었다 하는지 라, 그때 구즉산의 마음에는 서울 친구의 집과 혼인을 지내고 싶으나, 그 아들의 뜻을 빼앗지 못할 줄을 알고, 내외간에 무수히 의논한 후에 승낙하는 편지 답장을 하여 보낸 것이 있는지라.

그러나 구즉산 내외의 마음에는, 옥련이 같은 며느리 마음은 선떡[132] 받은 것같이 알던 터이라. 구즉산이 서숙자에게 옥련의 자세한 일을 얻 어듣고, 서숙자더러 전후 사정의 이야기를 다 하려고 옥련의 사진을 가 져온 것이라.

구즉산이 그 아들의 미국 갈 때의 일부터 이야기를 하다가 말을 그치 고 돌놈이를 부르더니, 두어 자 편지를 써 주어서 자기 집에 심부름을 시키고 하던 말을 다시 시작한다.

돌놈이가 심부름 간 지 이십 분 동안이 못 되었는데, 웬 신교[133] 탄 부인이 안마당까지 타고 들어와서 마루끝에서 내리는데, 구 과부가 마 루에로 뛰어나가더니 웬 첨을 그리 하는지, 형님 소리를 열 번을 하는 지 스무 번을 하는지 헛웃음을 웃으면서 허둥지둥하는 모양이 별 손님 이나 온 듯이 친절히 맞아들이는 것은 구즉산의 부인이라.

앞머리는 희뜩희뜩 세고, 이마전을 훨썩 넓고, 얼굴은 둥글고, 앞니 는 조금 버드러지고, 말할 때는 눈에 웃음빛을 띠었는데, 외면을 잠깐 보아도 옹색치 아니한 여편네요, 조금 수다한 듯한 여편네라. 방으로 들어오며,

(부인) "오날 돌놈이가 우리 집에 세 번이나 왔는데, 처음에는 즉산댁

아저씨를 여쭈러 왔다 하고, 그 다음에는 즉산 새 아지머니 될 사람의 사진을 가지러 왔다 하고, 이번에는 즉산댁 아지머니를 부르러 왔다 하니 오날 무슨 일이 있었소?”

(과) “차차 말씀할 터이니 어서 아랫목으로 가서 앉으시오.”

부인이 사양치 아니하고 아랫목으로 가서 앉으며,

(부) “돌놈의 말에 손님이 오셨다 하니 손님 대접하시는 덕에 나도 좀 잘 얻어먹으러 왔는데 무엇을 주시려누?”

(과) “손님 대접은 고사하고, 손님에게 얻어먹은 이야기를 하려면…….”

(부) “염치도 없소.

손님 대접은 아니 하고 손님에게 얻어먹다니,

어서 이야기 좀 하오.”

(과) “다른 이야기는 천천히 할 터이니 손님과 인사나 하시고, 형님이 항상 알려고 하시던 평양 사돈집 이야기나 자세히 들으시오.”

부인이 그 말을 듣더니 신부의 선이나 보고 온 사람을 맞는 듯이 인사 한마디 한 후에, 옥련의 말을 두서없이 물으니, 구즉산이 떡국이 농간하야[134] 서숙자에게 친절한 체를 하느라고,

(구) “내가 마누라더러 급히 오라 한 것은, 그런 말 하려고 부른 것이 아니오.”

(부) “그러면 무슨 일로 부르셨소?”

(구) “생질녀 하나이 더 생겼기로, 어서 바삐 만나보고 우리 집으로 다리고 가서 외국 구경이나 시키고 대접이나 잘 하라고 불렀소.”

(부) “생질녀라니.”

(구) “…….”

(부) “그러면 나도 아지머니 노릇이나 하여 볼까?

여보게 생질녀,

하하하.”

(구) “나는 저렇게 단정히 말할 수가 없더니…….”

(부) “초면에 허게 한다고 책망하는 말인가보마는, 생질녀더러 허우

하는 법이 어디 있어?

그러면 갑순이더러도 허우 하란 말이지.”

(숙) “즉산댁 아지머니 말씀이 옳은 말씀이올시다.

부령댁 아지머니는 나더러 조카님 하시면서 허우를 하시니 적 조카

를 보더라도 그렇게 공손할 것은 없습니다.”

(부) “부령댁 아지머니는 정 없는 아지머니요, 즉신댁 아지머니가 다

정한 아지머니니 우리 집으로 가세,

하하하.

농담이 아니라 우리 집으로 가세. 서울로 이사하러 왔다 하니 집 사

기 전에는 내 집에 같이 있게.

이 댁에는 집도 좁고 여러 아이들이 법석을 하는 터에 불편한 일이

많은 터이나, 내 집에는 아이들도 없고 집도 과히 좁지 아니하고 부리

는 종도 두엇 있으니, 모처럼 온 생질녀 하나 대접하기는 어렵지 아니

한 터일세. 두말 말고 내 집으로 가서 집 구경이나 하세.”

구즉산이 그 소리를 듣고 허허 웃으며,

(구) “마누라도 수단이 대단한 사람이야. 숙자가 만일 마누라의 마음

을 알 지경이면 아니 따라갈걸.”

서숙자가 어리광을 피우듯이,

(숙) “아저씨,

그것이 무슨 말씀이오.

나는 그 말을 자세히 알고 갈 터이야.”

(구) "허허허,

마누라의 흉을 좀 볼까?

(부) "남편이라고 믿을 수 있소.

있는 허물도 감추어주실 터인데, 없는 흉을 보시려고?

(구) "점잖은 터에 없는 말을 할 리가 없지. 마누라가 외아들을 기를 때에 딸 하나만 더 있었으면 고적치 아니 하겠다 하면서 완서를 귀애하더니, 그 금옥같이 알던 외아들이 미국으로 도망한 후에 고적한 마음을 이기지 못하여 실성할 지경에 숙자를 만나보고 딸이나 삼촌 욕심으로 다리고 가려는 모양이니, 숙자야, 속지마라. 너의 외숙모가 욕심꾸러기다,

허허허."

(부) "믿는 나무에 곰이 핀다더니 방망이는 왜 들으시오?

서숙자가 내 딸 노릇을 하기로 영감께 해로운 것이 무엇이오?

여보, 돌놈 어머니는, 돌놈 어머니는 딸이 셋이나 되지. 서숙자는 내게 양녀로 보내주시오."

하면서 능갈친[135] 소리를 하는 것은 서숙자를 다리고 자기 집에 가서 옥련의 소문을 자세히 들으려는 경영이라.

본래 서숙자의 경영은 구즉산의 매씨를 잘 사귄 후에 옥련의 험언을 하려 하였더니, 일이 쉽게 되느라고 구즉산의 내외를 직접으로 만나보고 또 기회 좋게 옥련의 험언을 하였는데, 옥련의 험언하는 서숙자가 애를 쓰는 것이 아니라, 옥련의 험언을 듣고자 하는 구즉산의 내외가 애를 무척 쓴다.

남에게 속거든 천진으로 속았으면 좋으련마는, 서숙자를 생질녀이니 딸이니 하며 자기 집으로 다리고 가서 시집갔던 딸이 근친이나 온 듯이 정답게 구는데, 서숙자는 본래 남더러 형이니 아우니 아지머니니 조카니 하며 요약을 잘 부리던 계집이라. 서부령 집에서 외삼촌이니 외숙모

니 하던 사람더러 새로이 어머니, 아버지 하며 철없는 아이같이 말을 함부로 하기도 하고, 소갈머리 없는 소리도 잘하는 것은 그것도 서숙자의 깊은 꾀라.

그날 밤에는 구즉산의 내외가 옥련의 말을 듣지도 아니하고 건넌방으로 정하게 치워서 서숙자를 재우고, 구즉산은 밤들도록 안방에서 그 부인과 의논이 분분하더니, 밤 한 시 친 후에 구즉산이 사랑으로 나가는데 세 사람이 있기는 각 방에 있으나, 우연히 잠이 더뜨러나서 그날 밤에 잘 못 자기는 세 사람이 일반이라.

그 이튿날은 구즉산이 아침 식후에 어디 출입을 하더니, 날이 저문 후에 술 취하여 돌아와서 안방에는 들어오지도 아니히고 사랑에서 일찍 자는데, 부인도 서숙자더러 옥련의 말을 묻지 아니하였더라.

서숙자가 구즉산 집에 간 지 사흘 만에 구즉산이 그 부인과 같이 안방에 앉고 서숙자를 부르더니, 무슨 잔치나 하는 듯이 음식을 차려놓고 오찬午餐을 먹으면서,

(구) "이애 숙자야,

내 집에 경사가 났다.

오날은 술 한 잔 아니 먹을 수 없어서 안주를 장만하였는데, 이 술은 네 손으로 따라주어야 맛이 있게 먹겠다."

서숙자가 술을 따라서 구즉산 앞에 놓으며,

(숙) "무슨 경사가 있습니까?"

(구) "하마터면 집이 망할 것을 네 덕에 아니 당하였으니, 내 집에는 그런 경사가 없다."

(숙) "집이 망칠 것을 내 덕에 아니 망하였다는 말씀이 무슨 말씀인지 모르겠습니다."

(구) "그러한 일이 있지.

술이나 어서 부어라. 한 잔 더 먹고 자세한 말을 하겠다.

여보 마누라, 숙자가 우리 집에 은인이 아니오?”

(부) “글쎄요,

숙자를 못 만났더면 옥련의 행실을 까맣게 모를 뻔하였소구려.

내가 완서를 배었을 때에 음식을 먹어도 바로 베인 것을 먹었고, 자리에 앉아도 바로 놓인 자리에 앉았고, 눈에 괴악한 것을 보지 않고 귀에 음란한 소리를 듣지 아니하였는데, 뼛속에 있을 때부터 가르친 자식을 길러서, 만일 옥련이같이 못된 계집아이년에게 장가를 들 지경이면 내가 애통이 터져 죽을 터이오.

에그, 그 생각을 하면 소름이 죽죽 끼치지. 그런 괴악한 계집아이년과 내 아들과 혼인을 정하다니,

다시 그런 소리를 입에 옮기기도 싫소.

오늘이라도 완서에게 편지도 부치고, 김관일인지 무엇인지 그 자에게 파혼한다는 기별을 하시오.

영감은 먼저 하실 일을 나중 하십디다. 어제 출입하신 것은 완서의 혼인말 하던 곳에 가서 완정한[136] 언약을 하셨다 하니, 옥련인지 잡년인지 그년에게 파약을 먼저 하셔야지.”

구즉산이 두서없이 일을 하다가, 그 부인의 말을 듣고 생각하니, 그 말이 옳기는 옳으나 무안한 마음에 군색한 발명으로 헛 큰소리가 나온다.

(구) “편지,

편지,

완서에게 편지?

혼인을 정하더라도 내 마음으로 정하고, 파혼을 하더라도 내 마음으로 할 일이지, 완서에게 편지는 할 것 무엇 있나?

어렸을 때에 응석은 받으려니와, 장성한 자식이 아비 말을 아니 들어?

그 자식이 당초에 미국 갈 때에 부모의 허락 없이 가는 것이 사람 못될 놈. 기왕 간 것을 학비를 아니 보내주면 만리타국에서 굶어죽을 터인 고로 학비를 보냈으니 내가 아비된 도리는 극진히 하였는데, 그 자식이 그 아비 뜻을 받지 아니하고 무슨 일을 제 마음대로 하여?

내가 당초에 옥련의 학비까지 보조하야 줄 일이 아니나 내 자식을 귀애하는 마음에 남의 자식까지 불쌍한 생각도 들고, 또 철없는 아이들이 언어를 통치 못하는 외국에 가서 옥련이는 완서에게 의지하고, 완서는 옥련에게 의지하야 있는 것이 다행한 일인 고로 두 아이가 고생 아니 하도록 돈을 보내준 것이라.

완서로 말할진대, 소위 양반의 자식이 가정교육家庭敎育을 배치背馳하는[137] 자식이라. 재작년 팔월에 옥련이가 제 고장에 돌아갈 때에 여비旅費나 넉넉히 주어 보낼 뿐인데, 저희끼리 혼인을 정하였다고, 아비에게 고따위 편지를 하다니!

어, 생각할수록 그 자식의 응석을 그대로 받다가는 집을 망하지.

자유결혼自由結婚이란 것이 무엇인고.

그런 소리는 처음부터 내 귀에 거슬리나, 그러나 몇 해 동안에 완서의 편지를 볼 때마다 옥련이를 기리는 말만 얻어 들었는지라,

내 마음에 옥련이는 재조도 있고, 덕의심도 있고, 절개도 높은 계집아이인데, 그 중에 학문이 고명하여 조선 부인 사회에서 법 받을 만한 계집아이인 줄로 안 것이 다 완서의 편지를 믿은 터이라.

어, 자식이 그럴 줄은 몰랐지.

아비를 속였으면 불효자요,

제가 속았으면 그런 흐린 자식이 어디 있어?

그러나 그 자식이 부모에게 불효할 자식은 아니라, 제가 그릇 보았지.

여보 마누라,

자식 둔 사람은 걱정이 끊어질 때가 없소구려.

내 자식은 믿으나 세상은 믿을 수가 없는 터이라, 믿지 못할 세상에 자식이 문밖에만 나가도 걱정이 될 터인데, 나는 자식을 육만 리 밖에 보내놓고 마음을 놓을 수가 있소.

이후에도 제 말을 들을 리가 만무하니 걱정 마오.

나는 완서에게 편지도 할 것 없고 김관일의 집으로 혼인 파약한다는 통지만 할 터이니, 완서에게 알리고 싶거든 마누라나 편지를 부치시오."

본래 완고라 하는 것은 굳을 고固자이나, 구즉산 같은 완고는 굳지 못한 완고이라. 개화꾼의 말을 들으면 그 말도 옳을 듯싶고, 완고 친구를 대하면 개화 좋다 하는 사람들은 버린 사람으로 돌리고, 고담준론[138]만 하는 중무소주中無所主[139] 완고라.

삼 년 전에 그 아들이 옥련이와 혼인을 정하였다는 편지한 것을 본 후에, 친구에게 그 아들의 개화를 자랑하느라고 아들의 편지 본 이야기를 하다가, 친구의 반대를 만나서 잘 대답을 못하고 자기 집에 돌아와서, 그 아들에게 편지 답장을 하되, 자기가 결단한 말은 없고, 친구가 반대하던 말뿐이라. 그 후에 구완서가 그 편지 답장을 하였는데 자유결혼이 옳은 줄로 말할 뿐 아니라, 만일 옥련이가 혼인 파약을 할 지경이면 불교佛教를 숭상하여 독신주의獨身主義로 일평생을 보내는 것이 또한 가하다 한 일이 있었는지라.

구즉산은 그때 일을 다 잊었던지 부인은 그 일을 낱낱이 생각하는데, 부인의 생각에는 혼인 파약이 용이치 못할 줄로 알고 있는 고로, 옥련의 행실 부정한 것을 낱낱이 조사하야 그 아들에게 기별하려는 마음으로 서숙자를 자기 집으로 데려왔는데, 그날은 옥련의 말을 물어볼 차로 음식을 차려 놓고 서숙자를 불러 앉힌 터이라.

그러나 구즉산은 황소같이 날뛰는 성정에 숙자에게 더 물어볼 겨를 없이 일 조처를 다한 것같이 말하는지라.

부인이 그 남의 뜻을 굳게 하노라고,

(부) "영감 말씀 한마디면 그만이지,

집안에서 누가 어길 사람이 있겠소? 그러나 영감은 아들을 무서워하시는 터에 영감 마음대로 될는지?"

구즉산의 얼굴이 벌개지며,

(구) "아들을 무서워하다니,

아들 무서워하는 사람도 있나?

또 내 마음대로 못 된다는 말은 무슨 말이오?"

(부) "자식을 무서워한다 하면 말은 좀 상스러우나, 영감께서는 완서를 너무 무서워하십디다."

(구) "내가 자식을 무서워하야,

허허허."

(부) "완서가 미국 갈 때에, 부모에게 알리지 아니하고 갔으나, 영감께서 걱정 한마디 아니하셨지요.

학비를 보내라 하면 제 학비나 보내 달라 할 것이지, 웬 계집아이 학비까지 보내 달라 하는 것은 저의 아버지를 무서워하는 자식 같으면 그런 소리가 나오겠소? 그러나 영감께서는 완서의 말을 어기지 못하시고 육칠 년 동안에 돈은 적게 보냈소?

돈은 얼마를 썼든지 그 까짓것을 교계하는[140] 말은 아니오.

완서가 기탄없이 자라난 자식이 되어서 장가를 들어도 제 마음대로 들려하니 그런 변이 어디 있겠소?

지금 영감 말씀에 완서에게는 편지도 아니 하시고 파혼을 한다 하시나 내 마음에는 그 말이 믿음성이 없소.

만일 완서가 그런 말을 듣고 고집을 부리면 어떻게 조처하실 터이오?"

(구) "고집을 부릴 수도 없고, 제 고집을 내가 받을 리도 없지."

(부) "말씀은 시원한 말씀이오마는, 완서가 고집을 아니 부릴 리도 없고, 영감께서 그 고집을 꺾지도 못하리다."

(구) "두고 보면 알지."

(부) "글쎄,

두고 보면 알지요.

완서가 옥련이가 아니면 장가를 들지 아니하고 일평생에 불도나 숭상하겠다는 편지도 올 터이오.

영감이 그 편지를 보시면 절손할 수는 없으니 내버려 두겠다 하시는 소리도 날 터이니 두고 보면 알지요."

(구) "마누라도 험구[141]야.

내가 자식의 말을 잘 들었기로 자식을 무서워한다는 말은 망발이지.

내가 완서의 혼인을 파약한다는 말은 믿음성이 없어서 나를 격동하는 말이지마는, 이런 일에 당황하야서는 나를 격동시킬 것 없지.

또 완서로 말할지라도, 처음에 옥련의 행실이 그러할 줄은 모르고 정한 혼인이지, 그런 소문을 들으면 파혼하자는 말이 제 입에서 먼저 나올 걸.

어떡하든지 마누라가 염려할 일은 아니오. 양반의 집에서 설마 그러한 혼처를……."

(부) "영감께서 일 조처를 범연히 하실 리는 없지마는, 여편네 좁은 소견에 결례를 아니 한다 할 수가 없어서 말이요.

옛날 남원부사南原府使의 아들 이도령이 춘향에게 반하듯이 완서도 옥련에게 반한 모양이라.

에그, 춘향이가 욕보았다, 그 못된 옥련에게 비하야 말을 하였지.

대체 젊은 아이들이 계집에 반하면 제정신을 잊어버리는 것이라, 살면 같이 살고, 죽어도 같이 죽으려는 마음이 있을 지경이면 혹 신명을 맞히는 일이 있으니, 우리 완서가 꼭 그렇다는 것은 아니오마는, 의심도 나고 염려도 되오.

영감 말씀에는 완서가 옥련의 행실 부정한 것을 알면, 파혼하자는 말이 제 입에서 먼저 나온다 하시니 점잖은 말씀이오마는, 물정에는 소활하신[142] 말씀이오.

남자가 계집에게 반할 지경이면, 그 계집의 행실이 어떠하든지 마음에 교계가 없나 봅니다.

기생 노릇을 하였든지 덥추[143] 노릇을 하였든지, 남의 첩으로 돌아다니며 사람의 등골을 빼었든지 얼굴만 어여쁘고 사람의 간장만 잘 녹이면 남자가 혹하는 것이라.

내 생각에는, 옥련이가 인물도 어여쁘고 마음이 요악하야 장부의 간장을 녹이는 위인이라. 그렇지 아니하면, 우리 완서가 그렇게 혹할 리가 없고, 숙자의 동생 되는 서일순 씨가 그렇게 반할 리가 없는 터이라.

요악한 계집에게 한 번 반하면 그 마음을 돌리기가 어려운 것이니, 그러한 정을 자세히 알으시고 일을 잘 조처하시는 것이 좋겠소."

(구) "그럼 마누라 마음에 어찌하면 좋겠다는 말이오?"

(부) "파혼을 하더라도 완서가 옥련에게 혹한 마음을 돌릴 도리를 하는 것이 좋을 듯하니, 영감께서 내 말을 좇아 주실 것 같으면, 완서가 옥련이를 잊어버리게 할 도리가 있으니 내 말을 들으실 터이오?"

(구) "허허허,

어진 아내가 있으면 집이 흥하는 법이라. 말을 듣다 뿐이오.

이애 숙자야,

내가 여장군女將軍에게 졌다. 내 집의 참모총장參謀總長이나 되야서 저 여장군을 잘 도와주어라. 여보 마누라, 나는 술이나 먹고 사랑으로 나갈 터이니 숙자를 다리고 의논 잘 하시오.”

(부) “의논을 어떻게 하든지 영감이 계셔야 말이 얼른 끝이 날 터이니, 나가시지 말고 옥련의 이야기나 더 들어 봅시다.

이애 수양딸아,

아버지 앞에서 옥련의 이야기나 좀 자세히 하여라.

대체 그것이 어떠하게 되었기로 사나이들이 그렇게 반한단 말이냐?”

(미완)

은세계銀世界

겨울 추위 저녁 기운에 푸른 하늘이 새로이 취색한 듯이 더욱 푸르렀는데, 해가 뚝 떨어지며 북새풍이 슬슬 불더니 먼 산 뒤에서 검은 구름 한 장이 올라온다. 구름 뒤에 구름이 일어나고, 구름 옆에 구름이 일어나고, 구름 밑에서 구름이 치받쳐 올라오더니, 삽시간에 그 구름이 하늘을 뒤덮어서 푸른 하늘은 볼 수 없고 시커먼 구름 천지라. 해끗해끗한 눈발이 공중으로 회회 돌아 내려오는데, 떨어지는 배꽃 같고 날아오는 버들가지같이 힘없이 떨어지며 간곳없이 스러진다. 잘던 눈발이 굵어지고, 드물던 눈발이 아주 떨어지기 시작하며 공중에 가득 차게 내려오는 것이 눈뿐이요, 땅에 쌓이는 것이 하얀 눈뿐이라. 쉴 새 없이 내리는데, 굵은 체 구멍으로 하얀 떡가루 쳐서 내려오듯 솔솔 내리더니 하늘 밑에 땅덩어리는 하얀 흰 무리떡 덩어리같이 되었더라. 사람이 발 디디고 사는 땅덩어리가 참 떡 덩어리가 되었을 지경이면 사람들이 먹을 것 다툼 없이 평생에 떡만 먹고 종용히 살았을는지도 모를 일이나,

눈구멍 얼음 덩어리 속에서 꿈적거리는 사람은 다 구복에 계관한 일이라. 대체 이 세상에 허유許由[1]같이 표주박만 걸어놓고 욕심 없이 사는 사람은 보두리 있다더라.

강원도 강릉 대관령은 바람도 유명하고 눈도 유명한 곳이라. 겨울 한철에 바람이 심할 때는 기왓장이 훌훌 날린다는 바람이요, 눈이 많이 올 때는 지붕 처마가 파묻힌다는 눈이라. 대체 바람도 굉장하고 눈도 굉장한 곳이나, 그것은 대관령 서편의 서강릉이라는 곳을 이른 말이요, 대관령 동편의 동강릉은 잔풍향양[2]하고 겨울에 눈도 좀 덜 쌓이는 곳이라. 그러나 일기도 망령을 부리던지 그날 눈과 바람은 서강릉도 이보다 더할 수는 없지 싶을 만하게 대단하였는데, 갈모봉帽峯이 짜그러지게 되고 경금 동네가 폭 파묻히게 되었더라. 경금은 강릉에서 부촌으로 이름난 동네이라, 산 두메 사는 사람들이 제가 부지런하여 손톱, 발톱이 닳도록 땅이나 뜯어먹고 사는데, 푼돈 모아 양돈 되고, 양돈 모아 궷돈 되고, 송아지 길러 큰 소 되고, 박토 긁어 옥토를 만들어서 그렇게 모은 재물로 부자 된 사람이 여럿이라. 그 동네 최본평 집이 있는데, 동네 사람들의 말이,

"저 집은 소문 없는 부자라. 최본평의 내외가 억척으로 벌어서 생일이 되어도 고기 한 점 아니 사 먹고 모으기만 하는 집이라, 불과 몇 해 동안에 형세가 버썩 늘었다. 우리도 그 집과 같이 부지런히 모아보자."
하며 남들이 부러워하고 본받으려 하는 사람이 많은 터이라.

대체 최본평 집은 먹을 것 걱정 입을 것 걱정은 아니 하는 집이라. 겨울에 눈이 암만 많이 오더라도 방 덥고, 배부르고, 등에 솜조각 두둑한 터이라. 그 눈이 내년 여름까지 쌓여 있더라도 한 해 농사 못 지어서 굶어 죽을까 겁날 것은 없고, 다만 겁나는 것은 염치없는 불한당이나 들어올까 그 염려뿐이라. 바람은 지동 치듯 불고 최본평 집 사립문 안에

서 개가 콩콩 짖는데, 밤사람의 자취로 아는 사람은 알았으나, 털 가진
짐승이라도 얼어 죽을 만하게 춥고 눈보라치는 밤이라, 누가 내다보는
사람은 없고 짖는 개만 목이 쉴 지경이라. 두메 부잣집도 좀 얌전히 잘
지은 집이 많으련마는 경금 최본평 집은 참 돈만 모으려고 지은 집인지
울타리를 너무 이심스럽게[3] 하였는데, 높이가 길반이나 되는 잔 참나무
로 틈 하나 없이 튼튼하게 한 울타리가 옛날 각 골 옥담 쌓듯이 뺑 둘렀
는데 앞에 사립문만 닫치면 송곳같이 뾰족한 수가 있는 도적놈이라도
뚫고 들어갈 수가 없이 되었더라. 그 울안에 행랑이 있고 그 행랑 앞으
로 지나가면 사랑이 있으나, 사립문 밖에서 보면 행랑이 가려서 사랑은
보이지 아니하니 여간 밤씨 익은 과개이 아니면 그 집에 사랑 있는 줄
은 모르고 지나가게 된 집이러라.

밤은 이경이 될락 말락 하였는데 웬 사람 오륙 인이 최본평 집 사립
문을 두드리며 문 열어달라 소리를 지르나 앞에서 부는 바람이라, 사람
의 목소리가 떨어지는 대로 바람에 싸여서 덜미 뒤로만 간다. 주인은
듣지 못한 고로 대답이 없건마는 문밖에서는 문 열어달라 하는 사람은
골이 어찌 대단히 났던지 악을 써서 주인을 부르는데 악 쓰는 아가리
속으로 눈 섞인 바람이 한입 가득 들어가며 기침이 절반이라. 사립문이
나 부술 듯이 발길로 걷어차니 사립문 위에 얹혔던 눈과 문틈에 잔뜩
끼었던 눈이 푹 쏟아지며 사람의 덜미 위로 눈사태가 내려온다. 행랑방
에서 기침 소리가 쿨룩쿨룩 나며 개를 꾸짖더니 무엇이라고 두덜두덜
하며 나오는 것은, 최본평 집에서 두 내외 머섬 들어 있는 자이라. 바지
춤 움키어 쥐고 버선 벗은 발에 나막신 신고 나가서 사립문을 여니 문
밖에 섰던 사람이 골이 잔뜩 나서 누구든지 닥치는 대로 분풀이를 하려
던 판이라. 와락 들어오며, 머슴 놈을 홈쳐때리며 발길로 걷어차며, 무
슨 토죄를 하는데, 머슴이 눈 위에 가로 떨어져서 살려달라고 빈다.

머슴의 계집은 웬 영문인지도 모르고 겁에 띄어서 행랑방 뒷문을 열고 버선발로 뛰어 나서서 눈이 정강이까지 푹푹 빠지는 마당으로 엎드러지며 곱드러지며 안으로 들어가니 그때 안중문은 걸렸는지라. 안뒤꼍으로 들어가서 안방 뒷문을 두드리며,

"본평 아씨, 본평 아씨, 불한당이 들어와서 천쇠를 때려서 죽게 되었습니다."

하는 소리에 본평 부인이 베틀 위에서 베를 짜다가 북을 탁 던지고 일어나려 하나, 허리에 찬 베틀 끈이 걸려서 빨리 내려오지 못하고 겁결에 잠든 딸을 부른다.

"옥순아, 옥순아! 어서 일어나거라. 불한당이 들어온다!"

하며 일변으로 허리에 매인 베틀 끈을 끄르더니 방문을 열고 나가니, 자다가 깨인 옥순이는 어머니를 부르며 우나 부인이 대답도 아니 하고 버선 바닥으로 뛰어나가서 사랑문을 두드리며 남편을 부르는데, 본평 부인이 어렸을 때에 그 친정에서 듣고 보고 자라나던 말투이라.

"옥순 아버지, 옥순 아버지, 불한당이 들어온다 하니, 이를 어찌한단 말이오?"

하며 벌벌 떠는 소리로 감히 크게 못 하더라. 원래 그 집 사랑방에서 안으로 들어오는 문이 있는데 그 문은 앞뒤로 종이를 어찌 두껍게 발랐던지, 문밖에서 가만히 하는 소리는 방 안에서 자세히 들리지 아니하는지라 그 남편이 대답을 아니 하니 부인이 그 말을 거푸거푸 한다. 그때 최본평은 덧문을 척척 닫고 자리 펴놓고 들기름 등잔에서 그을음이 꺼멓게 오르도록 돋워놓고 앉아서 집뼘 한 뼘씩이나 되는 숫가지 늘어놓고 한 짐 두 뭇이니 두 짐 닷 뭇이니 하며 구실 돈 셈을 놓다가 문 두드리는 소리를 듣고 정신없이 아니 놓을 수 한 가지를 덜컥 더 놓으며 고개를 번쩍 드는데 부인의 말소리가 최본평의 귓구멍으로 쏙 들어갔다.

(최) “응, 불한당이라니, 불한당이 어디로 들어와?”

하며 벌떡 일어나서 안으로 난 문을 와락 여는데, 부인은 문에 얼굴을 대고 섰다가, 문이 얼굴에 부딪쳐서 부인이 ‘애코’ 소리를 하며 푹 고꾸라지니, 최씨가 문설주[4]를 붙들고 내다보며 당황히, ‘어, 어’ 소리만 하고 섰는데, 그때 마침 행랑 앞에서 머슴을 치던 사람들이 사랑 앞으로 와서 마루 위로 올라서던 차이라. 안으로 난 문 여는 소리를 듣고 주인이 도망하려는 줄로 알고,

“듣거라!”

소리를 하며 마루를 쾅쾅 구르고 몰려 들어오며 사랑 지게문을 열어젖히더니, 제비같이 날쌘 놈이 번개같이 달려 들이오니 본래 최본평은 도망하려는 생각이 아니라 불한당이 들어오는 줄로만 알고 안으로 들어가서 집안사람들이 놀라지 아니하게 안심시키려던 차에, 부인이 얼굴을 다치고 넘어진 것을 보고 나가서 일으키려 하다가 사랑방에 그 광경 나는 것을 보고 도로 사랑으로 들어서며,

“웬 사람들이냐?”

묻는데 그 사람들은 대답도 없고 최씨를 잡아 묶어놓으며 사람의 정신을 빼는데, 최부인은 그 남편이 곤경 당하는 소리를 듣고 얼굴 아픈 생각도 없고 내외할 경황도 없이 사랑방을 들여다보며 벌벌 떨고 섰는데, 나이 이십칠팔 세쯤 된 어여쁜 부인이라.

그날 밤에, 최본평 집에 들어와서 야단치던 사람들은 강원 감영[5] 장차[6]인데 영문 비관[7]을 가지고 강릉 경금 사는 최병도를 잡으러 온 것이라. 최병도의 자는 주삼朱三이니 강릉서 누대 사는 양반이라. 시골 풍속에 동네 백성들이 벼슬 못 한 양반의 집은 그 양반의 장가든 곳으로 택호를 삼는 고로, 최본평댁이라 하니 본평은 최병도 부인의 친정 동네이라. 그때 강원 감사의 성은 정씨인데, 강원 감사로 내려오던 날부터 강

원 일도 백성의 재물을 긁어 들이느라고 눈이 벌게서 날뛰는 판에 영문 장차들이 각 읍의 밥술이나 먹는 백성을 잡으러 다니느라고 이십육 군 방방곡곡에 늘어섰는데, 그런 출사 한 번만 나가면 우선 장차들이 수 나는 자리라.

장차가 최병도를 잡아놓고 차사례[8]를 추어내는데 염라국 사자 같은 영문 장차의 눈에 여간 최병도 같은 양반은 개 팔아 두 냥 반만치도 못 하게 보고 마구 다루는 판이라 두 손목에 고랑을 잔뜩 채우고 차사례를 달라 하는데, 최씨가 차사례를 아니 주려는 것이 아니라, 여간 돈을 주 마 하는 말은 장차의 귀에 들어가지도 아니하고, 제 욕심을 다 채우려 든다.

대체 영문 비관을 가지고, 사람 잡으러 다니는 놈의 욕심은, 남의 묘 를 파서 해골 감추고 돈 달라는 도적놈보다 몇 층 더 극악한 사람들이 라. 가령 남의 묘를 파러 다니는 도적놈은 겁이 많지마는 영문 장차들 은 겁 없는 불한당이라. 더구나 그때 강원 감영 장차들은 불한당 괴수 같은 감사를 만나서 장교와 차사들은 좋은 세월을 만나 신이 나는 판이 라. 말끝마다 순사도를 내세우고 말끝마다 죄인 잡으러 온 자세를 하며 장차의 신발값을 달라고 하는데, 말이 신발값이지 남의 재물을 있는 대 로 다 빼앗아먹으려 드는 욕심이라. 열 냥을 주마 하여도 코웃음이요, 백 냥을 주마 하여도 코웃음이요, 이백 냥 삼백 냥을 주마 하여도 코웃 음인데, 그때는 엽전 시절이라, 새끼 밴 큰 암소 한 필을 팔아도 칠십 냥을 받기가 어렵고 좋은 봇돌논 한 마지기를 팔아도 삼사십 냥이 넘지 아니할 때이라.

최씨가 악이 버썩 나서 장차에게 돈 한 푼 아니 주고 배기려만 든다. 장차는 죄인에게 전례[9]돈 뺏어먹기에 졸업한 놈들이라, 장교가 최씨의 그 눈치를 채고 사령을 건너다보며,

"이애 김달쇠야, 네가 명색이 사령이냐 무엇이냐? 우리가 비관을 메고 올 때에 순사도 분부에 무엇이라 하시더냐? 막중 죄인을 잡으러 가서, 만일 실포失捕할 지경이면 너희들은 목숨을 바치리라 하셨는데, 지금 죄인을 잡아서 저렇게 헐후히 하다가 죄인을 잃으면, 우리들은 순사도께 목숨을 바치잔 말이냐? 우리들이 이런 장설을 맞고 이 밤중에 대관령을 넘어올 때 무슨 일로 왔느냐? 오늘 밤에 우리가 곤하게 잠든 후에 죄인이 도망할 지경이면, 우리들은 죽는 놈이다. 잘 알아차려라."

그 말이 뚝 떨어지며 사령이 맞넉수가 되어 신이 나서 그 말대답을 하며 달려들더니, 역적 죄인이나 잡은 듯이 최병도를 꼼짝 못하게 결박을 하는데 장차의 어미니 아비나 처 죽인 원수같이 최씨의 입에서 쥐 소리가 나도록, 두 눈이 툭 솟도록, 은근히 골병이 들도록 동여매느라고 사랑방에서 새로이 살풍경이 일어나는데 안마당에서 본평 부인의 울음소리가 난다.

(부인) "애고! 이것이 웬일인고! 이를 어찌하잔 말인고? 애고 애고, 평생에 남에게 싫은 소리 한번 아니 하고 사는 사람이 무슨 죄가 있어서 이 지경을 당하노? 애고 애고, 하느님 하느님, 죄 없는 사람을 살게 하여줍시사! 애고 애고 여보, 옥순 아버지, 돈이 다 무엇이란 말이오? 영문 장차가 달라는 대로 주고 몸이나 성하게 잡혀가시오."
하며 우는데 옥순이는 어머니를 부르며 악머구리[10]같이 따라 운다. 최병도가 제 몸 고생하는 것보다 그 부인과 어린 딸의 마음을 위로하기 위하여 장차에게 돈 칠백 냥을 주기로 작정이 되었는데, 장차들의 욕심이 흠쭉하게 찼던지 결박하였던 것도 끌러놓을 뿐만 아니라, 맹세지거리[11]를 더럭더럭 하며 말을 함부로 하던 입에서 말이 너무 공손히 나온다.

(장교) "최서방님, 아무 염려 말으시오. 우리가 영문에 가서 순사도께 말씀만 잘 아뢰면 아무 탈 없이 될 터이니 걱정 마시오. 들어앉으신

순사도께서 무엇을 알으시겠습니까? 염문하여 바친 놈들이 몹쓸 놈이지요. 우리가 들어가거든 호방 비장 나리께도 말씀을 잘 여쭙고 수청 기생 계화더러도 말을 잘 하여서 서방님이 무사히 곧 놓여 오시게 할 터이니 우리만 믿으시오. 아따, 일만 잘되게 만들 터이니 호방 비장 나리께 약이나 좀 쓰고 계화란 년은 옷 하여 입으라고 돈 백 냥이나 집어주시구려. 아따, 요새 그년이 뽐내는 서슬에 호사 한번 잘 시키고 그 김에 계화란 년 상관이나 한번 하시구려. 촌에 사는 양반이 그런 때 호강을 좀 못 해보고 언제 하시겠소? 그러나 딴 구멍으로 청할 생각 말으시오. 원주 감영놈들이란 것은 남의 것을 막 떼어먹으려 드는 놈들이오. 누가 무엇이라 하든지 당초에 상관을 마시오. 서방님 같은 양반이 영문에 가시면 못된 놈들이 공연히 와서 지분지분할 터이니 부디 속지 마시오."

하더니 다시 사령을 건너다보며,

"이애, 사령들아! 너희들도 영문에 들어가거든 꼭 내가 시키는 대로 이렇게만 말하여라. 강릉 경금 사는 최본평이란 양반은 아까운 재물을 결딴냈더라. 그 어림없는 양반이 서울 가서 뉘 꾐에 빠졌던지, 지금 세상에 쩡쩡거리는 공사청[12] 내시들의 노름하는 축에 가서 무엇을 얻어먹겠다고 그런 살얼음판에 들어앉아서 노름을 하였던지, 부자 득명하고 살던 재물을 죄 잃어버리고 아무것도 없다네. 대체 노름빚이 얼마나 되었던지 내시 집에서 노름빚을 받으려고 최본평이라는 그 양반 집으로 사람을 내려 보내서 전장문서를 전부 뺏어가고 남은 것은 한 이십 간 되는 초가집 하나와 황소 한 필뿐이라 하니, 아무리 시골 양반이 만만하기로 남의 재물을 그렇게 뺏어먹는 법이 있느냐? 하면서 풍을 치고 다니어라. 그러면 나는 호방 비장 나리께 들어가서 어떻게 말씀을 여쭙든지 열기 없이 속여 넘길 터이다. 이애, 우리끼리 말이지 우리 영문 사또 귀에 최서방님이 패가하셨다는 소문이 연방 들어갈 지경이면 당장에 백방하실 터이다. 또 요사이는 죄인이 어찌 많던지, 옥이 툭 터지게 되었으니 쓸데없는 죄인은 곧잘 놓으신다. 이애, 일전에도 울진 사는 부자 하나 잡혀왔을 때 너희들도 보았지? 그때 옥이 좁아서 가둘 데가 없다고 아뢰었더니 사또 분부에 허름한 죄인은 더러 내놓으라고 하시더니, 죄는 있고 없고 간에 거지같은 놈은 다 내놓았더라. 이애들, 별말 말고 우리가 최서방님 일만 잘 보아드리자. 우리들이 서방님 일을 이렇게 잘 보아 드리는데 서방님께서 무슨 처분이 계시지, 설마 그저 계시겠느냐?"

그렇게 제게 당길심13 있는 말을 하면서 최씨를 위하여줄 듯이 말을 하나, 최씨가 도망 못 하도록 잡도리하는 것은 처음과 조금도 다를 것이 없는지라.

그날 밤에는 그런 소요로 그럭저럭 밤을 새우고, 그 이튿날 장차의 전례돈을 다 구처하여 원주 감영으로 환전을 부친 후에 최씨를 앞세우고 곧 떠나려 하는데, 본래 최병도는 경금 동네에서 득인심한 사람이라 양반, 상인 없이 최씨의 소문을 듣고 최씨를 보러 온 사람이 많으나, 장차들이 최씨를 수직하고 앉아서, 누구든지 그 방에 사람이 들어가지 못하게 하는 터이라. 본평 부인이 그 남편 떠나는 것을 좀 보고자 하여 그 종 복녀를 사랑으로 내보내서 장차에게 전갈로 청을 하는데 촌 양반의 집종이 영문 장차를 어찌 무서워하던지 사랑 뜰에 우두커니 서서 말을 못 한다. 그때 마침 동네 사람들이 최씨를 보러 왔다가 보지 못하고 떠나갈 때에, 길에서 얼굴이나 본다 하고 최씨 집 사립문 밖에서 서성거리고 있는 사람도 많은 터이라.

그중에 웬 젊은 양반 하나가 정자관 쓰고 시골 촌에서는 물표 다를 만한 가죽신 신고 서양목 옥색 두루마기에 명주 안을 받쳐 입고, 얼굴은 회오리밤 벗듯 하고, 눈은 샛별 같고, 나이는 삼십이 막 넘은 듯한 사람이 담뱃대 물고 마당에 섰다가, 복녜의 모양을 보고 복녜를 불러 묻는다.

"이애 복녜야, 너 왜 거기 우두커니 서서 주저주저하느냐?"

(복녜) "아씨께서 서방님께 좀 뵈옵겠다고 사랑에 나가서 그 말씀 좀 하라셔요."

관 쓴 양반이 그 말을 듣더니 사랑마루 위로 썩 올라서면서 기침 한 번을 점잖게 하며 사랑방 지게문을 뚝뚝 두드리며, 영문 장교더러 할 말이 있으니 잠깐 좀 내다보라 하니, 본래 영문 장차가 감사의 비관을 가지고 촌 양반을 잡으러 나가면, 암행어사 출두나 한 듯이 기승스럽게 날뛰는 것들이라 장교가 불미한 소리로,

"웬 사람이 어디를 와서 함부로 그리하느냐?"

하며 내다보기는 고사하고 사령더러 잡인들을 다 내쫓으라 하니 사령 하나가 문을 열어젖히며 와락 나오더니, 관 쓴 양반의 가슴을 내밀며 갈 범같이 소리를 지르는데 관 쓴 양반이 눈에서 불이 뚝뚝 떨어지도록 부 릅뜨고 호령 한마디를 하더니, 다시 마당에 섰는 웬 사람을 내려다보며,

"이애 천쇠야, 네 지금 내로 이 동네 백성들을 몇이 되든지 빨리 모 아 데리고 오너라."

하는데, 천쇠는 어젯밤에 장차들에게 얻어맞던 원수를 갚는다 싶은 마 음에 신이 나서 목청이 떨어지도록 소리를 지른다.

"아랫말 김진사 댁 서방님께서 동네 백성들을 모으라신다. 빨리 모 여들어라."

하면서 사립문 밖으로 나가는데, 그때는 눈이 길길이 쌓인 때라. 일없 는 농군들이 최본평 집에 영문 장차가 나와서 야단을 하는 소리를 듣고 구경을 하러 왔다가 장차가 못 들어오게 하는 서슬에 겁이 나서 못 들 어오고 이웃 농군의 집에 들어앉아서 까마귀 떼같이 지껄이고 있는 터

이라.

"본평 댁 서방님이 영문에 잡혀가신다지?"

"그 양반이 무슨 죄가 있어서 잡아가누?"

"죄는 무슨 죄, 돈 있는 것이 죄이지."

"요새 세상에 양반도 돈만 있으면 저렇게 잡혀가니 우리 같은 상놈들이야 논마지기나 있으면 편히 먹고 살 수 있나?"

"이런 놈의 세상은 얼른 망하기나 하였으면……. 우리 같은 만만한 백성만 죽지 말고 원이나 감사나 하여 내려오는 서울 양반까지 다 같이 죽는 꼴 좀 보게."

"원도 원이요, 감사도 감사어니와 저런 장차들부터 누기 다 때려죽여 없애버렸으면."

하면서 남의 일에 분이 잔뜩 나서 지껄이고 앉았던 차에, 천쇠의 소리를 듣고 우 몰려나오면서 무슨 일이 있느냐 묻는데, 천쇠는 본래 호들갑스럽기로 유명한 놈이라, 영문 장차가 김진사 댁 서방님을 죽이는 듯이 호들갑을 부리며 어서 본평 댁으로 들어가자 소리를 어찌 황당하게 하던지, 농군들이,

"자, 들거라!"

소리를 지르고 최본평 집 사랑 마당에 들어오는데, 제 목소리에 제가 정신을 못 차릴 지경이라.

경금 동네가 별안간에 발끈 뒤집으며, 최본평 집에 무슨 야단났다 소문이 퍼지며 양반, 상인, 아이, 어른 없이 달음박질을 하여 최본평 집에 몰려오는데, 마당이 좁아서 나중에 오는 사람은 들어오지 못하고 사립문 밖에 서서 궁금증이 나서 서로 말 묻느라고 야단이라.

그때 최본평 집 사랑 마당에서는 참 야단이 난 터이라. 김씨의 일 호령에 원주 감영 장차들을 마당에 꿇려 앉혔는데, 김씨의 호령이 서리 같다.

　(김) "너희들이 명색이 영문 장차라는 거냐? 영문 기세만 믿고 행악을 할 대로 하던 놈들은 내 손에 좀 죽어보아라. 민요[14]가 나면 원과 감사가 민요에 죽는 일도 있고, 군요가 나면 세도재상이 군요에 죽는 일이 있는 줄을 너희들이 아느냐? 내가 너희들에게 실체하기는 하였다. 너희들에게 할 말이 있으면 내 집 사랑에서 너희들을 불러서 이를 일이나, 지금 당장에 이 댁 최서방님이 영문으로 잡혀가시는 터에, 급히 너희들더러 청할 말이 있는 고로, 내가 여기 서서 방에 있는 너더러 좀 나오라 하였다가 내가 너희들에게 욕을 보았다. 오냐, 여러 말 할 것 없다. 너희들 같은 놈은 어디 가서 기승을 부리다가 남에게 맞아 죽는 일이 더러 있어야, 이후에 다른 장차들이 촌에 나가서 조심하는 일이 생길 터이니, 오늘 너희들은 살려 보낼 수 없다."
하더니 다시 동네 백성들을 내려다보며,

　(김) "이애, 이 동네 백성들 들어보아라. 나는 오늘 민요 장두로 나서서 원주 감영 장차 몇 놈을 때려죽일 터이니, 너희들이 내 말을 들을 터이냐?"

　경금 백성들이 신이 나서 대답을 하는데 마당이 와글와글한다.

　(백성) "네, 소인들이 내일 감영에 다 잡혀가서 죽더라도 서방님 분부 한마디만 있으면 무슨 일이든지 하라시는 대로 거행하겠습니다!"

　(김) "응, 민요를 꾸미는 놈이 살 생각을 하여서는 못쓰는 법이라. 누구든지 죽기를 겁내는 사람이었거든 여기 있지 말고 나가고, 나와 같이 강원 감영에 잡혀가서 죽을 작정 하는 사람만 나서서 몽둥이 하나씩 가지고 장차들을 막 패 죽여라."

　그 소리 뚝 떨어지며 동네 백성들이 몽둥이는 들었든지 아니 들었든지 아우성 소리를 지르며 장차에게로 달려드는데, 장차의 목숨은 뭇 발길에 떨어질 모양이라.

사랑방에 앉았던 최병도는 발바닥으로 뛰어 내려오고, 안중문 안에서 중문을 지치고 서서 내다보던 본평 부인은 내외가 다 무엇인지 불고 염치하고 뛰어나와서 장차들을 가리고 서고, 최씨는 동네 백성을 호령하여 나가라 하나, 호령은 한 사람의 목소리요, 아우성 소리는 여러 사람의 목소리라. 앞에 선 백성은 멈추고 있으나, 뒤에서는 물밀듯 밀고 들어오는데 장차들은 어찌 위급하던지 본평 부인의 뒤에 가 서서 벌벌 떨며 살려달라 소리만 한다. 최병도가 동네 백성이 손에 들고 있는 지게 작대기를 쑥 뺏어 들고 백성을 후려 때리려는 시늉을 하나 백성들이 피할 생각은 아니하고 섰으니, 그때 마루 위에 섰던 김씨가 동네 백성들을 내려다보며,

(김) "이애, 그리하여서는 못쓰겠다. 장차들을 이 댁 사랑 마당에서 때려죽일 것이 아니라, 내 집 사랑 마당으로 잡아다가 죽이든지 살리든지 하자."

마당에 섰던 백성들이 일변 대답을 하며 그 대답 소리에 이어서 소리를 지른다.

"저놈들을 잡아 가지고 김진사 댁 마당으로 가자!"
하더니 장차를 붙들러 우우 달려드니, 장차가 최본평 집 안중문으로 뛰어 들어가는데, 본평 부인이 뒤에 따라 들어가며 중문을 닫아건다. 최씨가 사랑마루 위로 올라가며 김씨의 손목을 턱 붙들고 웃으면서,

(최) "여보게 치일이, 자네가 무슨 해거[15]를 이렇게 하나? 동네 백성들을 내보내고 방으로 들어가세."
하더니 최씨가 일변 동네 사람들더러 다 나가라고 다시 천쇠를 불러서 사립문을 안으로 걸라 하고, 장차들은 행랑방에 들여앉히라 하고 최씨는 김씨와 같이 사랑방으로 들어가는데, 장차들은 목숨 산 것만 다행히 여겨서 최씨의 하라는 대로만 하는 터이라. 천쇠를 따라 행랑방으로 나

가 앉아서, 감히 사립문 밖으로 나갈 생의를 못 하고 천쇠에게 첩을 하느라고 죽을 애를 쓴다. 그때 김씨는 최씨의 사랑방에 앉아서 단둘이 공론이 부산하다.

(김) "여보게 주삼이, 자네나 나나 여기 있다가는 며칠이 못 되어 큰일이 날 터이니 우리들이 서울이나 가서 있다가 이감사 갈린 후에 내려오세."

(최) "자네는 이번에 일을 장만한 사람이니 불가불 좀 피하여야 쓰려니와, 나는 어디 갈 생각은 조금도 없으니 자네만 어디로 피하게."

(김) "자네가 아니 피할 까닭이 무엇인가?"

(최) "응, 자네는 이번에 이 일을 석 삭 동안만 피하면 그만이라, 자네 같이 논 한 마지기 없이 가난으로 패호한 사람을 감영에서 무엇을 얻어 먹겠다고 두고두고 찾겠나? 나는 돈냥이나 있다고 이름 듣는 사람이라, 이감사가 갈려 가더라도 또 감사가 내려오고, 내가 타도에 가서 살더라도 그 도에도 감사가 있는 터이라, 돈푼이나 있는 백성은 죄가 있든지 없든지 다 망하는 이 세상에 내가 가면 어디로 가며, 피하면 어느 때까지 피하겠나, 응? 뺏으면 뺏기고, 죽이면 죽고, 당하는 대로 앉아 당하지. 말이 났으니 말이지, 백성이 이렇게 살 수 없이 된 나라가 아니 망할 수 있나, 응? 말을 하자 하면 하루 이틀 한 달 두 달에 다 못 할 일이라. 그 말은 그만두고 우리들의 일 조처할 말이나 하세. 자네는 돈 한 푼 변통하기 어려운 사람인데, 이번에 망나니 같은 감사에게 미움 받을 짓을 하고 여기 있을 수야 있나? 그러나 어디로 가든지 돈 한 푼 없이 어찌 나서겠나? 내가 표 하나를 써서 줄 터이니 내 이름을 불러서 이 돈을 찾아 가지고 어디든지 잘 가 있게. 나는 이 길로 장차를 따라서 영문으로 잡혀갈 터일세."

하면서 엽전 천 냥 표를 써서 김씨를 주고 벌떡 일어나며,

"응, 친구도 작별하려니와 우리 마누라도 좀 작별하여야 하겠네."

하더니 안으로 들어가는데, 김씨는 앞에 놓인 돈표를 거들떠보지도 아니하고 고개를 푹 수그리고 한참 동안을 앉았다가 고개를 번쩍 들며,

(김) "응, 그럴 일이야. 주삼이, 떠나는 꼴은 보아 무엇 하게?"

하더니 돈표를 집어서 부시쌈지[16] 속에 넣고 안으로 향하여 소리 한마디를 꽥 지른다.

(김) "여보게 주삼이, 나는 먼저 가네. 죽는 놈은 죽거니와, 사는 놈은 살아야 하느니, 세상이 망할 듯하거든 흥할 도리 하는 사람이 있어야 쓰는 법이라. 다 각각 제 생각 도는 대로 하여보세."

하면서 나가는데, 최씨는 안에서 목소리를 그게 하여 외마디 내답이라,

(최) "어이, 알아들었네, 잘 가게 그려!"

하는 말이 최씨와 김씨 두 사람만 서로 알아들을 뿐이라. 김씨는 어디든지 멀리 달아날 작정이요, 최씨는 감영으로 잡혀갈 마음으로 작별하는데, 부인이 울며,

(부인) "여보 옥순 아버지, 무슨 죄가 있어서 원주 감영에서 잡으러 내려왔소?"

(최) "응, 죄는 많이 지었지."

부인이 깜짝 놀라면서,

(부인) "여보, 그것이 무슨 말씀이오? 무슨 죄를 그렇게 많이 지으셨단 말이오? 열 길 물속은 알아도 한 길 사람의 속은 모른다더니 나는 내외간이라도 그러실 줄은 몰랐소그려. 삼순구식[17]을 못 얻어먹는 사람이라도 제 마음만 옳게 가지고 그른 일만 아니하고 있으면, 어느 때든지 한 때가 있을 것이오. 만일 그른 마음을 먹고 남에게 적악을 하든지 나라에 죄 될 일을 할 지경이면 하늘이 미워하고 조물이 시기하여, 필경 그 죄를 받을 것이니 사람이 죄를 짓고 죄 받는 것을 어찌 한탄한단

말이오? 말으시오, 말으시오. 무슨 죄를 짓고 저 지경을 당하시오?”

(최) “응, 죄를 나 혼자 지었다구? 두 내외 같이 지었지.”

(부인) “여보, 남의 애매한 말 말으시오. 나는 철난 후로 죄 될 일을 한 것 없소. 손톱, 발톱이 닳도록 벌어놓은 재물을 아껴 먹고 아껴 쓰면서, 배고픈 사람을 보면 내 배를 덜 채우고 한 술 밥이라도 먹여 보내고 동지섣달에 살을 가리지 못하고 얼어 죽게 된 사람을 보면 내가 입던 옷 한 가지라도 입혀 보내고 손톱만치도 사람을 속여 본 일도 없고 털 끝만치도 남을 해치려는 마음을 먹은 일이 없소. 없소, 없소. 죄 될 일은 아무것도 한 것 없소. 여보시오, 여편네라고 업신여기지 말으시고 내 말 좀 들어보시오. 죄 될 일 하실 때에 하느님 벌력[18]도 무섭지 아니하고 귀신의 앙화도 겁나지 아니하더라도 처자가 부끄러워서 죄 될 일을 어찌 하셨단 말이오? 영문에서까지 알고 잡으러 온 터인데 나 하나만 기이면 무엇하오?”

(최) “응, 마누라는 죄를 지어도 알뜰히 잘 지었지. 우리 죄는 두 가지 죄이라, 한 가지는 재물 모은 죄요, 한 가지는 세력 없는 죄.”

(부인) “여보, 그것이 무슨 죄란 말이오?”

(최) “응, 우리나라에서는 녹피[19]에 가로왈 자같이 법을 써서 죽이고 싶은 사람이 있으면 없는 죄를 만들어 뒤집어씌우고, 살리고 싶은 사람이 있으면 있는 죄도 벗겨주는 세상이라. 이러한 세상에 재물을 가진 백성이 있으면, 그 백성 다스리는 관원이 그 재물을 뺏어먹으려고 없는 죄를 만들어서 남을 망해놓고 재물을 뺏어먹는 세상이니 그런 줄이나 알고 지내오. 그러나 마누라가 지금 태중이라지? 언제가 산월이오?”

(부인) “…….”

(최) “아들이나 낳거든 공부나 잘 시켜야 할 터인데…….”

(부인) “여보, 그런 말씀은 지금 할 말이 아니오. 몇 달 후에 낳을 어

린아이의 말과 몇 해 후에 그 아이 공부시킬 일을 왜 지금 말씀하신단 말이오? 옥순 아버지가 영문에 잡혀가시더라도 죄 없는 사람이라, 가시는 길로 놓여나오실 터이니 왕환[20]하는 동안이 불과 며칠이 되겠소? 집의 일은 걱정 말으시고 부디 몸조심하여 속히 다녀오시오."

(최) "응, 그도 그러하지. 그러나 내가 객기가 많고 성품이 이상한 사람이야. 요새 세상에 돈만 많이 쓰면 쉽게 놓여나오는 줄은 알지마는 나라를 망하려고 기를 버럭버럭 쓰는 놈의 턱밑에 돈표를 써서 들이밀고 살려달라, 놓아달라, 그따위 청을 하고 싶은 마음은 없는걸. 죽이거나 살리거나 제 할 대로 하라지."

(부인) "여보시오, 그것이 무슨 말씀이오? 쉽게 놓어니올 도리만 있으면 영문에 잡혀가던 그날 그 시로 놓일 도리를 하실 일이지, 딴생각을 하실 까닭이 있소? 재물이 다 무엇이란 말이오? 우리 재물을 있는 대로 다 떨어주더라도 무사히 놓여나올 도리만 하시오. 여보, 재물은 없더라도 부지런히 벌기만 하면 굶어 죽지는 아니할 터이니 재물을 아끼지 말고 몸조심만 잘하시오. 만일 우리 세간을 다 떨릴 지경이어든 사랑에서는 기직도 매고 짚신도 삼으시고, 나는 베도 짜고 방아품도 팔았으면 호구하기는 염려 없을 터이니, 먹고 살 걱정을 말으시고 영문에서 횡액만 아니 당할 도리만 하시오."

"허허허, 좋은 말이로구. 마누라는 마음을 그렇게 먹어야 쓰지. 내 마음은 어떻게 들어가든지 되어가는 대로 두고 봅시다. 자 두말 말고 잘 지내오, 나는 원주 감영으로 가오."

하면서 벌떡 일어나서 나가더니 영문 장차들을 불러서 당장에 길을 떠나자 하니 장차들은 혼이 떴던 끝이라, 최씨 덕에 살아난 듯하여 별안간에 소인을 개올리며 말을 한다.

(장차) "소인들은 이번에 서방님 덕택에 살았습니다. 소인 등이 서방

님을 못 잡아가고 소인 등이 영문 사또 장하에 죽는 수가 있더라도 소인
들만 들어갈 터이오니 이 동네에서 무사히 잘 나가도록만 하여줍시오.”

　(최) “너희 말도 고이치 아니한 말이다마는 그렇게 못 될 일이 있다.
너희들이 나를 잡아가지 아니할 지경이면 너희들이 발뺌을 하느라고
경금 동네 백성들이 소요 부리던 말을 다 할 터이니 너희 영문 사또께
서 그 말을 들으시면 경금 동네는 뿌리가 빠질 터이라. 차라리 나 한 몸
이 잡혀가서 죽든지 살든지 당할 대로 당하고 동네 백성들이나 부지하
게 하는 일이 옳은 일이라. 너희들이 나를 고맙게 여길진대 이 동네 백
성들을 부지하게 하여다고. 또 실상으로 말할진대 경금 동네 백성들이
야 무슨 죄가 있느냐? 김진사 댁 서방님이 시키신 일인데, 그 양반은
벌써 어디로 도망하였을는지 이 동네에 있을 리가 만무한 터이라. 죄지
은 사람은 어디로 도망하였는데 무죄한 여러 사람에게 그 죄가 미쳐서
야 쓰느냐? 그러나 관속이라는 것은 믿을 수가 없는 것이라. 너희들이
이 동네 있을 때는 좋은 말로 내 앞에서 대답하였더라도 영문에 들어가
면 필경 만만한 경금 동네 백성들을 결딴내려 들 줄을 내가 짐작한다.
만일 너희들이 내 말대로 아니 할 지경이면 나는 너희들이 내 집에 와
서 작폐[21]하던 말을 낱낱이 하고, 내가 너희들에게 차사례 뺏기던 일도
낱낱이 하여 너희들을 순사도 눈 밖에 나도록 말할 터이니 너희들은 너
희 몸의 이해를 생각하여 나 하나만 잡아가고 경금 동네 백성들에게는
일 없도록만 하여다고. 그러나 너희들이 하룻밤이라도 이 동네 있는 것
이 부지러운 일이니, 날이 저물었더라도 지금으로 떠나가자.”
하더니 장차는 앞에 서고 최씨는 뒤에 서서 사랑 마당으로 나가는데 안
중문간에서 부인과 옥순의 울음소리가 난다. 부인이 한참동안을 정신
없이 울다가 옥순이를 데리고 사립문 밖으로 나가더니, 그 남편 간 곳
을 우두커니 바라보고 섰는데 남편은 간곳없고 대관령만 높았더라.

원주 감영에 동요가 생겼는데, 그 동요가 너무 괴악한 고로, 아이들이 그 노래를 할 때마다 나 많은 사람들이 꾸짖어서 그런 노래를 못 하게 하나 철모르는 아이들이 종종 그 노래를 한다.

내려왔네, 내려왔네, 불가사리가 내려왔네.

무엇 하러 내려왔나, 쇠 잡아먹으러 내려왔네.

그런 노래하는 아이들은 무슨 의미인지 모르고 하는 노래이나, 듣는 사람들은 불가사리라 하는 것이 감사를 지목한 말이라 한다.

그것은 무슨 곡절인고? 거짓말일지라도 옛날에 불가사리라 하는 물건 하나 생겨나더니 어디든지 뛰어다니면서 쇠란 쇠는 다 집어먹은 일이 있었다 하는데, 감사가 내려와서 강원도 돈을 싹싹 핥아먹으러 드는 고로 그 동요가 생겼다 하는지라. 이때 동요는 고사하고 진남 문 밖에 익명서가 한 달에 몇 번씩 걸려도 감사는 모르는 체하고 저 할 일만 한다.

그 하는 일은 무슨 일인고? 긁어서 바치는 일이라. 긁기는 무엇을 긁으며 바치기는 어디로 바치는고? 강원 일도에 먹고사는 재물을 뺏어다가 서울 있는 상전들에게 바치는 일이라. 상전이라 하면 강원 감사가 남의 집에 문서 있는 종이 아니라 무서워하기를 상전같이 알고 믿기를 상전같이 믿고 섬기기를 상전같이 섬기는데 그 상전에게 등을 대고 만만한 사람을 죽여내는 판이라.

대체 그런 상전 섬기기는 어렵고도 쉬운 터이라. 어려운 것은 무엇인고? 만일 백성을 위하여 청백리 노릇만 하고 상전에게 바치는 것이 없을 지경이면 가지고 있는 인꼭지[22]를 며칠 쥐어보지 못하고 떨어지는 터이요, 또 전정이 막혀서 다시 벼슬이라도 얻어 하여볼 수가 없는 터이라. 그런고로 그 상전 섬기기가 어렵다 하는 것이라.

쉬운 것은 무엇인고? 우물고누[23] 첫수로 백성의 피를 긁어 바치기만 잘하면 그만이라. 이때 강원 감사가 그 일을 썩 쉽게 잘하는 사람인데 또 믿을 만한 상전도 많은지라. 많은 상전을 누구누구라고 열명을 할진대 종문서같이 상전 문서장이나 있어야 그 상전을 다 기억할 지라, 세도재상도 상전이요, 별입시[24]도 상전이요, 긴한 내시도 상전이요, 그 외에도 상전 낱이나 있는데, 그 중에 믿을 만한 상전 하나가 있다.

상전 부모라 하니 '어머니, 어머니' 불렀으면 좋으련마는 원수의 나이 어머니라기는 남이 부끄러울 만한 터인 고로, '누님, 누님' 하는 여상전女上典이라. 그 상전의 힘으로 감사도 얻어 하고 그 상전의 힘을 믿고 백성의 돈을 불한당질 하는데, 그 불한당 밑에 졸개 도적은 줄남생이[25] 따르듯 하였더라.

강원 감영 아전은 본래 사람의 별명 잘 짓기로 유명한 사람들이라. 감사의 식구를 별명 지은 것이 있었는데 골고루 잘 모인 모양이라.

순사도는 쇠귀신

호방 비장은 구렁이

예방 비장은 노랑 수건

병방 비장은 소경 불한당

공방 비장은 초라니

회계 비장은 갈강쇠

별실 마마는 계집 망나니

수청 기생은 불여우

별명은 다 다르나, 심정은 똑같은 위인이라. 무슨 심정이 같으냐 할 지경이면 괴수나 졸개나 불한당질 할 마음은 일반이라. 대체 잔치하는 집에 떡 부스러기, 국수 갈고랑이, 실과 낱 헤어지듯이, 감사가 돈 먹는 서슬에 여간 청 거간이나 한두 번 얻어 하면 큰 돈머리는 감사가 다 집어먹고 거간꾼은 중비만 얻어먹더라도 수가 문청문청[26] 난 사람이 몇인지 모르는 판이라. 감사도 눈이 벌겋고 조방꾸니[27]도 눈이 벌게 날뛰는데, 강원도 백성들은 세간이 뿌리가 쑥쑥 빠질 지경이라. 강원 감영 선화당 마당에는 형장 소리가 끊어지지 아니하고 선화당 위에는 풍류 소리가 끊어질 새가 없다. 꽃 같은 기생들이 꾀꼬리 같은 목청으로 약산동대[28] 야지러진 바위를 부르면서 옥 같은 손으로 술잔을 드리는데, 수염이 희끗희끗한 늙은이가 웬 계집을 그렇게 좋아하던지 침을 께에 흘리며 기생의 얼굴만 쳐다보며, 술잔을 받아먹는 감사의 얼굴도 구경 삼아 한번 쳐다볼 만하다.

거문고는 두덩실, 양금은 증지당, 피리는 닐리리, 장구는 꿍 하는데, 꽃밭에 흩날리는 나비같이 너울 너푼 너푼 너울 춤추는 것은 장번 수청 기생 계화이라. 때때로 여러 기생들이 지화자 부르는 소리는 꾀꼬리 세계에 야단이 난 것 같나.

감사는 놀이에 흥이 날 대로 나고 기생에게 정신이 빠질 대로 빠지고 그중에 술이 얼근하여 산동이 대란[29]하더라도 심상한 판이라. 산동은 남의 나라 땅이어니와 우리나라 영동이 대란하더라도 심상하여 그 놀음놀이만 하고 있을 터이라. 그런 때는 영문에 무슨 일이 있든지 아전들이 그 일을 감사에게 거래를 아니 하고 그 노래 끝나기를 기다리든지 그 이튿날 조사 끝에 품하든지 하지마는, 만일 감사에게 제일 긴한 일이 있으면 불류시각不留時刻하고 품하는 터이라.

목청 좋은 급창이가 섬돌 위에 올라서서 웅장한 소리를 쌍으로 어울러서,

"강릉 출사 갔던 장차 현신 아뢰오."

하는 소리에 감사의 귀가 번쩍 띄어서 내다본다. 풍류 소리가 별안간에 뚝 그치고 급창의 청령소리가 연하여 높았더라.

"형방 영리 불러라. 강릉 경금 사는 최병도 잡아들여라. 빨리 거행하여라."

영이 뚝 떨어지며 사령들은 일변 긴대답을 하며 풍우같이 몰려 들어 오고, 최병도는 난전 몰려 들어오듯 잡혀 들어오는데, 영문이 발끈 뒤 집힌다. 죄는 있고 없고 간에 최병도의 간은 콩만 하게 졸아지고 감사 의 간잎[30]은 자라 몸뚱이같이 널브러진다. 콩만 하게 졸아지는 간은 겁 이 나서 그러하거니와, 자라 몸뚱이같이 널브러지는 간은 무슨 곡절인 고? 흥이 날 대로 나서 조개 입술 내밀듯이 너울거리고 있다.

감사의 마음은 범이 노루나 사슴이나 잡아놓은 듯이 한밥 잘 먹겠다 싶은 생각에 흥이 나고, 최병도의 마음은 우렁이가 황새나 왜가리나 만 나서 이제는 저놈에게 찍히겠다 싶은 생각에 겁이 잔뜩 난다.

사령辭令 좋은 형방 영리는 감사의 말을 받아서 내리는데 최병도의 죄목이라.

"여보아라, 최병도, 분부 듣거라. 너는 소위 대민 명색으로 부모에게 불효하고 형제에게 불목하니 천지간에 용납지 못할 죄라, 풍화소관에 법을 알리겠다."

하는 선고宣告이라 좌우에 늘어선 사령들은 분부 듣거라 소리를 영문이 떠나가도록 지르는데, 여간 당돌한 사람이 아니면 정신을 차릴 수 없는 지라. 최병도가 그 말을 듣고 기가 막혀서 땅을 두드리며 대답을 하는 데 본래 글 잘하는 사람이라, 말을 내뱉을 때마다 문자이요, 문자마다 새겨서 말을 한다.

(최) "옛말에 하였으되, 아버지가 나를 낳으시고, 어머니가 나를 기 르셨으니, 은혜를 갚고자 할진대, 호천망극이라(父兮生我, 母兮鞠我, 欲報 之德, 昊天罔極) 하였으니, 부모의 은혜를 갚지 못한 사람은 천지간 죄인 이라. 그러한즉 생은 부모의 은혜를 갚지 못하였으니 그런 죄가 어디 있겠습니까? 생의 모친이 초산에 생을 낳고 해산 후더침으로 생의 삼 칠일 안에 죽었는데, 생의 부친이 생을 기르느라고 앞뒷집으로 안고 다

니며 젖을 얻어먹이다가 생의 자라는 것을 못 보고 생의 돌전에 죽고, 생은 이모의 손에 길렀사온즉, 생이 장성한 후에 생의 손으로 죽 한 모금 밥 한 술을 부모께 봉양치 못하였으니 그런 불효가 천지간에 또 어디 있겠습니까? 다섯 가지 형법에 죄가 불효보다 더 큰 것이 없다(五刑之屬三千而罪莫大於不孝) 하였으니 생이 부모의 은혜를 갚지 못한 그런 큰 죄를 어찌 면코자 하겠습니까? 또 옛말에 형제가 이미 화합하여야 화락하고 또 맑다(兄弟旣翕和樂且湛) 하였는데, 생은 본래 삼대독자로, 자매도 없는 사람이라 단독일신이 혈혈고고하여 평생에 우애라고는 모르고 지냈으니 그런 부제가 또 어디 있겠습니까? 생이 효도 못 하여보고 우애도 못 하여보았으니 불효부제의 지목이 생에게 원통치는 아니하나 그런 죄는 생이 짐짓 지은 것이 아니요, 하늘이 지어주신 죄이니 순사도께서 생의 죄를 어떻게 다스리시고 법을 어떻게 알리시려는지 모르거니와 죄가 있는지 없는지 의심나는 것은 오직 가벼웁게 다스린다(罪疑惟輕)는 말이 있사오니 순사도께서는 밝은 법으로 다스려주시기를 바랍니다.”

　그렇게 하는 말이 폭포수 떨어지듯 쉴 새 없이 나오는데 듣고 보는 사람들이,

　“최병도가 죄 없는 사람이라.”

　“애매히 잡혀 온 사람이라.”

　“그 정경이 참 불쌍한 사람이라.”

하며 수군거리는 소리는 사람마다 있는 측은한 마음에서 나오는 말이라. 그러나 그중에 측은한 마음이 조금도 없는 사람은 감사 하나뿐이라, 부끄러운 생각이 있던지 얼굴이 벌게지며 두 볼이 축 처지도록 율기[31]를 잔뜩 뽐고 앉아서 불호령을 하는데, 최병도의 죄목은 새 죄목이라. 무슨 죄가 삽시간에 생겼는고? 최씨는 순리로 말을 하였으나 감사

는 그 말을 듣고 관정발악[32]한다 하면서, 형틀을 들여라, 별 형장을 들여라, 집장사령을 골라 세라 하는 영이 떨어지며, 물 끓듯 하는 사령들이 이리 몰려가고 저리 몰려가고 갈팡질팡하더니, 일변 형틀을 들여놓으며 일변 산장을 끼웠더니, 최병도를 형틀 위에 동그랗게 올려 매고 형문을 친다. 형방 영리는 목청을 돋아서 첫 매부터 피를 묻혀 올리라 하는 영을 전하는데 형문 맞는 사람은 고사하고 집장사령이 죽을 지경이라. 사령은 젖 먹던 힘을 다 들여 치건마는 감사는 헐장한다[33]고 벼락령이 내린다. 집장사령의 죽지를 떼어라, 오금을 끊어라 하는 서슬에 집장사령이 매질을 어떻게 몹시 하였던지 형문 한 치에 최병도가 정신이 있을락 없을락 할 지경인데, 그러한 최병도를 큰칼을 씌워서 옥중에 내려 가두니 그 옥은 사람 하나씩 가두는 별옥이라. 별옥이라 하면 최씨를 대접하여 특별히 편히 있을 곳에 가둔 것이 아니라 부자를 잡아오면 가두는 곳이 따로 있는 터이라.

무슨 까닭으로 별옥을 지었으며 무슨 까닭으로 부자를 잡아오면 따로 가두는고? 대체 그 감사가 백성의 돈 뺏어먹는 일에는 썩 솜씨 있는 사람이라. 별옥이 몇 간이나 되는 옥인지 부민을 잡아 오면 한 간에 사람 하나씩 따로따로 가두고 뒤로 사람을 보내서 으르고 달래고 꼬이고 별 농락을 다하여 돈을 우려낼 대로 우려내는 터이라.

최병도가 그런 옥중에 여러 달 동안을 갇혀 있는데 장처가 아물 만하면 잡혀 들어가서 형문 한 치씩 맞고 갇히나, 그러나 최씨는 종시 감사에게 돈 바치고 놓여 나갈 생각이 없고 밤낮으로 장독 나서 앓는 소리와 감사를 미워서 이 가는 소리뿐이라. 옥중에서 그렇게 세월을 보내는데 엄동설한에 잡혀갔던 사람이 그 이듬해가 되었더라.

하지 머리에 비가 뚝뚝 떨어지며 시골 농가에서는 눈코 뜰 새 없이 바쁜 터이라. 밀 보리 타작을 못다 하고 모심기 시작이 되었는데, 강릉

대관령 밑 경금 동네 앞 논에서 농부가가 높았더라. 보리곱삶이[34] 댓
되 밥을 먹은 후에 곁두리로 보리 탁주를 사발로 퍼먹은 농부들이 북통
같은 배를 질질 끌고 기역 자로 꾸부리고 서서 왼손에 모춤을 들고 오
른손으로 모포기를 찢어 심으며 뒷걸음을 슬슬 하여 나가는데 힘들고
괴로운 줄은 조금도 모르고 흥이 나서 소리를 한다. 그 소리는 선소리
꾼이 당장 지어 하는 소리인데 워낙 입심이 썩 좋은 사람이라, 서슴지
아니하고 소리를 메기는데 썩 듣기 좋게 잘하는 소리러라.

　서 마지기 방석 밤이 산골 논으로는 제법 크다, 여허 여허 어여라 상
사디야.
　한일자로 늘어서서 입구자로 심어가세, 여허 여허 어여라 상사디야.
　불볕을 등에 지고 진흙물에 들어서서 이 농사를 지어서 누구하고 먹
자 하노? 여허 여허 어여라 상사디야.
　늙은 부모 봉양하고 젊은 아내 배 채우고 어린 자식 길러내서 우리도
늙게 뉘움 보세. 여허 여허 어여라 상사디야.
　하느님이 사람 내고 땅님이 먹을 것 내서 우리 생명 보호하니 부모
같은 덕택이라, 여허 여허 어여라 상사디야.
　신농씨 교육받아 논밭 풀어 농사하고 수인씨 법을 받아 화식한 이후에
는 사람 생애 넉넉하여 퍼지느니 인종일세, 여허 여허 어여라 상사디야.
　쟁반 같은 논배미에 지뼘 한 뼘 물을 싣고 어레미 같은 써렛발로 목
침 같은 흙덩이를 팔고물같이 풀어놓았네, 여허 여허 어여라 상사디야.
　흙 한 덩이에 손이 가고 벼 한 포기에 공이 드니 이 공덕을 생각하면
쌀 한 톨을 누구를 주며 밥 한술을 누구를 줄까? 여허 여허 어여라 상
사디야.
　바특바특 들어서서 촘촘히 잘 심어라, 이 논이 토박하고 논임자는 가

난하여 봄 양식 떨어지고 굶기에 골몰하여 대관령 흔한 풀에 거름조차 못 하였다, 여허 여허 어여라 상사디야.

우리 동네 박첨지, 올해 농사 또 잘되겠데, 한 섬지기 농사, 사흘 갈이 밭농사에 백 짐 풀을 베어 넣고 그것도 부족하여 쇠두엄을 덮었다네, 여허 여허 어여라 상사디야.

염려되데 염려되데 박첨지 집 염려되데, 지붕 처마 두둑하고 볏섬이나 쌓였다고 앞뒤 동네 소문났데, 관가 염문에 들어가면 없는 죄에 걸려들어 톡톡 털고 거지 되리, 여허 여허 어여라 상사디야.

우리 동네 최서방님 굳기는 하지마는 그른 일은 없더니라, 벼 천이나 하는 죄로 영문에 잡혀가서 형문 맞고 큰칼 쓰고 옥중에 갇혀 있어 반 년을 못 나오데, 여허 여허 어여라 상사디야.

삼대독자 최서방님 조실부모하였으니 불효부제 죄목 듣기 그 아니 원통한가? 순사도 그 양반이 정씨 성을 가지고 돈 소리에만 귀가 길고, 원망 소리에는 귀먹었데, 여허 여허 어여라 상사디야.

우리 동무 내 말 듣게, 이 농사를 지어서 먹고 입고 남거든 돈 모을 생각 말고 술 먹고 노름하고 놀 대로 놀아보세, 마구 뺏는 이 세상에 부자 되면 경치느니, 여허 여허 어여라 상사디야.

한참 그렇게 흥이 나서 소리를 하다가 저녁곁두리 술 한 참을 또 먹는데, 술동이 앞에 삥 돌아앉아서 양대로 막 퍼먹고 모심기를 시작한다. 그때는 선소리꾼이 자진가락으로 소리를 메기는데 얼근한 김에 흥이 한층 더 나서 되고 말고 한 소리를 함부로 주워대는데, 나중에는 최병도의 노래뿐이라.

일락서산 해 떨어진다, 모춤을 들어라, 모포기를 찢어라, 얼른얼른 재우쳐서 저 논 한 뼘이 더 심어보자, 여허 여허 어여라 상사디야.

저기 선 저 아주머니 치마 뒤에 흙 묻었소, 동그마니 치켜 걷고 다부지게 심어보오, 먹고사는 생애 일에 넓적다리 남 뵈기로 무엇이 그리 부끄럽소, 여허 여허 어여라 상사디야.

고수머리 저 총각 음침하기는 다시없는데, 낮전부터 보아도 개똥 어머니 뒤만 따른다, 개똥 아버지가 살았던들 날라리 뼈 분질러 통솟대를 팠을라, 여허 여허 어여라 상사디야.

최풍헌 집 머슴 녀석 이리 와서 내 말 좀 들어라, 물갈이 논에 건갈이[35]하기, 찬물받이에 못자리하기, 물방아 찧다가 낮잠 자기, 보릿단 훔쳐다가 술 사 먹기, 제반악증[36]은 다 가진 놈이 최풍힌이 잔소리하고, 주인마누라 죽 자주 쑨다고 무슨 염치에 흥을 보아, 여허 여허 어여라 상사디야.

모춤 나르는 강생원 얼굴 좀 들어서 나를 쳐다보오, 그따위로 행세를 하다가, 쳇불관[37] 쓰고 몽둥이 맞으리, 코홀쩍이 술장사년 무엇이 탐나서 미쳤소, 밀 한 섬 팔아서 치마 해주고, 아씨 강샘을 만나서 노랑 수염을 다 뽑히고 동경 강생원이 되었는데, 여허 여허 어여라 상사디야.

이 논 임자 배춘보, 인심 좋기는 다시없는데, 저 먹을 것은 없어도 일꾼 대접은 썩 잘하데, 보리 탁주 곁두리 실컷 먹고 또 남았네, 배춘보야, 들어보아라, 네가 참 잘 알아챘다, 막 먹고 막 써서 부모 세덕 다 없애고 가난뱅이 되었으니 네 신상에는 편하니라, 볏 백이나 하던 재물 지금까지 지녔던들 걸렸을라 걸렸을라, 영문 고밀개[38]에 걸렸을라, 강원감사 정등내 곰배 정자는 아니지마는 고밀개는 가지고 왔데, 앞으로 끌고 뒤로 끌고, 이리 끌고 저리 끌고, 자나 굵으나 굵으나 자나, 득득 긁어 들이는 판에, 너조차 걸려들어 사령에게 고랑 맛, 사또 앞에 태장 맛, 이 세상에 따가운 맛 볼 대로 다 본 후에 네 재물 있는 대로 툭툭 떨어 다 바치고 거지 되어 나왔을라, 여허 여허 어여라 상사디야.

못 볼러라 못 볼러라, 불쌍하여 못 볼러라, 우리 동네 최서방님, 불쌍하여 못 볼러라, 옥 부비[39] 보낼 때에 내가 갔다 어제 왔다, 옥사장에게 인정 쓰고 겨우 들어가 보았다, 여허 여허 어여라 상사디야.

거적자리 북데기[40]는 개국 원년에 깐 것인지, 더럽기도 하려니와 밑에서는 썩어나데, 사람 자는 아랫목은 보리알 같은 이 천지요, 똥 누는 윗목에는 꽁지벌레 천지라, 설설 기어 다니다가 사람에게로 기어오네, 여허 여허 어여라 상사디야.

그 속에서 잠자고 그 속에서 밥 먹는 최서방님을 볼진대 눈물 나서 못 보겠데, 우리 눈이 무디지마는 오지랖이 다 젖었다, 여허 여허 어여라 상사디야.

누렇게 뜬 얼굴 눈두덩이 수북한데 살이 찐 줄 알았더니 부기가 나서 그러하데, 여허 여허 어여라 상사디야.

빗지 못한 협수머리 갈깃머리가 되어서 눈을 덮고 귀를 덮어, 귀신같이 된 모양 꿈에 볼까 겁나데, 여허 여허 어여라 상사디야.

형문 맞은 앞정강이 살이 푹푹 썩어나고 하얀 뼈가 드러나서 못 볼러라 못 볼러라, 소름 끼쳐 못 볼러라, 여허 여허 어여라 상사디야.

독하더라 독하더라, 순사도가 독하더라, 아비 쳐 죽인 원수라도 그렇게는 못 할네, 목을 베면 베었지, 사람을 어찌 썩혀 죽이나, 여허 여허 어여라 상사디야.

글 잘하는 양반이 말을 하여도 남다르데, 최서방님이 나를 보고 순사도를 욕을 하는데, 나라 망할 놈이라고 이를 북북 갈고 피를 퍽퍽 토하면서, 우리나라 백성들이 불쌍하다고 말을 하니, 그 매를 그렇게 맞고 그 고생을 그리 하면서 내 몸 생각은 조금도 없고 나라 망할 근심이데, 여허 여허 어여라 상사디야.

못 살러라 못 살러라, 최서방님 못 살러라, 장독 나서 못 살러라, 먹지 못해 못 살러라, 최서방님 살거들랑 내 손톱에 장 지져라, 여허 여허 어여라 상사디야.

최본평 댁 아씨께는 이런 말도 못 했다. 남이 들어도 눈물을 내니 그 아씨가 들으시면 오죽 대단하시겠나, 여허 여허 어여라 상사디야.

그 서방님이 돌아가면 그 댁 일도 말 못 되네. 아들 없고 딸뿐인데 과부 아씨가 불쌍하다, 여허 여허 어여라 상사디야.

최서방님 죽었다고, 통부通訃[41] 오는 그날로 동네 백성 우리들이 송장 찾으러 여럿이 가서 기구 있게 메고 오세, 여허 여허 어여라 상사디야.

장사를 지낼 때도 우리들이 상여꾼이 되어 소방상[42] 대틀에 기구 있게 메고 가며 상두 소리나 잘해보세, 여허 여허 어여라 상사디야.

무덤을 지을 때도 우리들이 달굿대 들고 달구질이나 잘해 보세, 여허 여허 어여라 상사디야.

죄 없는 최서방님, 원주 감영 옥중에서 원통히 죽은 넋두리는 입담 좋고 넉살 좋은 김헐렁이 내가 하마, 여허 여허 어여라 상사디야.

그 농부가 소리가 최병도 집 안방에서 낱낱이 들리는 터이라. 해는 뚝 떨어져서 땅거미가 되고 저녁연기는 슬슬 몰려서 대관령 산 밑에 한 일자로 비꼈는데 농부가는 뚝 그치고, 최병도 집 안방에서 울음소리가 쌍으로 일어난다. 하나는 최병도 부인의 울음소리요, 또 하나는 그 딸 옥순이가 어머니를 따라 우는 소리라. 최병도의 부인이 목을 놓아 울며 원통한 사정을 말한다.

"이애 옥순아, 저 농부의 노랫소리를 너도 알아들었느냐? 너의 아버지께서 원주 감영 옥중에서 돌아가시게 되었다는구나. 너의 아버지께서 일평생에 그른 일 하시는 것은 내 눈으로는 못 보고, 내 귀로는 못

들었다. 무슨 죄가 있다고 강원 감사가 잡아다가 땅땅 때려죽인단 말이냐? 에그, 이를 어찌하잔 말이냐? 너의 아버지께서 귀신 모르는 죽음을 하신단 말이냐? 감사도 사람이지 남의 돈을 뺏어먹으려고 무죄한 사람을 잡아다가, 돈이 나오도록 제반 악형을 모두 하고 옥중에 가두었다가 돈을 아니 준다고 필경 목숨까지 없애버린단 말이냐? 이애 옥순아 옥순아, 너의 아버지께서 병이 들어 돌아가시더라도 청춘과부 되는 내 평생에 설움이 한량없을 터인데, 생때같이 성한 너의 아버지가 남의 손에 몹시 돌아가시면 내 평생에 한 되는 마음이 어떠하겠느냐? 옥순아 옥순아, 너의 아버지가 참 돌아가시면 나는 너의 아버지를 따라 죽겠다.”

하며 기가 막혀 우는데, 옥순이가 그 말을 듣더니 그 어머니 무릎 위에 올라앉아서 어머니를 얼싸안고 울며,

“어머니 어머니, 어머니가 죽으면 나 혼자 어찌 사나? 어머니가 죽으려거든 나 먼저 죽여주오.”

하며 모녀가 마주 붙들고 우는 소리에 그 동네 사람들은 그 울음소리를 듣더니, 최병도가 죽었다는 기별을 듣고 우는 줄 알고, 최병도가 죽었다고 영절스럽게[43] 하는 말이, 한 입 건너 두 입, 두 입 건너 세 입, 그렇게 온 동네로 퍼지면서 말이 점점 보태고 점점 와전이 되어, 회오리바람 불듯 뺑뺑 돌아들고 돌아들어서 한 사람의 귀에 세 번, 네 번을 거푸 들리며, 사람마다 그 말이 진적한 소문인 줄로 여겼더라. 이웃에 사는 늙은 할미 하나가 두어 달 전에 외아들 참척[44]을 보고 제 설움이 썩 많은 사람이라, 최병도 집에 와서 안방 문을 열고 와락 들어오며,

(할미) “에그, 이런 변이 있나? 이 댁 서방님이 돌아가셨다네.”

하더니 청승주머니가 툭 터지며 목을 놓고 우니, 그때 부인이 울고 앉았다가 그 소리에 깜짝 놀라서 고개를 번쩍 들며,

(부인) “응, 그것이 무슨 말인가? 그 말을 뉘게 들었나? 이 사람, 이

사람, 울지 말고 말 좀 자세히 하게."

하면서 정작 설워할 본평 부인은 정신을 차려서 말을 하나, 그 할미는 대답할 경황도 없이 우는지라, 동네 농군의 계집들이 할미 대신 대답을 하는데,

'나도 그 말을 들었소, 나도 들었소, 나도, 나도' 하는 소리에 부인이 그 말을 더 물을 경황도 없이 기가 막혀 울기만 한다. 본래 그 동네에서 최병도가 무죄히 잡혀간 것은 사람마다 불쌍히 여기는 터이라. 최병도가 인심을 그렇게 얻은 것은 아니나, 강원 감사에게 학정虐政을 받고 사는 백성들의 마음이라, 초록은 한 빛이 되어 감사를 원망하고 최병도의 일을 원통히 여기던 차에, 최병도 죽었다는 말을 듣고, 남의 일 같지 아니하여 동네 사람들이 남녀노소 없이 최병도 집에 와서 화톳불을 질러놓고 밤을 새우면서 공론이 부산하다.

최병도 집은 외무주장⁴⁵하게 된 집이라, 동네 사람들이 제 일같이 일을 보는 것이 도리에 옳다 하여 일변으로 송장 찾으러 갈 사람들을 정하고, 일변으로 초상 치를 의논 하는 중에 박좌수라 하는 노인이 오더니 그 일 주장하는 사람이 되었더라.

본래 박좌수는 십 년 전에 좌수를 지내고, 일도 아는 사람이라, 최병도 죽었다는 기별이 왔느냐 물으며 그 말 들은 곳을 캐는데, 필경은 풍설인 줄 알고 일변으로 계집사람을 안으로 들여보내서, 최부인에게 헛소문이라는 말을 자세히 하고, 일변으로 원주 감영에 전인하여 알아보라 하니, 헛소문이라는 말을 듣고, 어떻게 기쁘던지 눈에는 눈물이 떨어지며 얼굴에는 웃음빛이 띠었더라.

그때는 밤중이라 감영에로 급주를 띄워 보내더라도 대관령 같은 장산을 사람 하나나 둘이나 보내기는 염려된다 하여 장정 사오 인을 뽑아 보내려 하는데, 최부인이 그 남편 생전에 얼굴 한번을 만나보겠다 하여

교군을 얻어달라 하거늘, 몸수고 아끼지 아니하는 농부들이 자원하여 교군꾼으로 나서니 비록 서투른 교군이나, 장정 여덟 명이 번갈아 가며 교군을 메고 들장대질[46]을 하는데 주마같이 빠른 교군을 타고 가면서 날개 돋쳐 날아가지 못함을 한탄하는 사람은 그 교군 속에 앉은 최부인의 모녀이라.

유문 주막에서 서로 마주 보이는 먼 산 밑에 푸른 연기 나고 나무 우뚝우뚝 선 틈으로 사람의 집이 즐비하게 보이는 것은 원주 감영이라. 교군꾼이 교군을 내려놓고 쉬면서 최부인더러 들어보라는 말로, 저희끼리 원주 감영을 가리키며 십 리쯤 남았느니, 거진 다 왔느니, 여기 앉아서 땀이나 들여 가지고 한 참에 원주 감영을 가느니 하면서 늑장을 붙이고 앉았는데, 최부인이 교군 틈으로 원주 감영을 바라보다가 그 남편의 일이 새로이 염려가 되어서 가슴이 두근두근하고 몸이 벌벌 떨리면서 눈물이 떨어지니, 옥순이가 그 어머니 낙루하는 것을 보고 마주 눈물을 흘린다.

치악산 비탈로 향하여 가는 나무꾼 아이들이 지게 목발을 두드리며 노래를 하는데 근심 있는 최부인의 귀에 유심히 들린다.

낭이라데 낭이라데, 강원 감영이 낭이라데, 두리기둥, 검은 대문 걸려들면 낭이라데, 애에고 날 살려라.

도둑질을 하더라도 사모 바람에 거드럭거리고, 망나니짓을 하여도 금관자 서슬에 큰기침한다. 애에고 날 살려라.

강원도 두멧골에 살찐 백성을 다 잡아먹어도 피똥도 아니 누고 뱃병도 없다데, 애에고 날 살려라.

아귀 귀신 내려왔네, 아귀 귀신 내려왔네, 원주 감영에 동토動土가 나서 아귀 귀신 내려왔네, 애에고 날 살려라.

고사떡을 잘해놓으면 귀신 동토는 없지마는 먹을 양식을 다 없애고 굶어 죽기가 원통하다, 애에고 날 살려라.

아귀 귀신 환생을 하여 당나귀가 되었네, 강원 감영이 망패[47]가 들어서 선화당 마루가 마판이 되었네, 애에고 날 살려라.

귀웅을 득득 뜯고, 굽통을 탕탕 치다가 먹을 것만 주면은 코를 확확 내분다, 애에고 날 살려라.

물고 차는 그 행실에 사람도 많이 상했지마는 남의 집 삼대독자 죽이는 것은 악착한데, 애에고 날 살려라.

명년 삼월 치악산에 나무하러 오지 마세, 강릉 사람이 못 돌아가고 불여귀不如歸[48] 새가 되면 밤낮 슬피 울 터이라, 불여귀 불여귀 불여귀, 구슬픈 그 새소리를 누가 듣기 좋을쏜가, 애에고 날 살려라.

그러한 노랫소리가 최부인의 귀에 들어가며 부인의 오장이 살살 녹는 듯하여 남편을 보고 싶던 마음이 없어지고, 앉은 자리에서 눈 녹듯이 녹아지고 스러져, 이 세상을 몰랐으면 좋겠다 싶은 생각뿐이라.

교군꾼들은 저희들끼리 잔소리를 하느라고 나무꾼 아이들이 무슨 노래를 하는지 모르고 있던 터이라. 담뱃대를 탁탁 떨고 교군을 메고 원주 감영으로 살 가듯 들이모는데, 젖은 담배 한 대 탈 동안이 될락 말락하여 원주 감영으로 들어가더라.

최병도는 강릉 바닥에서 재사로 유명하던 사람이라. 갑신년 변란 나던 해에 나이 스물두 살이 되었는데 그해 봄에 서울로 올라가서 개화당의 유명한 김옥균[49]을 찾아보니, 본래 김옥균은 어떠한 사람을 보든지 옛날 육국 시절에 신릉군[50]이 손 대접하듯이 너그러운 풍도가 있는 사람이라. 최병도가 김씨를 보고 심복이 되어서 김씨를 대단히 사모하는 모양이 있거늘, 김씨가 또한 최병도를 사랑하고 기이하게 여겨서 천하 형세도 말한 일이 있고, 우리나라 정치 득실도 말한 일이 많이 있으나 우리나라를 개혁할 경륜[51]은 최병도에게 말하지 아니하였더라. 갑신년 시월에 변란이 나고 김씨가 일본으로 도망한 후에 최씨가 시골로 내려가서 재물 모으기를 시작하였는데, 그 경영인즉 재물을 모아 가지고 그 부인과 옥순이를 데리고 문명한 나라에 가서 공부를 하여 지식이 넉넉한 후에 우리나라를 붙들고 백성을 건지려는 경륜이라. 최병도가 동네 사람들에게 재물에는 대단히 굳은 사람이라는 말을 들었으나 최병도의 마음인즉, 한두 사람을 구제하자는 일이 아니요, 팔도 백성들이 도탄에 든 것을 건지려는 경륜이 있었더라.

그러나 최병도가 큰 병통이 있으니 그 병통은 죽어도 고치지 못하는 병통이라. 만만한 사람을 보면 숨도 크게 쉬지 아니하는 지체 좋은 사람이, 양반 자세하는 것을 보든지, 세력 있는 사람이 세력으로 누르려 든지 하는 것을 당할 지경이면 몸을 육포를 켠다 하더라도 지고 싶은 마음은 조금도 없는 위인이라.

원주 감영으로 잡혀갈 때에 장차들에게 무슨 마음으로 돈을 주었던지, 감영에 잡혀간 후에 감사에게 형문을 그리 몹시 맞으면서도 하고 싶은 말을 낱낱이 하고 반년이나 갇혀 있어도 감사에게 돈 한 푼 줄 마음이 없는지라. 동네 사람이 혹 문옥하러 와서 그 모양을 보고 최병도를 불쌍히 여겨서 권하는 말이, '돈을 아끼지 말고 감사에게 돈을 쓰고 놓여 나갈 도리를 하라' 하는 사람도 있으나, 최병도가 종시 듣지 아니한 터이라.

찍으려는 황새나 찍히지 아니하려는 우렁이나 똑같다 하는 말이 정 감사와 최병도에게 절당한 말이라. 감사는 기어이 최씨의 돈을 먹은 후에 내놓으려 들다가, 최씨가 돈을 아니 쓰려는 줄을 알고 기가 나서 날뛰는데, 대체 최병도의 마음에는 찬밥 한술이 아까운 것이 아니라 고양이 버릇이 괘씸하다는 말과 같이, 돈이 아까운 것이 아니라, 백성을 못 살게 구는 놈은 나라에도 적이요 백성의 원수라, 그런 몹쓸 놈을 칼로 모가지를 썩 도리고 싶은 마음뿐이요, 돈 한 푼이라도 먹이고 싶은 마음이 없었더라. 최씨가 마음이 그렇게 들어갈수록 입에서 독한 말만 나오는데, 그 소문이 감사의 귀로 낱낱이 들어가는지라. 감사가 욕먹고 분한 마음과 돈을 못 얻어먹어서 분한 마음과, 두 가지로 분한 생각이 한 번에 나더니, 졸라 매인 망건편자가 탁 끊어지며 벼락령이 내리는데, 영문이 발끈 뒤집힌다.

"대좌기를 차려라. 강릉 최반을 잡아들여라. 불연목을 들어라."

하더니 기를 버럭버럭 쓰며 최병도를 당장에 물고를 시키러 드니, 최병도가 감사를 쳐다보며 소리소리 지른다.

"무죄한 백성을 무슨 까닭으로 잡아 왔으며, 형문을 쳐서 반년이나 가두어두는 것은 무슨 일이며, 장처가 아물 만하면 잡아들여서 중장하는 것은 웬일이며, 오늘 물고를 시키려는 일은 무슨 죄이오니까? 죄 없는 사람 하나를 죽이며 죄 없는 사람 하나를 형벌하는 것(殺一不辜刑一不辜)은 만승천자라도 삼가서 아니 하는 일이요, 또 못 하는 일이올시다. 강원도 백성이 순사도의 백성이 아니라, 나라 백성이올시다. 만일 생이 나라에 죄를 짓고 죽을진대 나랏법에 죽는 것이요, 순사도의 손에 죽는 것은 아니올시다마는, 지금 순사도께서 생을 죽이시는 것은 생이 사혐에 죽는 것이요, 법에 죽는 것은 아니오니, 순사도가 무죄한 사람을 죽이시면 나라에 죄를 지으시는 것이올시다. 맙시사 맙시사, 그리를 맙시사. 생의 한 몸이 죽는 것은 조금도 아까울 것이 없으나, 생의 몸 밖에 아까운 것이 많습니다. 순사도께서 어진 정사로 백성을 다스리지 아니하시고, 옳은 법으로 죄인을 다스리지 아니하시면, 강원도 백성들이 누구를 믿고 살겠습니까? 백성이 살 수가 없이 되면 나라가 부지할 수가

없을 터이오니 널리 생각하시고 깊이 생각하셔서, 이 백성을 위하여줍
시사. 옛말에 하였으되, '백성은 나라의 근본이라, 근본이 굳어야 나라
가 편안하다' 하니, 그 말을 생각하셔서 이 백성들을 천히 여기지 말으
시고, 희생같이 알지 말으시고, 원수같이 대접을 맙시사. 순사도께서
이 백성들을 수족같이 알으시고, 동생같이 여기시고, 어린 자식같이 사
랑하시면 이 백성들이 무궁한 행복을 누리고, 이 나라가 태산과 반석같
이 편안할 터이오나, 만일 그렇지 아니하여 백성이 도탄에 들을 지경이
면, 천하의 백성 잘 다스리는 문명한 나라에서 인종을 구한다는 옳은
소리를 창시하여 그 나라를 뺏는 법이니, 지금 세계에 백성 잘못 다스
리던 나라는 망하지 아니한 나라가 없습니다. 애급[52]이라는 나라도 망
하였고, 파란[53]이라는 나라도 망하였고, 인도라는 나라도 망하였으니,
우리나라도 백성에게 포학한 정사를 행할 지경이면 나라가 망하는 것
은 순사도는 못 보시더라도 순사도 자제는 볼 터이올시다."

그렇게 하는 말이 폭포수 떨어지듯 쉬지 않고 나오는데, 감사는 최병
도 죽일 마음만 골똘하여 무슨 말이든지 트집 잡을 말만 나오기를 기다
리던 판에, 나라가 망한다는 말을 듣고 낚시에 고기나 물린 듯이 재미
가 나서 날뛰는데, 다시는 최병도의 입에서 말 한마디 못 나오게 하며
물고령이 내린다.

"응? 나라가 망한다니! 네 그놈의 아가리를 짓찧고 당장에 물고를 내
어라!"

하는 영이 뚝 떨어지며, 좌우 옆에서 사령들이 벌떼같이 달려들며 주장
대로 최병도의 입을 콱콱 짓찧으니, 바싹 마른 두 볼에서 웬 피가 그리
많이 나던지 입에서 선지피가 쏟아지며 이는 부러지고 잇몸은 깨어지
고 아래턱은 어그러지면서 최병도가 다시는 아무 소리도 못 하고, 매가
떨어지는 대로 고개만 끄덕거린다.

그때 마침 최부인이 원주 감영으로 들어가는데 교군꾼은 뙤약볕에 비지땀을 뚝뚝 떨어뜨리면서, 유문 주막집에서 먹은 막걸리가 원주 감영에 들어올 무렵에 얼근하게 취하여 오는데, 그 무거운 교군을 메고 무슨 흥이 그렇게 나던지 엉덩춤을 으슬으슬 추며, 오그랑벙거지[54] 밑으로 고갯짓을 슬슬 하며, 앞의 교군꾼은 엮음시조 하듯이 잔소리가 연하여 나온다.

"채암돌이 촘촘하다, 건너서라 개천이다, 조심하여라 외나무다리다, 발 잘 맞추어라 교군 잘 모셔라."

그렇게 지껄이며 유문 주막에서 단참에 원주 읍내로 들어가는데, 원주 감영에 무슨 일이 있는지 없는지 모르고 쏜살같이 들어가며, 사처는 진람문 밖 주막집으로 정할 작정이라. 진람문 밖에 다다르니 사람이 어찌 많이 모였던지 헤치고 들어갈 수가 없는지라, 교군꾼이 교군을 메고 서서 좀 비켜달라 하나, 모여선 사람들이 비켜서기는 고사하고 사람끼리 기름을 짜고 서서, 뒤에 선 사람은 앞에 선 사람을 밀고, 앞에 선 사람은 더 나갈 수가 없으니 밀지 말라 하며 와글와글하는 중이라. 대체 무슨 좋은 구경이 있어서 그렇게 모였는지 뒤에 선 사람들은 송곳눈을 가졌더라도 뚫고 볼 수가 없는 구경을 하고 섰는데, 그 구경인즉 진람문 앞에서 죄인 때려죽이는 구경이라. 그날은 원주 읍내 장날인데 장꾼들이 장은 아니 보고 송장 구경을 하러 왔던지 진람문 밖에 새로 장이 섰다. 교군꾼이 길가에 교군을 내려놓고 구경꾼더러 무슨 구경을 하느냐 묻다가 깜짝 놀라서 교군 앞으로 와락 달려들며,

"본평 아씨, 진람문 밑에서 본평 서방님을 때려죽인답니다."

하는 소리에 부인이 기가 막혀서 교군 속에서 목을 놓아 우는데, 큰길가인지 인해 중인지 모르고 자기 안방에서 울듯 운다. 섧고 원통하고 악이 나는 판이라, 감사는 고사하고 하늘에서 뚝 떨어져 내려온 사람일

지라도 겁나는 마음이 조금도 없이 원망과 악담을 하며 운다.

진람문 근처의 사람은 최병도 매 맞는 경상을 구경하고, 최부인의 교군 근처에 섰는 사람은 최부인 울음소리를 듣고 섰다. 최병도 매 맞는 구경하는 사람들은 끔찍끔찍한 마음에 소름이 죽죽 끼치고, 최부인의 울음소리 듣는 사람들은 남의 일에 콧날이 시큰시큰하며 눈물이 슬슬 돈다. 남의 일에 눈물 잘 나는 사람이 따로 있다 하지마는, 최부인이 울며 하는 소리 듣는 사람은 목석같은 오장을 타고났더라도, 그 소리에 오장이 다 녹을 듯하겠더라.

최부인의 우는 소리는 모기 소리같이 가늘더니, 설운 사정 하는 소리 는 청청하게 구름 속으로 뚫고 올라가는 것 같다.

"맙시사 맙시사, 그리를 맙시사. 감사도 사람이지, 남의 돈을 뺏어먹 으려고 무죄한 사람을 잡아다가 갖은 악형을 다 하더니 돈을 아니 준다 고 사람을 어찌 죽인단 말이냐? 지금 내로 날까지 잡아다가 진람문 밑 에서 때려죽여다고. 아비 쳐 죽인 원수라더냐? 어미 쳐 죽인 원수라더 냐? 저렇게 죽일 죄가 무엇이란 말이냐? 애고 애고, 애고, 이 몹쓸 도적 놈아, 내 재물 있는 대로 가져가고 우리 남편만 살려다고. 네가 남의 재 물을 그렇게 잘 뺏어먹고 천년이나 만년이나 살 듯이 극성을 부리지마 는 너도 초로 같은 인생이라. 꿈결 같은 이 세상을 다 지내고 죽는 날은 몹쓸 귀신 되어 지옥으로 들어가서, 저 죄를 다 받노라면 만겁천겁萬劫 千劫을 지내더라도 네 죄는 남을 것이요, 네 고생을 못다 할 것이니, 우 리 내외는 원귀 되어 지옥 맡은 옥사장이나 되겠다.

애고 애고, 이 설운 사정을 누구더러 하며 이 원정을 어디 가서 하 나? 형조에 가서 정하더라도 쓸데없는 세상이요, 격증을 하더라도 나 만 속는 세상이라, 이 원수를 어찌하면 갚는단 말이냐? 옥순아 옥순아, 나와 같이 죽어서 하느님께 원정이나 가자. 사람을 이렇게 지원절통[55]

하게 죽이는 세상에 너는 살아 무엇 하겠느냐? 가자 가자, 하느님께 원정을 가자. 우리나라 백성들은 다 죽게 된 세상인가 보다. 하루바삐, 한시바삐, 한시바삐 어서 가서 하느님께 이런 원정이나 하여보자. 애고 설운지고, 사람이 저 살 날을 다 살고 병들어 죽더라도, 처자 된 마음에는 섧다 하거든, 생목숨이 남의 손에 맞아 죽느라고 아프고 쓰린 경상을 당하는 사람의 마음은 어떠할꼬? 하느님 하느님, 굽어보고 살펴봅시사.”

하며 우는데, 읍내바닥의 중늙은이 여편네가 교군 앞뒤로 늘어서서 그 일을 제가 당한 듯이 눈물을 흘리며, 감사가 몹쓸 양반이란 말을 하고 섰는데, 별안간에 사람들이 우우 몰려 헤지며, 영문군노 사령이 들끓어 나와서 강릉 경금서 온 교군꾼을 찾더니, 당장에 교군을 메고 원주 지경을 넘어가라 하며, 교군꾼들을 후려 때리며 재촉하거늘, 교군꾼들이 겁이 나서 교군을 메고 유문 주막을 향하고 달아나는데 북문 밖 너른 들로 최부인의 모녀 울음소리가 유문 주막을 향하고 나간다.

  탐장하는 감사의 옆에는 웬 조방꾼과 염문꾼의 속살거리는 놈이 그리 많던지 청 한 가지 못 얻어 하여 먹는 위인들일지라도 아무쪼록 긴한 체하느라고 못된 소문은 곧잘 들어갔다가 까바치는 관속과 아객이 허다한 터이라. 최부인이 울며 감사에게 악담과 욕 하던 소문이 감사의 귀에 들어갔는데, 만일 남자가 그런 짓을 하였을 지경이면 무슨 큰 거조[56]가 또 있었을는지 모를 터이나 대민大民의 부녀이라 어찌할 도리가 없는 고로 축출경외하라는 영이 나서 최부인의 교군이 쫓겨 나갔더라.

  그때 날은 한나절이 될락 말락 하고 최병도의 명은 떨어질락 말락 한데 호방 비장이 무슨 착한 마음이 들었던지 감사의 앞으로 썩 들어서더니, 최병도의 공송을 한다.

  (호방) “최병도를 죽일 터이면 중영으로 넘겨서 죽이는 일이 옳지, 감

영에서 죽일 일이 아니올시다. 또 최병도가 죽은 후에 누가 듣든지, 아무 죄 없는 사람이 죽었다 할 터이니 사또께서 일시의 분을 참으셔서 물고령을 거두시면 좋겠습니다.”

(감사) “그래, 그놈을 살려 보내잔 말인가?”

(호방) “지금 백방을 하더래도 살 수는 없는 터이니, 최가가 숨 떨어지기 전에 얼른 놓아 보내시면, 사또께서는 무죄한 백성을 죽이셨다는 말도 아니 들으실 터이요, 최가는 말이 놓여 나간다 하나 미구에 숨이 떨어질 모양이랍니다. 지금 최병도의 처가 어린 딸을 데리고 큰길가에서 그런 효상[57]을 부리다가 쫓겨 나가고, 최병도는 오늘 영문에서 장폐하면 제일 소문이 좋지 못할 터이니, 물고령을 거두시는 것이 좋을 일이올시다.”

감사가 그 말을 듣더니 호방의 얼굴을 물끄러미 쳐다보다가 무슨 생각을 하는 모양이라. 호방의 얼굴은 왜 쳐다보며, 생각은 무슨 생각을 하는지, 감사가 말은 아니 하나 구렁이 다된 호방이 최가의 돈을 먹고 청을 하나 의심이 나서 보는 것이요, 무슨 생각 하는 것은 호방이 돈을 먹었든지 아니 먹었든지, 방장 숨이 넘어가게 된 최병도를 죽여도 아무 유익은 없는 터이라, 어찌하면 좋을꼬 하는 그런 생각이라. 호방이 무슨 말을 다시 하려는데 감사가 기침 한 번을 하더니, 최병도 물고령을 거두고 밖으로 놓으라 하는 영이 내리더라. 치악산 높은 봉을 안고 넘어가는 저녁볕에 울고 가는 까마귀 한 마리가 휘휘 돌아 내려오더니, 원주 유문 주막집 앞에 휘어진 버들가지에 앉으며 꽁지는 서천에 걸린 석양을 가리키고 너울너울 흔들며 주둥이는 동으로 향하여 운다.

“까막 까막 깍깍, 까옥 까옥 깍깍.”

가지각색으로 지저귀는데 그 버들 그림자는 어떤 주막집 사첫방[58] 서창에 드리웠고, 그 까마귀 소리는 그 방에 하룻밤 숙소 참으로 든 최부인 귀에 유심히 들린다. 귀가 쏘는 듯, 뼈가 죄는 듯, 오장이 녹는 듯하여 눈물이 비 오듯 하나 주막집에서 울음소리 냅뜰 수는 없는지라. 다만 흑흑 느끼기만 하며 철없는 옥순이를 데리고 설운 한탄을 한다.

"옥순아 옥순아, 까마귀는 군자 같은 새라더니 옛말이 옳은 말이로구나. 너의 아버지께서 산도 설고 물도 설고 이전에 알던 사람 하나 없는 원주 감영에 와서 원통히도 돌아가시는데 어느 때에 운명을 하셨는지 통부 전하여줄 사람 하나 없지마는, 영물의 까마귀가 너의 아버지 통부를 전하여주느라고 저렇게 짖는구나. 우리는 영문 사령에게 축출 경외를 당하고 여기까지 쫓겨 오느라고 정신없이 왔으나 사람이나 좀 보내보자."

하더니 정신없는 중에 정신을 차려서 배행 하인으로 데리고 온 천쇠를 불러서 원주 감영에 새로이 전인을 한다.

천쇠가 이태, 삼 년 머슴 들었던 더부살이라 주인에게 무슨 정성이 그렇게 대단할 것은 없으나 주인의 사정을 어찌 불쌍히 여겼던지, 먼 길에 삐쳐 와서 되짚어 유문 주막 십 리를 나온 사람이 곤한 것을 잊어버리고 달음박질을 하여 원주 감영으로 향하고 들어가며 노래를 하는데 무식한 농군의 입에서 유식한 소리가 나온다.

"치악산 상상봉에 넘어가는 저 햇빛, 너 갈 길도 바쁘지마는 본평 아씨 사정을 보아서 한참 동안만 가지 말고 그 산에 걸렸거라. 본평 서방님 소식 알러 김천쇠가 급주를 간다. 오늘 밤 내로 못 다녀오면 본평 아씨가 잠 못 자고 옥순아기를 데리고 울음으로만 밤을 새운다. 우산낙조 제경공도 햇빛을 멈추고 삼사를 갔다."

하며 몸에서 바람이 나도록 달아나는데 너른 들 풀밭 속에 석양은 묘묘하고 노래는 청청하다. 웬 교군 한 채가 동으로 향하여 폭풍우같이 몰려오는데, 교군은 몇 푼짜리 못 되는 세보교[59]이나 기구는 썩 대단한 모양이라. 오그랑벙거지 쓴 교군꾼 십여 명이 들장대를 들고 두 발자국, 세 발자국 만에 들장대질을 한 번씩 하며 주마같이 달려오는 교군을 보고 천쇠가 길가로 비켜서며 앞장 든 교군 속을 기웃기웃 건너다보다가, 천쇠가 소리를 버럭 질러서 본평 서방님을 불렀더라.

그 교군은 최병도의 교군이라. 최병도가 그날 백방이 되어 주막집으로 나왔는데 전신이 핏덩어리라, 누가 보든지 살지는 못하겠다 하고, 최씨의 마음에도 살아날 수는 없으나, 그러나 정신은 말갛게 성한지라, 목숨이 혹 이삼 일만 부지하여 있을 지경이면 집에 가서 처자나 만나보고 죽겠다 하고, 교군 삯은 달라는 대로 주마 하고 원주 읍내서 교군 잘하는 놈으로 뽑아 세우니, 세상에 돈이 참 장사요, 돈이 제갈량이라. 삼백삼십 리를 온 이틀이 다 못 되어 들어가겠다 장담하고 나서는 교군꾼이 십여 명이라. 해질 때에 떠났으나, 가다가 횃불을 잡히더라도 삼사십 리는 갈 작정이라. 천쇠가 무슨 소리를 지르는지 아니 지르는지, 교군꾼들은 들은 체도 아니 하고 달아난다. 천쇠가 교군 뒤로 따라오며 소리소리 질러서 교군을 멈추라 하니, 최씨가 그 소리를 알아듣고 교군을 멈추고 천쇠를 불러 말을 묻다가 그 부인과 딸이 유문 주막에 있다는 말을 듣고 대장부 눈에서 눈물이 떨어지며 피 묻은 옷깃이 다시 눈물에 젖었더라.

유문 주막은 최씨의 내외 상봉하고, 부녀 상봉하는 곳이라. 슬프던 끝에 기쁜 마음 나고, 기쁘던 끝에 다시 슬픈 마음이 나는데, 누가 더하고 누가 덜하다 할 수가 없는 터이나, 최병도는 기운이 탈진하여 통성도 없이 누웠고, 옥순이는 어린아이라 울다가 그 어머니 무릎에 기대고 잠이 들었는데, 부인은 잠 못 이루어 등잔을 돋우고 그 남편 앞에 앉아서 밤을 새운다. 하지머리 짧은 밤도 근심으로 밤을 새우려면 그 밤이 별로이 긴 것 같은 법이라. 그 남편이 운명을 하는가 의심이 나서 불러

보고 불러보다가, 그 남편이 대답 한번 하려면 힘이 드는 모양같이 보이는 고로 불러보지도 못하고 앉아서 속만 탄다. 이 몸이 의원이나 되었더면, 맥이나 짚어보고 싶고, 이 몸이 불사약이나 되었으면 남편의 목숨이나 살려보고 싶고, 이 몸이 저승에 갈 수가 있으면 내가 대신 죽고 남편을 살려달라고 축원을 하여보고 싶고, 이 몸이 구름이나 되었으면 남편을 곱게 싸가지고 밤 내로 우리 집에 가서 안방 아랫목에 뉘어놓고 피 묻고 땀 배인 저 옷도 갈아입히고 병구원[60]이나 마음대로 하여보련마는, 그 재주 지 재주 다 없고, 주막집 단간 사첫방에서 꼼짝을 못 하고, 물 한 그릇을 떠오라 하더라도 어린 옥순이를 심부름시키는 터이라. 남편이 숨이 넘어가는 지경에 무엇을 가릴 것이 있으리오마는, 팔도 모산지배가 다 모여 자는 주막이라, 사람을 겁내고 사람을 부끄러워하며 삼십 년을 규중에서 자라난 여자의 몸이라 아무렇든지 요 방구석에 들어앉아서 저 지경 된 남편의 병도 구원하기 어려운 터이라, 날이나 밝으면, 그 남편을 교군에 싣고 강릉으로 갈 마음뿐이라. 먼동 트기를 기다리느라고 문을 열고 동편 하늘을 바라보니 샛별은 소식도 없고, 머리 위 처마 밑에서 홰를 탁탁 치고 꼬끼오 우는 것은 첫닭 우는 소리라.

산도 자고 물도 자고 바람도 자고 사람도 자는 밤중이라. 적적요요한 이 밤중에 설움 없고 눈물 없이 우는 것은 꼬끼오 소리 하는 저 닭이요, 오장이 녹는 듯 눈물이 비 오듯 하며 소리 없이 우는 것은 최부인이라. 그 밤을 그렇게 새다가, 새벽녘에 다 죽어가는 남편을 교군에 싣고 길을 떠나가는데, 그날부터는 교군 삯 외에 중상을 주마 하고 밤낮없이 몰아가는 터이라. 옛말에, '향기 나는 미끼 아래 반드시 죽는 고기가 있고, 중상 아래 반드시 날랜 사람이 있다' 하더니, 과연 그 말과 같이 장장하일 하루해에 일백육십 리를 가서 자고, 그 이튿날 저녁때에 대관령을 넘어간다.

해는 서산에 기울어졌는데, 대관령 고개 마루턱 성황당 밑에 교군 두 채를 나란히 놓고 쉬면서 교군꾼들이 갈모봉을 가리키며, '저 산 밑이 경금 동네이라, 빨리 가면 횃불 아니 잡히고 일찍 들어가겠다' 하니, 그 소리가 최부인의 귀에 반갑게 들리련마는 반가운 마음은 조금도 없고 새로이 기막히고 끔찍한 마음이 생긴다.

최병도가 종일을 정신없이 교군에 실려 오더니, 저녁때 새로이 정신 이 나서 그 부인과 옥순이를 불러서 몇 마디 유언을 하고 대관령 고개 위에서 숨이 떨어지는데, 소쇄 황량한 성황당 밑에서 부인과 옥순의 울 음소리가 처량하고, 깊은 산 푸른 수풀 속에서는 불여귀 우는 소리가 슬펐더라. 최병도의 산지는 지관이 잡아 준 것이 아니라 최병도가 운명 할 때에 손을 들어, 대관령에서 보이는 제일 높은 봉을 가리키며, 저기 저 꼭대기에 묻어달라 한 묏자리라.

무슨 까닭으로 그 꼭대기에 묻어달라 하였는고? 죽은 후에 높은 봉 에 묻혀 있어서 이 세상이 어떻게 되는 것을 좀 내려다보겠다 한 유언 이 있었더라.

그 유언에 소문내기 어려운 말이 몇 마디가 있으나 최부인이 섧고 기 막힌 중에 함부로 말을 하였더라.

죽은 지 칠 일 만에 장사를 지내는데, 인근 동네 사람들까지 남의 일 같지 아니하고 사람마다 제가 당한 일 같다 하여 회장 아니 오는 친구 가 없고 부역 아니 오는 백성이 없으니, 토끼 죽은 데 여우가 슬퍼했다 는 말兎死狐悲과 같은 것이라. 상여꾼들이 연폿국[61]과 막걸리를 실컷 먹 고, 술김에 흥이 나는 것이 아니라 처량한 마음이 나서 상여를 메고 가 며 상두 소리가 높았더라.

워허 워허.

이 길이 무슨 길인고, 북망 가는 길이로다.

워허 워허.

이 죽음이 무슨 죽음인고, 학정 밑에 생죽음일세.

워허 워허.

생때같은 젊음 목숨, 불연목에 맞아 죽었네.

워허 워허.

이 양반이 죽을 때에 눈을 감고 죽었을까?

워허 워허.

처자의 손목 쥐고 유언할 제 어떨쏜가?

워허 워허.

고향을 바라보고 낙루가 마지막일네.

워허 워허.

한을 품고 죽은 사람 썩지도 못한다네.

워허 워허.

대관령에서 운명할 때 불여귀가 슬피 울데.

워허 워허.

가이인이 불여조可以人而不如鳥라 우리도 일곡하세.

워허 워허.

애고 불쌍하다 죽은 사람 불쌍하다.

워허 워허.
공산야월[62] 거친 무덤 그대 얼굴 못 보겠네.
워허 워허.
단장천리한천斷腸天離恨天)에 그대 집은 공규空閨[63]로다.
워허 워허.
함원귀천含冤歸泉 그대 일을 누가 아니 슬퍼할까?

워허 워허.

하며 나가는 것은 새벽 발인에 메고 나서는 상여꾼의 소리라. 그 소리를 들으면서 들은 체도 아니 하고 저 길 갈 대로 가는 것은 최병도라. 명정은 앞에 서고 상여는 뒤에 서서 대관령을 향하고 올라가는데, 상엿소리는 끊어지고 발등거리 불빛만 먼 산에서 반짝거린다.

깊은 산 높은 봉에 사람의 자취 없는 곳으로 속절없이 가는 것도 그 처자 된 사람은 무정하다 할는지, 야속하다 할는지, 섧고 기막힌 생각뿐일 터인데, 그 산중에 들어가서 더 깊이 들어가는 곳은 땅속이라. 최병도 신체가 땅 속으로 쑥 들어가며 달고[64] 소리가 나는데,

어여라 달고.

처자 권속 다 버리고 혼자 가는 저 신세 이제 가면 언제 오리. 한정 없는 길이로다.

어여라 달고.

북망산이 멀다더니 지척에도 북망산이로구나. 황천이 멀다더니 뗏장 밑이 황천이로구나.

어여라 달고.

인간 만사 묻지 마라, 초목만도 못하구나. 춘초는 연년 녹이요, 왕손은 귀불귀라.

어여라 달고.

인생이 이러한데 천명을 못다 살고 악형 받아 횡사하니, 그대 신명 가긍토다.

어여라 달고.

살일불고殺―不辜 아니 하고 형일불고刑―不辜 아니할 때, 그 시대의

백성들은 희호세계 그 아닌가.

어여라 달고.

희생 같은 우리 동포 살아도 고생이나, 그대같이 죽는 것은 원통하기 특별나네.

어여라 달고.

관 위에 횡대 덮고 횡대 위에 회판일세, 풍채 좋은 그대 얼굴 다시 얻어 못 보겠네.

어여라 달고.

보고지고 보고지고 그대 얼굴 보고지고, 공산낙월의 달빛을 보고 고인 안색으로 비겨 볼까.

어여라 달고.

철천한 한을 품고 유언이 남았거든, 죽지사 전하듯이 꿈에나 전해주게.

어여라 달고.

그 달고질 소리가 마치매 둥그런 뫼가 이루어졌더라. 그 뫼는 산봉우리 위에 섰는데, 형상은 전기선 위에 새가 올라앉은 것같이 되었더라. 뫼 쓸 때에 최씨의 유언을 드듸어서[65] 관머리는 한양을 향하고 발은 고향으로 뻗었으니 그 뜻인즉, 한양은 우리나라 오백 년 국도이라 나라를 근심하여 일하장안日下長安을 바라보려는 마음이요, 고향은 조상의 분묘도 있고, 불쌍한 처자도 있고, 나라를 같이 근심하던 지기하는 친구도 있는 터이라, 사정은 처자에게 간절하나 나라를 붙들기 바라는 마음은 그 친구에게 있으니, 그 친구는 김정수이라. 최병도가 죽은 영혼이 발을 제겨디디고 김씨가 나라 붙들기를 기다리고 바라보려는 마음에서 나온 일이러라. 그러나 사람은 죽으면 그만이라, 최병도는 인간을 하직하고 한량없이 먼 길을 가고, 본평 부인은 청산백수에 울음소리로 세월을 보내더라.

최부인이 그 남편 죽던 날에 따라 죽을 듯하고, 그 남편 장사 지내던 때에 땅속으로 따라 들어갈 듯한 마음이 있으나, 참고 있는 것은 두 가지 거리끼는 일이 있어서 못 죽는 터이라.

한 가지는 여덟 살 된 딸자식을 버리고 죽을 수가 없고, 또 한 가지는 아홉 달 된 복중 아이라. 혹 아들이나 낳으면 최씨가 절사나 아니 할까, 바라는 마음으로 살아 있는지라.

그러나 부인은 밤낮으로 설운 생각뿐이라 산을 보아도 설운 생각이 나고, 물을 보아도 설운 생각이 나고, 밥을 먹어도 눈물을 씻고 먹고, 잠을 자도 눈물을 흘리고 자는 터이라. 간은 녹는 듯, 염통은 서는 듯, 창자는 끊어지는 듯, 가슴은 칼로 에이는 듯한데 ‘근심을 말자 말자’ 하고, ‘설움을 참자 참자’ 하면서도 솟아나는 마음을 임의로 못하고, 새로이 근심 한 가지가 더 생긴다. 무슨 근심인고? 내 속이 이렇게 썩을 때에 뱃속에 있는 어린것이 다 녹아 없어지려니 싶은 근심이라. 그러나 그 근심은 모르고 뱃속에서 무럭무럭 자라나는 어린아이는 열 달 만에 인간에 나오면서,

“응아 응아!”

우는데, 최부인이 오래 지친 끝에 해산을 하고 기운 없고 정신없는 중에도 아들인지 딸인지 어서 바삐 알고자 하여 해산구원 하는 사람더러,

“여보게, 아들인가 딸인가?”

묻는다. 그때 해산구원 하는 사람은 누구런지, 본평 부인이 묻는 것을 불긴히[66] 여기는 말로,

“그것은 물어 무엇 하셔요? 순산하셨으니 다행하지요.”

하는 소리가 본평 부인의 귀에 쏙 들어가며 부인이 깜짝 놀라서 낙심이 된다. 딸이 아니면 병신 자식이라, 의심이 나고 겁이 나더니, 바라던 마

음은 어디로 가고 설운 생각이 일어나며, 베개에 눈물이 젖는데, 부인
이 본래 약질로 그 남편이 감영에 잡혀가던 날부터 죽던 날까지, 죽던
날부터 부인이 해산하던 날까지, 말을 하니 살아 있는 사람이요, 밥을
먹으니 살아 있는 사람이지 실상은 형해[67]만 걸린 것이, 불면 날아갈
듯 쥐면 꺼질 듯하게 된 중에 해산구원 하는 사람의 말을 듣고 놀라더
니, 산후 제반악증이 생긴다. 펄펄 끓는 첫 국밥을 부인 앞에 놓고,

　"아씨 아씨, 국밥 좀 잡수시오."

　권하는 것은 천쇠의 계집이라. 부인이 감았던 눈을 떠서 물끄러미 보
다가 눈물이 돌며,

　"먹고 싶지 아니하니, 이따가 먹겠네."

하더니 다시 눈을 스르르 감고 돌아눕는데 얼굴에 핏기가 없고 찬 기운
이 돈다. 눈에는 헛것이 보이고 입에는 군소리가 나오더니, 평생에 얌전
하기로 유명하던 본평 부인이 실진이 되어서 제명울이[68]같이 되었더라.

　그 소생이란 아이는 옥동자 같은 아들이라. 그러한 아이를 무슨 까닭
으로 해산구원 하던 사람이 부인의 귀에 말을 그렇게 놀랍게 하여드렸
던고? 해산구원 하던 사람은 부인을 놀래려고 그러한 것이 아니라, 어
디서 그런 구기를 얻어 배웠던지, 아들 낳은 것을 감추고 딸이라 소문
을 내면 그 아이가 명이 길다 하는 말이 있어서 아들이라는 말을 아니
하려고 그리한 것인데, 위하여주려는 마음에서 병을 주는 말이 나온 것
이라. 병이 들기는 쉬우나 낫기는 어려운 것이라. 당귀, 천궁, 숙지황,
백작약, 원지, 백복신, 석창포 등속으로 청심보혈淸心補血만 하더라도
심경열도心經熱度는 점점 성하고 병은 골수에 든다.

　옥동자 같은 유복자는 그 어머니 젖꼭지를 물어도 못 보고 유모에게
길리는데, 혼돈세계混沌世界로 지내는 핏덩어리 아이는 아무것도 모르
고 젖만 먹으면 잠들고 잠 깨면 젖 먹고 무럭무럭 자라지마는 불쌍한

것은 철 알고 꾀 난 옥순이라. 그 어머니가 미친증이 날 때마다,

"어머니 어머니, 어머니가 이것이 웬일이오? 어머니, 날 좀 보오, 내가 옥순이오."

하며 울다가 어린 마음에 무서운 생각이 들어서 복녜를 부를 때가 종종 있다. 부인은 옥순이를 보아도 정감사라고 식칼을 들고 원수 갚는다 하며 쫓아다니는 때가 있는 고로, 밤낮없이 안방에 상직으로 있는 사람들이 잠시도 부인의 옆을 떠날 수가 없는 터이라.

유복자의 이름은 누가 지어주었던지 옥 같은 남자라고 옥남이라 지었더라.

애비가 원통히 죽었든지 어미가 몹쓸 병이 들었든지, 가고 가는 세월에 자라는 것은 어린아이라. 옥남이가 일곱 살이 되도록 그 어미 얼굴을 모르고 자랐더라. 그 어미가 죽고 없어서 못 보았는가? 그 어미가 두 눈이 둥그렇게 살아 있는 터에 만나보지 못한다.

차라리 어미 없이 자라는 아이 같으면 어미까지 잊어버리고 모를 터이나, 옥남의 귀에 옥남 어머니는 살아 있다 하는데 옥남이가 그 어머니를 못 보았더라. 그것은 무슨 곡절인고? 본래 본평 부인이 실진이 되었을 때에 옥남의 집의 일동일절을 다 보아주던 사람은 김정수이라. 옥남의 유모는 또한 그 동네 백성의 계집이나, 본평 부인의 병이 얼른 낫지 아니하는 고로 김씨의 말이, 옥남이가 그 어머니 있는 줄을 모르고 자라는 것이 좋다 하고, 옥남의 유모에게 먹고살 것을 넉넉히 주어서 멀리 이사를 시켜 주었더라.

김씨는 이전에 최병도가 감영에 잡혀갈 때에 영문 장차들을 죽이느니 살리느니 하며 야단치던 사람이라. 그때 잠시간 몸을 피하였다가 최병도 죽었다는 말을 듣고 김씨가 악이 나서 영문에 잡혀갈 작정 하고 경금 동네로 돌아와서 최씨의 초상 치르는 것까지 보고 있으나, 본래

피천 대푼 없는 난봉이라. 가령 영문에서 잡으러 오더라도 장차가 삼백 여 리나 온 수고 값도 못 얻어먹을 터이요, 돈이 있어도 줄 위인도 아니라. 또 김씨가 영문 장차에게 야단치던 일은 벌써 묵장 된 일이라. 그런고로 영문에서 잡으러 나오는 일도 없고, 제 집에 있었더라.

제 자식보다 남의 자식을 더 귀애하고 소중히 여긴다는 말은 거짓말 같으나, 김씨는 자기 아들보다 옥남이를 더 귀애하고 더 소중히 여기는 터이라. 옛날 정영程嬰이가 조무를 구하려고 그 아들을 버리더니, 김씨가 옥남이를 보전하려는 마음이 정영이가 조무를 위하는 마음만 못지 아니한지라. 옥남이 있는 곳은 경금서 삼십 리라. 김씨가 옥남이를 보러 삼십 리를 문턱 드나들듯 왕래를 하는데, 옥남이가 김씨를 보면 저의 아버지를 본 듯이 반가워서 쫓아 나오며,

"아저씨, 아저씨!"
하고 따른다.

옥남이가 핏줄도 아니 켕기는 터에 그렇게 따르는 것은 김씨에게 귀염받는 곡절이요, 김씨가 옥남이를 그렇게 귀애하는 것은 최병도의 정분을 생각하여 그럴 뿐 아니라, 옥남의 영민한 것을 볼수록 귀애하는 마음이 깊어간다.

율곡栗谷은 어렸을 때부터 이치를 통한 군자라는 말이 있었고, 매월당梅月堂은 어렸을 때부터 문장이라는 말이 있었으니, 옥남이를 그러한 명현에는 비할 수 없으나 옥남이를 보는 사람의 말은,

"일곱 살에 요렇게 영민한 아이는 고금에 다시없지."
하면서 칭찬을 한다.

"아저씨, 나는 아저씨 보러 왔소."
하며 김씨 집 마당으로 달음박질하여 들어오는 것은 옥남이라.

"응, 거 누구냐, 네가 어찌 여기를 왔느냐?"

하며 문을 열고 내다보는 것은 김씨라.

옥남이는 앞에 서고 유모는 뒤에 서서 들어오는데, 김씨가 반가운 마음은 없던지 눈살을 찌푸리고 무슨 생각을 하는 모양이라.

(유모) "애기가 어머니 보러 온다고 어찌 몹시 조르던지 견디다 못하여 데리고 왔습니다."

김씨가 아무 대답 없이 옥남이를 물끄러미 보다가 고개를 푹 숙인다.

(옥남) "아저씨, 내가 삼십 리를 걸어왔소. 내가 장사지?"

(김) "어린아이가 그렇게 먼 데를 어찌 걸어왔단 말이냐? 날더러 그런 말을 하였으면 교군을 보냈지."

(옥) "어머니를 보러 오느라고 마음이 어찌 좋던지, 다리 아픈 줄도 몰랐소."

김씨가 무슨 말을 하려는지 고개를 들더니 다시 아무 소리 없이 입맛을 다신다.

(옥) "아저씨 아저씨, 내 소원을 풀어주오. 우리 어머니가 살아 있다는데, 내가 어머니 얼굴을 못 보니 어머니를 보고 싶어 못살겠소. 어머니가 나를 낳고 미친병이 들었다 하니 내가 아니 났더면 어머니가 아니 미쳤을 터이지……."

하더니 훌쩍훌쩍 우니, 유모가 그 모양을 보고 따라 운다.

김씨의 부인이 옥남의 머리를 쓰다듬으며,

"에그, 본평댁이 불쌍하지. 신세가 그렇게 되고 그런 몹쓸 병이 들어서……."

하더니 목이 멘 소리로 말끝을 마치지 못하고 눈물이 떨어진다. 김씨의 머리는 점점 더 수그러지더니, 염불하다가 앉아서 잠든 중의 고개같이 아주 푹 수그러졌다.

부인이 김씨를 건너다보며,

"여보 여보, 옥남이가 처음부터 그 어머니가 살아 있는 줄을 몰랐으면 좋으려니와, 알고 보려 하는 것을 아니 뵐 수 있소? 오늘 내가 데리고 가서 만나보게 하겠소. 이애 옥남아, 너의 어머니를 잠깐 보고, 너는 도로 유모의 집으로 가서 있거라. 네가 너의 어머니를 보고 어머니 앞을 떠나기가 어려워서 너의 집에 있으려 할 터이면 내가 아니 데리고 가겠다."

김씨가 고개를 번쩍 들며,

"응, 마누라가 데리고 갔다 오시오."

그 말 한마디에 옥남이와 유모와 김씨 부인이 눈물이 가득한 눈으로 웃음빛을 띠었더라.

앞뒤에 쌍창문 척척 닫쳐두고 문 뒤에는 긴 널빤지를 두 이 자 석 삼 자로 가로질러서 두 치 닷 푼씩이나 되는 못을 척척 박아서 말이 문이지 아주 절벽같이 만들어놓고 안마루로 드나드는 지게문으로만 열고 닫게 남겨둔 것은 최본평 집 안방이라. 그 방 속에는 세간 그릇 하나 없고 다만 있는 것은 귀신같은 사람 하나뿐이라.

머리가 까치집같이 협수룩하고 얼굴은 몇 해 전에 씻어보았던지 때가 켜켜이 끼었는데, 저렇게 파리하고도 목숨이 붙어 있나 싶을 만하게 뼈만 남은 위인이 혼자 앉아 중얼거리는 사람은 본평 부인이라.

무슨 곡절로 지게문만 남겨놓고 다른 문은 다 봉하였던고? 본평 부인이 광증이 심할 때에는 벌거벗고 문밖으로 뛰어나가려 하기도 하고, 옥순이도 몰라보고 방망이를 들고 때리려 하기도 하는 고로, 옥중에 죄인 가두듯이 안방에 가두어두고 수직하는 노파 이삼 인이 옥사장같이 지켜 있고 다른 사람은 그 방에 드나들지 못하게 하는 터인데, 적적하고 캄캄한 방 속에 죄 없이 갇혀 있는 사람은 본평 부인이라. 그러한 그 방 지게문을 펄쩍 열고,

“어머니.”

부르면서 들어오는 것은 옥남이요, 그 뒤에 따라 들어오는 사람은 김씨의 부인과 옥남의 유모이라. 건넌방에서 옥순이가 그것을 보고 한걸음에 뛰어나와 안방으로 따라 들어온다. 그때 본평 부인은 아랫목에 혼자 앉아서 베개에 식칼을 꽂아놓고, 무엇이라고 중얼하는 소리가 그 남편 죽이던 놈의 원수 갚는다는 말이라. 옥남이가 그 어머니 모양을 보더니 울며, 그 어머니 앞으로 달려들어서 어머니를 부르며 울기만 하는데, 옥순이는 일곱 해 동안을 건넌방 구석에서 소리 없는 눈물로 자란 계집아이라, 참았던 울음소리가 툭 터져 나오면서 옥남이를 얼싸안고 자지러지게 우니, 김씨의 부인과 유모가 옥남이를 왜 데리고 왔던고 싶은 마음뿐이라. 김씨의 부인이 눈물을 흘리고 본평 부인 앞으로 바싹 다가앉으며,

“여보 본평댁, 이 아이가 본평댁의 아들이오. 여보 여보, 정신 좀 차려서 이 아이 좀 보오. 어찌하여 저런 병이 들었단 말이오? 여보, 저 베개에 칼은 왜 꽂아놓았소? 저런 쓸데없는 짓을 말고 어서 병이나 나아서 옥순이를 잘 가르쳐 시집이나 보내고, 옥남이를 길러서 며느리나 보고, 마음을 붙여 살 도리를 하시오. 돌아가신 서방님은 하릴없거니와 불쌍한 유복자를 남의 손에 기르기가 애닯지 아니하오? 본평댁이 어서 본정신이 돌아와서 옥남이를 길러 재미를 보게 하오. 에그, 그 얌전하던 본평댁이 이렇게 될 줄 누가 알았단 말인고?”

하며 목이 메서 하던 말을 그친다. 본평 부인이 무슨 정신에 김씨의 부인을 알아보던지 비죽비죽 울며,

“여보 회오골댁, 이런 절통한 일이 있소? 댁 서방님이 우리 집에 오셔서 영문 장차를 다 때려죽이려 드시는 것을 내가 발바닥으로 뛰어나가서 말렸더니, 영문 장차 놈들이 그 공을 모르고 옥순 아버지를 잡아

다 죽였소그려. 내가 옥황상제께 원정을 하였소. 옥황상제께서 그 원정을 보시더니, 내 소원을 다 풀어주마십디다. 염라대왕을 부르시더니 정 감사를 잡아다가 천 근이나 되는 무쇠 두멍을 씌워서 지옥에 집어넣고 우리 집에 나왔던 장차들은 금사망을 씌워서 구렁이가 되게 하고 옥황 상제께서 날더러 하시는 말이, '너는 나가서 있으면, 내가 인간에 죄 지 은 사람들을 다 살펴서 벌을 주겠다' 하십디다. 회오골댁, 내 말을 자세 히 들어두시오. 몇 해만 되면 세상에 변이 자꾸 날 터이오. 극성을 부리 던 사람들은 꼼짝을 못 하게 되고, 백성들은 제 재물을 제가 먹고 살게 될 터이오. 두고 보오, 내 말이 맞나 아니 맞나…… 옥순 아버지가 대관 령에서 운명할 때에 하던 말이 낱낱이 맞을 터이오."

그렇게 실진한 말만 하다가 나중에는 그 소리 할 정신도 없이 눈을 감더니 부처님의 감중련 하는 손과 같이 손가락을 짚고 가만히 앉았는 데, 그 앞에는 옥순의 남매 울음소리뿐이라.

태평양 너른 물에 크고 큰 화륜선이 살 가듯 떠나가는데 돛대 밖에 보이는 것은 파란 하늘뿐이요, 물 밑에 보이는 것은 또한 파란 하늘 그 림자뿐이라. 해는 어디서 떠서 어디로 지는지? 배는 어디서 와서 어디 로 가는지? 오던 곳을 살펴보아도 하늘에서 온 것 같고, 가는 곳을 살 펴보아도 하늘로 향하여 가는 것만 같다. 바람은 괴괴하고 물결은 잔잔 하고 석양은 묘묘한데, 화륜선 상등실에서 갑판 위로 웬 사람 셋이 나 오는데 앞에 선 것은 옥남이요, 뒤에 선 것은 옥순이요, 그 뒤에는 김씨 라. 옥남이가 갑판 위로 뛰어다니면서,

"누님 누님, 누님이 이런 좋은 구경을 마다고 집에서 떠날 때 오기 싫다 하였지? 집에 들어앉았으면 이런 구경을 하였겠소?"
하면서 흥이 나서 구경을 하는데, 옥순이는 아무 경황없이 뱃머리에서 오던 길만 바라보고 섰다. 옥순이가 수심이 첩첩하여 남에게 형언하지

못하는 한탄이라.

'어머니는 어떻게 되셨누? 내가 집에 있을 때도 어머니 병구원하는 할미들이 어머니를 대하여 소리를 꽥꽥 지르며 욱지르는 것을 보면 내 오장이 무너지는 듯하지마는, 그 할미들더러 애쓴다, 고맙다, 칭찬하는 것은 빈말이 아니라, 그렇게 되신 우리 어머니를 밤낮없이 그만치 보아드리기도 어려운 터이라. 그러나 나도 없으면 어떻게들 할는지…….'

그런 생각을 하다가 구슬 같은 눈물이 쌍으로 뚝뚝 떨어지는데, 고개를 숙여 보니 만경창파에 간곳없이 스러졌다. 근심에 근심이 이어 나고, 생각에 생각이 이어 난다.

'갈모봉이 어디로 가고, 대관령은 어디로 갔누? 아버지 돌아가실 때에 대관령을 넘는데 천하에는 산뿐이요, 이 산에 올라서면 온 천하가 다 보이는 줄 알았더니, 에그, 그 산이 그 산이…….'

그렇게 생각하고 섰는데, 대관령이 옥순의 눈에 선하게 보이는 듯하다. 산은 무정물이라, 옥순이가 산에 무슨 정이 들어서 그리 간절히 생각하는고?

대관령 상상봉에는 눈 못 감고 돌아가신 아버지가 말없이 누우셨고, 대관령 밑 경금 동네에는 살아 있는 어머니가 돌아가신 아버지 신세만 못하게 되어 계시니, 그 어머니 형상은 잊을 때가 없는지라. 잠들면 꿈에 보이고, 잠이 깨이면 눈에 어린다. 거지를 보더라도 본정신으로 다니는 사람을 보면, 우리 어머니는 저 신세만 못하거니 싶은 생각이 나고, 병신을 보더라도 본정신만 가진 사람을 보면 우리 어머니가 차라리 눈이 멀었든지, 귀가 먹든지, 팔이나 다리가 병신이 되었더라도 옥남이나 알아보고 세상을 지내시면 좋으련마는 하며 한탄하는 마음이 생기는 옥순이라. 옥순이가 사람을 보는 대로 그 어머니가 남과 같지 못한 생각이 나는 것은 오히려 예사이라. 날짐승, 길벌레를 보더라도 처량한 생각이 든다.

'저것은 짐승이지마는 기뻐하는 마음, 성내는 마음, 슬퍼하는 마음, 즐거워하는 마음, 사랑하는 마음, 미워하는 마음, 욕심나는 마음, 그런 마음이 다 있을 터인데, 어찌하여 우리 어머니는 사람으로 그런 마음을 잃으셨누? 아버지는 세상을 버리시고 어머니는 세상을 모르시는데, 의지 없는 우리 남매를 자식같이 사랑하고 불쌍히 여기는 사람은 회오골 사는 아저씨 내외이라. 혈겾붙이나 되어 그러하면 우리도 오히려 예사로울 터이나, 과갈지의[69]도 없는 김가, 최가이라. 우리 남매가 자라서 그 은혜를 어떻게 갚을는지…… . 부모 같은 은혜가 있으나 아버지라 부를 수 없는 고로 아저씨라 부르지마는, 우리 남매 마음에는 아버시같이 알고 따르는 터이라. 그러나 눈치보고 체면 차리는 것은 아무리 한들 친부모와 같을 수는 없는지라. 내 근심을 다 감추고 좋은 기색만 보이는 것이 내 도리에 옳을 터이라.'
하고 옥순이가 그런 생각을 하면서 다시 아니 울 듯이 눈물을 썩썩 씻고, 고개를 들어서 오던 길을 다시 바라보니 망망한 바다 위에 화륜선 연기만 비꼈더라.

옥순이가 잠시간 화륜선 갑판 위에 나와 구경할 때라도 그런 근심 그런 생각을 하는 터이라. 고요한 밤 베개 위와 적적한 곳 혼자 있을 때는 더구나 더구나 옥순의 근심거리라.

김정수의 자는 치일이니 최병도와 지기하던 친구라. 내 몸을 가볍게 여기고 나라를 소중하게 아는 사람인데, 김씨가 천성이 그렇던 사람이 아니라, 최씨에게 천하 형세를 자세히 들어 안 이후로 어지러운 꿈 깨듯이 완고의 마음을 버리고 세상을 자세히 살펴보는 사람이요, 최씨는 김옥균의 고담준론[70]을 얻어들은 후에 크게 깨달은 일이 있어서 나라를 붙들고 백성을 살릴 생각이 도저하나 일개 강릉 김서방이라. 지체가 좋지 못하면 사람 축에 들지 못하는 조선 사람 되어, 아무리 경천위지[71]하는 재주가 있기로 어찌할 수 없는 고로 고향에 돌아가서 재물 모으기를 시작하였는데, 그 재물 모으려는 뜻은 호의호식하고 호강하려는 것이 아니라, 그 재물을 모을 만치 모은 후에 유지한 사람 몇이든지 데리고 외국에 가서 공부도 시키고, 최씨는 김옥균과 같이 우리나라 정치 개혁하기를 경영하려 하던 최병도라.

김씨가 최병도 죽은 후에 백아白牙가 종자기 죽은 후에 거문고 줄을 끊듯이 세상일을 단망斷望하고 있는 중에, 본평 부인이 그 남편의 유언을 전하는 것을 듣더니, 김씨의 눈에서 강개慷慨한 눈물이 떨어지고 최씨의 부탁을 저버릴 마음이 없었더라.

최씨가 세 가지 유언이 있었는데, 하나는 세상을 원망한 말이요, 또 하나는 그 친구 김정수에게 전하여 달라는 말이요, 또 하나는 그 부인에게 부탁한 말이라.

세상을 원망한 말은 최병도가 마지막 세상을 버리는 사람이 되어 말을 가리지 아니하고 함부로 한 터이라. 인구전파人口傳播하기가 어려운 마디가 많이 있었는데, 누가 듣든지 최씨와 김씨의 교분交分을 부러워하고 칭찬한다. 김씨에게 전하라는 말도 또한 세상에 계관되는 일이 많은 고로, 그 말을 얻어들은 사람들이 수군수군하고 쉬쉬하다가, 그 말은 필경 경금 동네서 스러지고 세상에 전하지 아니하였고, 다만 그 부인에게 부탁한 말만 전하였더라.

(최씨 유언) "나는 천 석 추수를 하는 사람이요, 치일이는 조석을 굶는 사람이라. 내가 죽은 후에 내 재물로 치일이와 같이 먹고 살게 하고, 내 세간을 늘리든지 줄이든지 치일의 지휘대로만 하고, 또 마누라가 산월이 머지 아니하니 자녀 간에 무엇을 낳든지 자식 부탁을 치일에게 하라." 하면서 마지막 눈물을 떨어뜨리고 운명을 하였는지라.

본평 부인이 실진하기 전부터 김씨가 최씨의 집 일을 제 집 일보다 십 배 백 배를 힘써서 보던 터인데, 본평 부인이 실진할 때는 옥순이가 불과 여덟 살이라. 최씨의 집 일이 더욱 망창하게 된 고로, 김씨가 최씨의 집 논문서까지 자기의 집에 옮겨다 두고 최씨 집에서 쓰는 시량범절[72]까지라도 김씨가 차하하는 터이라. 형세가 늘면 어찌 그렇게 쉬 늘던지 최병도 죽은 지 일곱 해 만에 최병도 집 형세는 삼사 배가 더 늘었더라.

최씨는 죽고 그 부인은 그런 병이 들었으니 화패가 연첩한 집에 패가하기가 쉬울 터인데 형세가 그렇게 는 것은 이상한 일이나, 김씨가 최씨 집 재물을 가지고 세간살이 하는 것을 보면 그 세간이 늘 수밖에 없는지라. 가령 천 서 추수를 히면, 백 석쯤 가지고 최씨와 심씨 누 집에서 먹고 살아도 남는 터이라, 구백 석은 팔아서 논을 사니 연년이 추수가 늘기 시작하여 그 형세가 불 일어나듯 하였는데, 옥남이 일곱 살 되던 해에 그 어머니를 만나 본 후로 옥순의 남매가 밤낮 울기만 하고 서로 떨어져 있지 아니하려는 고로, 김씨가 최병도 생전에 모은 재산만 남겨두고, 김씨의 손으로 늘린 전장田莊은 다 팔아서 그 돈으로 옥남의 남매를 미국에 유학시키러 가는 길이라. 화성돈[73]에 데리고 가서 번화하고 경치 좋은 곳은 대강 구경시킨 후에 옥순의 남매 공부할 배치를 다 하여주었는데, 옥남이는 어린아이라 좋은 구경에 정신이 팔려서 집 생각을 아니하나, 옥순이는 꽃을 보아도 눈물을 머금고 보고, 달을 보아도 눈물을 머금고 보고, 박물관博物館, 동물원動物園같이 번화한 구경을 할 때에도 경황없이 다니면서 고국 생각만 한다.

김씨가 고향을 떠나서 오래 있기가 어려운 사정이나 기간사는 전혀 생각지 아니하고, 옥순의 남매를 공부 성취시킬 마음과, 자기도 연부역강[74]한 터이라, 아무쪼록 지식을 늘릴 도리에 힘을 쓰고 있는지라. 그렇게 다섯 해를 있는데, 물가 비싼 화성돈에서 세 사람의 학비學費가 적지 아니한지라. 또 옥순의 남매를 아무쪼록 고생 아니 되도록 할 작정으로 의외에 돈이 너무 많이 쓰인 고로 십여 년 예산이 불과 다섯 해에 돈이 거진 다 쓰이고 몇 달 후면 학비가 떨어질 모양이라. 본래 김씨가 경금서 떠날 때에 또 최씨 집 추수하는 것을 연년이 작전하여 늘리도록 그 아들에게 지휘하고 온 일이 있는데, 김씨가 떠날 때에는 그 아들의 나이 스물한 살이라. 그 후에 다섯 해가 되었으니 그때 나이는 이십육 세라. 김씨 생각에, '내가 집에 있어서 그 일을 본 해만은 못하더라도, 그 후에 우리나라의 곡가가 점점 고등하였으니 내 지휘대로만 하였으면 돈이 많이 모였을 듯하여, 김씨가 학비를 구처할 마음으로 고국에 돌아오는데 왕환 동안은 속하면 반년이요, 더디더라도 팔구 삭에 지나지 아니한다' 하고, 옥순의 남매를 작별하였더라. 김씨가 고국에 돌아와서 본즉 최씨 집에는 전과 같은 일도 있고, 전만 못한 일도 있다.

본평 부인의 실진한 병은 전과 같이 살아 있을 뿐이요, 그 집 재물은 바싹 졸아서 전만 못하게 되었더라. 김씨가 다시 자기 집 일을 자세히 살펴보니, 뜻밖에 전보다 다른 것이 두 가지라. 한 가지는 그 아들의 난봉이 늘고, 또 한 가지는 그 아들의 거짓말이 썩 대단히 늘었더라.

부모가 믿기를 태산같이 믿고 일가친척이 칭찬하고 동네 사람들이 우러러보던 그 아들이 그다지 그렇게 될 줄은 꿈밖이라. 제 마음으로 그렇게 되었던가, 남의 꼬임에 빠져서 그렇게 되었던가? 제 마음이 글러서 그렇게 된 것도 아니요, 남이 꾀어서 그렇게 된 것도 아니라. 그러면 어찌하여 그렇게 되었던가? 그때는 갑오 이후라, 관제가 변하여 각 읍의 원은 군수가 되고, 팔도는 십삼도 관찰부가 된 때라. 어떤 부처님 같은 강릉 군수가 내려왔는데, 뒷줄이 튼튼치 못한 고로, 백성의 돈을 펼쳐놓고 뺏어먹지는 못하나, 소문 없이 갉아먹는 재조는 신통한 사람이라. 경금 사는 김정수의 아들이 남의 돈이라도 수중에 돈천 돈만이나 좋이 가지고 있다는 소문을 듣고 존문을 하여 불러들여서 치켜세우고, 올려 세우고, 대접을 썩 잘하면서 돈 몇 천 냥만 꾸어 달라 하니, 김소년의 생각에 그 시행을 아니 하면 하늘 모르는 벼락을 맞을 듯하여 겁이 나서 강릉 원에게 돈 몇 천 냥을 소문 없이 주고, 벙어리 냉가슴 앓듯 하고 있는 중에 강릉 군수보다 존장 할아비 치게 세력 있는 관찰사가 불러다가 웃으며 뺨치듯이 면새 좋게 뺏어먹는 통에, 김소년이 최씨 집 추수 작전한 돈을 제 것같이 다 써 없애고 혼자 심려가 되어 별궁리를 다 하다가, 허욕이 버썩 나서 그 모친이 맡아 가지고 있는 최씨 집 논문서를 꺼내다가 빚을 몇 만 냥을 얻어 가지고 울진으로 장사하러 내려가서 한 번 장사에 두 손 톡톡 떨고 돌아왔더라.

처음에 상사 나설 때는 이번 장사에 군수와 관찰사에게 취하여 준 돈을 어렵지 아니하게 벌충이 되리라 싶은 마음뿐이러니, 울진 가서 어살을 하다가 생선 비린내만 맡고 돈은 물속에 다 풀어 넣고, 장사라 하면 진저리치게 되었는데, 그렇게 낭패 본 것을 그 부친에게 알리지 아니하고 편지할 때마다 거짓말만 하였더라.

본래 착실하던 사람도 거짓말하기 시작하면 엉터리없는 거짓말이 그렇게 잘 늘던지, 김소년이 저의 부친에게만 그렇게 거짓말하는 것이 아니라 남에게까지 거짓말하고 빚을 상투모가 넘도록 졌는데, 최씨 집 재산을 결딴내놓고 사람을 속여먹으려고 눈이 뒤집혀 다니는 모양이라.

김정수가 기가 막혀서 말이 아니 나오는데, 아들이 난봉 된 것은 오히려 둘째가 되고, 옥남의 남매가 몇 만 리 밖에서 굶어 죽게 된 일을 생각하면 잠이 아니 온다. 옥남의 남매를 데려올 작정으로 노자를 판출하려는데, 본래 김씨는 가난하던 사람으로 최씨집 재물을 맡은 후에 남에게 신용이 생겼더니 최씨 집 재물이 없어진 후에 그 신용이 떨어질 뿐 아니라, 그 아들이 난봉 패호한 후에 동네 사람의 물의가, 김치일의 부자는 최씨 집을 망하려는 사람이라고 소문이 떡 벌어졌는데, 누구더러 돈 한 푼 꾸어달라 할 수도 없이 되고, 섣불리 그런 말을 하면 남에게 욕만 더 얻어먹을 모양이라.

김씨가 며칠 밤을 잠을 못 자고 헛경륜만 하다가 화가 어찌 몹시 나던지 조석 밥은 본 체도 아니 하고 날마다 먹느니 술뿐이라, 술이 깨면 별 걱정이 다 생기다가 술을 잔뜩 먹고 혼몽 천지가 되면 아무 걱정 없이 팔자 좋게 세월을 보내는 터이라.

김씨가 집에 돌아온 지 몇 달 동안에 술 취하지 아니하는 날이 한 달 삼십 일 동안에 몇 시가 못 되더니 필경에는 그 몇 시간 동안에 정신 있던 것도 없어지고 세상을 아주 모르게 되었다.

술을 먹어 정신을 모르는 것이 아니요, 병이 들어 정신을 모르는 것도 아니라, 긴 잠이 길게 들어서 이 세상을 모르게 되었더라.

그 전날까지도 고래 물켜듯이 술을 먹던 터이요, 아무 병 없이 사지 백체가 무양하던 터이라, 병 없이 죽었으나 죽는 것이 병이라. 김씨가 죽던 전날 그 부인과 아들을 불러 앉히고 옥순의 남매를 데려올 말을 하는데 순리의 말은 별로 없고 억지 말만 있었더라.

몇 푼짜리 되지도 아니하는 집을 팔면 옥순의 남매를 데려올 듯이, 집도 팔고 식구마다 남의 종으로 팔려서 그 돈으로 옥순 남매를 데려오겠다 하면서, 코를 칵칵 지지르는 독한 소주를 말 물켜듯 하는데 그때가 여름 삼복중이라, 하루 종일 소주만 먹더니 날이 어슬하게 저물 때에 앞뒷문을 활짝 열어놓고 자다가, 몸에 불이 일어날 듯이 번열증이 나서 냉수를 찾는데, 미처 대답할 새가 없이 재촉하여 냉수를 떠 오라 하더니 냉수 한 사발을 한숨에 다 먹고 콧구멍에 새파란 불이 나면서 당장에 죽었더라.

김씨는 옛사람이 되었으나, 지금 이 세상에 밤낮으로 기다리고 있는 사람은 옥순이와 옥남이라. 김씨 집에서 김씨가 죽었다고 옥순에게로 즉시 전보나 하였으면 단념하고 기다리지 아니할 터이나, 김씨 아들이 시골서 생장한 사람이라, 전보할 생각도 아니 하고 있는 고로 김씨가 죽은 지 오륙 삭이 되도록 옥순이는 전연 모르고 있었더라. 옥순의 남매가 학비가 떨어져서 사고무친한 만리타국에서 굶어 죽을 지경이라. 편지를 몇 번 부쳤으나 답장 한 장이 없더니, 하루는 옥남이가 우편으로 온 편지 한 장을 받아 들고 들어오면서 좋아서 펄펄 뛰며,

(옥남) "누님 누님, 조선서 편지 왔소. 어서 좀 뜯어 보오."
하면서 옥순의 앞에 놓는데, 옥순이가 어찌 반갑고 좋던지 겉봉에 쓴 것도 자세 보지 아니하고 뚝 떼어 보니 편지한 사람은 김씨의 아들이요, 편지 사연은 김씨가 죽었다는 통부라.

그때 옥순이는 열아홉 살이요, 옥남이는 열두 살이라. 부모같이 알던 김씨의 통부를 듣고, 효자·효녀가 상제 된 것과 같이 설워하다가 그 설움은 잠깐이거니와 돈 한 푼 없는 옥남의 남매가 제 설움이 생긴다.

정신병이 들어서 아무것도 모르는 그 어머니를 살아 있을 때에 한번 다시 만나 볼까 하였더니, 그 어머니 죽기 전에 옥순의 남매가 먼저 죽을 지경이라. 옥순이가 옥남이를 붙들고 울며,

"이애 옥남아, 세상에 우리 남매같이 기박한 팔자가 또 어디 있단 말이냐! 돌아가신 아버지 일을 생각하든지, 살아 계신 어머니 일을 생각하든지, 우리 남매는 일평생에 한 덩어리로 자라나서, 아버지 산소에 한 번도 못 가보고 어머니 얼굴을 한 번 다시 못 보고 여기서 죽는단 말이냐? 어머니 생전에 우리가 먼저 죽으면 불효가 막심하나 그러나 만리타국에 와서 먹을 것 없이 어찌 산단 말이냐?"
하면서 울다가, 옥순의 남매가 자결하여 죽을 작정으로 나섰더라. 옥순의 남매는 본래 총명한 아이인데, 김씨가 어찌 잘 인도하였던지, 어린

아이들의 마음일지라도 아무쪼록 남보다 공부를 잘하여 고국에 돌아간 후에 나라에 유익한 백성이 될 마음이 골똘하여 일심전력으로 공부를 하였는데, 옥순이는 옥남이보다 일곱 살이나 더하나, 고국에 있을 때에 아무 공부 없기는 일반이라. 미국 가서 심상소학교에도 같이 들어갔고 심상과 졸업도 같이 하고, 그때 고등소학교 일년생으로 있는데, 공부 정도는 같으나 열두 살 된 아이와 열아홉 살 된 아이의 지각 범절은 현연히 다른지라. 그 아버지를 생각하기도 옥순이가 더하고, 그 어머니 정경을 생각하는 것도 옥순이가 더하는 터인데, 더구나 옥순이는 여자의 성정이라 어린 동생을 데리고 죽으려 할 때에 그 서러워하는 마음은 옥순이더러 말하라 하더라도 형용하여 다 말하지 못할지라.

기숙寄宿하던 호텔은 다섯 해 동안에 주객지의[75]가 있었는데, 김씨가 옥순의 남매를 데리고 돈을 흔히 쓰고 있을 때는 그 호텔 주인은 형제 같이 친하게 지내고 보이들은 수족같이 말을 잘 듣더니, 학비가 떨어지고 호텔 주인에게 요리 값을 못 주게 된 후에는 형제 같던 주인이나, 수족 같던 보이나 별안간에 변하기로 그렇게 대단히 변하던지, 돈 없이는 하루라도 그 집에 있을 수가 없는 터이라. 그러나 호텔에서 두어 달 동안이나 외자로 먹고 있기는, 주인의 생각에 옥순의 집에서 돈을 정녕 보내주려니 여기고 있는 고로, 옥순의 남매가 그날 그때까지 그 집에 있던 터이라. 대체 옥순의 남매가 그렇게 두어 달을 지낸 끝이라, 십 리만 가려 하더라도 전차 탈 돈도 없고, 다만 있는 것은 옥순의 몸의 금시계 하나와 금반지 하나뿐이라. 옥순의 남매가 그 호텔 주인에게 어디로 간다는 말도 없이 가만히 나섰는데, 그 길은 죽으러 가는 길이라.

지는 해는 서천에 걸렸는데 내왕하는 행인은 각 사회에서 일 마치고 돌아가는 사람들이라. 옥순의 남매가 해 지기를 기다려서 기차 철로로 향하여 가는데, 사람의 자취 드문 곳으로만 찾아간다. 땅은 검을락 말락 하고 열 간 동안에 사람은 보일락 말락 한데, 옥순의 남매가 철도 옆 언덕 위에서 철도를 내려다보며 기차 지나가기를 기다린다. 옥순이가 옥남의 손목을 붙들고 울며,

"이애 옥남아, 너는 남자이라, 이렇게 죽지 말고 살았다가 남의 보이 노릇이라도 하고 하루 몇 시간이든지 공부를 착실히 한 후에 우리나라에 돌아가서, 병든 어머니나 다시 뵙고 어머니 생전에 봉양이나 착실히 할 도리를 하여보아라. 나는 여자이라, 살아 있더라도 우리 최가의 집에 쓸데없는 인생이니, 죽으나 사나 소중한 것 없는 사람이나, 너는 아무쪼록 살았다가 조상의 뫼나 묵지 말게 하여라."

(옥남) "여보 누님, 우리나라 이천만 생명의 성쇠盛衰가 달린 나라가 결딴나게 된 생각은 아니 하고, 최가의 집 하나 망하는 것만 그리 대단히 아오? 내가 살았다가 우리나라 일이나 잘하여볼 도리가 있으면 보이 노릇은 고사하고 개 노릇이라도 하겠소마는, 최씨의 집 뫼가 묵는 것은 꿈같소."

(옥순) "오냐, 기특한 말이다. 네 마음이 그러할수록 죽지 말고 살았다가 나라를 붙들 도리를 하여보아라."

(옥남) "여보 누님, 그 말 마오. 사람이 죽을 마음을 먹을 때에, 오죽 답답하여 죽으려 하겠소? 김옥균은 동양의 영웅이라 하는 사람이 우리나라 정치를 개혁하려다가 역적 감태기만 뒤집어쓰고 죽었는데, 나 같은 위인이야 무슨 국량이 있어서 나라를 붙들어 볼 수 있소? 미국 와서 먹을 것 없어서 고생되는 김에 진작 죽는 것이 편하지. 누님이나 고생을 참고 남의 집에 가서 심부름이나 하고 밥이나 얻어먹고 살아보오."

그 말이 마치지 못하여 기차 하나가 풍우같이 몰려 들어오는데, 옥남이가 언덕 위에 도사리고 섰다가 눈을 꽉 감고 철로를 내려뛰니, 옥순이가 따라서 철도에 떨어지는데, 웬 사람이 언덕 아래서 소리를 지르고

쫓아오나, 그 사람이 언덕에 올라올 동안에 살같이 빠른 기차는 벌써 그 언덕 앞을 지나간다. 그 후 이틀 만에 화성돈 어느 신문에,

'조선 학생 결사 미수朝鮮學生決死未遂

재작일 오후 칠 시에 조선 학생 최옥남 연 십삼年十三, 여학생 최옥순 연 십구年十九, 학비가 떨어짐을 고민苦悶히 여겨서, 철도에 떨어져서 죽으려다가 순사 캘라베르 씨의 구한 바가 되었다. 그 학생이 언덕 위에서 수작할 때에, 순사가 그 동정을 수상하게 여겨서 가만히 언덕 밑에 가서 들으나 말을 알아듣지 못하는 고로, 먼저 동정을 살피려던 차에, 그 학생이 기차 지나가는 것을 보고 철도에 떨어졌는지라. 순사가 급히 쫓아가 보니, 원래 그 언덕은 불과 반 길쯤 되고 철로는 쌍선이라 언덕 밑 선로線路는 북행北行차의 선로요, 그 다음 선로는 남행南行차의 선로인데 그 학생이 남행차 지나가는 것을 보고, 그 차가 언덕 밑 선로로 가는 줄만 알고 떨어졌다가 순사에게 구한 바가 되었다더라.'

그러한 신문이 돌아다니는데, 그 신문 잡보를 유심히 보고 그 정경을 불쌍히 여기는 사람이 있다. 그 사람의 이름은 시엑기 아니스인데, 하느님을 아버지삼고 세계 인종을 형제같이 사랑하고 야소교[76]를 실심으로 믿는 사람이라. 신문을 보다가 옥순의 남매에게 자선심이 나서, 그 길로 옥순의 남매를 찾아 데려다가, 몇 해든지 공부할 동안에 학비를 대어주마 하니, 그때 옥순이와 옥남이의 마음은 공부할 생각보다 고국에나 돌아가도록 하여주었으면 좋겠다 싶은 마음이 있으나, 시엑기 아니스는 공부를 주장하여 말하는 고로, 옥순의 남매가 고국에 가고 싶다는 말은 차마 하지 못하고, 미국에서 다시 공부를 한다.

본래 옥순이와 옥남이가 김씨 살았을 때 학과서學科書는 학교에 다니며 배웠으나, 마음공부는 전혀 김씨의 교육을 받은 사람이라. 성은 각성이나 김씨가 옥순의 남매에게는 부형 같은 사람이라, 옥순의 남매가

김씨의 교육 받은 것을 가정교육이라 하여도 가한 말이라.

그 마음교육이라 하는 것은 어떠한 마음인고?

본래 최병도와 김정수는 국가사상國家思想이 머리에 가득 찬 사람이라. 만일 최씨가 좀 오래 살았더면, 김씨와 같이 나랏일에 죽었을 사람이라. 그러나 최씨가 죽은 후에 외손뼉이 울기 어려운지라, 김씨가 강릉 구석 산 두멧골에서 제 재물이라고는 돈 한 푼 없이 지내면서 꼼짝할 수도 없는 중에 저버릴 수 없는 최씨의 유언으로 최씨의 집을 보아 주느라고 헤어나지를 못한 고로, 세상에서 김씨의 유지한 줄을 몰랐더라. 그러한 위인으로 일평생에 뜻을 얻지 못하여 말이 나오면 불평한 말뿐인데 그 불평한 말인즉, 국가를 위하는 말이라.

옥순이와 옥남이가 자라나는 새 정신에 날마다 듣느니 국가를 위하는 말뿐인 고로, 옥순이와 옥남이는 나라이라 하는 말이 뇌腦에 박히고 정신에 젖었더라. 그 후에는 다시 시엑기 아니스의 교육을 받더니 마음이 한층 더 넓어지고, 목적 범위가 한층 더 커져서, 천하를 한집같이 알고 사해를 형제같이 여겨서, 몸은 덕의상德義上에 두고 마음은 인애적仁愛的으로 가져서 구구한 생각이 없고 활발한 마음이 생기더니, 학문에 낙을 붙여서 고향 생각을 잊어버린다.

그러나 그것은 옥남의 마음이 그러하단 말이요, 옥순의 일은 아니라. 옥순이는 여자의 편성[77]으로 처음에 먹었던 마음이 조금도 변치 아니하였는데, 그 처음에 먹었던 마음은 무슨 마음인고? 고국을 바라보고 오장이 살살 녹는 듯한 근심하는 마음이라.

아버지가 강원 감영에 잡혀가던 모양도 눈에 선하고, 어머니가 나를 붙들고 기가 막혀 울던 모양도 눈에 선하고, 아버지가 대관령 위에서 운명하던 모양도 눈에 선하고, 어머니가 옥남이를 낳고 실진하던 모양도 눈에 선하고, 김씨 부인이 옥남이를 데리고 왔을 때에 어머니가 그 옥남이를 몰라보고, 베개에 식칼을 꽂아 놓고 강원 감사의 이름을 부르면서 원수 갚는다 하던 모양도 눈에 선하다.

그렇게 하는 근심이 끊어지다가 이어 나고, 스러지다가 생겨난다. 바라보는 것은 고국산천이요, 생각하는 것은 그 어머니라. 공부도 그만두고 하루바삐 고국에 가고 싶으나 시엑기 아니스에게 이런 발설은 하기 어려운 터이라. 근심으로 날을 보내고 근심으로 해를 보내는데, 그렇게 보내는 세월 가운데 옥순의 남매가 고등소학교를 마치고 졸업장을 타가지고 와서 졸업장을 펴놓고 마주앉아서 옥순이가 옥남이를 돌아다보며,

"이애 옥남아, 사람이 무엇을 위하여 공부를 하느냐? 우리가 외국에 와서 오래 공부만 하고 있을 수도 없는 정세가 아니냐? 어머니 본마음을 가지고 계시더라도 자식 된 도리에 여러 해를 슬하에 떠나 있으면 어머니 보고 싶은 마음이 간절할 터인데, 하물며 우리 어머니는 남다른 병환이 들어서 생활의 낙을 모르고 살아 계시니, 우리가 공부는 그만하고 고국에 돌아가서 어머니 생전에 병구원이나 하여드리자. 너는 어머니를 떠나서 유모의 집에서 일곱 살이 되도록 어머니 얼굴도 모르다가 일곱 살 되던 해에 어머니를 처음 뵈옵고 그 후에 즉시 미국에 와서 있으니 어머니 정경을 다 모르는 터이라, 이애 옥남아."

부르다가 목이 메어서 말을 못 하고 흑흑 느끼니, 옥남이가 마주 우는데 눈물이 비 오듯 한다. 옥순이가 한참 진정하고 다시 말 시작을 하는데, 옥순이는 하던 말을 다 마칠 마음으로 느끼던 소리와 솟아나던 눈물을 억지로 참고 말을 하나 옥남이는 의구히 낙루한다.

(옥순) "이애 옥남아, 자세히 들어보아라. 사람이 귀로 듣는 일과 눈으로 보는 일이 다르니라. 너는 우리 집 일을 귀로 들어 알았거니와, 나는 내 눈으로 낱낱이 보고 아는 일이라. 아버지께서 그렇게 원통히 돌아가시고, 어머니께서는 그 원통한 일로 인연하여 그런 몹쓸 병환 중에

지내시던 일은 원통히 돌아가신 아버지보다 몇 갑절이나 불쌍하신 신세이라. 이애 옥남아, 이야기 하나 들어보아라. 어머니 병드시던 이듬해에 우리 집에 조그만한 강아지가 있었는데, 그 강아지가 어디서 북어 대강이 하나를 물고 오더니 납죽이 엎드려서 앞발로 북어 대강이를 누르고 한참 재미있게 뜯어먹는데, 웬 청삽사리 개 한 마리가 오더니 강아지를 노려보며 드문드문한 하얀 이빨이 엉크렇게 드러나도록 아가리를 벌리고 응응 소리를 하다가 와락 달려들어 강아지를 물어박지르고 북어 대가리를 뺏어 가니 누가 보든지 그 큰 개가 밉살스럽기는 하지마는, 우리 어머니는 남다른 한을 품고 남다른 병이 들어서 무엇이 무엇인지 모르고 지내시던 터에, 개가 강아지를 물어박지르는 것을 보고 별안간에 실진하셨던 병 증세가 더 복발이 되어서 하시는 말이, ‘저놈이 강원 감사로구나! 남을 물어박지르고 먹을 것을 뺏어 가니, 그래 만만한 놈은 먹고살지도 말란 말이냐? 이 몹쓸 놈아, 네가 강원 감사로 있어서 백성을 다 죽여내더니 강아지까지 못살게 구느냐? 이놈, 나도 네게 원수 척을 지은 사람이라, 내가 오늘 네 원수를 갚겠다’ 하시더니 소리를 버럭버럭 지르면서 개를 쫓아가시는데 그때는 깊은 겨울이라, 어머니 가신 곳을 알지 못하여 온 집안사람들이 있는 대로 다 나서서 어머니를 찾으러 다니느라고 하룻밤을 새웠다. 그러하던 그 어머니를 우리가 이렇게 떠나서 있는 것이 자식 된 도리가 아니라. 이에, 별생각 말고 시엑기 씨에게 좋게 말하고 고국으로 돌아갈 도리를 하자. 이애 옥남아, 나는 몸이 여기 있으나, 내 눈에는 어머니가 실진하여 하시던 모양만 눈에 선하다.”

하면서 다시 느껴 운다. 옥남이가 한참 동안을 앉아 울다가 주먹으로 테이블 바닥이 쪼개지도록 내리치더니, 양복 포켓 속에서 착착 접은 하얀 수건을 내서 눈물을 썩썩 훔치고, 눈방울을 두리두리하게 굴리고 이를 악물고 앉았더니 다시 기운을 내어서 천연히 말한다.

"여보 누님, 누님이 문명한 나라에 와서 문명한 신학문을 배웠으니 문명한 생각으로 문명한 사업을 하지 아니하면 못씁니다. 누님, 누님이 내 말을 좀 자세히 들어보시오. 사람이 부모에게 효성을 하려면 부모 앞에서 부모 봉양만 하고 들어앉았는 것이 효성이 아니라, 부모의 은혜 받은 이 몸이 나라의 국민의 의무를 지키고 국민의 직분을 다하는 것이 부모에게 효성이라. 우리나라에는 세도재상이니, 별입시니, 땅별입시니, 무엇이니, 무엇이니 하는 사람들이 성인 같으신 임금의 총명[78]을 옹폐[79]하고 국권을 농락하여 나라는 망하든지 흥하든지 제 욕만 채우고 제 살만 찌우려고 백성을 다 죽여내는 통에, 우리 아버지가 그렇게 몹시 돌아가시고, 우리 어머니도 그 일을 인연하여 그런 몹쓸 병환이 들으셨으니 그 원인을 생각하면 나라의 정치가 그른 곡절이라. 여보, 우리나라에서 원통한 일 당한 사람이 우리뿐 아니라, 드러나게 당한 사람도 몇 천 명 몇 만 명이요, 무형상으로 죽어나고 녹아나서 삼천리강산에 처량한 빛을 띠고, 이천만 인민이 도탄에 들어서 나라는 쌓아놓은 닭의 알같이 위태하고, 인종은 봄바람에 눈 녹듯 스러져 없어지는 때라. 이 나라를 붙들고 이 백성을 살리려 하면 정치를 개혁하는 데 있는 것이니, 우리는 아무쪼록 공부를 많이 하고 지식을 넓혀서 아무 때든지 개혁당이 되어서 나라의 사업을 하는 것이 부모에게 효성 하는 것이오. 여보 누님, 우리가 지금 고국에 돌아가서 어머니를 모시고 있더라도 어머니 병환이 나으실 리도 없고, 아버지 산소에 가도 아버지가 살아오실 리가 없으니, 아무리 우리 집에 박절한 사정이 있더라도 그 박절한 사정을 돌아보지 말고 국민 동포에게 공익公益을 위하여 공부를 더하고 있읍시다. 우리나라의 일만 잘되면 눈을 못 감고 돌아가신 아버지께서 지하에서 눈을 감을 것이요, 철천지한을 품고 실진까지 되셨던 어머니께서도 한이 풀리시면 병환이 나으실는지도 모를 일이니, 어머니를 위할 생각을 그만 하고 나라 위할 도리를 하시오. 누님이 만일 그런 생각이 작고 하루바삐 고국엘 돌아가서 어머니나 뵙고 누님이 시집이나 가서 편히 잘살려는 생각이 간절하거든 오늘일지라도 떠나가시오. 노잣돈은 아무 때든지 시엑기 씨에게 신세지기는 일반이니, 내가 말하여 얻어드리리다."

옥순이가 그 말을 듣고 가만히 앉아 생각하더니 옥남의 말을 옳게 여겨 근심을 참고 공부에 착심하여 해외 풍상에 몇 해를 더 지냈던지, 옥순이는 사범학교까지 졸업한 후에 근심을 잊어버리기 위하여 음악학교音樂學校에서 공부하고, 옥남이는 중학교를 마친 후에 경제학經濟學을 공부하면서 한편으로 사회철학社會哲學을 깊이 연구하더라. 백면서생의 책상머리는 반딧불 창과, 눈 쌓인 밤에 어느 때든지 맑고 고요치 아니한 때가 없지마는, 세계 풍운은 날로 변하는 때라. 더구나 우리나라에서는 세상이 어찌 되어 가는지 모르고 괴상 극악한 짓만 하다가, 세계 풍운이 변하는 서슬에 정신이 번쩍번쩍 나는 판이라. 일러전쟁 이후로 옥남이가 신문만 정신 들여 날마다 보는데 신문을 볼 때마다 속만 터진다. 어찌하여 그렇게 속이 터지는고?

옥남의 마음에 우리나라 일은 놀부의 박 타듯이 박은 타는데 경만 치게 된 판이라고 생각한다. 박을 타는 것 같다 하는 말은 웬 말인고? 옛날 놀부의 마음이 동포 형제는 다 빌어먹게 되더라도 남의 것을 뺏어서 내 재물만 삼으면 좋은 줄로 알던 사람이라. 일평생에 악한 기운이 두리두리 뭉쳐서 바람 풍 자 세 가지 쓰인 박씨 하나가 되었더라. 그 바람 풍 자 풀기를 올풍·졸풍·망풍이라 하였으나, 옥남이 같은 신학문 있는 사람의 마음에는 그 바람 풍자가 북풍이 아니면 서풍이요, 서풍이 아니면 남풍이라. 대체에는 바람에 경을 치든지 큰 바람이 불고 말리라 싶은 생각이나, 그러나 바람 불기 전에는 어느 바람이 불는지 모르는 것이요, 박을 타기 전에는 무엇이 나올지 모르는 터이라.

대체 그 박씨가 어느 바람에 불려 온 것인고? 한식 동풍에 어류가 비꼈는데, 왕사당전에 날아드는 제비들이 공량空樑에 높이 앉아 남남喃喃히 지저귀고 강남 소식을 전하면서 박씨를 떨어뜨린다.

주인이 그 박씨를 주워다가 심었는데 조물이 거름을 어찌 잘하였던지 넝쿨마다 마디지고, 마디마다 꽃이 피고, 꽃마다 열매 맺어, 낱낱이 잘 굳으니 그 박이 박복한 박이라. 팔월단호八月斷瓠 팔월에 박을 따서 놀부가 그 박을 타는데, 톱질을 하여도 합질할 생각으로 박을 타더라.

한 통을 타면 초상상제[80]가 나오고, 또 한 통을 타면 장비가 나오고, 또 한 통을 타면 상전이 나오니, 나머지 박은 겁이 나서 감히 탈 생의를 못 하나 기왕에 열려서 굳은 박이라, 놀부가 타지 아니하더라도 제가 저절로 터지더라도 박 속에 든 물건은 다 나오고 말 모양이라. 놀부가 필경 패가하고 신세까지 망쳤는데, 도덕 있고 우애 있는 흥부의 덕으로 집을 보전한 일이 있었더라. 그러한 말은 허무한 옛말이라. 지금 같은 문명한 세상에 물리학으로 볼진대 박 속에서 장비도 나오고 상전도 나올 이치가 없으니, 옥남이가 그 말을 참말로 믿는 것이 아니라. 그러나 옥남의 마음에 옛날 우리나라에 이학박사理學博士가 있어서 우리나라 개국 오백 년 전후사를 추측推測하고 비유하여 지은 말인가 보다, 그렇게 생각하여 의심나고 두려운 마음이 주야 잊지 못하는 것이 옥남의 일편一片 충심이라.

옥남의 마음에 우리나라에는 놀부의 천지라 세도재상도 놀부의 심장이요, 각 도 관찰사도 놀부의 심장이요, 각 읍 수령도 놀부의 심장이라. 하루바삐 개혁당이 나서서 일반 정치를 개혁하는 때에는 저 허다한 놀부 떼가 일시에 박을 타고 들어앉았으려니 생각한다.

옥남이가 날마다 때마다 우리나라가 개혁되기만 기다리는데, 그 기다리는 것은 놀부 떼를 미워서 개혁되기를 기다리는 것도 아니요, 국가의 미래중흥未來重興을 바라고 인민의 목하도탄目下塗炭을 면하게 되는 것을 바라는 마음이라. 그러나 우리나라 일은 깊은 잠 어지러운 꿈과 같아 불러도 아니 깨이고 몽둥이로 때려도 아니 깨이는 터이라. 어느 때든지 하늘이 뒤집히도록 천변이 나고 벼락불이 뚝뚝 떨어지기 전에는 저 꿈 깨기가 어려우리라 싶은 것도 옥남의 생각이라.

서력 일천구백칠 년은 우리나라 개국 오백십육 년이라. 그해 여름이 되었는데 하늘에서는 불빛이 뚝뚝 떨어진다. 그 불빛이 미국 화성돈 어느 호텔 객실에 비치었는데, 그 객실은 동남향이라. 동남 유리창에 아침볕이 들이 쪼인다. 그 유리창 안에는 백포장[81]을 드리웠고, 백포장 밑에는 침대寢臺가 놓였고, 침대 위에는 여학생이 누웠는데 그 여학생은 옥순이라. 옥 같은 얼굴이 아침볕 더운 기운에 선앵두빛같이 익어서 도화색이 지고, 땀이 송송 나서 해당화에 이슬 맺힌 듯하였는데 어여쁘기는 일색이나, 자세 보면 얼굴에 나이 들어서 삼십이 가까운 모양이라. 그루잠을 곤히 자다가 기지개를 켜고 눈을 떠서 벽상에 걸린 자명종을 쳐다보더니 바스스 일어나며,

"에그, 벌써 여덟 시가 되었구나. 아무리 일요일이라도 너무 염치없이 잤구나."

하면서 옷을 고쳐 입고 세수하고 식전에 하는 절차를 다 한 후에 거울을 들여다보다가 탄식을 한다.

"세월도 쉽다, 내가 벌써 이렇게 되었단 말인가? 우리 아버지 돌아가시던 해에 어머니 나이 지금 내 나이쯤 되셨고, 나는 그때 불과 여덟 살이러니, 내가 자라서 이렇게 되었으니 어머니께서 얼마나 늙으셨누? 사람이 세상에 생겨나려거든 좋은 때에 생겨날 것이지, 무슨 팔자가 그

리 기박하여 이런 때에 생겨났던고? 희호세계에 나서 밭 갈아먹고 우
물 파 마시고 재력을 모르던 백성들은 우리 아버지같이 원통히 죽은 사
람도 없을 것이요, 우리 어머니같이 포원하고 미친 사람도 없으렷다.
에그, 나는……."

하다가 말끝을 마치지 아니하고 아무 소리 없이 앉았는데 기색이 좋지
못한 모양이라. 문 밖에서 문을 뚝뚝 두드리는 소리가 나며 문을 열고
들어오는 사람은 옥남이라. 옥순이가 좋지 못하던 얼굴빛을 감추고 천
연히 앉았으나, 옥남이가 옥순의 기색을 보고 근심하던 눈치를 알았던
지 교의 위에 턱 걸터앉으며,

　(옥남) "누님, 오늘 신문 보셨소?"

　(옥순) "이애, 신문이 다 무엇이냐? 지금 일어나서 겨우 세수하였다."

　(옥남) "밤에 너무 늦게 주무시면 식전 잠이 많으시지요. 그러나 요새
는 밤 몇 시까지 공부를 하시오?"

　(옥순) "공부하려고 밤을 샐 수야 있느냐? 어젯밤에는 열두 시까지
책을 보다가 새로 한시에 드러누웠더니, 어머니 생각이 나기 시작하여
잠이 덧들었다가 밤을 새웠다."

　(옥남) "그러나 참, 오늘 신문 보셨소? 오늘 신문은 썩 재미있던
걸……."

　(옥순) "무엇이 그렇게 재미가 있단 말이냐? 어느 신문에 무슨 말이
있단 말이냐?"

하여 테이블 위에 놓인 신문을 보려 하니, 옥남이가 신문지를 누르면서,

　(옥남) "여보시오 누님, 여러 신문을 다 찾아보려 하면 시간이 더딜
터이니 내게 잠깐 들으시오. 자, 자세 들어보시오. 신문 제목은 여학생
의 아침잠이라, 화성돈 셰맨스 호텔에 유한 한국 여학생 최옥순이는 동
방이 샐 때를 초저녁으로 알고 해가 삼 장이 높았을 때를 밤중으로 알고

자는 여학생이라 하였는데, 대체 그 아래 마디까지 다 외지는 못하오."

(옥순) "이애, 그것은 너의 거짓말이다. 내가 근심을 잊어버리고 밤에 잠을 잘 자도록 권하려고 네가 나를 조롱하는 말인가 보다. 이애 옥남아, 낸들 근심을 하고 싶어서 일부러 하겠느냐? 어젯밤에도 열두 시까지 책을 보다가 침대에 드러누웠더니 우연히 고국 생각이 나기 시작하여 동방에 계명성[82]이 올라오도록 잠 못 이루어 애를 쓰다가 먼동이 틀 때에 겨우 잠이 들었다. 근심을 잊어버리자고 결심하고 있는 네 마음이나 잊어버리지 못하는 내 마음이나 다를 것이 없으니, 나는……."
하다가 말을 맺지 못하고 눈물이 옷깃에 떨어진다.

(옥남) "여보 누님, 다른 말씀 마시고 신문을 좀 보시오."

옥순이가 그 소리를 듣더니 참 제 말이 신문에 난 듯이 의심이 나서 급히 신문지를 집어서 앞에다 놓으니, 옥남이가 옥순이의 앞으로 다가앉으며 각 신문을 뒤적거리다가 옥남의 손가락이 신문지 위에 뚝 떨어지며,

"이것 좀 보시오."
하는 소리에 옥순의 눈이 동그래지며 옥남의 손가락 가리키는 곳을 본다. 본래 옥순이가 고국 생각을 너무 하고 밤낮 근심으로 세월을 보내는 고로, 옥남이가 옥순이를 볼 때마다 옥순이를 웃기고 위로하던 터이라. 그 신문의 기재한 제목은 한국 대개혁韓國大改革이라 하였는데, 대황제 폐하 전위하시던 일이라. 옥순이가 그 신문을 다 본 후에 옥남이와 옥순이가 다시 의논이 부산하다.

(옥순) "이애 옥남아, 세계 각국에 개혁 같은 큰일이 없고 개혁같이 어려운 일은 없는 것이라. 우리나라에서 수십 년래로 개혁에 착수着手하던 사람들이 나라에 충성을 극진히 다하였으나, 우리나라 백성은 역적으로 알고 전국 백성은 반대하고 원수같이 미워한 고로, 개혁당의 시

조 되는 김옥균 같은 충신도 자객의 암살暗殺을 면치 못하였고, 그 후에 허다한 개혁당들도 낱낱이 역적 이름을 듣고 성공치 못하였는데 지금 이렇게 큰 개혁이 되었으니, 네 생각에 앞일이 어찌 될 듯하냐?”

옥남이가 한참 동안을 말없이 가만히 앉았다가 우연 탄식이라.

(옥남) “지금이라도 개혁만 잘되면 몇 십 년 후에 회복될 도리가 있지요. 내가 이때까지 누님께 듣기 좋은 말만 하고 조금도 걱정되는 일은 말하지 아니하였더니 오늘 처음으로 내 마음에 있는 말을 다 하리다. 만일 우리나라가 칠십 년 전에 개혁이 되어서 진보를 잘하였다면, 우리나라도 세계 일등 강국이 되어 해삼위에 아라사 사람이 저러한 근거지를 잡기 전에 우리나라가 먼저 착수하였을 것이요, 만일 오십 년 전에 개혁이 되었다면 해삼위는 아라사 사람에게 양도하였으나, 청국 만주는 우리나라 세력 범위 안에 들었을 것이오. 만일 사십 년 전에 개혁이 되었으면 우리나라 육해군의 확장이 아직 일본만 못하나, 또한 당당한 문명국이 되었을 것이오. 만일 삼십 년 전에 개혁이 되었으면 삼십 년 동안에 또한 중등 강국은 되었을지라. 남으로 일본과 동맹국이 되고 북으로 아라사 세력이 뻗어 나오는 것을 틀어막고 서로 청국의 내버리는 유리遺利를 취하여 장차 대륙大陸에 전진前進의 길을 열어서 불과 기년에 또한 일등 강국을 기약하였을 것이오. 만일 이십 년 전에 개혁이 되었으면 이십 년 동안에 나라 힘이 크게 떨치지는 못하였더라도 인민의 교육 정도와 생활의 길이 크게 열려서 국가의 독립하는 힘이 유여하였을 것이오. 만일 십 년 전에 개혁이 되었을 지경이면 오호만의嗚呼晚矣라, 나랏일 하기가 대단히 어려운 때이라. 비록 남의 힘을 빌리지 아니하고 내 힘으로 개혁을 하였더라도 백공천창百孔千創[83]의 꿰매지 못할 일이 여러 가지라. 그러나 개혁한 지 십 년만 되었더라도 족히 국가를 보존할 기초가 생겼을 터이라. 그러한즉 우리나라의 개혁 조만이 그 이

해가 이러하거늘, 정치개혁은 아니 하고, 도리어 나라 망할 짓만 하였으니 그런 원통한 일이 있소? 지금 우리나라 형편이 어떠하냐 할진대, 말 한마디로 그 형편을 자세히 말하기 어려운지라. 가령 한 사람의 집으로 비유할진대, 세간은 다 판이 나고 자식들은 다 난봉이라, 누가 보든지 그 집은 꼭 망하게만 된 집이라. 비록 새 규모를 정하고 치산을 잘할 도리를 하더라도 어느 세월에 남의 빚을 다 청장淸帳하고, 어느 세월에 그 난봉된 자식들을 잘 가르쳐서 사람 치러 다니고 형제간에 싸움만 하고 밤낮으로 무슨 일만 저지르던 것들이 지각이 들어서 집안에 유익 자식이 되도록 하기가 썩 어려울지라. 우리나라의 지금 형편이 이러한 터이라. 황제 폐하께서 등극하시면서 일반 정치를 개혁하시니 만고에 영걸하신 성군이시라. 우리도 하루바삐 우리나라에 돌아가서, 우리 배운 대로 나라에 유익한 사업을 하여 봅시다."

하더니 옥순의 남매가 그 길로 시엑기 아니스 집에 가서 그 사정을 말한다. 그때 시엑기 아니스는 나이 많고 또 병중이라. 그 재물을 다 흩어서 고아원孤兒院과 자선병원慈善病院에 기부하고 그 자손은 각기 그 학력學力으로 벌어먹으라 하고 옥남의 남매에게 미국 지화 오천 류五千留를 주며 고국에 가라 하니, 옥순이와 옥남이가 그 돈을 고사하여 받지 아니하고, 다만 여비로 오백 류만 달라 하여 가지고 미국을 떠나는데, 시엑기 아니스는 그 후 삼 삭 만에 세상을 버리고 먼 천당길을 갔더라.

옥순이와 옥남이가 부산에 이르러서 경부 철도를 타고 서울로 향하여 오는데, 먼 산을 바라고 소리 없는 눈물이 비 오듯 한다. 토피 벗은 자산에 사태가 길길이 난 것을 보면 '저 산의 토피를 누구들이 저렇게 몹시 벗겨 먹었누?' 하며 옛일 생각도 나고, '저 산이 언제나 수목이 울밀하게 될꼬?' 하며 앞일 생각도 한다. 산 밑 들 가운데 길가에 게딱지 같이 납작한 집을 보면 저것도 사람 사는 집인가 싶은 마음이 난다. 옥순의 남매가 어렸을 때에 그런 것을 보고 자라났지마는 처음 보는 것같이 기막히는 마음뿐이라. 그러나 한 가지 위로되는 마음은, 융희 원년은 황제 폐하께서 정치를 개혁하신 해라. 다시 마음을 활발히 먹고 서울로 올라와서 하루도 쉬지 아니하고 그길로 강릉으로 내려간다. 강릉 경금 동네에 웬 양복 입은 남자와 양복 입은 부인이 교군을 타고 오다가 동네 가운데에서 교군을 내려 나오더니 최본평 집을 묻는데, 그 동네에서 양복 입은 부인을 처음 보던지, 구경꾼이 앞뒤로 모여들고 개 짖는 소리에 말소리가 자세 들리지 아니한다.

그 양복 입은 부인은 옥순이요, 남자는 옥남이라. 동네 사람들이 옥순의 남매가 왔다는 말을 듣고 앞뒤로 따라 서서 본평 집으로 데리고 가는데 사람이 모여들고 모여든다.

김정수의 부인은 어디서 듣고 그렇게 빨리 쫓아오던지 달음박질을 하다가 짚신짝이 앞으로 팽개를 치는 듯이 벗어져 나가다가, 길 아래 논에 뚝 떨어지는 것을 보고 건질 새도 없이 버선 바닥으로 쫓아와서 옥순이와 옥남이를 붙들고 울며 본평 집으로 간다.

이때는 가을이라, 서리 맞은 호박잎은 울타리에 달려 있어 바람에 버썩버썩하는 소리뿐이요, 마당에는 거친 풀이 좌우로 우거졌는데, 이 집에도 사람이 있나 싶은 그 집이 본평 집이라.

옥남이는 생각나는 일도 있고 잊어버린 일도 많지마는 옥순이는 눈에 보이는 물건이 차차 볼수록 어제 보던 물건 같고 옛일을 생각할수록 어제 지내던 일같이 생각이 난다.

옥순의 남매가 그 어머니 방으로 들어가는데, 그 어머니는 살아 있으나 뼈만 엉성하게 남고, 그중에 늙어서 머리털은 희뜩희뜩하고 귀신같은 모양으로 미친 증세는 이전에 볼 때보다 조금도 다를 것이 없는지라. 옥순이가 어머니 앞으로 달려들며,

"어머니 어머니, 옥순이, 옥남이가 어머니를 떠나서 만리타국에 공부하러 갔다가 오늘 집에 돌아왔소. 어머니 어머니, 어머니가 어찌하여 지금까지 병환이 낫지 못하셨단 말이오?"

하며 기가 막혀 우느라고 다시 말을 못 하는데, 옥남이가 그 어머니 앞에 마주 앉아 울며,

"어머니, 날 좀 자세 보시오. 내가 어머니 아들이오. 아버지께서 원통히 돌아가신 후에 어머니가 철천지한을 품고 계신 중에 유복자로 나를 낳으시고 이런 병이 들으셨다 하니, 나 같은 불효자가 아니 났더면 어머니가 저런 병환이 아니 들으셨을 터인데……."

그 말끝을 마치지 못하여 본평 부인이 소리를 버럭 지른다.

"무엇이냐 응, 불효라니? 이놈, 네가 뉘 돈을 뺏어먹으려고 누구더러 불효부제라 하느냐? 이놈, 이때까지 아니 죽고 살아서 백성의 돈을 뺏어먹으려 든단 말이냐?"

하며 미친 소리를 한다. 옥남이가 목이 메어 울며,

"어머니 어머니, 어머니가 저런 마음으로 병이 들으셨소그려. 지금은 백성의 재물 뺏어먹을 사람도 없고 무리한 백성을 죽일 사람도 없는 이 세상이오."

본평 부인이 이 말을 어찌 알아들었던지,

"응 무엇이야? 그 강원 감사 같은 놈들이 다 어디 갔단 말이냐?"

(옥남) "어머니가 그 말을 알아들으셨소? 지금 세상은 이전과 다른 때요. 황제 폐하께서 정치를 개혁하셨는데 지금은 권리 있는 재상도 벼슬 팔아먹지 못하오. 관찰사, 군수들도 잔학생민殘虐生民하던 옛 버릇을 다 버리고 관황돈 외에는 낮선 돈 한 푼 먹지 못하도록 나랏법을 세워놓은 때올시다. 아버지께서 이런 때에 계셨더면 재물을 아무리 많이 가졌더라도 그런 화를 당할 리가 없으니 아버지께서도 지하에서 이런 줄 알

으실 지경이면 천추의 한이 풀리실 터이니, 어머니께서도 한 되던 마음을 잊어버리시고 여년餘年을 지내시오. 나는 어머니 유복자 옥남이오.”

본평 부인이 정신이 번쩍 나서 옥남이와 옥순이를 붙들고 우는데, 첩첩한 구름 속에 묻혔던 밝은 달 나오듯이 본정신이 돌아오는데 운권청천雲捲靑天이라. 옥남이를 붙들고 울며,

“이애, 네가, 네가 하늘에서 떨어졌느냐? 땅에서 솟았느냐? 내 속에서 나온 자식이 이렇게 자라도록 내가 모르고 지냈단 말이냐? 옥남아, 네 이름이 옥남이란 말이냐? 어디로 갔다가 이제 왔느냐? 너의 아버지 돌아가실 때도 젊으셨던 때라 네 얼굴을 보니, 너의 아버지를 닮은들 어찌 그렇게 천연히 닮았느냐? 이애 옥순아, 너는 너의 아버지 돌아가실 때에 어린아이라, 어렸을 때 일을 자세히 생각할는지 모르겠다마는 너의 아버지 얼굴을 못 생각하거든 옥남이를 보아라. 이애 옥순아, 네가 벌써 자라서 저렇게 되었단 말이냐? 내가 본정신으로 너희들을 다시 만나보니, 오늘 죽어도 한을 잊어버리고 죽겠다. 그러나 너의 아버지께서 살았다가 저런 모양을 보셨으면 오죽 좋아하셨으며, 또 평생에 나라를 위하여 근심하시고, 우리나라 백성을 위하여 근심하시더니, 탐관오리들이 다 쫓겨서 산 깊이 들어앉았는 이 세상을 보셨으면 오죽 좋아하시겠느냐? 나와 같이 절에나 올라가서 너의 아버지가 연화세계로 가시도록 불공이나 하고 너희들은 아버지 계신 연화세계로, 이 세상이 태평세계 되었다고 축문이나 읽어라.”

옥순의 남매가 뜻밖에 어머니 병이 나은 것을 보더니 마음에 어찌 좋던지, 그 이튿날 그 어머니를 모시고 절에 가서 불공을 한다.

극락전 부처님은 말없이 가만히 앉았는데 만수향 연기는 맑은 바람에 살살 돌아 용트림하고 본평 부인이 축원하는 소리는 처량하다.

절 동구 밖에서 총소리 한 번이 탕 나면서, 웬 무뢰지배 수백 명이 들

어오더니 옥남의 남매를 붙들어 내린다.

옥순이와 옥남이는 학문과 지식이 넉넉한 사람이라 조금도 겁나는 기색이 없고 천연히 붙들려 나가는데, 그 무뢰지배가 옥순의 남매를 잡아놓고 재약한 총부리를 겨누면서,

(무뢰) "네가 웬 사람이며, 머리는 왜 깎았으며, 여기 내려오기는 무슨 정탐을 하러 왔느냐? 우리는 강원도 의병이라. 너 같은 수상한 놈은 포살하겠다."

하며 기세가 당당한지라. 옥남이가 천연히 나서더니 일장 연설을 한다.

"여보시오 우리 동포, 들어보시오. 나는 동포를 위하여 공변되게 하는 말이니, 여러분이 평심서기[84]하고 자세히 들으시오. 의병도 우리나라 백성이요, 나도 우리나라 백성이라. 피차에 나라 위하고 싶은 마음은 일반이나, 지식이 다르면 하는 일이 다른 법이라. 이제 여러분 동포께서 의병을 일으켜서 죽기를 헤아리지 아니하고 하시는 일이 나라에 이롭고자 하여 하시는 일이오, 나라에 해를 끼치려는 일이오? 말씀을 하여주시오. 내가 동포를 위하여 그 이해를 자세히 말하면, 여러분의 마음과 같지 못한 일이 있어서 나를 죽이실 터이나, 그러나 내가 그 이해를 알면서 말을 아니 하면 여러분 동포가 화를 면치 못할 뿐 아니라 국가에 큰 해를 끼칠 터이니, 차라리 내 한 몸이 죽을지라도 여러분 동포가 목전의 화를 면하고, 국가 진보에 큰 방해가 없도록 충고하는 일이 옳을 터이라. 여러분이 나를 죽일지라도 내 말이나 다 들은 후에 죽이시오.

여러분 동포가 의리를 잘못 잡고 생각이 그릇 들어서 요순 같은 황제 폐하 칙령을 거스르고 흉기凶器를 가지고 산야로 출몰하며 인민의 재산을 강탈하다가 수비대 일병 사오십 명만 만나면 수십 명 의병이 저당치 못하고 패하여 달아나거나, 그렇지 아니하면 사망 무수하니, 동포의 하

는 일은 국민의 생명만 없애고 국가 행정상에 해만 끼치는 일이라. 무엇을 취하여 이런 일을 하시오? 또 동포의 마음에 국권을 잃은 것을 분하게 여긴다 하니, 진실로 분한 마음이 있을진대 먼저 국권 잃은 근본을 살펴보고 장차 국권이 회복될 일을 하는 것이 옳은 일이라. 우리나라 수십 년래 학정을 생각하면 이 백성의 생명이 이만치 남은 것이 뜻밖이요, 이 나라가 멸망의 화를 면한 것이 그런 다행한 일이 있소? 우리나라 수십 년래 학정은 여러분이 다 같이 당하던 일이니 모르실 리가 없으나, 나는 내 집에서 당하던 일을 말씀하리다. 내 선인도 재물냥이나 있는 고로 강원 감영에 잡혀가서 불효부제로 몰려서 매 맞고 죽은 일도 있고, 그 일로 인연하여 집안 화패가 무수하였으니, 세상에 학정 같이 무서운 건 없습디다. 여보, 그런 한심한 일이 있소? 이야기를 좀 들어보시오. 내가 미국 가서 십여 년을 있었는데, 우리나라 사람 하나를 만나서 말을 하다가 그 사람이 관찰사 지낸 사람이라 하는 고로, 내가 내 집안에서 강원 감사에게 학정 당하던 생각이 나서 말하나니 탐장하는 관찰사는 죽일 놈이니 살릴 놈이니 하였더니, 그 사람 하는 말이, '그런 어림없는 말 좀 마오. 관찰사를 공으로 얻어 하는 사람이 몇이나 되오? 처음에 할 때도 돈이 들려니와, 내려간 후에 쓰는 돈은 얼마나 되는지 알고 그런 소리를 하오? 일 년에 몇 번 탄신[85]에 쓰는 돈은 얼마나 되며 그 외에는 쓰는 돈이 없는 줄로 아오? 그래, 몇 푼 되지 못하는 월급만 가지고 되겠소? 백성의 돈을 아니 먹으면 그 돈 벌충을 무슨 수로 하오? 만일 관찰사로 있어서 돈 한 푼 아니 쓰고 배기려 들다가 벼락은 누가 맞게?' 하는 소리를 듣고 내가 기가 막혀서 말대답을 못 하였소. 대체 그런 사람들이 빙공영사[86]로 백성의 돈을 뺏으려는 말이요, 탐장을 예사로 알고 하는 말이라. 그러한 정치에 나라가 어찌 부지하며 백성이 어찌 부지하겠소? 그렇게 결딴낸 나라를 황제 폐하께서 등극하시면서 덕을 헤아리시고 힘을 헤아리셔서 나라 힘國力에 미쳐 갈 만한 일은 일신 개혁하시니, 중앙 정부에는 매관매직하던 악습이 없어지고, 지방에는 잔학생령하던 관리가 낱낱이 면관이 되니, 융희 원년 이후로 황제 폐하께서 백성에게 학정하신 일이 무엇이오? 여보 동포들, 들어 보시오. 우리나라 국권을 회복할 생각이 있거든 황제 폐하 통치하統治下에서 부지런히 벌어먹고 자식이나 잘 가르쳐서 국민의 지식이 진보 될 도리만 하시오. 지금 우리나라에 국리민복國利民福 될 일은 그만한 일이 다시없소. 나는 오늘 개혁하신 황제 폐하의 만세나 부르고 국민 동포의 만세나 부르고 죽겠소."

하더니 옥남이가 손을 높이 들어,

　"대황제 폐하 만세, 만세, 만세! 국민 동포 만세, 만세, 만세!"

　그렇게 만세를 부르는데 의병이라 하는 봉두돌빈蓬頭突鬢[87]의 여러 사람들이 아우성을 지르며,

　"저놈이 선유사[88]의 심부름으로 내려온 놈인가 보다. 저놈을 잡아 가자!"

하더니 풍우같이 달려들어서 옥남의 남매를 잡아가는데, 본평 부인은 극락전 부처님 앞에 엎드려서 옥남의 남매를 살게 하여줍시사, 하는 소리뿐이라.

은세계銀世界종終

빈선랑貧鮮郎의 일미인日美人

"여보, 여보, 영감 이상, 내일이 그믐날이오그려. 보아라, 내 혀가 있느냐하던 그런 혀로 집세 재촉을 당할 때는 말대답 한마디 못하니 웬일이오? 집세 못 내기는 일반이니 뒷간이나 좀 깨끗한 집을 얻을 일이지."
하며 그 남편의 얼굴을 한참 물끄러미 쳐다보다가 고개를 축 수그리며 화저火箸[1]가락으로 숯불을 뒤적뒤적 하는데, 긴 화로[長火鉢] 보얀 재 위에 구슬 같은 물 두 방울이 떨어진다.

마침 창밖에서 식품조합소食品組合所 번두番頭[2] 목소리가 들리니 선뜻 일어나서 미닫이를 열고 내다보는 부인은 나이 삼십이 될락 말락 하고, 얼굴은 희고 볼에 살기 없고 파사[3]한 일본 부인이라.

식품조합소 장부帳簿를 받아 들고 들어오더니 주인공 앞에 들여놓는다.

주인공은 앉은키와 같은 긴 담뱃대를 물고 연기를 훅훅 내뿜으며 아무 대답도 없이 입맛이 쓴지 입맛만 다시며 담뱃대를 탁탁 떨더니 먹고 싶지 아니한 담뱃대를 또 담근다.

(부인) "여보, 그 담배 다 잡숫고 말씀하시려오? 어서 말하여 보십시다."

(주인공) "왜 날더러……."

(부인) "그러면 대답할 말만 가르쳐주오. 언제쯤 받으러 오라 하리까?"

주인이 눈살을 잔뜩 찌푸리고 부인을 흘끔흘끔 보니, 부인은 도리어 주인공에게 가엾은 마음이 나던지 쌍긋 웃으며 나가더니 외상 물건값 미루어 가기로 솜씨 난 말로 식품조합 번두를 살살 달래 보내고 들어와서 화로 앞에 앉았다.

두 내외가 입을 봉한 듯이 말없이 있는데, 주인공은 부인의 안심시길 말을 하고 싶으나, 먼저 말 냅뜨기[4]가 재미없어서 부인의 말 나오기만 기다리고, 부인은 전에 참았던 말을 오늘은 다 하려고 잔뜩 벼르고 있으면서 주인공의 말 나오기를 기다리고 있다가, 참을성 없는 부인이 먼저 말을 냅뜬다.

"여보, 영감 이상, 내가 영감을 원망하는 것이 아니라 내 팔자 한탄이오. 나같이 어림없고[馬鹿], 나같이 팔자 사나운 년이 어디 또 있겠소? 영감이 내지에 있을 때에 얼마나 풍을 쳤소? 조선 있는 사람은 아무것도 모르는 병신 같고, 영감 혼자만 잘난 듯 조선에 돌아가는 날에는 벼슬은 마음대로 할 듯, 돈을 마음대로 쓰고 지낼 듯 그런 호기쩍은 소리만 하던 그 사람이 조선을 오더니 이 모양이란 말이오? 일본 여편네가 조선 사람의 마누라 되어 온 사람이 나 하나뿐 아니언마는 경성에 와서 고생하는 사람은 나 하나뿐이오그려. 남편의 덕에 마차 타는 사람은 말할 것도 없거니와, 머리 위에 금테를 두셋 씩 두르고 다니는 사람의 마누라 된 사람은 좀 많소! 나는 마차도 싫고 금테도 부럽지 아니하고 돈 얼굴을 한 달에 한 번씩만 얻어 보고 살았으면 좋겠소. 여보, 큰 기침 그만하고 어디 가서 한 달에 이삼십 원이라도 생기는 고용雇傭[5]도 못 얻어 한단 말이오. 내가 문밖에 나가면 혹 내지 아이들이 등 뒤에서 손가락질을 하며 요보[6]의 오가미상[朝鮮美人房]이라 하니, 옷이나 잘 입고 다니며 그런 소리를 들으면 어떠할는지, 거지꼴 같은 위인에 그 소리를 들을 때면 얼굴이 뜨뜻."

말을 마치기 전에 문밖에서 주인 부르는 소리가 나니, 주인이 그 부인의 말에 귀가 솔던[7] 차에 뉘 목소리인지도 모르면서 반가워하는 모양이라.

(주) "누구시오? 방으로 들어오시오."

(객) "낼세."

(주) "이것 주필이 목소리 아닌가? 어서 들어오게."

하면서 맞아들이는 손과 숙친[8]하고 다정한 것 같은데, 손은 시골 산두메에 사는 사람이라 옷 입는 모양은 때가 뚝뚝 떨어지고, 얼굴에는 미련이 덕지덕지하고 뱃속에는 한문이 가득 든 사람이라 솜이 비죽비죽 나오는 면말綿襪[9]에서 흙이 우수수 떨어지는 발로 다다미를 디디는 대로 발자국이 나는데, 부인의 마음에는 그런 사람이 다다미 위에 앉는 것도 싫건마는, 남편의 영을 좇아 방석을 내어놓는다. 손은 부인에게 인사도 없이 방석만 받아 깔고 앉더니, 다다미 위에 담뱃재를 질질 흘리며,

(객) "자네, 돈 생길 일 좀 하려 보려나?"

(주) "응, 좋지. 돈 생길 터이면 아무 일이라도 하겠네."

(객) "일이야 허다하지."

주인이 벙긋 웃으며 그 부인을 건너다보니, 부인이 조선말을 하지는 못하나 알아듣기는 잘 하는지라 무슨 수나 날듯이 마음에 잠깐 위로되어 처음에는 방석도 내놓기를 아끼던 사람이 차에 과자를 곁들여서 내

어놓는다.

주인은 돈 생긴다는 말에 귀가 번쩍 뜨이고 정신이 번쩍 나서 손더러 어서 말하라 재촉하니, 손은 주인에게 무슨 적선이나 하는 듯이 익살을 핀다.

(객) "자네 성정이 급하여, 걱정 말게. 그 일 뺏어갈 사람 없네."

(주) "사당치레하다가 신주를 개 물려 보낸다 하는 말 없나, 허허허"

(객) "이런 것은 참 큰 수 날 일일세. 숨은 보배가 있네."

(주) "응, 무엇이란 말인가?"

(객) "경상도 예천 벌재에 삼십육 대 장상지지[10]가 있는데 무학의 비결 묻힌 곳을 내가 알았네. 누구든지 묏자리 구하는 사람에게 팔아서 십만 원 받거든 우리들이 오만 원씩 노나 먹세. 이사람, 묏자리라 하는 것은 복인이 봉길지[福人逢吉地][11]이니, 박복한 놈은 아무리 많더라도 그런 것 살 복이 없느니."

주인이 고개를 설설 흔들며,

"요새 세상에 그런 것 팔아먹으러 다니다가는 허기지지."

(객) "그러면 잔돈냥 생길 일이라도 하겠나?"

(주) "응, 무엇?"

(객) "자네 군수 하나 시켜 내겠나? 작자는 내가 구하여 옴세."

주인이 참다 못 하여 손을 핀잔을 주니, 객은 무안하여 가고 주인만 우두커니 앉았는데, 부인은 살짝 돌아앉아서 말없이 이 생각 저 생가 하다가 가련한 생각이 나서 눈을 이리 씻고 저리 씻으며 딸꾹질하는 소리가 났다.

혈의 누

1 일경(一境) : 한 나라나 어떤 곳을 중심으로 하는 일부 지역.
2 소회(所懷) : 마음에 담거나 품고 있는 회포.
3 홀지(忽地) : 갑자기 변함.
4 먹장 : 먹의 조각.
5 겁결 : 갑자기 놀라거나 겁이 나서 어쩔 줄 모름.
6 승(升) : 비단, 무명 따위의 천의 날을 세는 단위.
7 세굳다 : [북한어] 세고 굳다.
8 어기뚱하다 : 말이나 행동 따위가 교만하고 엉큼하다.
9 불측(不測) : 행동이나 생각이 엉큼하거나 괘씸함.
10 각색(各色) : 각종(各種).
11 칠야(漆夜) : 매우 캄캄한 밤.
12 다기(多氣) : 두려움이 없이 마음이 단단함.
13 생의 : 생심(生心). 어떠한 일을 하려고 마음을 먹음.
14 평대문(平大門) : 정문과 협문의 높이가 같은 대문.
15 두려빠지다 : 어떤 한 곳을 중심으로 하여 그 부근이 뭉텅 빠져나가다.
16 작폐(作弊) : 옳지 못하거나 해로운 일을 일으킴.
17 작란하다 : 난리를 일으키다.
18 석양판 : 석양빛이 비치는 곳. 또는 해 질 무렵.
19 인해(人海) : 수없이 많은 사람.
20 선화당(宣化堂) : 각 도에 파견된 관찰사가 사무를 보던 정당(正堂).
21 동토(動土) : 동티, 지신(地神)을 노하게 하여 받는 재앙.
22 패가(敗家) : 재산을 탕진하여 집안을 망하게 함.
23 동헌(東軒) : 고을의 수령이 사무를 처리하던 건물.
24 자정(慈情) : 어머니 혹은 부모의 정.
25 통변(通辯) : 통역.

26 처창하다 : 몹시 구슬프고 애달프다.

27 걸어앉다 : 높은 곳에 엉덩이를 붙여 앉아 두 다리를 늘어뜨리다.

28 전시국제공법(戰時國際公法) : 전시국제법(戰時國際法). 전시에 국제간의 법률.

29 안동(眼同) : 사람이나 물건을 함께 지니고 감.

30 서양철(西洋鐵) : 생철.

31 샐녁 : 날이 샐 무렵.

32 단망(斷望) : 희망이 끊어지거나 희망을 끊어버림.

33 백구(白鷗) : 갈매기.

34 일거(一擧) : 한 번 일을 벌이거나 한 번 움직임.

35 북망객(北邙客) : 비유적으로 죽은 사람을 이르는 말.

36 밤욧 : 밤처럼 잘고 뭉툭하게 만든 욧짝.

37 부담말 : 말의 등에 작은 농짝을 싣고 그 위에 사람이 타게끔 한 말.

38 영결(永訣) : 산 사람과 죽은 사람이 영원히 헤어짐.

39 유여하다 : 모자람이 없이 넉넉하다.

40 소진의 혀 : 소장의 혀. 중국에 말 잘하기로 유명한 소진과 장의의 혀라는 뜻으로 매우
언변이 좋음을 이르는 말.

41 심상하다 : 예사롭다.

42 벽상(壁上) : 벽면 위쪽 부분.

43 조접들다 : 기를 피지 못하다.

44 마방집 : 말을 두고 삯짐 싣는 일을 업으로 하는 집.

45 잔주접 : 어릴 때 잦은 잔병치레.

46 사기(事記) : 사건 기록.

47 교군(轎軍) : 가마.

48 완인(完人) : 가지고 있던 병이 완전히 나은 사람.

49 드난 : 임시로 남의 집에 지내며 그 집의 일을 도와줌.

50 외무주장(外無主張) : 살림을 할 만한 장성한 남자가 없음.

51 박토(薄土) : 메마르고 거친 땅.

52 흉격(胸膈) : 마음속. 가슴속.

53 통사(通詞) : 조선 시대에 통역하는 일을 맡아보던 구실아치.

54 자품(資稟) : 사람의 타고난 성품.

55 어용선(御用船) : 왕실이나 임금이 쓰던 배.

56 대판(大阪) : '오사카' 의 한자음.

57 바탕 : 물체의 틀이나 뼈대를 이루는 부분.

58 구화(媾和) : 싸우던 두 무리가 싸움을 그치고 평화로운 상태.

59 삼판(三板) : 항구 안에서 짐이나 사람을 실어 나르는 중국식 작은 돛단배.

60 분요(紛擾) : 소란스럽고 어수선함.

61 유리 : 정처 없이 떠도는 것.

62 연기(年紀) : 대강의 나이.

63 비편하다 : 순조롭거나 편하지 않다.

64 심상소학교(尋常小學校) : 일제 강점기 시대에 초등 교육을 담당하던 학교.

65 축기(縮氣) : 기운이 움츠러짐.

66 만국공법(萬國公法) : 국제법.

67 눈치꾸러기 : 남의 눈치를 심하게 보는 사람.

68 공방(空房) : 남편 없이 오랫동안 부인 혼자 거처하는 방.

69 삼추(三秋) : 가을의 석 달을 이르는 말로 긴 세월을 비유함.

70 받고차기 : 서로 빠르게 말을 주고받음.

71 덕색(德色) : 남에게 약간의 고마운 일을 하고 그것을 가지고 자랑하는 말이나 태도.

72 돌쳐서다 : ‘돌아서다’의 잘못된 표현.

73 권공장(勸工場) : 일본 메이지 시대에 유행한 잡화점. 백화점의 전신.

74 상직잠 : 상직꾼이 시중을 들기 위해 주인 부녀와 함께 자는 것.

75 혼혼하다 : 정신이 희미하고 가물가물하다.

76 반자 : 위층 바닥 밑이나 지붕 밑을 편평하게 하여 치장한 각 방의 윗면.

77 냅뜨다 : 큰 소리로 말하려 하다.

78 봉공(奉公) : 힘써 일함.

79 자목(茨木) : 오사카의 북쪽에 있는 위성도시인 ‘이바라키’.

80 만판 : 마음껏 넉넉함.

81 정신기(精神氣) : 사물을 판단할 수 있는 기색.

82 장거수(掌車手) : 전차 차장.

83 동록(銅綠) : 돈에 대한 욕심.

84 익달하다 : [북한어] 여러 번 겪어 익숙하다.

85 심상하다 : 예사롭다.

86 횡빈(橫濱) : ‘요코하마’의 한자음.

87 마름 : 마름과의 한해살이풀.

88 상항(桑港) : ‘샌프란시스코’의 음역어.

89 프록코트(frock coat) : 남성의 서양식 예복.

90 필담(筆談) : 글씨로 써서 묻고 대답함.

91 차부(車夫) : 마차를 부리는 사람.

92 수작(酬酌) : 말을 주고받음.

93 강유위(康有爲) : 캉유웨이. 중국의 학자이자 정치가로 무술변법(戊戌變法)이라 불리는
    개혁의 중심적 지도자.

94 화성돈(華盛頓) : ‘워싱턴’의 음역어.

95 질언하다 : 사실을 딱 잘라 말하다.

96 서중휴학 : 여름 방학.

97 체대(體大) : 몸집이 큼.

98 숫접다 : 진실하고 순박하다.

99 불안(不安) : 미안한 마음.

100 성력(誠力) : 정성과 힘을 다해 노력.

101 유지하다 : 어떤 일에 뜻이 있다.

102 의구(依舊) : 옛날 그대로 변함이 없음.

103 일동일정(一動一靜) : 모든 동작.

104 혈혈하다 : 의지할 곳 없이 외롭다.

105 양금채 : 대나무로 만든 양금을 치는 가는 채라는 뜻으로 가냘프고 고운 목소리를 이르는 말.

106 고려장(高麗葬) : '고분(古墳)' 을 속되게 이르는 말.

107 모짝 : 있는 대로 한 번에 다 몰아서.

108 망단하다 : 이러지도 저러지도 못하는 딱한 처지이다.

109 사고무친(四顧無親) : 의지할 만한 사람이 한 사람도 없음.

110 기구(器具) : 예법에 필요한 것들이 잘 갖추어져 있는 상태.

111 착미(着味) : 취미를 붙임.

112 앙정 : 우러르며 드림.

113 배행(陪行) : 떠나는 윗사람을 모시고 따라감.

114 서어하다 : 익숙하지 않고 서름서름하다.

115 수지 : 휴지.

116 상장(上狀) : 공경하는 뜻을 나타내어 올리는 편지.

117 수토불복(水土不服) : 물이나 풍토가 맞지 않아 위장이 상함.

118 신신하다 : 매우 마음에 들게 시원스럽다.

119 절처봉생(絕處逢生) : 막다른 상황에서 요행이 살 길이 생김.

120 기취(를) 받들다 : 여자나 어떤 남자의 아내나 첩이 되는 것을 겸손하게 표현하는 것이다.

121 실체(失體) : 면목이나 체면을 잃음.

122 외짝 : 한 쪽만 있음.

123 비사맥(오토 폰 비스마르크, Otto Eduard Leopold von Bismarck) : 독일제국을 건설한 독일의 수상으로 '철혈재상' 이라 불림.

124 자기(自期) : 마음속으로 기약함.

125 낙지(落地) : 땅에 떨어진다는 말로 세상에 태어난 것을 이름.

126 참척(慘慽) : 자손이 부모나 조부모보다 먼저 죽음.

127 홀태바지 : 통이 심하게 좁은 바지.

128 안중문 : 안뜰로 들어가는 문.

129 질부등가리 : 부등가리의 잘못된 표현. 부등가리는 아궁이의 불을 담아내어 옮길 때 부

삽 대신에 쓰는 도구로 주로 깨진 그릇 조각.

130 체전부(遞傳夫) : 우편집배원.

131 떼거리 : '떼'를 속되게 이르는 말.

132 실내(室內) : 남의 아내를 점잖게 표현하는 말.

133 친전(親展) : 편지를 받는 사람이 직접 펴 보라고 편지 봉투에 적는 글.

134 상사리 : 사뢰어 올린다는 뜻으로 어른에게 올리는 편지의 맨 위나 맨 아래에 쓰는 말.

135 진서(眞書) : 우리글을 언문(言文)이라며 낮춰 부르는데 상대하여 진짜 글이라는 뜻으로
'한문'을 높여 이르던 말.

136 광무(光武) : 조선 시대 고종의 연호(1897~1906).

137 임인년 : 1902년.

모란봉

1 열요(熱拗)하다 : 아주 시끄럽고 떠들썩하다.

2 미돌(米突) : 미터.

3 간단(間斷)없다 : 끊임없다.

4 드뭇드뭇 : 드문드문.

5 금부어(金鮒魚) : 금붕어.

6 화성돈(華盛頓) : '워싱턴'의 음역어.

7 노서아(露西亞) : '러시아'의 음역어.

8 솟발 : '솥발'의 옛말. 솥발은 옛날 솥에 달린 세 개의 발로 셋이 나란히 있는 모양을 뜻
한다.

9 대년(待年) : 약혼 후 결혼할 해를 기다림.

10 지기(志氣) : 의지와 기개.

11 시하(侍下) : 부모나 조부모를 모시고 있는 형편, 그런 형편의 사람.

12 자정(慈情) : 어머니 혹은 부모의 정.

13 테불(テーブル) : [일본어] 테이블.

14 가피차 : 커피.

15 부란데(ブランデー) : [일본어] 브랜디.

16 서어하다 : 익숙하지 않아 서먹하다.

17 쇄락(洒落)하다 : 기분이나 몸이 개운하고 깨끗하다.

18 미가녀(未嫁女) : 시집가지 않은 여자.

19 정의(情誼) : 서로 사귀어 가까워진 정.

20 두견화(杜鵑花) : 진달래.

21 추추(啾啾)하다 : 동물, 귀신 따위의 우는 소리가 처량하고 슬프다.

22 주접 : 옷차림이나 몸치장이 초라하고 허름한 것.

23 실물(失物) : 물건을 분실함, 그런 물건.

24 싸개통 : 여러 사람이 싸우며 실랑이를 하는 상황.

25 적악(積惡) : 악한 짓을 많이 함.

26 통간(通姦) : 간통.

27 괴괴하다 : 쓸쓸한 느낌이 들 정도로 매우 조용하다.

28 박절(迫切)하다 : 인정이 없고 차갑다.

29 발명(發明)하다 : 죄나 잘못이 없음을 밝히다.

30 별성행차(別星行次) : 왕의 명령을 받들고 다른 나라로 가는 사신의 행차.

31 창황하다 : 당황하다.

32 횡빈(橫濱) : '요코하마' 의 한자음.

33 대판(大阪) : '오사카' 의 한자음.

34 하관(下關) : '시모노세키' 의 한자음.

35 전정(前程) : 앞길.

36 화전충화(花田衝火) : 꽃밭에 불을 낸다는 뜻으로, 젊은이의 앞길을 막거나 잘못되게 하
     는 것을 이르는 말.

37 참척(慘慽) : 자손이 부모나 조부모보다 먼저 죽음.

38 영거(領去) : 같이 데리고 가거나 가지고 감.

39 교군(轎軍) : 가마.

40 대다 : 정해진 시간에 맞추다.

41 마관(馬關) : '시모노세키' 의 다른 이름.

42 흥치(興致) : 흥(興)과 운치(韻致)를 아울러서 쓰는 말.

43 얼굴이 선지 방구리가 되다 : 매우 흥분하여 얼굴이 시뻘겋게 되다.

44 도거리 : 각기 나누지 않고 하나로 합쳐서 몰아치는 일.

45 쌍청 : 쌍을 지어 내는 목소리나 노랫소리.

46 입내 : 소리나 말로 내는 흉내.

47 두류 : 체류.

48 주사(朱砂) : 짙은 붉은빛을 띠는 광물.

49 양혜(洋鞋) : 구두.

50 상성(喪性) : 원래의 성질을 잃어버리고 완전히 다른 사람같이 됨.

51 파방판 : 일이 모두 끝난 판.

52 내근(內近)하다 : 부녀자가 있는 곳과 가깝다.

53 덕국(德國) : 예전에 '독일' 을 가리키던 말.

54 법국(法國) : 예전에 '프랑스' 를 가리키던 말.

55 재다 : 동작이 재빠르고 날쌔다.

56 봇짱 : 배짱.

57 단병접전(短兵接戰) : 칼이나 창 같은 단병으로 적과 직접 싸움.

58 솔다 : 시끄러운 소리나 귀찮은 말을 계속 들어 귀가 아프다. 빈선랑의일미인

59 서상기(西廂記) : 중국 원나라 때의 희곡. 당나라 때 원진(元稹)이 지은 『회진기(會眞記)』에서 취재한 『동서상』을 희곡으로 쓴 것으로, 장군서라는 청년이 최앵앵이라는 미인을 사모하여 벌어지는 내용이다.

60 기화(奇貨) : 뜻밖의 이익을 볼 수 있는 물건, 그런 기회.

61 상전벽해(桑田碧海) : 뽕나무밭[桑田]이 푸른 바다[碧海]가 된다는 의미로 세상일의 변천이 심함을 비유한 말.

62 요수(夭壽) : 젊은 나이에 일찍 죽음.

63 생의(生意) : 무슨 일을 하려고 마음을 먹음, 그런 마음.

64 밤볼 지다 : 입에 밤을 문 것처럼 볼록하게 볼살이 찌다.

65 옴팡눈 : 옴폭 들어간 눈.

66 암상 : 다른 사람을 시기하고 샘을 내는 마음, 그런 행동.

67 천연(天然)하다 : 시치미를 떼어 겉으로는 아무렇지 않은 것 같다.

68 면추(免醜) : 얼굴 생김이 추한 정도는 겨우 면함.

69 경영(經營) : [북한어] 이리저리 따져 일을 마련하여 나감, 그런 궁리.

70 동토(動土) : 동티, 지신(地神)을 노하게 하여 받는 재앙.

71 미력 : '미륵' 의 방언.

72 간웅(奸雄) : 간사한 꾀를 부리는 영웅.

73 표일(飄逸)하다 : 성품이나 기상이 아주 훌륭하다.

74 나비잠 : 갓난아기가 두 팔을 머리 위로 올리며 자는 잠.

75 행보석(行步席) : 귀한 손님이나 신랑 신부를 맞이할 때 마당에 까는 돗자리.

76 자질(子姪) : 아들과 조카.

77 너름새 : 너그럽고 시원하게 말로 떠벌려 일을 주선하는 수완.

78 파겁(破怯) : 익숙해져 두려움이나 부끄러움이 없어짐.

79 유성기(留聲機) : 축음기.

80 미구(未久) : 그다지 오래지 않음.

81 서기(瑞氣) : 상서스러운 기운.

82 취군(聚軍)하다 : 군사나 인부 등을 모으다.

83 범연(泛然)하다 : 차근하지 않고 신중하거나 조심스럽지 않다.

84 구처(區處) : 변통하여 해결함, 그런 방법.

85 창졸(倉卒) : 미처 어찌할 새 없이 갑작스러움.

86 연치(年齒) : '나이' 의 존댓말.

87 교계(較計) : 서로 비교하여 살펴봄.

88 앙우(仰友) : 재주나 학식이 훌륭하여 존경받는 벗.

89 회록(回祿) : 화재.

90 시량(柴糧) : 땔감과 식량.

91 경향(京鄉) : 서울과 시골을 함께 이르는 말.

92 내행(內行) : 부녀자가 여행을 함, 그런 부녀자.

93 도임(到任) : 지방의 관리가 근무할 곳에 도착함.

94 관황(官況) : 조선시대에 관리들에게 주던 봉급.

95 진배(進拜) : 웃어른을 찾아가 뵙는 일.

96 육도삼략(六韜三略) : 중국의 오래된 병서(兵書)로 『육도』와 『삼략』을 함께 이르는 말.

97 개결(介潔)하다 : 됨됨이가 깨끗하고 굳다.

98 요절(腰絶)하다 : 허리가 부러진다는 뜻으로, 우스워 허리가 아플 정도로 웃다.

99 부생(浮生) : 덧없는 삶.

100 심회(心懷) : 가슴속의 생각이나 느낌.

101 망창(茫蒼)하다 : 갑자기 큰일을 겪어 앞이 까마득하다.

102 말참례 : 말참견.

103 재약하나 : 총이나 포에 화약을 재서 넣다.

104 상(常)없다 : 보통의 이치와 달리 막되고 상스럽다.

105 아저씨 아저씨 하고 길짐만 지운다 : 겉으로는 존경하고 친근한 체하면서 이용하는 것
을 이르는 말.

106 오활(迂闊)하다 : 사리를 가리지 못하고 세상 물정을 잘 모르다.

107 정경(情景) : 사람이 처한 모습이나 형편.

108 적덕(積德) : 덕을 베풀어 쌓음, 그런 덕행.

109 숫접다 : 순박하고 거짓이 없이 바르다.

110 봉제사(奉祭祀) : 조상의 제사를 모심.

111 신명(身名) : 몸과 명예.

112 미구(未久) : 그다지 오래지 않음.

113 야도야(やどや) : [일본어] 여관.

114 철령(鐵嶺) : 중국의 '톄링'.

115 동부인(同夫人)하다 : 아내와 함께 다니다.

116 보부족(補不足)하다 : 부족한 부분을 보태어 채우다.

117 나 : '나이'의 준말.

118 삼추(三秋) : 가을의 석 달을 이르는 말로 긴 세월을 비유함.

119 작히 : 얼마나.

120 풍후(豊厚)하다 : 얼굴에 살이 쪄서 너그러워 보이는 면이 있다.

121 채수염 : 숱은 그다지 많지 않으나 꽤 길게 드리운 수염.

122 덕기(德氣) : 어질고 넉넉한 마음씨나 얼굴빛.

123 탕패(蕩敗) : 재물을 다 써서 없앰.

124 부내(府內) : 옛 행정구역 단위였던 부의 구역 안.

125 의기(疑忌) : 의심하고 꺼림.

126 숙육(熟肉) : 수육의 본딧말.

127 전유화(煎油花) : 얇게 저민 고기나 생선 등에 밀가루를 묻히고 달걀 푼 것을 입혀 기름에 부친 음식.

128 초지령 : '초간장' 의 옛말.

129 호콩 : 땅콩.

130 차함(借銜) : 직함은 있으나 맡은 직무가 없는 관직.

131 앙혼(仰婚) : 자신보다 신분이나 지위가 높은 사람과 혼인함, 그런 혼인.

132 선떡 : 설익은 떡.

133 신교 : '가마' 의 방언.

134 떡국이 농간한다 : 자질은 부족하지만 오랜 경험으로 일을 잘 처리함을 이르는 말.

135 능갈치다 : 매우 능청스럽다.

136 완정(完定)하다 : 확실히 결정하다.

137 배치(背馳)하다 : 반대가 되어 어긋나다.

138 고담준론(高談峻論) : 거리낌 없이 잘난 체하며 과장하여 늘어놓는 말.

139 중무소주(中無所主) : 마음속에 확실한 줏대가 없음.

140 교계(教誡)하다 : 가르치고 잘못이 없도록 주의를 주다.

141 험구(險口) : 다른 사람의 부족한 면을 들추어 헐뜯거나 험한 욕을 함, 그런 욕.

142 소활(疏闊)하다 : 차분하고 조심스럽지 못하고 어설프다.

143 덥추 : 여러 등급의 기생을 통틀어 이르던 말.

은세계

1 허유(許由) : 고대 중국의 전설상의 인물로 요임금이 왕위를 물려주려고 했으나 거절하며 받지 않고 도리어 자신의 귀가 더러워졌다고 하여 강물에 귀를 씻고 산에 들어가서 숨었다는 인물.

2 잔풍향양(潺風向陽) : 바람은 잔잔하고 햇빛을 받음.

3 이심스럽다 : 지나치게 심함.

4 문설주 : 문의 양쪽에 문짝을 끼우기 위하여 세운 기둥.

5 감영(監營) : 조선시대 관아로 관찰사가 직무를 보던 곳.

6 장차(將差) : 고을의 벼슬아치가 심부름을 보내던 사람.

7 비관(祕關) : 아랫사람에게 상관이 몰래 보내던 공문.

8 차사례 : 죄인이 차사에게 주는 뇌물.

9　전례(錢禮) : 돈으로 뇌물을 줌.

10　악머구리 : 잘 우는 개구리라는 뜻으로 매우 시끄럽게 소리를 내는 것을 비유적으로 이름.

11　맹세지거리 : 잡스런 말로 하는 맹세나 말씨.

12　공사청(公事廳) : 임금의 명을 전하는 내시가 근무하는 곳.

13　당길심 : 꼭 자기에게 끌어당기려는 욕심.

14　민요(民擾) : 민란(民亂).

15　해거(駭擧) : 얄궂고 괴상한 짓.

16　부시쌈지 : 부싯돌 따위를 넣을 수 있는 쌈지.

17　삼순구식(三旬九食) : 30일 동안 아홉 끼밖에 하지 못한다는 뜻으로 몹시 가난함을 이름.

18　버력 : 신령이나 하늘이 사람의 죄악을 징계하는데 내린다는 벌.

19　녹피(鹿皮) : 녹비(綠肥). 사슴의 가죽.

20　왕환(往還) : 왕복(往復). 갔다가 다시 돌아옴.

21　작폐(作弊) : 폐단을 일으킴.

22　인꼭지 : 도장의 손잡이.

23　우물고누 : 고누의 하나로 ‘十’의 네 귀를 원으로 막고 한쪽을 터놓은 판에 각각 말 두 개씩을 먼저 가두면 이김.

24　별입시(別入侍) : 사사로운 일로 신하가 임금을 뵘.

25　줄남생이 : 양지바른 물가에서 햇빛을 받기 위해 늘어선 남생이들.

26　문청문청 : 문척문척. 연한 물건이 조금만 건드려도 뚝뚝 끊어지고 잘라지는 모양.

27　조방꾸니 : 남녀 사이의 일을 주선하는 오입질을 하고 그곳에서 잔심부름 따위를 하는 사람.

28　약산동대(藥山東臺) : 관서 팔경의 하나로 평안북도 영변군 약산에 있는 천연의 대(臺).

29　대란(大亂) : 크게 일어난 어지러움이나 난리.

30　간잎 : 간엽(肝葉). 간의 한 쪽 부분.

31　율기(律己) : 안색을 바로잡고 엄정하게 함.

32　관정발악(官庭發惡) : 관가에서 심문이나 취조를 받을 시에 관원들에게 반항하는 것.

33　헐장하다 : 장형(杖刑)을 할 때 헐하게 매를 쳐 아프지 않게 함.

34　보리곱삶이 : 곱삶이. 밥을 두 번 삶아 지음.

35　건갈이 : 마른갈이. 물을 넣지 않은 마른 논을 가는 것.

36　제반악증(諸般惡症) : 악한 여러 가지 증세.

37　쳇불관 : 말총으로 쳇불처럼 짜는 것으로 선비들이 머리에 쓰던 관의 하나.

38　고밀개 : ‘고무래’의 방언.

39　부비(浮費) : 어떤 일을 하는 데 써서 없어지는 돈.

40　북데기 : 짚이나 풀 따위가 마구 엉켜 있는 뭉텅이.

41　통부(通訃) : 부고(訃告).

42　소방상(小方牀) : 높은 벼슬아치에게 쓰던 것으로 좁고 험한 길에 쓰던 작은 상여.

43 영절스럽다 : 매우 그럴듯함.

44 참척(慘慽) : 자손이 부모나 조부모보다 먼저 죽음.

45 외무주장(外無主張) : 집안 살림을 맡아할 장성한 남자가 없음.

46 들장대질 : 가마를 메고 가는 사람을 쉬게 하기 위하여 다른 사람이 들장대로 가마채 밑을 받쳐주는 것.

47 망괘(亡掛) : 망할 조짐.

48 불여귀 (不如歸) : 두견.

49 김옥균(金玉均) : 조선 고종 때의 정치가로 근대 급진 개화파의 지도자였으며 갑신정변을 주도하고, 우리나라 개화사상의 형성에 크게 기여.

50 신릉군(信陵君) : 중국 위나라의 정치가로 이름은 무기이며 문하에 식객 3천 명을 거느림.

51 경륜(經綸) : 어떤 포부를 가지고 일을 계획함 혹은 그 계획.

52 애급(埃及) : '이집트'의 음역어.

53 파란(波蘭) : '폴란드'의 음역어.

54 오그랑벙거지 : 오글쪼글하게 주름이 잡힌 벙거지.

55 지원절통 : 지극히 원통함.

56 거조(擧措) : 꾸미거나 처리하기 위한 일을 위한 조치.

57 효상(爻象) : 좋지 못한 몰골.

58 사첫방 : 손님이 묵는 방.

59 세보교(貫步轎) : 일정한 세를 주고 빌리는 보교.

60 병구원 : 병구완. 아픈 사람을 돌보아 줌.

61 연폿국 : 초상집에서 발인하는 날 끓이는 국으로 무, 쇠고기, 두부, 다시마 따위를 넣고 끓인 맑은장국.

62 공산야월(空山夜月) : 달 밝은 깊은 산중.

63 공규(空閨) : 남편 없이 오랫동안 부인이 혼자 사는 방.

64 달고 : 달구. 단단하게 땅을 다지는데 쓰는 도구.

65 드듸다 : '이어받다'의 고어(古語).

66 불긴히 : 꼭 필요치는 않음.

67 형해(形骸) : 사람의 몸과 뼈를 뜻하는 말로 생명이 없는 육체를 뜻함.

68 제명울이 : 계명워리. 행실이 바르지 못한 여자.

69 과갈지의(瓜葛之誼) : 인척 관계로 생긴 정의(情誼).

70 고담준론(高談峻論) : 뜻이 바르며 높고 엄숙하며 날카로운 말.

71 경천위지(經天緯地) : 천하를 조직적으로 잘 다스림.

72 시량범절 : 먹을 양식과 땔나무.

73 화성돈(華盛頓) : '워싱턴'의 음역어.

74 연부역강(年富力强) : 나이가 젊어 기력이 강함.

75 주객지의(主客之誼) : 손님과 주인 사이의 정의(情誼).

76 야소교(耶蘇敎) : '예수교'의 음역어.

77 편성(偏性) : 성질이 한쪽으로 치우침.

78 총명(寵命) : 임금이 총애하여 내리는 명령.

79 옹폐(壅蔽) : 윗사람의 총명을 막아서 가리는 것.

80 초상상제(初喪喪制) : 초상을 당해 상중에 있는 상제.

81 백포장(白布帳) : 휘장 중에 흰 베로 만든 것.

82 계명성(啓明星) : 샛별.

83 백공천창(百孔千瘡) : 구멍과 상처투성이란 뜻으로 많은 폐단과 결함으로 엉망진창이 된 모양을 이름.

84 평심서기(平心舒氣) : 마음을 순화롭고 평온하게 함. 혹은 그런 마음.

85 탄신(誕辰) : 성인이나 임금이 태어난 날.

86 빙공영사(憑公營私) : 공적인 것을 빙자해 사적인 것을 취함.

87 봉두돌빈(蓬頭突鬢) : 봉두난발(蓬頭亂髮). 머리털이 헙수룩하게 흐트러지거나 혹은 그런 머리털.

88 신유사(宣諭使) : 병란이 났을 때 백성들에게 훈유를 알리던 벼슬 또는 벼슬아치.

빈선랑의 일미인

1 화저(火箸) : 화로에 꽂아두고 사용하는 쇠로 된 젓가락.

2 번두(番頭) : 병졸반(班)의 대장 혹은 우두머리.

3 파사(婆娑) : 갸날프고 여린 모습.

4 냅뜨다 : 관계도 없는 일에 불쑥 참견하며 나섬.

5 고용(雇傭) : 삯을 받고 남의 일 따위를 해줌.

6 요보 : 조선인을 비하하는 말.

7 솔다 : ('귀'와 함께 쓰며) 귀찮고 시끄러운 소리가 들려 귀가 아픔.

8 숙친(熟親) : 오래 사귀어 친분이 있음. 혹은 그런 사람.

9 면말(綿襪) : 솜버선.

10 장상지지(將相之地) : 장수나 재상이 나올 만한 명당.

11 복인봉길지(福人逢吉地) : 복이 있는 사람이 명당자리를 만남.

이인직 소설의 현실인식

　'개화기'로 불리는 19세기 말의 한국 사회는 체세가 흔늘리는 때였다. 이러한 위기는 두 곳으로부터 사회적 압력을 받게 되면서부터 시작되었다. 그것은 역사적으로 끊임없이 이어져 오던 외세의 작용이 가장 강력한 충격으로 등장한 것으로서 천주교의 포교, 외국 상선의 통상 요구, 중국을 통하여 들어온 서구 제품의 출현, 유럽, 미국, 일본 등의 개항 요구, 선진 자본주의 제국의 식민지화의 위협 등으로 대표되는 체제 외부로부터의 압력과, 홍경래란 이후 끊임없이 이어지는 민란과, 갑오경장 이후 체제 개혁을 요구하는 밑으로부터 이어지는 체제 내부로부터의 압력이 그것이다. 이러한 두 주류의 사회적 압력은 봉건↔반봉건, 수구↔개화 등의 대립으로 발전하였으며, 이 시대는 외세 침입에 대항하면서 아울러 근대화(개화)도 이루어야 하는 두 가지의 시대적 책무를 지게 된 시기였다.

　이리하여 동학사상, 개화사상, 위정척사사상 등 새로운 사회사상이 등장하게 되었는데, 이들의 시대적 목표는 동일한 것이었지만, 방법론적 실천적 면에서 각각 상이한 대립의 양상을 보였다. 동학사상은 서양 세력이 점진적으로 밀려드는 사태에 대해 응전할 수 있는 새로운 '도'가 필요하다고 느낀 데서 생긴 민족적인 종교 사상이었으며, 개화사상은 동학사상보다 조금 늦게 양반 중인 출신의 소수 지식인들을 거점으로 시작되었다. 위정척

사사상은 당시의 주자학을 배경으로 한 유생들에 의해 주도되었는데, 이들은 화이사상華夷思想을 고수, 중국[大華]과 우리나라[小華]만이 '화華'이며, 일본과 서양은 '이夷'로 보아 문명국↔야만국의 대립관계를 설정하였다.

강요된 개항에 의해 외국의 상품과 문물이 도입되면서, 한국 사회는 주로 개화파에 의해 근대화의 이념이 실천적으로 수행되었으며, 그 대표적인 문학 양식이 이른바 '신소설'이다. 이는 외세의 작용이 가장 강력한 충격으로 등장한 갑오경장 이후의 신구사조의 대립을 배경으로 하여 등장한다. 봉건질서의 해체와 새로운 식민자본주의의 형성기를 배경으로 한 이 신소설은 따라서 개화기 시대의 시대적 이념을 형상화하는 데 가장 야심적인 서사 양식이었다 할 수 있다. 이때의 가장 광범위한 독자층을 형성하였던 신소설은 이인직의 「혈의 누」(1906)를 전후한 동안에서 합방(1910) 이후에까지 왕성하게 창작되었으며[1], '문명개화', '풍속개량' 등 근대화의 이념이 이들의 일반적인 주제가 되었다. 단순한 흥미 위주의 남녀 간의 애정이나 풍속을 다룬 것도 문명개화를 주제의 일부로서나마 다루고 있고, 작중 인물 가운데는 반드시 소위 '개화인'이 등장한다. 봉건 질서에 대한 부정과 비판, 새 문명에 대한 예찬이 대대적으로, 그리고 공공연하게 행해

---

1 개화기의 단행본 자료 중 창작소설에 신문 연재물이나 역사전기류를 포함시키면 이 시기의 창작·번안 등에 보이는 서사 장르에 대한 시대적 이념이나 상업성이 어떠했는가를 알 수 있으며 순수 단행본 창작소설(1906~1910)은 다음과 같다. 이인직의 「혈의 누」(1907), 「귀의 성」(상)(1907), 안국선의 「금수회의록」(1908), 이해조의 「빈상설」(1908), 이인직의 「귀의 성」(하)(1908), 「치악산」(상)(1908), 육정수의 「송뢰금」(상)(1908), 김필수의 「경세종」(1908), 이인직의 「은세계」(1908), 이풍호의 「계명성」(1908), 이해조의 「구마검」(1908), 「홍도화」(1909), 최병헌의 「성산명경」(1910), 이해조의 「자유종」(1910), 박영진의 「요지경」(1910) 등이 있다. 여기에 무서명(無署名)의 「쇼경과 안즘방이 문답」(『대한매일신보』, 1905. 11. 27~12. 23 연재), 「차부오해」(『대한매일신보』, 1906. 2. 20~3. 7 연재) 등의 연재물과, 「천중가절」, 「금수재판」, 「만국대회록」 등의 정치류, 「금강문」, 「화세계」, 「원앙도」, 「구의산」, 「우중행인」, 「비파성」, 「도화원」, 「검중화」, 「금국화」 등의 오락물, 「추월색」, 「안의 성」, 「탄금태」, 「목단병」, 「부벽루」 등의 계몽류와 여기에 역사전기류·몽유록까지 포함하면 이 시기의 서사 장르에의 경사가 어느 정도인가를 알 수 있다.

졌던 당시의 사정이 신소설에 그대로 나타나 있다. 신소설은 갑오경장 이후의 일본에 예속되어 가는 약 15년간의 조선 사회의 구조와 당대인의 삶의 양상을 잘 담아내고 있다.

신소설의 구조는 '전대소설'(고대소설)의 일반적 구조 유형을 그대로 따르고 있다는 연구가 이미 이루어졌다.[2] 원래 신화에서 존재하던 '영웅의 일생'을 근간으로 하는 '홍길동전' 이후의 고대소설은 신소설의 전반적인 구조나 삽화 유형과 일치하고 있음이 드러났다. 이러한 구조 유형은, 특히 「유충렬전」, 「이대봉전」, 「숙향전」, 「사씨남정기」, 「화문록」, 「정진사전」, 「정을선전」, 「창선감의록」, 「장화홍련전」, 「숙향낭자전」, 「서해무릉기」, 「강릉추월」 등의 고대소설과 「혈의 누」, 「은세계」, 「치악산」, 「빈상설」, 「화세계」, 「봉선화」, 「추월색」, 「안의 성」, 「금강문」 등의 신소설이 일치하고 있음을 지적하고 있다. 신소설과 일치를 보이고 있는 고대소설의 구조는 다음과 같은 7개의 단락소로 이루어져 있으며, 각 단락은 행복-고난의 발전적 반복으로 되어 있다.

(1) 고귀한 혈통의 인물이다.
(2) 비정상적으로 태어났거나 잉태되었다.
(3) 보통 사람과는 다른 탁월한 능력을 지녔다.
(4) 어려서 기아가 되어 죽을 고비에 이르렀다.
(5) 구출 양육자를 만나 죽을 고비에서 벗어났다.
(6) 자라서 다시 위기에 봉착했다.
(7) 위기를 극복하고 승리자가 되었다.[3]

---

2 조동일, 「영웅의 일생-그 문학사적 전개」, 『동서문화』(서울대, 1971) 및 『신소설의 문학사적 성격』 참조.
3 조동일, 『신소설의 문학사적 성격』, 14쪽.

다만 위에 든 단락소가 신소설에 오면 근대적 서사 기법에 의해 '서술적 역전'이 이루어지고 있음이 다소 다를 뿐이다. 여기서는 주로 위의 단락소에 나타난 작중 인물들의 내부 갈등 구조를 중심으로 신소설 일반을 지배하고 있는 서사 형태의 특성을 검토하고자 한다.

1. 황폐화한 세계와 무주체적 자아

(가) 일청전장의 총쇼리는 평양일경이 쩌는 가는듯ㅎ더니 그 총쇼리가 긋치믹 사름의 ㅈ취는 쓰녀지고 샨과들에 비륀 씌끌쑨이라. 평양성의모란봉에 써러지는 저녁볏은 누엿너머가는 딕 져히빗을 붓드러믹고 시푼 마음에 붓드러믹지는못ㅎ고 숨이 턱에단드시 갈팡질팡ㅎ는 흔부인이나히 삼십이되락말락ㅎ고 얼골은분을쩌고 너드시 힌 얼골이닉 인졍업시 쓰겁게ᄂ리쪼히는 가을볏에 얼골이 익어셔 션ᄋㅣ오두빗이 되고 거름거리는 허동지동ㅎᄂ딕옷은 흘러ᄂ려져 젓가슴이다드러ᄂ고 치마짜락은 싸헤질ㅅ 썰려져 거름을 건ᄂ딕로 치마가발피니 그부인은 아무리 급ㅎ 거름거리를 ㅎ더릭도 멀리가지도못ㅎ고 허둥거리기만ㅎ.[4]

(나) 강원도원쥬경닉에 제일일홈는산은 치악산이라.
  명낭흔빗도업고 긔이흔봉오리도업고 식거문산이 너무 우즁충ㅎ게되얏더라쥼ㅅ 쳡ㅅㅎ고 외ㅅ암ㅅㅎ야 웅장ㅎ기는 딕단이웅장흔산이라 강산쥴기로 닉린산이ᄂ 놉두사미라 금강산은 문명흔산이오 치악산은 야만의산이라고 일홈지흘만흔터이러라.
  그산깁흔곳에는 빅쥬에 호랑이가 덕시글덕시글ㅎ야 남의고기 먹으려는 사냥포슈가 졔고기로호랑의밥을 삼는일이종종잇더라.[5]

---

4 이인직, 「혈의 누」 총서 Ⅰ-1, 3쪽. 이 논문에서의 본문 인용은 발표 당시의 표기를 따라 송민호·김윤식·백순재·이선영(공편)의 『한국개화기문학총서』(아세아문화사, 1978)를 참조하였음. 영인본 Ⅰ(신소설편)과 Ⅱ(역사전기소설편)를 구분하여 이후의 인용은 이 책의 번호와 쪽수만 밝힘.

5 「치악산」 총서 Ⅰ-2, 3쪽.

(다) 겨울치위 저녁긔운에푸른하늘이 시로히취색흔드시 더욱푸르럿는듸
　　 히가쑥 쩌러지며 북시풍이슬슬부더니 먼─산뒤에셔 검은구름흔쟝이
　　 올러온다.
　　 구름뒤에 구름이 이러나고 구름엽혜 구름이 이러나고 구름밋혜서 구
　　 름이 치밧처올러오더니 삽시근에그구름이 하늘을 뒤덥허서 푸른 하늘
　　 은 볼수업고 식검은구름텬지라 히끗히슷흔 눈발이 공즁으로 도라늬려
　　 오는디 쩌러지는 비끗갓고 날라오는 버들기지갓치 심업시쩌러지며 근
　　 곳업시 스러진다.[6]

　위의 인용은 「혈의 누」(1906, 『만세보』 연재), 「치악산」(상권은 1908년
이인직의 이름으로 유일서관, 하권은 1911년 김교제의 이름으로 동양서
원에서 간행), 「은세계」(1908, 동문사 간행)이 머리 부분이다. 이는 이인식
을 비롯한 신소설 인물들이 처한 사회 갈등의 기본 상황을 단적으로 보여
준 것이면서 동시에 개화기 시대의 한국인의 삶의 조건의 황폐함이 잘 나
타나 있다. 시간과 공간, 역사와 사회적 조건이 구체적 상황으로 제시되어
있다.

　'청일'(여기서는 '일청'으로 되어 있다) 전쟁의 총소리에 조선 사회의 정
치문화의 집결지인 평양은 사람의 자취가 끊어지고 산과 들에는 '비륀 썩
슬샌'이다. '모란봉'은 어둠에 잠기고, 한 나약한 여인이 길을 잃고 헤매
고 있다. 그녀의 걸음걸이는 '허동지동'하며, 옷은 흘러내려 '졋가슴이다
드러느'고, 치마자락은 '짜헤질々 썰려서 거름을 건는듸로 치마가발피'고
있다. 외세의 노략질에 만신창이가 된 조선 사회의 모습이 한 조선 여인의
드러난 '졋가슴'과 찢어진 '치마'에 은유되어 있다.

　또한 이러한 피폐해진 삶의 공간은 '명낭흔 빗'도 괴이한 봉우리도 없는
시꺼먼 산─이른바 치악산의 깊은 산중, '빅쥬에 호랑이가 덕시글'거리는
곳으로 설정되어 있으며, '남의고기 먹으려는' 포수가 오히려 호랑이 밥이

---

6 「은세계」 총서 Ⅰ─3, 89쪽.

되고 마는 호식의 세계이다. 또한 그것은 '먼ㅡ산 뒤에서 검은구름한쟝이 올라' 오는 위기와 불안의 기상학적 징후로 이어져서 '구름뒤에 구름이 이러나고 구름엽혜 구름이 이러나고 구름밋혜서 구름이 치밧처올러' 마침내 '푸른 하늘'은 볼 수 없게 된 세계이다. 그리하여 조선인은 쌈쌈한 세계에 있으며 어디를 가도 '길'이 없다. 위의 인용은 개화기 시대의 조선인의 역사적 사회적 상황이 무엇인가를 상징적으로 보여준 예이다. 행위(사건)가 벌어지는 물리적 정신적 장소로서의 배경 설정이 이 시대의 행위를 통제하는 구실을 하고 있다.

(가)의 '총소리', '써러지는 저녁볏', '치마짜락', '젓가슴'과, (나)의 '치악산', '호랑의 밥', (다)의 '겨울치위', '북시풍', '구름' 등은 활성화되고 생동되고 상징화된 이미지로서의 명명名命이면서 또한 그것은 인물과 사건, 그리고 분위기와 관련된 기호로서의 '징조 단위' 혹은 약호체계이며 지시 기능이라 하겠다.

「혈의 누」의 이부인은 '개화인'인 '김관일'의 아내인데, 남편과 딸 '옥년'과 서로 헤어져서 고난에 직면하게 되는 장면이 도입부로 제시되어 있다. 남편 김관일은 나라의 큰일(문명개화)을 하겠다고 미국 유학길에 올랐고, 옥년은 일본인 정상군의관의 후의로 그의 양녀가 되어 일본에 건너가 살게 된다. 옥년이 다시 일본 군의의 전사로 갈 곳 없는 신세가 되었다가 구완서라는 청년을 알게 되어 미국으로 건너가 살게 되고 거기서 10년 만에 아버지와 상봉한다. 이후 구완서와 옥년은 일생의 반려가 될 것을 기약하고 약혼하고, 이런 가운데 고국에 어머니가 살아 있음을 확인한 옥년은 뛸 듯이 기뻐하고 구완서와 함께 나라를 문명한 강국으로 만들고 남녀평등과 문명개화를 위해 사회에 이바지하자고 다짐한다. 여기에 등장하는 옥년·구완서·김관일은 모두 당시의 시대적 이념에 잘 부합된 '개화인'이다. 대체로 현실성이 희박한 고대소설의 인물에 비하면 상당한 차이가 있음을 알 수 있다.

위의 서사적 진행 가운데 옥년에게 가해지는 세계의 횡포는 연속적으

로 두 번에 걸쳐 일어나며, 이 또한 연속적으로 두 번에 걸쳐 그러한 고난
은 극복된다. 위에 인용한 단락소 ⑷가 ⑸에 의해, ⑹이 ⑺에 의해 각각
극복된다.

먼저 ⑷와 ⑹에 처했을 때의 주인공 옥년이 보여준 갈등의 기본 태도를
보면 다음과 같다.

> (가) 남은 제집차저가건마는 느는 뉘 집으로 가는길인고 남들은 일이잇서
> 셔 듸판에 오는 길이어니와 느혼즈일업시 타국에 가는 사람이라 편지
> 혼장을 품에 씌고 가는집이 뉘집인고 이 편지 볼 사람은 엇더혼 스람
> 이며 이닉몸 위호여 줄 사람은 엇더혼 사람인가 쌀을 삼거든 쌀노릇호
> 고 죵을 삼거든 죵노릇호고 고싱을 시케거든 고싱도 참을 것이오 공부
> 를 시케거든 일시라도 놀지안코 공부만호여볼가[7]
>
> 내 몸을 나혼사람은 평양어머니오 내 몸을 살여기른 사름은 정상아버
> 지와 듸판어머니라 내팔자긔박호여 난리즁에 부모일코 내운수 불길하
> 야 젼징즁에 정상아버지가 됴라가니 어리고 약혼 이내몸이 만리타국
> 에서 듸판어머니만 밋고 살랏소.
> 내 몸이 어머니의 그러혼은혜를 업엇는듸 내 몸을 인연호야 어머니근
> 심 되고 어머니고싱되면 그것은 옥년의 죄올시다 옥년이가 사라서는
> 은혜를 갑흘슈가업소
> 하로밧비 혼시밧비 밧비 죽엇스면 어머니에게 걱정되지 아니하고 내
> 근심도 이져모르깃소
> 어머니 느는가오 부디근심말고 지내시오 호면서 눈물이 비오듯호다
> 가 혼참진정하야 이러느더니 문을열고 느가니 가려는길은 황젼이라.[8]

인용 7)은 단락소 ⑷에 처했을 때, 8)은 다시 단락소 ⑹에 처했을 때의

---

7 「혈의 누」, 5쪽.
8 「혈의 누」, 57~58쪽.

옥년의 태도를 각각 보인 것이다. 일본에 흘러 들어온 '개화인' 옥년은 '뉘 집'으로 가는 길인지 모른 채 '남들은 일이 잇서셔' 대판에 오는 길이지만, 자신은 '일업시' 타국에 가는 지경이라고 말하고 있다. 이 '개화인'에게는 다만 '편지혼장'이 쥐어졌을 뿐, 자신이 참여해야 할 일이 무엇인가를 스스로 알지 못하고 있다. 자신의 고난을 스스로 극복하고자 하지 못하고 '이닉몸 위흐여 줄' 사람에 대한 궁금증만이 남아 있다. 그리하여 딸을 삼거나 종을 삼거나 공부를 시켜 주거나 거기에 따르겠다는 피동적 태도로 현실에 대응하고 있다.

그리하여 주인공은 다시 단락소 ⑥의 고난에 직면하자 자신을 낳은 사람은 '평양아버지 어머니'요 자신을 기른 사람은 '정상아버지와 뒤판어머니'라는 발상으로 현실에 대처한다. 조선인에 의해 낳아지고 일본인에 의해 길러진 주인공은 그러므로 무국적의 인물일 수밖에 없다. 세계에 대한 자아의 주체적인 개입(여기서 자아란 행동이나 서술의 주체(주인공)를, 세계는 객체 또는 작중 상황, 적대자를 포함하는 개념임)을 포기했거나 파악한 주인공의 태도는 정상의 전사(여기에서 구원자 정상이 청일전쟁에서 청군에 의해 전사하게 되었다는 암시가 주는 의도도 드러난다)로 다시 갈 곳이 없어지자 자살을 기도하는 데서 정점을 이룬다.

'청일전쟁→표류→고난→자살→구출'로 이어지는 옥년의 행동 구조 속에는 단 한 번의 자아의 주체적인 개입이 없이 진행되고 있다.

갈등이 완전한 자아 정체감과 자율성의 확립을 위해, 즉 외계로부터 퍼스낼리티의 완전한 분화를 위해 가장 중요한 동인임을 시사해 주는 발생 심리학적 증거를 원용하지 않더라도, 여기에 보인 '옥년'의 태도와 감정은 자신이 앞으로 참여해야 할 행위를 예고해 주고 있는 것이다. 좌절의 원인을 자신의 내부에서보다는 세계의 황폐화에서 찾고 있는 주인공은 적대감이나 적의 표출의 배출구로서 택한 것이 자살이다.

세계는 황폐화되어 있고 자아가 위기에 봉착했을 때 주인공이 보인 행동 구조 가운데 '자살' 행위가 신소설 전반을 지배하고 있다. 고난이나 위기의 국면이라고 보이지도 않는 사소한 사건의 국면에서 그들은 쉽게 자살을 기도하며 충동적으로 물에 뛰어들거나 철도로 달려나가는 것이다. 적어도 그러한 사건 구조의 내면에는 그러한 행위를 다른 대체물로 환치시키려 하는 내적인 과정이나 투쟁 의지도, 납득할 만한 동기도 부여되어 있지 않다.

「은세계」의 '옥남·옥순' 남매는 '개화인' 최병도의 자녀인데, 최병도는 탐관오리의 수탈에 대항하다가 죽고, 그의 친구인 김정수라는 사람에 의해 보호되어 미국으로 유학보내지나 학비가 떨어져 '호텔료리값'을 지불할 수 없게 되자 철도에 뛰어들어 자살을 기도한다.

> (나) (옥남) 여보 누님 그말마오 사름이 죽을ᄆᆞ음을 먹을쎄에 오죽답답ᄒᆞ야
> 죽으려ᄒᆞ깃소 김옥균은 동양에영웅이라ᄒᆞᄂ 사람이 우리나라정치를
> ᄀᆡ혁ᄒᆞ려다가 역적감틱이만 뒤집어쓰고 죽엇ᄂᆞ듸 나갓흔 위인이야 무
> 순 궁량이 잇셔서 나라를 붓들어볼수잇소 미국와셔 먹을 것업셔서 고
> ᄉᆡᆼ되는김에 진작 죽ᄂᆞ거시 편ᄒᆞ지
> 누님이나 고ᄉᆡᆼ을 참고 남의 집에가서 심부름이나 ᄒᆞ고 밥이ᄂ 어더먹
> 고 그 말이 맛지 못ᄒᆞ야 ᄀᆡ차ᄒᆞ나히 풍우갓치 몰녀드러오ᄂᆞ듸 옥남이
> 가 언덕우에도소르고셧다가 눈을 싹감고 털도로 쩌니……⁹

'개화인' 옥남은 (6)의 고난에 처하자 스스로 '무슨 국량'이 있느냐고 자신을 의심하고, 고생하느니 죽는 것이 편하다고 말하고 있다.

「치악산」의 이씨는 '개화인' 이판서의 딸인데, 무남독녀인 그녀는 재능과 덕성이 뛰어나 홍참의의 아들 '홍철식'의 아내가 되었으나 계시모인 '김씨'의 모함으로 죄를 뒤집어쓰고 쫓겨났으며, 김씨가 보낸 악당에 의해 욕을 보게 된다. 그런데 악당이 홀연히 나타난 '장포수'에게 죽어 위기를

---

9 「은세계」, 192~193쪽.

극복한다. 그러나 장포수가 다시 악당처럼 그녀를 위협하고 처를 삼으려 하는데, 이 또한 호랑이에게 물려 죽고 도망치던 이씨는 '수월암'이라는 여승에게 구출되어 화를 면한다. 그러나 그 절에서도 견딜 수가 없어 자살을 결행한다.

> (다) 오냐 눈숨적죽으면 이것저것모르고 늬신세에편할거시라 늬가죽어도잇지못ᄒᆞᆫ는 거슨한가지뿐이라 친정부모의 은혜를 못잇는 것도 아니오 남편의 정을 못잇는 것도 아니오 (…중략…) ᄒᆞ더니 옹고리고 안진치로 눈을 쌱감으면서 우물속으로 쑥쎠러지는듸 물속에서 물구나무를셧다.[10]

「귀의 성」의 '길순'이는 춘천에 사는 '강동지'의 무남독녀인데, 당시 군수로 와 있던 서울 '김승지'의 소실이 되었으며, 아이를 가지게 되고 김승지가 서울 내직으로 전근되어감에 따라 본부인의 시기가 두려워 길순이를 홀로 남겨 두고 떠난다. 그러나 길순이 모자는 본부인의 사주에 따라 살해되고, 이 사실을 알아낸 강동지는 길순이 모녀를 살해하는 데 가담한 사람을 차례로 죽이고 보복한다.

이 소설의 사건 구조는 주인공의 위기가 극복되기는 하지만 결국 죽게된다는 점에서 앞에 든 작품과는 다르다. 그러나 처첩의 갈등을 다룬 이 작품은 주인공 길순이 모녀가 마침내 자살을 기도하는 데서 단락소 (4)가 (5)로 발전한다는 점에서는 마찬가지다.

> (라) 네의 아바지는 ᄂᆞ죽ᄂᆞᆫ거슬모르시고, 본마누라쥬먹안에서 꼼짝못ᄒᆞ고 계신가보다 ᄂᆞ도미들곳업ᄂᆞᆫ 사람이오 너도 미들곳업ᄂᆞᆫ 아희라 미들곳업ᄂᆞᆫ인싱들이, 무엇ᄒᆞ려고, 사라잇겠ᄂᆞᆫ냐, 가자가자, 우리ᄂᆞᆫ, 우리갈곳으로 어셔 가쟈 …… 하면서 눈물이 가득한 눈으로, 정신업시, 등잔불을보ᄂᆞᆫ듸, 눈압헤 오싴무지기가 션다.[11]

---

10 「치악산」, 227쪽.

11 「귀의 성」 총서 Ⅰ-1, 42쪽.

길순이 모녀가 자살을 기도하는 단락소 (4) 또한 세계에 대한 자아상실의 패배주의가 강하게 드러난다.

위에서 본 사건 국면 (4), (6)의 갈등이 자살로 이어지는 행위의 동기에 해당하는 화소[12]는 다음과 같다.

> (가)「혈의 누」: 고싱, 팔자, 운수
> (나)「은세계」: 궁량, 먹을 것
> (다)「치악산」: 신세
> (라)「귀의 성」: 미들곳
>
> 〈표 1〉 위기의 화소(話素)

(가)의 '옥년'은 자살을 기도하면서 자신의 삶은 '운수'와 '팔자'에 근거를 두고 있음을 말하고 '뒤판어머니'의 '고싱'을 시키느니 차라리 죽는 것이 낫다고 독백한다. (나)의 도미 유학생 '옥남'은 다만 나라를 구할 '궁량'이 자신에게 있는지 심히 의심하고, '먹을 것' 없어 고생하는 김에 '진작' 죽는 것이 '편'하다고 말한다. (다)의 주인공은 다만 자신의 '신세' 때문에, (라)의 주인공은 '미들곳'이 없는 인생들이 살아서 무엇을 하겠느냐고 묻고 있다.

이들의 자살에 이르는 행위의 동기는 이와 같이 운명적 · 본능적 · 감정적 차원에 머물러 있다. 유아적이며 익애주의에 빠져 있는 이들의 '고난→위기'의 행동 구조는 그러나 작중 인물들로 하여금 '파멸의 계기가 아닌 운명적인 전환의 의미'[13]를 띠게 된다. 이들의 용이한 낙담이나 자살에의 충동은 가족 구성원들의 대립과 반목 또는 적대자의 폭력적 상황에 기인하고 있다. 그러나 이들로 하여금 자살을 하도록 결정하는 힘은 심리적인 것

---

12 화소는 Stith Thompson, *The Folktale*(New York, Holt, Rinehard and Winston, 1946)에서 말하는 'motif'에 해당하는 용어이다.

13 이재선, 『한국현대소설사』(홍성사, 1979), 123쪽.

보다는 이들을 둘러싼 더 큰 테두리―이른바 인륜적 도덕적 질서나 정치적 상황의 황폐화에 기인하는 사회적인 것이다.

위의 (가), (나), (다), (라)의 각 작품에 보이는 위기의 화소에서 보듯 그들의 자살에 이르는 사회갈등은 이기적이며 아노미적인 것과 관련지어질 수 있다. 문명개화를 이상으로 했던 주인공들은 내면화된 사회적 명령이었던 그러한 절대적 명제를 실천적 주체적으로 수행하기도 전에, 본능과 충동이라는 이기적 차원에서 쉽게 그들의 무주체 무의지의 자기 투항을 결행하는 것이다.

인륜적 질서가 처음에 가족으로 표상되고, 다음에 시민사회로 현상되며, 최후에 국가로서 현실화한다고 할 때, 신소설에서의 작중 인물들의 인륜적 질서는 그 최초의 단위인 '가족'에서 이미 황폐화한 인간관계로 전락되어 있었다는 데서 이와 같은 자아 상실의 현상은 이미 예고되고 있었던 것이다.

2. 개화의 피동성과 패배주의

작중 인물들의 악인 겁탈자로부터의 위기나 고난 (4)와 (6)이 각각 의외의 타인에 의해 구출된다는 사건 구조에서 우리는 또한 당대 개화기 사회의 삶의 이념을 추출해 볼 수 있을 것이다.

〈위기―구출〉의 행동 구조가 '운명적인 전환의 의미'를 띠고 서사적 국면이 크게 굴절한다고 하는 것은 단순한 사건 전개를 위한 서사적 장치로만 볼 수 없는 의미를 담고 있다. 「혈의 누」의 옥련은 일본인에 의해 구출·양육되어지며, 「은세계」의 옥남·옥순 남매는 미국인에 의해, 「추월색」의 영창은 영국인에 의해 각각 구출된다. 이러한 연속적인 구출은 「귀의 성」, 「금강문」, 「치악산」, 「화세계」, 「봉선화」, 「안의 성」 등에 나타나고, 구원자는 납득할 만한 동기도 보상도 없이 후원자가 되어 준다. 이들 선의의 구원자가 서양인이나, 서구화가 이미 이루어진 일본인 등으로 나타난

다는 데에서 당시의 급진개화파의 이념과의 조응을 가능케 해 주지만, 그
들에 대한 친화감이나 맹목적인 찬탄의 심리가 획일적으로 과장·미화되
어 있는 것으로 나타난다.

(가)

(군의)이이 너의 아바지와 어머니가어디로ㄷ근지 모르는냐

(옥)……

(군의)그러면 네가늬집에가서잇스면 늬가 너를 학교에보늬여공부ㅎ도
록 ㅎ여줄것이니 네가공부를잘ㅎ고잇스면 늬가아모조록 너의나라에탐지
하야너의부모가 살아거든 너의집으로 보늬쥬마

(옥)우리 아버지어머니가 살아잇는쥴 알고 날을 도로우리집에 보내쥴
졋ㅅ흐면 아무네라노가고아부것을시키더라도 하깃소

(군의)그러면 오날이라도 일본으로보늬셔 어용선을 타고 일본으로가게
홀것이니 내집은 일본되판이라.[14]

(나) 조션학싱결사미수(朝鮮學生決死未遂)제작일 오후칠시에 조션학싱 최
옥남년십삼(年十三) 녀학싱최옥순년십구(年十九) 학비가 써러짐을 고
민 히녀겨셔털도에셔러져서 (…중략…) 그러흔 신문이 도라당기는되
그신문잡보를 유심이보고 그졍경을 불샹히녀기는사람의일홈은(씨엑
기－아니쓰)인되 ㅎ나님을 아바지삼고세계인종을 형뎨갓치ㅅ랑ㅎ고
야스교를 실심으로밋는 ㅅ람이라 신문을보다가 옥슌의남민의게자션
심이나셔 그길로 옥순의남민를 차자다려다가 몃해던지 공부홀동안에
학비를되여주마ㅎ니…….[15]

(다) …… 그ㅅ룸은 영국문학박사 스미트라 ㅎ는ㅅ룸인되 자선가로영국에
유명흔 ㅅ룸이라 그ㅅ룸이 동양을 유람코자ㅎ야 일본다녀 조션으로

---

14 「혈의 누」, 33~34쪽.
15 「은세계」, 193~194쪽.

와셔 부산 딕구 경성 긔성 평양 의주를 다구경하고 장찻 쳥국북경으로
가는길에 이곳에서 영창이 너머진것을보고 누엇누는것을 믜우측은히
넉여 즉시썰고 신의주 긔시장 일본스룸의 여관으로 드러가셔 급히약
을 먹인다우유를 먹인다ᄒ야 졍신을 차린후에 목욕을 시키고 식옷을
사셔입히니 그준수ᄒ 용모가 관옥갓흔 호남ᄌ이라 곳다리고 압록강을
건너가니 다죽엇든 영창이는 은인을맛는목숨이 사라는미…….[16]

(라) 그늘은평양셩에셔 싸흠결말나든늘이오 셩즁에사룸이 진져리닉던 쳥
인이그림ᄌ도업시 다쪽겨가던늘이오 (…즁략…) 본릭평양셩즁사는 사
룸들이 쳥인의작폐에 견디지못ᄒ야 산골로 피란근사룸이만터니 산즁
에셔는쳥인군사를만ᄂ면 호랑이본것갓고 원슈만는것갓다 엇지ᄒ야
그럿케 감졍이사나우냐할지경이면 쳥인의군사가 손에가셔 결문부녀
를보면 겁탈ᄒ고 돈잇으면 꼿셔가고 졔게 쓰찍업는물건이라도 놀부의
심사갓치 쟉난ᄒ니 손에피란간사룸은 난리를 한층더격는다 그럼으로
손에피란갓던스룸이 평양셩으로 도로피란온스룸도 만히 잇셧더라.[17]

(마) 난듸업는 쳘환흔긔가 너머오더니 옥년의왼편다리에빅혀너머져서 그
날밤을그손에서 목숨이붓터잇셔쩌니그잇튼늘 일본젹십자근호슈가보
고 야젼병원으로 시러가보닉니 군의가본즉 즁숭은 아니라쳘환이다리
를쑬코는갓는듸 군의의말이만일 쳥인의 쳘환을마쳘스면 쳘환에독흔
약이셕긴지라 마진후에하로밤을지내스면 독긔가몸에만히퍼졋슬터이
나 옥년이마진쳘환은 일인의샴환이라 치료하기듸단히 쉽다하더니 과
연 쥬일이못되야서 완연히평일과갓튼지라.[18]

---

16 「추월색」 총서 Ⅰ-7, 59~60쪽.

17 「혈의 누」, 11~12쪽.

18 「혈의 누」, 24~25쪽.

(바) 무릇나라의진보가되지못홈은 풍속이미혹홈에싱기나니슯흐다우리황
　　인죵의지혜도빅인죵만못지안이 ᄒ거날엇지타오늘이갓치조잔멸망디
　　경에이르럿나뇨반다시연고가잇슬지다우리동양으로말ᄒ면당우이리로
　　하늘을공경ᄒ며귀신의게계지 닙은불과일시에빅셩의뜻을단속키위함
　　이러니오괴흔션비들이오힝의의론을창셜ᄒ야길흉화복을스ᄉ로불은다
　　홈으로직앙과샹셔의허탄흔말이대치ᄒ야졈졈심흘ᄉ록요악흔말을쥬
　　작흔지라일로조ᄎ턴디귀신이쥬고쌕아스며 (…중략…) 억만명황인죵
　　의ᄒ일참혹흔형상을당흔소이연이니……[19]

(사) 조션습관으로 말ᄒ면 혼인갓흔 신랑신부는 셔로말도 잘 아니ᄒ고 마
　　주안지도 못ᄒ야 (…중략…) 닉외가 흔가지츌립ᄒᄂ는일이 어딕잇스리
　　오만은…….[20]

　위의 인용 (가), (나), (다)에 보이는 주인공의 고난(위기), (4), (6)의 단
락소는 각각 다음과 같은 인물들에 의해 구출되는데, 구출자 《A》와 구조
《B》의 구체적 내용이 되는 화소는 아래의 〈표 2〉와 같다.

　(가), (나), (다)의 서사구조 속에 보이는 개화인인 주인공들의 고난이나
위기는 이와 같이 피동과 사동의 행동 구조로 일관된다. 이들은 주체가 상
실된 채로 어떤 행위자의 동작의 목표물로 전락되어 있으며, 본래의 목적
어가 새로운 주어로부터 받은 동작이나 작용을 그대로 나타내는 구조로
역전되어 있다.

　위의 (가), (나), (다)에 나타난 서술 동사의 작용은 능동태의 동사가 아닌
‘이・히・리・기・구・추・우’ 따위의 어간 형성 접미사에 삽입되어 있으
며, 동사에 ‘지다’, ‘되다’가 접속된 행동 구조로 변질되어 있는 것이다.

　‘개화’를 주창하는 이들의 ‘능동적’인 행위는, 주체가 어떤 행위를 향하

19　「구마검」 총서 Ⅰ-5, 63쪽.
20　「추월색」, 92쪽.

는 관계로서가 아니라 사동—즉 타동으로 전락되어 있다.

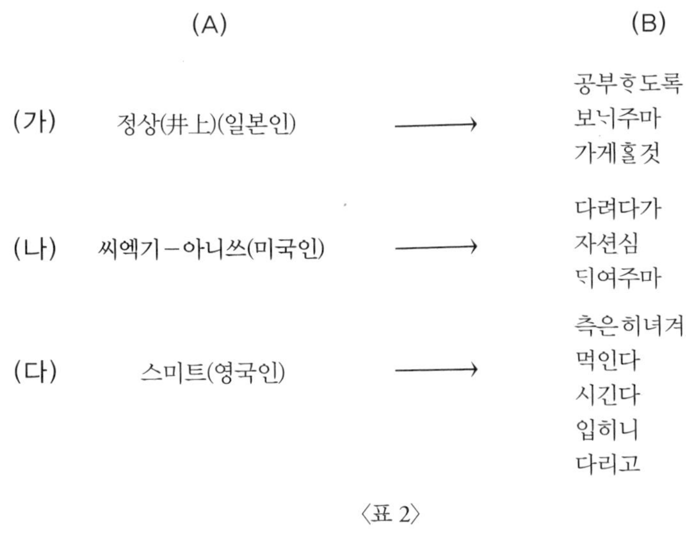

〈표 2〉

언어적 문맥과 사회적 문맥이 상호 의미 있게 연결되어 있는 이들의 행동양식 (가), (나), (다)는 (라), (마)에 이르러 주체와 객체의 뒤바꿈을 스스로 확인하는 비극적 정황으로 발전한다. 접미사가 삽입된 채 피동태로 전락하여버린 이들의 행위 단위는 '행위자—행위'의 관계 속으로 쉽게 종속된다.

(라)는 '행위자' 일본에 종속되어 '행위'는 '청인의 작폐', '겁탈', '약탈', '놀부심사'로 나타났다. 일본이 '주어'가 되었으므로 청국이 '객어'가 되었다.

(마)에 이르면 주어가 객어에 가해지는 종속과 불평등의 관계는 더욱 강화된다. '난듸업는 철환흔긔'를 다리에 맞은 주인공은 '일본인ㄱ호슈'에 의해 병원으로 옮겨지고, 그 탄환의 정체가 '일인의 것'임이 밝혀지는 데서 주객의 불평등의 관계가 잠깐 유보된다. 그러나 '청인'의 철환은 '독약이 석긴' 것이라는 데서 희극적 정황으로 반전한다. '행위자'에게서 청나라 철환

과 일본의 철환을 각각 구분 짓는 것은 의미가 있지만, 철환 맞는 '행위'에서는 그러한 구분은 무의미하다. 그러므로 (라)의 서술주체는 자아에게 가해지는 세계의 횡포를 '가해자―피해'의 관계로서가 아니라 다만 '피해자―피해'의 내적 논리에 의해 파악하고 있는 것이다.

(가), (나), (다)에서 행위의 주체자로서의 자아를 상실한 주인공(protagonist)들은 (라), (마)에 이르러 주어에 대한 객어의 맹목적 찬탄과 동경이라는 종속적 인물(minior character)로 전락되고, (바), (사)에서 이러한 전락에 대한 자기 비하로 이어진다. 그것은 '이쪽', '동東', '조선'에 대한 일방적인 부정과 비판의 서술 층위로 이어진다.

일본인·미국인·영국인 등에 의해 작중의 서사적 국면이 고난→행복의 정황으로 크게 굴절하는 데서 이들의 개화 이념의 피동성이 드러나는 한편, 도사나 승려, 호랑이 따위의 초월적 존재나 예측 불가능한 자연의 신성한 동물에 의해 이러한 전환이 이루어지고 있다는 데서 또한 이들의 중세적 인간관의 일단을 볼 수 있는 것이다.

3. 운명론적 세계관과 순응주의

그러나 무엇보다도 위에서 밝힌 모든 갈등이 한결같이 '우연'에 의해 해소되었다는 점에서 신소설 전반을 지배하는 사건 구조의 특성을 추출해낼 수 있다.

소설에서의 '우연성의 남용'은 많은 논의가 있어 왔지만, 특히 신소설에서의 우연적 사건의 연속은 이 시기의 작가들의 구성적 기법의 미숙성을 말해 주는 이상의 의미가 있다.

우연한 계기에 의해 주인공의 갈등(고난) (4)나 (6)이 (5)와 (7)로 이어지는 예는 신소설 서사 구조의 기본 패턴이 되고 있다. 특히 이는 '자살' 따위의 위기적 국면에서 예외 없이 등장하고 있는데, 더구나 그것이 주인공의 운명을 크게 굴절시키는 계기가 되고 있다는 점이 특이하다. 다음의 인용

〈A〉는 단락소 (4)와 (6), 인용 〈B〉는 단락소 (5)와 (7)에 해당하는 국면이다.

〈A〉

(가) ……누님이나 고싱을 참고 남의 집에가서 심부름이나 ᄒ고 밥이ᄂ 어
더먹고 그 말이 맛지 못ᄒ야 긔차ᄒ나히 풍우갓치 몰녀드러오ᄂ듸 옥
남이가 언덕우에도소르고셧다가 눈을 짝감고 텰도로 쒸니/

(나) 오냐 눈쏨적죽으면 이것저것모르고 늬신세에편할거시라 늬가죽어도잇
지못ᄒ는거슨 한가지쑌이라 친정부모의 은혜를 못잇는 것도 아니오 남
편의 졍을 못잇는 것도 아니오 (…중략…) ᄒ더니 웅고리고 안진치로 눈
을 짝감으면서 우물속으로 쑥쩌러지는듸 물속에서 물구나무를셧다/

(다) 자―이샨에셔 이럿케 긴―이야기만ᄒ고 잇슬거시아니라 우리가 아름
다운 연분을 맷고 늬 고향으로 가셔삽시다 져산못동이만가면 교군쑨
이 기다리고잇소 ᄒ며 당쟝 그 자리에서 겁칙을ᄒ러드니 부인이 피ᄒ
려도 피할슈업고 죽으려도 죽을슈도 업슬지경이라 부인이 하나님을
부르며 운다 하나님 맙시사 늬가 이산즁에와셔 이 몹슬놈의게 이욕을
보고 죽게된단말이오 (…중략…) 최치운이가 와락달려드러셔 부인을
으르싸안으러드ᄂ듸/

(라) 네의 아바지는 ᄂ죽는 거슬 모르시고, 본마누라쥬먹안에셔 쏨작못ᄒ
고 계신가보다 ᄂ도미들곳업ᄂ 사룸이오 너도 미들곳업ᄂ ᄋ히라 미들
곳업ᄂ인싱들이, 무엇ᄒ려고 사라잇겟ᄂ냐, 가쟈가쟈, 우리ᄂ, 우리갈
곳으로 어셔 가쟈……하면서 눈물이 가득한 눈으로, 정신업시, 등잔불
을 보ᄂ듸 눈압헤 오싴무지기가 션다 (…중략…) 치마를 거드쳐쥐고우
물둘우으로 올라가ᄂ듸 돌우에서 밋그러져 가루쩌서 에그머니 소리지
르고 쏨작못한다 아홉둘 된틱즁이라, 동틱가 되얏는지, 빗속에는 홍두
씨를, 벗티어, 노흔듯하고, 사지를 쏨적거릴슈업ᄂ듸/

〈B〉

(가') /왼 사람이 언덕아릭셔 소리를 지르고 쏘차오나 그 사람이 언덕에 올
올동안에 실가치쌔른긔차는 발셔언덕을지나간다 (…중략…) 언덕밋션
로(線路)는북힝(北行)차의션로오 그다음션로는 남힝(南行)차의션로인
듸 그 학싱이 남힝차지나가는거슬보고 그차가언밋션로로가는쥴로만
을고 써러졌다가 순수의게 구훈바되얏다더라

(나') /허어알슈업고 암만보고 쏘보아도 사람은 졍령사람인듸 사람갓흐면
무릅에도 못차는 우물에 물구나무를셧나 오올치 이제야알겟구 필경
슐취흔 사람이 우물에 걸쳐업드려 물을 먹다가 곤두박이를 친게지 그
런싱각이 들더니 그리 진즁하고 졈잔튼거름은 엇으로가고 나는제비가
합흠을흐게 활반바탕이나게되는데를 흔거름에 쒸어가셔 물하고 볼싀
도업시 어름구녕에셔 리어나구어채듯 우물에 것구로박힌사람의 두발
목을 두손으로 우물박그로 쓰집어 닉니……

(다') /별안간에 고목나무뒤에서 총소리가 탕나며 왼포슈흐나히 튀여나오
니리씨부인이 사람살려주오 소리를 지르거늘 최치운이가 겁이나셔 다
라나니 소리를 포슈가 버럭지르는듸 산골이울린다 이놈게잇거라 네가
가면 어디로가깃느냐 이 총이 쳔보총이다 흐면서 약한방을 어는틈에
지엇는지 총을 번쩍 들고 이놈철환바다라 소리가나더니 그말씃헤 총
소리가 탕 나면서 압헤다라나던 최치운이가 폭격구러진다.

(라') /큰길에셔, 신소리가 져벅져벅느더니, 식거문옷입은사름이, 압헤 와
셔, 웃둑서면서, 흔두마디흐다가, 듸답이업거늘, 거문옷입은사름이,
호각을 부니, 그사름은 지골네거리, 슌포막의 슌검이라

위의 〈A〉의 (가), (나), (다), (라), (마)는 〈B〉의 (가'), (나'), (다'), (라'),
(마')에 삽입구나 삽입 어절이 없이 각각 순조롭게 그대로 이어지는 행위
단위를 갈라놓은 것이다. 〈A〉와 〈B〉는 떨어져 있지 않은 한 단위(문장)의
서사로 이루어진 것이지만, 그러나 이 짧은 사건의 진행 속에서는 〈A〉,

〈B〉가 각각 두 개의 극적인 장면의 연속으로 구성되어 있다. 한 개의 행위 단위 속에 〈A〉의 위기나 고난이 급전직하하여 〈B〉의 구조 속으로 전환되고 있다.

〈A〉가 〈B〉로 이어지는 우연적 화소話素는 다음과 같다.

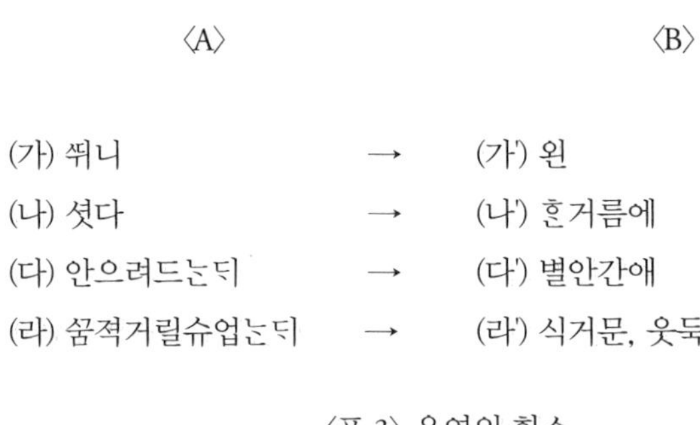

〈A〉		〈B〉
(가) 쒸니	→	(가′) 윈
(나) 셧다	→	(나′) 흔거름에
(다) 안으려드는듸	→	(다′) 별안간애
(라) 쑴젹거릴슈업는듸	→	(라′) 식거문, 웃둑

〈표 3〉 우연의 화소

(가)의 동사 '쒸니'는 (가′)의 '윈 사람'으로, (나)의 동작 '물구나무를션'은 (나′)의 '흔거름에' 뛰어간 사람으로, (다)의 동작 '안아려드는듸'는 (다′)의 '별안간애' 나타난 포수로, (라)의 동작 '쑴젹거릴슈업는'은 (라′)의 '웃둑션 식거문웃입은' 사람으로, (마)의 동작 '찌르는'은 (마′)의 '급히' 달려온 사람으로 각각 극적으로 이어진다.

'이·히·기·리·구·추·우' 따위의 어간 형성 접미사의 삽입에 의해 피동태로 전락한 주인공들의 행동 구조는 또한 '별안간애', '웃둑', '급히', '흔거름', '윈사람' 등 우연적 상태부사(절)에 의해 행동 단위나 진로가 전환되고 있다.

'고난→위기→구출'로 이어지는 무주체적·피동적·우연적 행동 단위는 따라서 시간의 질서 개념과 인과율의 통제를 받지 않은 채 전개되고 있으므로 객관적 의미를 상실하고 있다고 하겠다. 인과율이 전제됨으로써만 세계의 시간적 계기의 객관적 배열과 주관적 배열을 구별할 수 있다는 시간 논리에서 볼 때 여기에서의 '우연성'의 한계가 드러난다.

소설이 이야기로 되어 있고 그것이 필연적으로 우연적인 것에 의한 사건들로 집약된다면 소설에서의 우연성은 사건의 중요한 계기가 아닐 수 없다. 그러므로 우연을 필연과 상관개념으로 보지 않을 수 없다는 데서, 소설에서의 우연성은 피할 수 없는 것이 된다. 그러나 서사 원리에서 세계의 생성이나 발생은 결국 우연에 의해 귀착하지 않을 수 없다는 우연론의 의미와는 다른 것이다. 우리들의 삶의 양상이 어떤 예측 불가능한 사태에 의해서 방향이 바뀌고 혹은 끝이 나거나 하는 것이지만, 그러나 그러한 삶의 여러 가지 양상들을 의도적으로, 체계적으로, 용의주도하게 형태를 띤 모습으로 얽어 보여줌으로써 삶의 복합적 의미를 제공하는 미적 양식으로서의 '소설'에서의 우연성의 의미와는 다르다. 그것은 개연성의 원리에 의힌 허구이면시 동시에 싦의 보편적 질서와 시간에 의해 이루어져야 할 것이기 때문이다.

신소설의 행동 구조에서의 '우연'의 남용은 그러므로 우연성 자체에 문제가 있는 것이 아니라 우연성의 약화나 파괴에 있다. 작중 인물들은 그들의 갈등 해소를 역사적 운명적 특례적 예외적 사건에 의존하고 있음이 드러났다. 세계는 황폐화되어 있고 자아는 세계에 대하여 주체적 개입이 불능한 것으로 본 이들의 삶은 결국 환상과 비현실의 운명적 세계에 삶의 근거를 두고 있었다는 근거가 된다. 흔히 "과도기의 교량적 구실을 담당한 근대화 과정의 문학"[21]으로 규정된 신소설은 그러나 기법으로서의 '우연성'을 문제삼을 때, 전대소설보다 더욱 빈번하게 특례적으로 '우연'이 남용됐음은 한 마디로 그러한 미적 구조를 산출케 한 사회의 심리적 이데올로기적 현상을 복합적으로 드러낸 구조라 하지 않을 수 없다. 그것은 의병운동-갑오경장-을사조약-한일합방 등으로 이어지는 개화기 시대의 사회변동의 속도나 양상을 당대인이 충격과 경이라는 본능적 차원을 넘어 의식의 차원으로 수용 내지는 소화할 만한 시간적 여유도, 세계관의 확립

---

21 송민호, 「이인직의 신소설연구」, 『문리논집』(고려대, 1962), 2쪽.

도, 그러한 여건도 허락해 주지 않았던 세계에서 기인한 결과라 할 수 있다. 그들은 일상적이며 보편적인 삶의 이념이나 가치 또는 인륜적 질서에 의해 생존이 가능하지 않은 세계에 있었으므로 "황폐한 세계에서의 환상은 현실이며 우연은 필연이고 사람은 잠재적으로 정체불명의 괴한"[22]이라는 진술이 가능한 것이다.

4. 개화기 소설의 상승적 구조와 외집단 갈등

이상, 신소설의 서사 구조의 특성을 몇 가지로 나누고, 작중 인물의 작중상황에 대처하는 사회적 갈등의 양상을 살펴보았다. 신소설은 개화기의 시대적 명제인 '근대화'의 이념을 포괄적으로 수용하려 하였으며 이러한 현실적 문제들에 대한 작중 인물의 행위 속에 긍정적으로 혹은 부정적으로 그러한 이념을 드러냈다.

그러나 문제가 되는 것은 이와 같은 신소설에 나타난 서사 구조의 특성이다. '고난→위기→구출→고난→위기→구출→승리'로 이어지는 사건의 반복적 진행 과정에 내재한 극적, 우연적, 운명적, 예외적 성격은 일차적으로 소설의 미적 구조를 크게 해치는 결과로 나타났다.

신소설의 부부, 처첩, 고부, 계시모 간의 반목과 살인, 유기, 납치, 폭력, 모해 등의 극적인 상황의 제시는 이른바 극적소설(행동소설) 혹은 범죄소설의 어떤 특성을 띠고 있다. 그렇다면, 신소설의 서사 구조가 표면적으로는 '극적'인 구조로 되어 있으면서 그것을 '극적'인 것으로 형상화할 수 있는 내면적 인과관계에 의해 짜여져 있지 않음은 무엇인가. 이야말로 사회의 구조와 소설의 구조와의 상동성(homologie)의 깊이[23]를 말해주는 것이며, 사회적 어투와 소설적 어투의 접합점이며, 소설은 생산하는 양

22 김우창, 『궁핍한 시대의 시인』(민음사, 1977), 91쪽.

23 L. Goldmann, *Towards a Sociology of the Novel*(Tavistock Publications Ltd., 1975), p.14.

식이 아니라 '생산된' 양식이며, 작품 생산의 원인인 사회의 역사적·심리적·사상적 현상의 복합적인 얼크러짐의 표현[24]이라는 진술의 좋은 예증이 된다.

'고난→위기→구출'의 극적 상황이 아무런 납득할 만한 동기나 필연성, 인과율이 없이 '→승리'의 과정으로 이어지는 신소설의 상승적 구조야말로 작중 인물의 사회적 갈등의 비현실성을 잘 드러내고 있다.

'고난→위기'의 사건 구조에 나타난 위기(고난)의 화소 '고싱', '팔자', '운수', '궁량', '먹을 것', '신세', '미들곳' 등에 나타난 그들의 현실에의 자기 투항은 그들의 '문명개화'의 이상주의가 한낱 '상황적인 우연'에 의하여 하나의 표적이 되었다는 증거가 된다. 신소설 인물들에 보인 갈등의 근원은 그리므로 사회의 본질에서보다는 차라리 그 관계를 찌그러뜨리는 '감정' 속에서 찾고자 한 것이며(부부·처첩·고부·기타 가족성원이나 개인들 간의 반목·테러·폭력성이 그 예이다), 좌절의 근원이나 문제가 되고 있는 사회적 쟁점이 아니라 좌절이 개인에게 주는 그 영향에 의해 행동한 것이다.

구출의 화소 '보늬주마', '공부ㅎ도록', '다려다가', '자션심', '듸여주마', '먹이고', '시기고', '입히니', '다리고' 등은 이러한 인물들의 대상에 대한 무주체적 대응의 우연적 결과이며, 주체와 객체의 뒤바뀜을 보여준 그들의 이상주의(개화)의 피동성은 패배주의를 말해주는 것이다.

르네 지라르의 이른바 '삼각형의 욕망(désir triangulaire)'[25]에서 말하는 '중

---

24 M. 제라파, 이동렬 역, 『소설과 사회』(문학과지성사, 1977), 54쪽.

25 르네 지라르, 김윤식 역, 『소설의 이론』(삼영사, 1980). 그는 인간의 욕망체계를 소설 주인공의 욕망체계에서 발견, 세르반테스의 「돈키호테」를 분석했다. 그가 이 소설의 분석에서 얻어낸 결론은 주인공들의 욕망은 간접화된 욕망(désir médiatisé)으로 자신이 욕망하게 되는 대상을 모방함으로써 가능하다는 것이다. 따라서 이상적인 기사도에 도달하고자 하는 돈키호테의 욕망은 아마디스라는 중개자에 의해 간접화되고 주체와 대상 사이에는 간

개자(médiateur)'가 바로 이들로 하여금 고난으로부터 구출케 해준 정상井
上, 씨엑기-아니쓰, 스미트 등 일본인이나 미국인, 영국인 등이라 할 수
있다.

　문명개화의 이상을 꿈꾸는 주체는 이미 그것이 이루어졌다고 생각되는
모델 '井上', '씨엑기-아니쓰'를 중개로 하여 그러한 이상에 도달하고자
했다. 지라르의 이론에 의하면 이들은 '외면적 간접화'의 주인공이다. 대
상을 향한 돌진은 근본을 따져보면 중개자를 향한 돌진이다. 그런데 내면
적 간접화에서는 이 돌진이 중개자 자신에 의해 제지된다. 왜냐하면 이 중
개자가 그 대상을 욕망의 대상으로 삼고 소유할 수 있기 때문이다. 이렇게
되면 주체는 그가 세운 모델인 중개자에 대해 갈등의 감정을 느끼게 되는
데, 이때의 갈등의 감정이란 가장 심한 존경심과 가장 강렬한 원한이라는
두 개의 상반된 감정의 결합으로 형성된 것이다.

　그러나 여기서의 주체인 '옥년', '옥남·옥순'은 자신의 욕망의 성격을
큰 소리로 선언하고 스스로 그 제자임을 다짐했다. 내면적 간접화의 주인
공이 가지는, 자신의 모방 계획을 조심스럽게 감추고, 또한 중개자를 자신
이 '대상'으로 이르게 하는 것을 방해하는 장해물로 바라다볼 내면화된 합
리성도 경쟁의 관계도 스스로 포기한 것이다.

　그리하여 이들은 자신이 모델로 한 문명개화의 중개자 일본이 설정한
또 하나의 욕망의 삼각도의 꼭지점(식민화)을 향한 중간에 자신들이 중개
자로 설정되어 있음을 바로보지 못했다. 이들은 "사용가치에 의해 어떤 욕
망을 갖는 것이 아니라 교환가치에 의해 어떤 욕망을 가질 수밖에 없는 사

접화 현상이 일어난다는 것이다. 그는 하나의 작품이 이처럼 여러 개의 삼각형으로 구성
되어 있음을 주목하고, 여기서 주체와 중개자와의 경쟁 관계가 있는 것을(예를 들면 「적과
흑」) 내면적 간접화(médiation interne)라 하고, 그러한 관계가 없는 것을(예를 들면 「돈키호
테」, 「보바리부인」) 외면적 간접화(médiation externe)라고 하여 우리 자신이 살고 있는 사회
에서의 욕망의 성질과 그 구조를 드러내고자 하였다.

회구조"[26]를 바로보지 못한 것이다. 중개자는 대상에게 환상적 가치를 부여했고 주체는 대상과 중개자의 현실적 차이를 또한 바로 보지 못했다.

따라서 개화기의 신소설은 시대적 명제인 근대화의 이념을 포괄적으로 수용하려 하였으나 고난-위기-구출-고난-위기-구출의 반복적 서사 구조 속에 내재한 극적이고 우연적이고 운명적 성격으로 인해 현실 인식의 추상성을 그대로 드러내고 있었다. 신소설의 인물들은 결국 세계에 대한 자아의 주체적 개입이 불가능한 구조를 드러냈으며, 주인공의 승리로 마감하는 결말 구조에서는 신소설 작가들의 세계 인식의 환상성을 그대로 드러내고 있었다.

따라서 신소설의 대표적인 작가 이인직은 소위 '개화기'로 불리던 시대의 개화 의식을 바로 계승하지 못하였으며, 근대화/근대인의 출현을 가장 강력히 요구했던 시대적 요구에 부응하지 못한 채 시대 의식의 환상과 착시 현상을 그대로 드러내고 있다고 하겠다.

서종택 (고려대 명예교수)

---

26 르네 지라르, 앞의 책, 185쪽.

1862 아버지 이윤기(李胤耆)와 어머니 전주 이씨 사이에서 차남으로 태어남. 친족의 양자로 들어가 경기도 음죽군(현재의 이천) 거문리에서 성장함. 5세 때 친부, 11세 때 양모, 18세 때 친모를 잃음.

1900 관비(官費) 유학생으로 일본에 파견됨. 일본인 여성과 결혼. 도쿄 정치학교 입학.

1901 일본 미야코(都)신문사 견습생으로 근무.

1902 『미야코신문(都新聞)』에 일본어 소설 「과부의 꿈(寡婦の夢)」 발표.

1903 도쿄 정치학교 졸업.

1904 일본 육군성 소속 한국어 통역으로 러일전쟁 종군.

1906 『국민신보』 주필. 「백로주강상촌」을 발표. 이후 오세창(吳世昌) 등이 주도하여 발행한 민족지 『만세보』 주필로 옮김. 『만세보』에 신소설 「혈의 누」와 「귀의 성」을 연재. 소년잡지 『소년한반도』에 정치학 관련 저작인 「사회학」(미완)을 연재함.

1907 단행본 『혈의 누』를 광학서포에서 발간. 재정난에 빠진 『만세보』를 이완용의 후원으로 인수, 『대한신문』을 창간해 사장으로 취임(『대한신문』은 이완용 친일내각의 선전기관 역할을 함). 「강상선」을 『대한신문』에 연재. 『귀의 성』(상권)을 김상만책사에서 발간.

1908 『귀의 성』(하권)을 중앙서관에서 발간. 일본 연극계 시찰이라는 명목으로 도일. 『치악산』(상권)을 유일서관에서 발간. 원각사에서 창극 〈은세계〉를 공연. '연극소설'이란 표제로 동문사에서 『은세계』 발간.

1909 '공자교회(친일적 유교단체)' 설립에 발기인으로 참가. 여러 차례 일본을

오가며 일본의 강제 병탄을 위한 활발한 막후 활동을 벌임.

- 1910 8월 4일 일제의 강제 병탄에 막후작업 가담. 총독부 외사국장(外事局長)인 고마쓰(小松綠)와 밀담.

- 1911 일제가 성균관에 설치한 경학원(經學院)의 사성(司成)으로 임명됨.『경학원 잡지』편찬 겸 발행인을 겸직.

- 1912 단편「빈선랑(貧鮮郎)의 일미인(日美人)」을『매일신보』에 연재.

- 1913 「혈의 누」의 속편인「모란봉」을『매일신보』에 연재하다 중단. 삼남지방을 시찰하며 유림을 대상으로 의병을 규탄하는 강연과 글을 발표함.

- 1915 『매일신보』에「月中兎」발표.

- 1916 11월 21일 신경통으로 총독부 의원에 입원. 11월 25일 사망. 평소 신봉하던 천리교 예식으로 화장됨.

「과부의 꿈(寡婦の夢)」(단편)　　『都新聞』　　　　1902. 1. 28~29

「백로주강상촌」　　　　　　　『국민신보』　　　1906. 2

「단편무제」　　　　　　　　　『만세보』　　　　1906. 7. 4 ~ 7. 5(미완)

「혈의 누」　　　　　　　　　　『만세보』　　　　1906. 7. 22 ~ 10. 10

「귀의 성」(단편)　　　　　　　『만세보』　　　　1906. 10. 14 ~ 1907. 5. 31

『혈의 누』　　　　　　　　　　광학서포　　　　　1907. 3

『귀의 성』(상권)　　　　　　　김상만책사　　　　1907. 10

『귀의 성』(하권)　　　　　　　중앙서관　　　　　1908. 7

『치악산』(상권)　　　　　　　유일서적　　　　　1908. 9

『은세계』(연극소설)　　　　　동문사　　　　　　1908. 11

『치악산』(하권)　　　　　　　동양서원　　　　　1911

「빈선랑일미인」(단편)　　　　『매일신보』　　　1912. 3. 1

「모란봉」(미완)　　　　　　　『매일신보』　　　1913. 2. 5 ~ 6. 3

「月中兎(달 속의 토끼)」　　　『매일신보』　　　1915. 1. 1